옮긴이 **강초아**

한국외국어대학교 중국어과를 졸업한 뒤 출판사에 다니며 다양한 종류의 책을 만들었다. 현재 번역집단 실크로드에서 중국어 전문 번역가로 활동하고 있다. 옮긴 책으로 『13·67』『망내인』『기억나지 않음, 형사』『풍선인간』『염소가 웃는 순간』『낯선 경험』『등려군』 등이 있다.

디자인 소요 이경란

디오게네스
변주곡

디오게네스 변주곡

찬호께이

한스미디어

이 책을 아마노 겐타로天野健太郎* 선생님에게 바칩니다.

---

* 1971~2018. 일본인 번역가. 타이완 문학을 일본어로 옮기는 데 힘썼다.

곡목曲目

𝄴

파랑을 엿보는 파랑

1

시끌벅적한 거리에서 란유웨이藍宥唯는 고독하다. 행인들은 그저 스쳐가는 사람들이다. 인간이란 어머니의 자궁에서 나와 혼탁한 공기를 한 모금 마신 뒤 돈, 사랑, 이상理想 같은 허황되고 실체가 없는 것을 좇으며 수십 년을 보낸다. 결국 마지막에 남는 것은 냄새나는 몸뚱이 하나뿐인데 말이다. 란유웨이는 시끌벅적한 거리에 서서 창백한 두 손을 망연히 내려다보았다. 자기 자신이 보잘것없다는 생각이 든다. 그는 세상 사람들이 추구하는 것에 코웃음을 친다. 이 황량한 땅에서는 진정한 생존의 의의가 없다. 허위의 가설이 있을 뿐이다. 이 세상에는 신神이 없다. 목표, 종결, 의미도 없다. 그는 스스로 다른 사람보다 앞서 있으므로 종국에는 더 멀리 도달하리라고 믿는다. 그러나 아무리 우월해도 자신 역시 개미와 다를 바 없음을 안다. 란유웨이가 가장 견디기 힘든 것은 자신이 수많은 군중 속 한 사람에 지나지 않는다는 사실이다. 사막의 모래알 하나와도 같다. 이런 무력감이 시시때때로 그를 덮친다. 격변하는 시대의 흐름에서 그의 생사는 전혀 중요하지 않았다. 그가 사라지더라도 태양은 평소처럼 비추고, 세상은 평소처럼 돌아가며, 인류는 평소처럼 멸망을 향해 나아갈 것이다.

"하!"

란유웨이는 쓴웃음을 내뱉으며 가려던 방향으로 다시 발걸음을 옮겼다.

그는 부랑자가 아니다. 합법적인 직업과 안정된 수입 그리고 자기 소유의 집이 있다. 다른 평범한 사람들과 마찬가지로 마트에서 생활용품을 사고, 식당에서 밥을 먹고, 백화점에서 매일 신상품이 나오는 전자기기를 둘러본다. 그러나 란유웨이에게 이런 행동은 사회에 융화되기 위해 억지로 모방하는 것에 불과하다.

회사에서 란유웨이는 우수한 소프트웨어 엔지니어다. 동료들은 그를 성실하고 술, 담배, 도박, 여자를 모두 멀리하는 좋은 남자라고 여긴다. 그는 사람들 앞에서는 평범함의 가면을 쓴다. 가짜로 웃고, 화내고, 우울해한다. 지금까지 그 누구도 란유웨이의 내면 깊숙이 존재하는 어둠과 접촉하지 않았다. 그는 일반 사람들과 다른 생각을 가졌지만 이를 알아차린 사람은 없다.

열쇠를 구멍에 꽂고 돌렸다. 두껍고 무거운 대문이 열리면서 녹슨 경첩이 내는 쇳소리가 복도를 울렸다. 란유웨이는 서류가

방을 내려놓고 넥타이를 끌렀다. 길게 한숨을 내쉰 그는 퇴근 후의 습관대로 의자에 가서 앉아 모니터의 전원을 켰다. 백 수십만 화소의 모니터 화면이 서서히 밝아지자 그의 입술 끝이 미세하게 위를 향했다. 거의 없다시피 희박한 란유웨이의 '감정'은 오로지 차가운 인터넷 세상으로 향했다.

심람소옥^{深藍小屋}, 짙은 파랑색 작은 집.

브라우저의 첫 페이지는 '심람소옥'이라는 이름의 블로그다. 란유웨이의 것은 아니다. 하늘색 바탕에 애니메이션 느낌의 작은 집 그림과 하트 무늬를 넣어 발랄하고 경쾌하게 꾸미는 건 절대 란유웨이의 스타일이 아니다.

화면 상단에 어제 막 포스팅한 일기가 올라와 있다.

> 야마모토 스시^{山本壽司}의 요리는 짱 맛있어~~\(^o^)/~ 헤헤~~ 회사 일이 많이 바쁘지만 그래도 오늘 저녁에는 리리^{麗麗} 언니, 라라^{拉拉} 하고 스시를 먹으러 왔다! 큼직한 회 좀 봐~~~! 라라가 여행지에서 귀여운 장식품도 사왔어. 도자기로 만든 고양이야…….
>
> _ 2008년 8월 7일

글자는 분홍색과 보라색을 섞어놓은 색깔로, 독특한 일본 스타일의 이모티콘에 형형색색 화려한 사진까지 넣어 온라인 공간에 별 의미 없는 일상을 주절거린다. 일기의 행간에 드러난 젊은 여성다운 발랄함과 모니터 앞에 앉아 눈을 떼지 않는 란유웨이 사이에는 기묘한 온도차가 있다. 란유웨이는 2년 전

우연히 이 블로그를 발견했다. 그 후로 뭐에 씐 사람처럼 시도 때도 없이 이곳의 글을 떠올린다. "너무 좋아! 오늘 취직했어! (/^3^)/~"라는 평범한 한 문장을 스치듯 본 순간, 항상 평온하고 심지어 냉정하던 란유웨이의 마음에 홀연 잔잔한 물결이 일었다.

서른 살이 된 란유웨이에게 그것은 몹시 낯선 경험이었다. 그때까지 사람들이 몸서리칠 만큼 미친 짓거리를 많이 했지만, (/^3^)/~ 이모티콘을 본 순간처럼 흥분한 적은 없었다.

란유웨이는 마우스로 스크롤을 천천히 내리면서 한 글자 한 글자를 속으로 따라 읽었다. '심람소옥'의 계정 주인은 부지런한 사람이다. 그녀는 3년 동안 거의 매일 블로그에 글을 올렸다. 그녀의 사소한 일상이 전부 블로그에 기록되어 있다. 비록 실명을 밝히지 않고 '샤오란小藍'이라는 닉네임을 쓰면서 블로그의 사진 갤러리에도 얼굴이 나온 사진은 올리지 않지만, 란유웨이는 그녀에 대해 손바닥 들여다보듯 잘 알고 있다. 현대인은 자기 집 유리창은 불투명 유리로 바꾸면서 인터넷에는 사적인 정보를 마구 공개한다. 란유웨이는 늘 그런 모순된 행동을 이해할 수 없다고 생각했다. 오늘은 고급 중식당 타이펑러우泰豐樓에서 돼지 갈비덮밥을 먹고, 어제는 영화제에서 〈하이자오 7번지海角七號〉*를 보고, 그제는 음반 전문점 로스에서 초등학교 동창을 만나는

---

* 2008년작 타이완 영화로, 타이완 영화 역사상 흥행 2위에 오르며(1위는 〈타이타닉〉) 화제를 모았다.

등 그날 있었던 모든 일을 인터넷에 올린다.

인간은 모순적인 결정을 즐겨 내린다.

란유웨이는 그렇게 결론지을 수밖에 없었다.

아빠 엄마가 오신다고 해서 공항으로 마중을 갔다. 부모님은 또 그 이야기를 꺼내며 같이 가자고 하신다……. 나는 이곳이 좋은 걸! 친구들도 지금 다니는 직장도 떠나기 아쉬워. 나도 이제 스물 한 살이니 어린애가 아닌데! >_<;;

_ 2007년 9월 14일

이 일기는 그녀의 나이와 부모의 해외 이민 사실을 알려준다.

오늘이 첫 출근인데 화재 경보가 울렸다! 깜짝 놀랐다! >.<"" 큰불 이 아니어서 소방관 아저씨가 금방 불을 껐다. 기자들도 와서 취 재를 했다! 불이 난 층이 우리 사무실 바로 위층이라 아직도 무섭 고 가슴이 뛴다…….

_ 2006년 8월 3일

그 날짜의 뉴스와 대조해보면 그녀가 어느 지역 무슨 회사에 서 일하는지, 심지어 부서가 어디인지까지 다 알 수 있다.

점심시간에 집을 구하는 이야기가 나왔다. 다들 나보고 여자 혼자 살다니 겁도 없다고 한다! 친절한 남자 선배가 문단속을 잘하라며 걱정해주었다. 작년에도 재작년에도 범죄자가 혼자 사는 여자 집에 몰래 들어가 살인을 저질렀다며 시내로 이사 오라고도 했다. 나는 약한 여자가 아니야! 공수도를 할 줄 안다고! 고등학교 때 교내 공수도 대회에서 여자부 우승을 했단 말이지! 흥! 하지만 선배가 걱정해주는 것은 고마웠다~~(^3^) 지금 사는 집은 해 지는 풍경을 볼 수 있어서 좋아. 그리고 독채에서 사는 데 익숙해져서 사람들이 몰려 사는 시내 중심지의 아파트는 싫다.

_ 2007년 7월 6일

일기 아래에는 집 안에서 바깥 풍경을 찍은 사진이 있다. 지는 해가 해변을 비추는 장면이다. 사진을 찍은 각도, 사진 끄트머리에 나온 베란다의 난간, 창 바깥으로 보이는 거리의 몇몇 특징을 조합하면 사진을 찍은 사람이 난완南灣 해변 부근의 2층 높이 독채 집에 산다는 걸 알아낼 수 있다.

어제 M&Q에서 이월상품 세일을 했다! 유럽의 명품 브랜드 조끼를 두 벌 샀다! 블랙 진에 받쳐 입으면 잘 어울릴 거야!

_ 2007년 1월 22일

이 일기에는 걸어놓은 옷 사진을 같이 올렸다. 옷걸이와 휴대전화가 함께 찍힌 사진이다. 휴대전화와 옷걸이의 크기를 바탕으로 추론하면 이 사진을 통해 그녀의 몸집도 대강 알 수 있다.

일본어 학원에 등록했다! 리리 언니와 같이! 토요일 저녁 수업이다. 일본 여행을 위해 노력해야지! Yeah!

_ 2008년 1월 3일

흑……. 금붕어 비비ㄸㄸ가 죽었다……. (TT_TT) 내 곁에 2년 넘게 있었는데……. 비비, 잘 가…….

_ 2006년 12월 8일

이웃집에 예쁜 언니가 이사를 왔다. 언니도 나처럼 혼자 산다고 한다. 언니는 정말 예쁘고 날씬하다. 미사 C.Misa C.라고 하는 일본 모델을 닮았어! 언니가 우리 집 근처에 자갈 해변이 있다는 이야기를 해주었다. 자갈이라서 발은 좀 아프지만 다른 해변보다 물이 깨끗하고 사람도 적단다. 나중에 가봐야지! 5분 정도면 갈 수 있다니까 엄청 가깝다. 이제 나도 여름에 매일 해수욕을 즐길 수 있겠네~~!

_ 2007년 11월 2일

오늘은 운이 좋았다. 저녁을 먹다가 우연히 회사 선배를 만나서 차를 얻어 탔다. 그 덕분에 집에 금세 도착했어~~(^_*)/

_ 2008년 4월 26일

이렇듯 수년간 쌓인 일기가 그녀 주변의 사소한 일들을 기록하고 있다. 그날그날의 일기 내용은 별것 아니지만, 란유웨이는 나무 블록을 하나하나 쌓듯 수집한 정보를 결합하여 이미 '샤오란'의 전체를 완성했다. 유복한 집안에서 태어났고, 부모는 미국으로 이민을 갔다. 혼자서 난완 해변가에 살고 있다. 대학 시험에 떨어진 후, 어느 정부기관에서 인턴으로 일한다. 키는 170센티미터 정도이고 약간 마른 체격에 머리카락이 길다. 결벽증이 약간 있어서 개인 위생용품에 신경을 많이 쓴다. 공수도를 조금 할 줄 알고, 일본 요리를 좋아한다……. 란유웨이는 열 몇 장의 사진에서 얻은 단서를 이용해 그녀의 주소지를 찾아냈다. 벌써 여러 차례 그 근처를 탐색한 끝에 정확히 어느 건물인지도 알고 있다.

란유웨이는 자신과 이름이 비슷한 그 여자를 사랑하는 것이 아니다. 그가 사랑하는 것은 지배한다는 감각, 어둠 속에 숨어 몰래 지켜보는 쾌감이다. '심람소옥'은 세상에서 유일하게 그에게 감정을 이끌어내는 곳이다. 그러나 그는 매일 이 감정이 조금씩 사라지는 것을 느낀다. 마치 말기 암 환자에게 모르핀을 투여하는 것과 같다. 시간이 지날수록 점차 복용량을 늘려야 한다. 더 이상 모르핀으로 통증을 없애지 못하게 된다면 종착점은 오로지 하나뿐이다. 죽음.

날개 달린 개미 한 마리가 모니터 앞에 멈췄다. 란유웨이는 손가락 두 개로 그놈을 가볍게 집어 올렸다. 날개를 쥐고서, 자신의 손가락 사이에서 놈이 버둥거리는 것을 고개를 기울인 채 한참 바라보았다. 두 손가락에 힘을 주자 개미가 짜부라졌다. 개미의 잔해를 털어버리고 다시 모니터로 주의를 돌렸다. 새 탭을 열고 즐겨찾기에서 '하늘 포럼'을 클릭한다. 하늘 포럼은 그다지 유명하지 않은 인터넷 토론 사이트다. 주제별로 나눈 게시판 수도 대여섯 개 정도이고, 한 달 내내 새 글이 올라오지 않을 때도 있다. 그런데 란유웨이는 사이트에 들어와서 게시판이 아니라 상단에 걸린 배너 광고를 클릭한다. 무료로 화면보호기 프로그램을 내려받을 수 있다는 광고다.

달칵. 달칵.

란유웨이는 배너 광고의 모서리 중 두 군데를 연이어 클릭한다. 화면에는 아무런 변화도 없다. 그러나 그가 세 번째 모서리를 클릭하자 브라우저에 새로운 웹 페이지가 뜬다. 글자를 써넣을 수 있는 공간이 두 군데 있을 뿐, 나머지는 새까맣다. 컴퓨터 기술에 능통한 란유웨이는 이곳이 유동 IP 사이트라는 것을 알고 있다. 고정된 도메인 네임Domain Name이 없는 곳이다. 아까의 배너 광고에서 정확한 위치를 세 번 클릭해야만 이 웹 페이지가 열린다. 란유웨이는 이 웹 페이지가 HTML 형식으로 만들어지지 않았다는 것도 잘 알고 있다. 이 페이지는 전부 플래시Flash 애니메이션으로 만들어져 이곳에 올라오는 텍스트와 이미지는 쉽게는 복사해갈 수 없다. 그는 입력창에 아이디와 비밀번호를 넣고 엔터 키를 누른다. 그러자 화면에 여러 가지 카테고리가 나타난다.

엽기

아동(남)

아동(여)

성적 학대

자살/자해

범죄

스토킹

잡담 게시판

……

이곳은 어둠의 지하 포럼, 소위 다크 웹이다. 란유웨이는 언제부터 여기 회원이었는지 이제 기억도 나지 않는다. 사이트 관리자가 아동 포르노 등 음란물 유포죄로 '잠수'를 탄 적이 있는데, 그때 이후로 사이트에 고도의 방어막을 쳤다. 회원이 아니면 접속 방법을 알 수 없고, 신규 가입을 하려면 기존 회원 세 사람의 추천이 필요하다. 이런 복잡한 방법을 쓰는 것은 전부 일반인과 경찰의 접근을 차단하기 위해서다.

이곳은 죄악으로 가득한 웹사이트다. 브라우저 상단에 나타난 사이트 이름도 신 시티Sin City, 죄악의 도시다.

란유웨이가 이 사이트를 특별히 좋아하는 건 아니다. 그는 어린애의 나체 사진이나 누군가의 팔다리가 절단된 장면을 보면서 발기하는 이상성욕자가 아니다. 그저 원시적인 욕망으로 꽉 차 있는 어둠 속에서 자아를 찾으려 시도할 뿐이다. 란유웨이는 '성적 학대' 카테고리를 클릭했다. 게시판 안으로 들어간 그는 사이트에서 제공하는 '북마크' 기능을 써서 오래된 글을 찾아갔다. 스무 장의 사진이 올라와 있다. 이십 대로 보이는 여성 두 명의 나체 사진이다. 몸에 난 상처 자국이 선명하다. 사진 속 여성은 몸을 둥글게 말고 고통에 몸부림치며 촬영자의 카메라 렌즈를 피하려 한다. 온 힘을 다해 저항하지만 사진 파일의 제목에 매겨진 번호가 커질수록 그들의 상처도 늘어난다. 나중에는 팔다리를 움직일 힘도 없는 것처럼 보인다. 몸은 벌거숭이인데 얼굴에는 모자이크 처리를 했다. 촬영자는 이들의 신원을 알리고 싶지 않은 것 같다.

이 글에는 댓글이 딱 네 개 달렸다.

> — 여기까지 와서 모자이크를 하나? 클로즈업도 아니고 삽입 사진도 아닌데? _06.06.06.
> — 가짜 티가 풀풀 난다. 모델의 연기가 부자연스러워. 0점.
> _06.07.01.
> — 사진 좋은데. 위 댓글은 보는 눈이 없군. (박수1) _06.08.26.
> — 힘내서 몇 장 더 올려줘요. (박수2) _06.11.05.

란유웨이는 픽 웃고 만다. 게시물이 올라온 지 2년이 넘었는데 댓글은 겨우 네 개에다 조회수도 61에 머물러 있다. 사이트의 회원이라는 녀석들은 이 스무 장의 사진이 그들이 늘 갈구하던 '진짜 범죄'라는 사실을 알까? 심지어 두 번째 댓글의 명청이는 "모델의 연기가 부자연스럽다"고 했다. 사진 속의 여자들은 각각 2년 반, 그리고 3년 전에 세간의 화제였던 살인 사건 피해자다. 당시 이스턴 구^{Eastern District}에서 혼자 사는 이십 대 여성 두 사람이 몇 달 간격으로 납치되었고, 나중에 벌거벗은 시체로 발견되었다. 강간을 당한 흔적은 없었지만 시신에는 온갖 종류의 상처가 빼곡해서 죽기 전까지 잔인하게 고문당했음이 분명했다. 조금만 주의 깊게 보면 사진 속의 여자들과 사건 피해자가 동일인이라는 걸 알 수 있다. 헤어스타일, 피부색, 상처 위치, 점, 유방의 모양, 둔부의 크기 등등 단서는 여러 가지다. 하지만…….

란유웨이는 알고 있다. 보통 사람은 사건 피해자에 관한 상세 정보에 접근할 수 없으니 사이트에 진짜 범죄 피해자의 사진이 올라왔다는 사실을 알지 못한다. 이런 정보는 언론에 보도되지 않는다.

"사람 목숨도 개미하고 다를 게 없지."

란유웨이가 혼잣말을 뇌까린다.

그는 '성적 학대' 게시판을 벗어나 '스토킹' 게시판에 들어갔다. 아까와 마찬가지로 북마크 기능을 이용해 예전 글을 찾아 들어간다.

나는 인터넷에서 한 여자를 지켜보고 있다

제목은 직접적이고 명쾌하다. 사실만 적시할 뿐 수식어는 없다.

우연히 한 여자의 블로그를 발견했다. 난 아직도 그 블로그에 푹 빠져 있다. 곧 1년이 된다. 나는 그 여자가 어디 사는지, 무슨 일을 하는지, 집안 형편은 어떤지 다 알고 있다. 나는 그녀를 가지고 싶고, 전부 지배하고 싶다…….

글 아래에 '심람소옥' 블로그에 올라왔던 조끼와 블랙 진을 찍은 사진을 첨부했다.

— 얼굴도 없고 진짜 사람도 없고. 그 여자가 어떻게 생겼는지 보여줘. _07.07.06.

— 니미, 옷 사진을 왜 올리냐? 도찰한 거 없어? _07.07.14.

— 목욕하는 사진을 원한다! _07.07.23.

……

이 글은 '성적 학대' 게시판의 글보다 반응이 있다. 대부분은 아무렇게나 떠들어대는 것이고 실질적으로 뭔가를 제안하는 놈은 없지만 말이다.

— 그녀와 상당히 가까워졌다. 이제 손을 쓸 수 있을 것 같군. 그녀는 혼자 살거든. _07.11.14.

글을 쓴 사람이 올린 댓글이다. 초점이 흔들렸지만 긴 머리카락의 여자 뒷모습이 찍힌 사진이 첨부되어 있다. 이 댓글에는 반응이 엄청났다.

— 어서 해! 사진 꼭 찍어라! _07.11.15.

— 말만 앞서고 행동하지 못하는 놈은 남자도 아니다. _07.11.15.

— 네가 해낸 걸작을 증명하려면 그 여자 몸에 'FUCK ME'라고 써서 사진을 찍어. _07.11.16.

— 충동적으로 하지 마. 찬찬히 준비해야 성공한다. 여자의 하루 일과는 파악했나? 들키지 않을 자신 있어? 월척을 낚으려면 낚싯줄을 길게 잡으라고 했다. 무모하게 일을 벌이면 망치기 쉬워. _07.11.16.

— 위 댓글이 맞는 말을 했군. 조급하게 굴지 마라. 완전범죄는 시간을 두고 준비해야 한다. _07.11.17.

그 밖에도 수많은 의견이 올라왔다. 귀가할 때를 노렸다가 칼로 위협해라, 창문을 깨고 들어가라, 잠들기를 기다렸다가 움직여라 등등. 대부분 그저 분위기를 타서 떠드는 말이었다. 싸구려 에로 소설의 전개보다 더 저질스럽고 황당무계한 이야기들이었다. '어떻게 손을 쓸 것인가'에 대한 댓글 토론은 몇 달째 띄엄띄엄 이어지고 있다. 심지어 '범죄' 게시판의 유명 인사까지 나타나 한마디 보탰다.

— 실행하기 전에 주변 환경을 잘 살펴야 해. 문제가 생길 수 있는 부분은 미리 대비책을 세워라. 도주에 실패했을 때, 여자에게 무기를 빼앗겼을 때, 갑자기 제삼자가 나타났을 때 어떻게 할지 생각해둬. 어디까지 할 건지 정했냐? Bang? Rock & BM? 아

니면 Pop? 앞의 두 가지는 뒤처리가 쉽지 않다. 마지막 것은 간단하고 깔끔하지만 막상 실행할 때가 되면 당황하는 녀석들이 많아. _08.01.02.

Bang은 강간, Rock은 약물 주입, BM은 강도, Pop은 살해를 의미한다. 사이트 회원들이 흔히 사용하는 은어다. 댓글을 남긴 녀석은 전문가마냥 잘난 척했다. 이 글을 쓴 자가 이미 살인 경험이 있는 베테랑인 줄도 모르고……. 란유웨이는 이렇게 정성 들여 남긴 댓글이 아무 말이나 떠드는 댓글보다 더 우스웠다.

— 여자가 얼마 전부터 토요일마다 모종의 이유로 밤늦게 귀가한다. 그때가 손을 쓰기 제일 좋은 때인 것 같다. _08.03.25.
— 토요일 밤이면 딱 좋지. 월요일부터 금요일 사이에 하면 그 여자가 출근하지 않는 게 바로 드러날 테니까. 토요일에 하면 일요일에 천천히 뒤처리를 하면 돼. 어떤 계획이 있어? _08.03.26.

토요일 저녁. 란유웨이는 4개월 전에 이미 그때가 손을 쓰기 제일 좋은 적기라고 예상했다.

— 이번 주에 한다. 소식을 기다려라. _08.04.21.
— 좋다! _08.04.22.
— Bang! Bang! Bang! _08.04.22.

란유웨이는 정신없이 바빴던 그날 밤을 생생히 기억하고 있다.

— 실패했다. 여자가 예정보다 일찍 집에 온 데다 남자와 있더군. 집 옆에 잠복해 있었는데 동행인이 있을 줄은 생각하지 못해서 남자가 갈 때까지 사각지대에 숨어 한참을 꼼짝도 하지 못했다. 다행히 나를 보진 못한 것 같았다. 남자가 가고 나서 급히 도망쳤다. 여자가 문을 열려고 열쇠를 찾는 틈에 뒤에서 덮치려고 했는데 통하지 않겠다는 생각이 들었다. 좀 더 주도면밀하게 계획을 세워야겠다. _08.04.27.

그날 란유웨이는 감정적으로 고양되어 있었다. 초조함과 흥분이 뒤섞여 '심람소옥' 블로그의 일기를 읽을 때보다 훨씬 격렬한 감정이 솟아났다. 그는 자기 자신의 그런 상태에 놀라움을 느꼈다. 푸른빛이 도는 회색으로 칠해진 세계에 돌연 반짝거리는 붉은 점들이 뿌려진 것 같았다. 란유웨이는 초등학교 때 자살을 시도했다. 미술 시간에 쓰는 공작용 칼로 손목을 긋던 순간에도 그의 심장은 평소와 다름없이 평온했다. 그 침착한 태도 때문에 그를 발견한 선생님은 자살 시도가 아니라 실수로 상처가 났다고 생각했다. 죽음 앞에서도 란유웨이의 감정에는 조금의 파동도 없었다. 그러니 그날 밤 일은 전에 없던 특별한 경험이었다.

— 쓸모없는 자식! _08.04.28.

― 핑계 대지 마. 그 집에 가지도 않았을 거야. _08.04.28.

― 잠시 멈추고 계획을 새로 세워. 급하게 하면 안 돼. 조급해할수
록 실수가 생긴다. _08.04.28.

대자연을 무대로 살아가는 포식자 맹수들은 사냥감이 도주
했을 때 황급히 추격하지 않는다. 반대로 어둠 속에 몸을 숨기
고 조용히 다음 기회를 기다린다.

― 집 밖에 숨어서 기다리는 것보다 여자가 돌아오기 전에 먼저 집
안에 들어가는 게 낫다. 가장 위험한 곳이 사실 제일 안전하다
잖아. 그 여자 집에 공간이 충분하다면 바깥에서 여자를 제압하
는 것보다 쉬울 테고, 목격자를 걱정할 필요도 없어. _08.07.15.

― 안 돼. 유리창에는 창살이 달려 있어. 다 확인해봤는데 창으로
는 들어갈 수 없다. 현관문의 자물쇠를 망가뜨리면 여자가 바로
알아챌 거다. _08.07.20.

― 문 앞의 현관 매트나 화분 아래는 살펴봤어? 네 말대로라면 그
여자는 혼자서 교외에 살고 있잖아. 집 열쇠를 잃어버리면 다른
방법이 없으니 여벌 열쇠를 집 바깥 어딘가에 숨겨뒀을 거야.
대부분 눈에 띄는 장소에 두지. 등잔 밑이 어둡다는 말처럼 찾
기 쉬운 곳일수록 나쁜 놈들이 찾지 못할 거라고 믿거든. 혼자
사는 여자들은 자기 생각이 다 옳다고 여기는데, 그게 바로 약
점이라고. _08.08.02.

지난주에 이 댓글을 읽었을 때, 란유웨이는 드물게 큰 소리로 웃음을 터뜨렸다. 그렇지, 눈에 잘 띄는 곳일수록 그냥 지나치기 쉽지. 그는 이 방법이 성공하면 댓글을 단 녀석에게 단단히 감사 인사를 해야겠다고 생각했다.

　　─ 좋아. 토요일에 간다. 행운을 빌어줘. _08.08.03.

　　타이밍은 완벽하다. 란유웨이의 마음속 깊은 곳에서 시커먼 기운이 다시금 용솟음친다.

　　딩동.

　　초인종이 울렸다.

　　란유웨이는 몸을 일으켰다. 현관문의 방범 렌즈에 오른눈을 댔다. 어안 렌즈라 문 밖에 서 있는 남자의 얼굴이 넓적하게 왜곡되어 보였다. 남자는 다시 초인종을 누르려던 참이었다. 란유웨이가 문을 열었다.

　　"택배입니다. 여기에 서명해주세요."

　　남자는 피자 상자 정도 되는 골판지 상자를 들고서 매일 수십 번 말했을 대사를 읊었다.

　　"수고하십니다."

　　란유웨이는 웃음 띤 얼굴로 수령증에 서명했다.

　　"9시가 다 되었는데, 아직도 배달을 하시는군요."

　　"네, 금요일에는 항상 물량이 많아요."

　　택배기사가 가볍게 고개를 끄덕이며 말했다. 란유웨이는 경쾌하게 서명을 마친 수령증을 돌려주었고, 택배기사는 살짝 허리를 숙이고는 바로 몸을 돌렸다.

현관문을 닫자마자 란유웨이의 미소는 일순간에 사라졌다. 상자를 바라보는 그의 눈이 섬뜩한 빛을 띤다.

타이밍이 참으로 완벽하다.

란유웨이는 고무장갑을 끼고 상자를 열었다. 안에는 하늘색 비키니 수영복이 들어 있다. 그가 5일 전에 인터넷 경매로 낙찰받은 것이다. 끈으로 묶는 스타일이다. 이걸 오늘 받을 줄이야. 그는 조심스럽게 비키니를 꺼내 흠이 없는지 검사했다. 이렇게 만전을 기하는 이유는 경찰이 섬유와 땀 등에서 용의자를 찾는 단서를 얻을 수 있기 때문이다.

인터넷 경매 사이트는 란유웨이에게 보물섬과도 같았다. 방법과 요령만 알면 생각지도 못했던 물건을 누구든 손에 넣을 수 있다. 게다가 그 과정에서 증거를 찾기 어렵다. 예를 들어 범인이 현장에 칼을 남겼다. 칼을 구입한 곳을 조사하면 경찰은 금방 용의자를 좁힐 수 있다. 그러나 오늘날의 범인은 세계 각지에서 전자상거래 형태로 칼을 구입해 우편물로 받을 수 있다. 전 세계의 칼 판매자를 모두 조사할 수는 없는 노릇이다. 란유웨이도 이런 방법으로 군용 칼과 야시경을 싼값에 사들였다. 20년 전 소련 붕괴 이후 군사 장비가 적잖이 민간으로 흘러나왔다. 여기에 인터넷의 발달이 겹치면서 이런 신기하고 괴상한 물품을 사는 것쯤은 손쉬운 일이 되었다.

내일. 내일이 바로 운명의 날이다. 하지만 란유웨이는 한 가지 일을 더 처리해야 했다.

"여보세요? 나 아웨이阿唯*인데."

그는 전화를 걸었다.

"응? 무슨 일이에요?"

전화를 받은 사람은 동료 직원이다.

"내일 캠프에 못 가게 됐어."

"네? 왜 못 가는데요?"

"집에 갑자기 일이 생겼어. 정말 미안해."

란유웨이의 목소리는 친절했다.

"아니…… 이번 캠프는 선배가 제안한 거잖아! 내가 진행 책임
자라서 준비하느라 엄청 고생했는데 이렇게 우리를 버려도 되는
거예요?"

"정말 어쩔 수 없는 상황이라서 그래. 내가 다음 주에 점심 살
게. 토니스Tony's나 추이화쉬안翠華軒 같은 비싼 레스토랑도 좋으
니까, 뭐든 분부대로 따르겠습니다!"

"그럴 것까지는 없고. 선배 빼고 우리끼리 진짜 즐겁게 놀 테
니까 두고 봐요. 캠프에 오지 않은 걸 후회하게 해줄 거야! 흥!"

란유웨이는 회사에서 항상 쾌활한 모습을 보였다. 동료 직원
들은 그가 자기네 사생활을 몰래 조사한 것을 전혀 알지 못한
다. 란유웨이는 이 회사에 입사한 지 1년 반 만에 두 번이나 승

---

* 중국에서는 친한 사람에게 이름이나 성 중 한 글자를 따서 아(阿), 샤오(小) 등을 붙여
부른다.

진했다. 상사는 란유웨이를 업무 능력이 뛰어나고 똑똑한 직원이라고 높이 평가한다. 회사 사람들은 그가 다른 사람의 열쇠를 복사해 기밀 자료를 빼낸 것도 모른다. 란유웨이는 그렇게 훔친 정보를 바탕으로 여러 차례 효과적인 기획안을 만들었다.

직장에서 성공을 거두기 위해서 그런 게 아니다.

그는 어둠 속에 숨어 다른 사람을 훔쳐보는 쾌감을 원한다.

'심람소옥'이라는 블로그를 찾았을 때와 비슷한 쾌감을.

2

토요일 밤 9시.

란유웨이는 주차를 하고 차 문을 닫으며 주변을 둘러보았다. 오늘을 위해 거의 매주 주말마다 이곳을 돌아다녔기 때문에 난완 해변 근처를 지역 주민만큼이나 잘 알고 있다. 관광객이 많이 돌아다니는 곳과 사람이 없는 조용한 곳이 어디인지, 어느 주택 단지에 밤새 잠들지 않는 청년이 있는지 등을 훤히 알았다. 란유웨이는 오늘의 사냥감이 사는 집으로 가지 않고 반대로 길 끝에 있는 편의점으로 들어갔다.

냉장고에서 과일 주스를 꺼낸 란유웨이는 계산대에 동전을 올려놓았다. 점원이 그를 슬쩍 보더니 가볍게 고개를 끄덕였다. 란유웨이도 미소를 돌려주었다. 란유웨이는 종종 편의점에 들러 점원과 안면을 텄다. 사진 마니아인 척하면서 무슨 브랜드의 필름이 있느냐고 물었고, 시답잖은 잡담을 한두 마디 던지곤 했다. 그렇게 상대방에게 자신의 인상을 남기는 것이다. 그는 계획이 실패할 경우 난완 지역에 온 이유를 설명할 핑계가 필요하다고 생각했다. 그래서 일부러 제삼자에게 자신에 대한 확실한 기억을 남기기로 했다. 만일 문제가 생기면 점원이 나서서 "저 사람은 주말에 와서 야경을 찍습니다. 도심지와 멀기 때문에 밤하늘이 깨끗해서 여기에 자주 옵니다"라고 증언해줄 것이다.

란유웨이는 차로 돌아왔다. 주스를 마실 생각은 없다. 그는 장갑을 낀 다음 트렁크에서 커다란 배낭 두 개를 꺼냈다.

차를 댄 곳에서 여자의 집까지는 걸어서 10분 정도 걸린다. 일부러 인적이 드문 곳에 차를 세웠다. 샛길로 접근하기 위해서다. 여자의 집에 가려면 다른 주택 두 채만 지나면 된다. 그러니 다른 사람이 그를 볼 가능성은 극히 낮다. 흐릿한 가로등을 에워싼 나방들이 전등 덮개에 부딪히는 모양인지 이따금 '탁' 하는 소리가 가느다랗게 들린다. 멀리서 개가 짖는다. 란유웨이는 아무도 마주치지 않았다.

드디어 문 앞이다.

란유웨이는 신중하게 사방을 살피며 문 가까이 접근했다. 숨을 죽이고 귀를 기울였다. 집 안에서는 아무 소리도 들리지 않는다.

전부 계획대로 진행되고 있다.

란유웨이는 몸을 수그렸다. 화분은 없지만 갈색 현관 매트가 보인다. 매트 한쪽을 들자 바닥에 약간 움푹한 곳이 보인다.

완벽하다.

그는 흥분을 가라앉히며 열쇠를 구멍에 꽂았다. 조심스럽게 돌려 잠긴 문을 열었다. 열쇠는 바닥 움푹한 곳에 놓고 매트를 덮었다. 누군가 매트를 건드렸다는 걸 눈치채지 못하게 아까와 꼭 같은 상태로 돌려놓았다.

집 안에 들어가 문을 닫은 란유웨이는 손전등을 켰다. 지금까지 그는 이 집의 문 앞까지만 와보았다. 안에는 처음 들어왔지만 실내 인테리어가 조금도 낯설지 않다. 블로그에서 수없이 많은 사진을 보았기 때문이다. 배낭에서 비닐을 꺼내 바닥에 깔았다. 현관에서 거실 쪽으로 1층 바닥 전체를 덮었다. 이곳에서 고문을 할 생각은 아니지만 만일의 상황이라는 것도 있으니 이런 준비는 필수적이다. 기초 작업이 끝났다. 이제 남은 것은 기다리는 일뿐이다.

아직 시간이 이르다. 란유웨이는 생각했다. 손목시계를 보니 이제 겨우 9시 반이다. 사냥감이 이렇게 일찍 모습을 나타내지는 않을 것이다. 갑자기 뭐라 말할 수 없는 충동이 치솟았다. 란유웨이는 계단을 바라보았다. 2층으로 올라가고 싶다. 그는 발을 비닐로 감싼 다음 조심스럽게 나무로 된 계단을 하나씩 밟아 올라갔다.

2층은 사진에서 본 것처럼 옅은 파랑색 벽지가 발라져 있고, 문은 흰색이다. 왼쪽은 화장실, 오른쪽이 침실이다. 란유웨이는 왠지 속옷을 훔치는 사람의 심정이 이해되었다. '훔친다'는 행위는 그저 수단에 불과하다. 정신적으로 속옷 주인을 '침범한다'는 게 핵심이다. 란유웨이는 오른쪽으로 한 발짝 내딛었다가 돌연 멈춰 서서 고개를 저었다. 그는 자신이 속옷 도둑과 같은 수준의 변태가 될 뻔했다는 데 깜짝 놀랐다. 오늘따라 감정의 파동이 자신조차 생각하지 못한 방향으로 움직이고 있다.

란유웨이는 손전등으로 화장실을 비췄다. 어떤 물건이 그를 놀라게 했다. 저게 왜 여기 있는 거지? 그는 귀신에 홀린 기분으로 그 물건을 집어 들었다. 하늘색 칫솔. 그 순간 란유웨이는 더 이상 참을 수가 없었다. 증거가 남을지도 모른다는 위험을 무릅쓰고 혀를 내밀어 칫솔모를 핥았다. 손이 덜덜 떨리고 있었다. 쾌감이 목 뒤에서 허리까지 내달린다.

'속옷 도둑보다 더한 변태가 되었군.'

란유웨이는 칫솔을 내려놓고 고개를 흔들면서 쓴웃음을 지었다.

1층으로 돌아온 란유웨이는 다시 기나긴 기다림을 시작했다. 한 시간쯤 기다리면 되겠지. 란유웨이는 그렇게 생각했다. 손전등을 끄고 창가에 앉아 유리창 너머로 현관문까지 이어지는 길을 훔쳐보았다. 시간이 흐를수록 그의 마음은 점점 평온해졌다. 란유웨이도 이런 스스로가 불가사의하게 여겨졌다. 이 순간이 오면 가장 흥분한 상태일 거라고 예상했는데 말이다. 좀 전에 느낀 갑작스러운 감정의 파동으로 뇌가 대량의 도파민을 분비해 지금은 신체가 그 상태에 적응한 듯싶었다.

왔다.

란유웨이는 머리카락을 어깨까지 늘어뜨린 여자가 천천히 현관문으로 이어지는 길을 따라 걸어오는 것을 보았다. 그녀는 계속 주변을 두리번거리면서 으슥한 곳에 사람이 있는지 살피는 듯했다. 란유웨이는 몸을 일으켰다. 숨소리를 죽이고 문에서 가까운 벽 귀퉁이에 섰다. 그는 야시경을 끼고 있어서 실내가 칠흑같이 어두워도 사물을 또렷하게 볼 수 있었다. 가벼운 발소리가 들리는 것으로 미루어 사냥감이 문 앞에 도착했음을 알 수 있었다. 그녀가 막 문을 열려고 하는데……!

딩—동—딩딩딩동—.

'이런! 휴대전화를 끄지 않다니!'

란유웨이는 바지 주머니에 넣어둔 전화기 위로 손을 덮어 최대한 벨소리를 죽이려고 애썼다. 하지만 그녀가 소리를 들었을 가능성이 컸다. 란유웨이는 곧바로 휴대전화를 꺼버리려고 했다. 그러나 사냥감이 이미 벨소리를 들었다면 갑자기 전화기를 끄는 행동은 오히려 누군가 집 안에 있다는 것을 알리는 꼴이 될 것 같았다. 란유웨이는 그녀가 벨소리를 듣지 못했기를, 혹은 집 안에서 알람시계나 집 전화가 울린 것으로 여기기를 빌었다.

휴대전화는 10초 정도 울리다가 끊겼다. 다시 정적이 찾아왔다. 란유웨이에게 그 10초는 몇 달 전, 이 집 바깥에서 일이 벌어졌던 때의 몇 분과 다를 것이 없었다. 물리적인 시간의 길이는 열 배 가까이 차이 나지만 불안감에 가슴이 쿵덕쿵덕 뛰는 기분이 완전히 동일했다.

들어와! 들어와! 그는 마음속으로 되뇌었다.

찰칵하는 소리가 나고, 현관문의 손잡이가 돌아갔다.

란유웨이는 긴장을 늦추지 않고 손잡이의 움직임을 주시했다. 그의 시선은 한 순간도 손잡이에서 떠나지 않았다.

천천히 문이 열렸다. 사냥감이 함정으로 들어왔다. 그녀는 전등을 켜기 전에 먼저 문부터 잠갔다. 그리고 몸을 돌린 순간, 발밑이 이상하다는 걸 깨닫는다.

"이게 뭐야……. 비닐?"

그 순간 란유웨이가 클로로포름을 묻힌 손수건으로 여자의 코와 입을 막았다. 여자는 도와달라는 소리도 지르지 못하고 정신을 잃었다. 란유웨이는 야시경을 벗은 후 전등을 켰다. 그런 다음 휴대전화를 꺼내서 보았다.

방금 전화한 사람은 캠프를 떠난 회사 동료다. 정말 큰일 날 뻔했다.

※

"깼나?"

새벽 3시, 여자가 몸을 뒤척이더니 정신을 차렸다. 지난 몇 시간 동안 란유웨이도 가만히 있지는 않았다. 우선 회사 동료에게 전화를 걸어 몇 마디 잡담을 나누고 끊었다. 그런 다음 밤하늘 사진을 몇 장 찍었다. 나중에 문제가 생겼을 때 이 근처에 있었던 이유와 증거를 남기기 위해서다. 여자의 집으로 돌아와서는 거실 한가운데로 기절한 여자를 옮기고, 그녀의 손가방을 샅샅이 조사했다.

"으……."

여자가 정신을 차리려 애쓰며 일어나 앉았다. 눈앞에 늘어진 긴 머리카락을 정리한 여자는 자기 앞에 펼쳐진 상황에 깜짝 놀랐다.

"다, 당신 누구야? 왜……."

"서두르지 말아요, 린치칭林綺青 씨." 비닐을 깐 의자에 앉아 있던 란유웨이가 가죽 지갑을 던졌다. "처음 뵙겠습니다. 안녕하신지요."

"내 신분증을……. 누구세요? 뭘 하려는 거죠?"

겁에 질린 린치칭이 비칠거리며 란유웨이로부터 먼 쪽으로 도망치려 했다.

"움직이지 마. 널 어떻게 할 생각은 없어." 란유웨이가 20센티미터 길이의 군용 칼을 꺼내 린치칭 앞에 들이댔다. "외진 곳이라 목이 터져라 소리를 질러봤자 아무도 듣지 못할 거야. 너도 잘 알잖아. 게다가 난 미리 준비를 다 해뒀거든."

린치칭은 군용 칼과 바닥에 깐 비닐을 번갈아 보더니 대강 상황을 짐작한 듯, 겁을 먹고 말도 제대로 하지 못했다.

"인터넷에 올린 사진은 잘 봤어. 전부 봤지. 네가 쓴 글도 다 기억해. 오늘을 위해 무진장 고생했어. 4월 말에 널 잡으러 왔을 때는 실패했지만, 하늘이 노력하는 자를 돕는지 드디어 오늘 네가 내 손에 들어왔군."

"나…… 나를……."

린치칭은 더듬거리며 제대로 된 말을 하지 못했다.

"반항할 생각은 집어치워. 네 알량한 실력은 여자한테는 먹힐지 몰라도 나한테 써먹으려고 했다가는 너만 힘들어져. 게다가 난 이것도 갖고 있어."

란유웨이가 등 뒤에서 짤막한 전기충격기를 꺼냈다. 스위치를 누르자 끄트머리에 달린 두 개의 금속판 사이에서 불꽃이 번쩍거렸다. 지지직대는 소리가 공포감을 조성했다.

린치칭은 란유웨이의 기세에 완전히 압도되었다.

"협조만 잘하면 다치지 않을 거야."

란유웨이가 전기충격기를 몸 뒤쪽에 내려놓으면서 좋은 사람이라도 되는 양 말을 건넸다.

린치칭은 주변을 두리번거리다가 바닥에 무릎을 꿇고 앉았다. 자신이 처한 상황을 완전히 이해한 듯했다. 그녀는 고개를 끄덕였다. 차차 눈가가 발갛게 변했다.

"좋아. 그럼 나를 정면으로 보고 옷을 벗어."

란유웨이가 말했다.

"네?"

린치칭의 얼굴이 창백해졌다. 입술을 조금 벌린 표정은 방금 무슨 말을 들었는지 자기 귀를 믿지 못하는 듯했다.

"벗어."

린치칭은 덜덜 떨면서 똑바로 섰다. 먼저 운동화와 양말을 벗었다. 맨발에 차가운 비닐이 닿자 저도 모르게 몸서리를 쳤다. 그녀는 빨강색 반팔 티셔츠와 청바지를 입고 있었다. 천천히, 그녀가 티셔츠를 벗어서 바닥에 내려놓았다. 이어서 청바지의 버클을 풀고 발밑으로 바지를 내렸다. 겉옷 안에는 검정색 브래지어와 팬티가 있다. 검정 레이스 가장자리에서 그녀의 흰 피부가 더 도드라지는 것 같다.

린치칭은 두 손을 늘어뜨렸다. 부끄러운 듯이 고개를 떨어뜨리고 란유웨이의 눈앞에 서 있다.

"벗어."

란유웨이는 표정을 바꾸지 않고 말했다.

눈물 한 방울이 린치칭의 눈꼬리를 따라 흘러내렸다. 그녀는 눈물을 닦고 브래지어의 후크를 풀었다. 왼손으로 가슴을 가린 그녀가 머뭇거리며 오른손으로 검정색 팬티를 끌어내렸다. 팬티가 긴 다리를 타고 떨어지자 오른손이 아랫도리를 가렸다.

"손 치워."

란유웨이가 명령했다.

린치칭은 망설였다. 하지만 그가 군용 칼을 들고 있어서 시키는 대로 하는 수밖에 없었다. 그녀가 손을 치우자 유두와 음부가 란유웨이 앞에 훤히 드러났다. 린치칭은 고개를 돌려 그의 시선을 피했다.

"이제 옷을 개."

"네?"

린치칭은 자기가 잘못 들었다고 생각했다.

"티셔츠와 청바지, 속옷을 잘 개란 말이야."

벌거벗은 린치칭은 바닥에 무릎을 꿇고 전전긍긍하며 옷을 단정히 갰다. 란유웨이가 일어섰다. 그녀는 화들짝 놀랐다. 그가 자신을 강간할 거라고 생각한 것이다. 란유웨이는 허리를 굽히고 린치칭의 손가방을 집어 그녀에게 건넸다.

"옷, 양말, 지갑까지 전부 가방에 넣어."

린치칭은 시키는 대로 했다. 란유웨이는 비키니 한 벌을 그녀 앞에 던졌다.

"이걸 입고."

린치칭은 이 상황이 잘 이해되지 않았다. 하지만 알몸으로 있는 것보다는 수영복이라도 입는 게 낫다는 생각에 묵묵히 하늘색 비키니를 입었다. 끈으로 묶는 방식이라 몸에 적당히 맞았고, 린치칭의 아름다운 몸매를 남김없이 드러냈다.

"이걸 신어."

란유웨이가 최신 유행 스타일의 플라스틱 슬리퍼를 그녀 앞에 내려놓았다. 밑창이 두꺼운 걸 보니 해변이나 수영장에서 신는 종류인 듯했다. 그러고 보니 란유웨이는 장갑을 끼고 긴팔 셔츠와 긴 바지를 입고 있는데, 어울리지 않게 동일한 디자인의 슬리퍼를 신고 있다.

린치칭이 슬리퍼를 신었다. 란유웨이는 그녀에게 손가방을 들라고 눈짓하고는 몸을 돌려 현관 쪽으로 향했다. 린치칭은 의자 위에 올려진 전기충격기를 힐끔거렸다. 그러나 란유웨이가 곧 칼을 들고 그녀 뒤에 붙어 섰기 때문에 저항할 기회를 잡을 수 없었다.

란유웨이는 배낭을 멘 다음 왼손을 린치칭의 왼쪽 어깨에 올려놓고 그녀 뒤쪽에 섰다. 두 사람의 거리는 보통 사람의 몸통 절반이나 될까 말까 했다. 란유웨이는 그런 자세를 유지한 채 린치칭을 재촉해 집을 나섰다. 그는 신중한 태도로 칼 손잡이를 꽉 잡고서 되도록 린치칭의 피부를 건드리지 않으려고 했다. 그러는 한편으로 왼손 엄지손가락을 그녀의 목덜미에 얹고, 집게 손가락으로는 쇄골을 누르고 있었다. 만약 도망치려고 하면 그의 칼이 반드시 그녀의 움직임보다 빠를 거라는 사실을 린치칭에게 알려주는 것이다. 란유웨이는 현관문을 닫기만 하고 잠그지 않았다.

어두운 가로등이 비추는 가운데, 두 사람은 집 뒤쪽의 자갈 해변으로 향했다. 새벽 3시가 넘은 시각이라 주변에 인적이라고는 없었다. 그들이 자갈 해변으로 가는 좁은 길에 들어섰을 때, 린치칭은 앞으로 행인을 만날 가능성은 거의 없을 거라고 생각했다. 5분도 안 되어 두 사람은 텅 빈 해변에 도착했다.

란유웨이는 목에 걸어둔 야시경을 썼다. 왼손은 여전히 린치칭의 어깨를 꽉 붙들고 있었다. 그가 가볍게 밀자 린치칭이 자갈 해변을 걸었다. 자갈이 부딪히며 내는 딸각딸각 소리가 공기를 울렸다. 란유웨이는 고개를 살짝 숙이고 발밑을 유의해서 살폈다. 자갈 해변이라 발자국이 남지 않겠지만 그래도 조심할 필요가 있었다. 란유웨이는 신중하게 린치칭이 디딘 곳을 그대로 밟으면서 걸었다.

바다까지 20미터 정도 남았을 때 란유웨이가 걸음을 멈췄다.

"정지. 여기에 손가방을 내려놔."

린치칭은 꼼짝도 못 하고 가방을 내려놓았다.

"계속 걸어."

두 사람은 앞뒤로 서서 바다를 향해 걸었다. 바다가 가까워질수록 자갈이 작아져서 거친 모래알로 바뀌었고, 발자국도 차츰 선명해졌다. 란유웨이는 계속해서 린치칭의 발자국 위를 밟으며 걸었다. 두 시간 후면 밀물 때라 발자국이 파도에 쓸려갈 거라고 생각하면서도 혹시 모를 허점이 드러나는 것이 신경 쓰였다.

"차가워!"

어둠 속에서 린치칭은 바다에 도착했음을 느꼈다. 바닷물이 그녀의 발가락 사이를 빠져나갔다.

"슬리퍼를 벗어."

란유웨이가 명령했다. 린치칭은 슬리퍼를 벗었다.

"장갑을 껴."

란유웨이는 군용 칼을 쥔 오른손을 움직여 엄지손가락과 집게손가락으로 바지 뒷주머니에서 얇은 고무장갑을 꺼내 린치칭의 오른쪽 어깨에 올려놓았다. 흐린 달빛 아래서 린치칭은 어렵사리 장갑을 꼈다. 그녀는 지금 이 상황이 도대체 어떻게 된 일인지 종잡을 수가 없었다.

"걸어."

"하…… 하지만 앞은……."

린치칭이 긴장한 목소리로 입을 뗐다.

"걸으라니까."

란유웨이의 냉정한 목소리는 바다의 파도 소리 같았다. 아무런 감정도 없는 그런 소리였다.

두 사람은 바닷물 안으로 걸어 들어갔다. 린치칭은 수영복을 입고 있었지만 란유웨이는 긴팔 셔츠와 긴 바지를 입었으니 물에 젖으면서 움직임이 불편해졌다. 바닷물은 린치칭의 종아리, 무릎, 허벅지, 배, 가슴 순서로 올라왔다. 그러나 란유웨이는 멈출 생각이 없어 보였다. 린치칭의 턱까지 물이 찼을 때, 그녀가 더 견디지 못하고 말했다.

"어디까지 가는 거예요? 뭘 어쩌려는 거죠?"

란유웨이는 린치칭보다 머리 하나만큼 더 크다. 바닷물이 그의 가슴께에서 찰랑였다. 그는 걸음을 멈추더니 칼을 허리에 찬 칼집에 넣었다. 란유웨이가 린치칭의 뒤통수를 움켜잡고 그녀의 정면으로 이동했다.

"내가 아까 그랬지, 협조하면 다치지 않는다고. 그렇지?"

린치칭이 머뭇대다가 고개를 살짝 끄덕였다. 그녀는 이 상황에서 벗어날 수만 있다면 강간을 당하는 것도 받아들이겠다는 마음이었다.

"미안한데, 거짓말이야."

란유웨이는 그렇게 말하면서 오른손으로 린치칭의 머리를 힘껏 눌렀다. 린치칭은 무방비 상태였던 데다 수심이 깊어서 순간적으로 물에 푹 잠겼고, 중심을 잃은 하반신이 수면으로 떠올랐다. 그녀는 팔을 마구 휘저으며 뭐라도 잡으려고 했다. 하지만 란유웨이가 상반신을 최대한 뒤로 젖히고 있어서 손에 잡히는 것은 란유웨이의 팔뿐이었다.

몸부림.

죽음을 앞둔 저항.

란유웨이는 흥분을 느끼지 못했다. 무기를 가지지 않은 여자를 죽이는 것은 그에게 나방 한 마리를 죽이는 것과 별다르지 않았다.

5분 후, 란유웨이는 여자가 호흡하지 않는다는 것을 재차 확인한 후 손을 놓았다. 린치칭의 몸뚱이는 엎드린 자세로 수면에 떠 있다. 란유웨이는 그녀의 손에서 장갑을 벗기고, 손톱에 장갑 조각이나 자기 옷의 섬유가 붙지 않았는지 꼼꼼히 살폈다. 그런 다음에야 그녀가 조류에 따라 흘러가게 두었다.

이곳에서 조류는 동쪽으로 흐른다. 란유웨이는 사전에 철저하게 조사했다. 시체는 바로 해안으로 올라오지 않고 약 여섯 시간 후에 난완 동쪽의 중주완^{中竹灣} 부두에서 발견될 것이다. 시체가 물에 잠겨 있는 시간이 길수록 남아 있을지 모를 증거는 더 많이 훼손된다.

란유웨이는 힘들게 자갈 해변의 다른 쪽 끄트머리를 향해 헤엄쳤다. 옷은 모조리 젖었다. 등에 멘 배낭이 생각보다 움직임에 큰 제약이 되었다. 처음 바닷물에 들어간 장소에서 멀리 떨어진 해변에 도착한 란유웨이는 얼른 젖은 옷과 장갑을 벗었다. 배낭에서 꺼낸 비닐 백에 대강 물을 짠 옷과 슬리퍼, 군용 칼, 린치칭이 꼈던 장갑까지 전부 한꺼번에 넣고 밀봉했다. 그는 배낭에서 또 다른 밀봉된 비닐 백을 꺼냈다. 안에는 마른 수건이 들어 있다. 그가 막 벗은 것과 똑같은 마른 옷도 있다. 같은 셔츠와 같은 바지다. 란유웨이는 수건으로 몸을 닦은 후 새로 꺼낸 옷을 입었다. 배낭에서 세 번째로 꺼낸 비닐 백에는 운동화와 양말이 들어 있다. 아까 린치칭을 기절시킬 때 신고 있던 양말과 신발이었다.

란유웨이는 신속하게 아까 그 집으로 돌아왔다. 새 장갑을 낀 다음 집 안의 가구를 원래 위치로 돌려놓고 바닥에 깔았던 비닐도 걷었다. 그는 원래 있던 물건 중 모르고 가져가는 것은 없는지 몇 번이나 확인했다. 린치칭의 손가방을 검사할 때 꺼냈던 개인 물품도 하나하나 재확인했다. 혹시라도 증거를 남기지 않기 위해서였다. 그는 전부 제자리로 돌려놓았음을 확신한 후에야 전등을 끄고 현관문을 닫았다. 매트 아래서 열쇠를 꺼내 문을 잠갔다. 란유웨이는 장갑을 벗고 열쇠와 같이 바지 주머니에 쑤셔 넣었다. 주변에 목격자가 없는지 유의하면서, 카메라를 들고 느긋한 태도를 연기하며 샛길을 통해 자신의 차로 돌아왔다.

휴.

란유웨이는 운전석에 앉아 긴 숨을 내쉬었다. 생각했던 것보다 순조로웠다. 현재 시각은 새벽 4시 반이다. 그는 배낭을 열어 현장에 남겨둔 물건이 없는지 한 번 더 검사했다. 손전등, 전기충격기, 밧줄, 비닐……. 신중하게 물건들을 재차 확인했다. 이것이 두 번째 검사다. 빠짐없이 챙겨서 나왔음을 다시 확인한 후에야 갑자기 한 가지 사실이 떠올랐다. 란유웨이는 배낭에서 디지털 카메라를 꺼냈다. 그리고 몇 시간 전에 샀던 과일 주스를 따서 한 모금 마시면서 카메라를 조작했다. 작은 액정 화면에 지하 인터넷 사이트의 '성적 학대' 게시판에 올라왔던 스무 장의 여성 나체 사진이 나타났다. 인터넷에 올라온 파일과 다른 점이라곤 얼굴에 모자이크 처리가 되어 있지 않다는 것뿐이다.

"제길, 사진 찍는 것을 깜빡했잖아."

시내의 집으로 돌아왔을 때는 이미 5시 반이었다. 란유웨이는 침대에 쓰러졌다. 하지만 잠들면 안 된다. 아직 해야 할 일이 남았다. 바닥에 깔았던 비닐과 장갑, 슬리퍼를 아침 일찍 쓰레기 수거차가 오기 전에 버려야 한다. 옷은 세탁기에 넣어야 하고, 운동화도 깨끗하게 빨아야 한다. 그는 경찰이 찾아올 가능성이 몹시 낮다고 생각하면서도 최대한 모든 세부 사항을 깔끔하게 처리하고 싶었다.

일요일 아침 10시, 란유웨이는 인터넷 브라우저를 열고 뉴스 사이트에 접속했다. 너무 졸렸지만 지금이 가장 중요한 시점임을 잘 알고 있었다. 그는 여섯 시간 전에 한 사람을 살해했다. 경찰이 시체를 발견하면 그들보다 빠르게 행동해야 한다. 란유웨이는 커피를 마시면서 5분마다 한 번씩 F5 버튼을 눌러 웹사이트의 내용을 '새로 고침'했다.

시간이 길면 길수록 그에게 유리하다.

한 시간, 두 시간, 계속 시간이 흘렀지만 뉴스는 나오지 않았다. 란유웨이는 본인이 직접 신고 전화를 하고 싶을 지경이었다. 조금만 더 늦었으면 그랬을지도 모른다. 그는 경찰과 기자들의 업무 효율이 너무 떨어지는 것 아니냐고 생각했다. 일요일 저녁

9시가 되어서야 기다리던 기사가 떴다.

[20:20] 중주완 부두에서 여성 시체 한 구가 발견되었다. 경찰은 이 여성이 해수욕을 하다가 익사한 것으로 보고 있다. 현재 실종자 명단을 바탕으로 사망자의 신분을 확인 중이다.

란유웨이는 의자 등받이에 몸을 기댔다. 피곤해서 죽을 지경이지만 한 가지 더 확인할 것이 남았다. 그는 브라우저의 메인 페이지로 돌아와 '심람소옥'을 찾아 들어갔다.

오늘 정말 재미있게 놀았다! 바다에서 몇 시간이나 수영했어! 하하하! 피곤하니까 여기까지만 써야지. 일기는 내일 보충하는 걸로 할래~~\(^3^)/~ chu~
_ 2008년 8월 10일

란유웨이는 블로그에 올라온 글을 읽자마자 그대로 침대에 쓰러져 곯아떨어졌다.

3

월요일 아침 8시. 란유웨이는 열한 시간을 자고 나서 깼다. 곧바로 텔레비전을 켰지만 아침 뉴스에는 린치칭 사건이 보도

되지 않았다. 그가 문을 열고 구독하는 신문을 가지고 들어왔다. 신문을 빠르게 넘기다가 구석진 자리에서 짧은 기사를 발견했다.

밤늦게 해수욕을 하던 여성, 사고로 익사

[본지 특보] 한밤중에 혼자서 해수욕을 즐기던 여성이 물에 빠져 사망한 사건이 발생했다. 사망자는 린치칭(25) 씨로, 난완 지역에서 혼자 거주하는 여성이다. 어제 저녁 8시, 경찰에 중주완 부두에서 시체를 발견했다는 신고가 들어왔다. 수영복 차림의 사망자는 신분증을 휴대하지 않은 상태였다. 경찰은 근처 해안을 수색하다가 난완 인근의 인적 드문 자갈 해변에서 유실된 손가방을 습득해 신고한 사실을 발견했다. 손가방에는 린치칭 씨의 지갑과 옷가지가 들어 있었다. 난완 경찰서에서는 어제 정오에 손가방과 슬리퍼가 해변에 남겨진 것을 발견해 물놀이 사고 가능성을 조사 중이었으며, 당일 저녁에 중주완 경찰서의 협조로 사망자가 린치칭 씨 본인임을 확인했다. 사고가 발생한 자갈 해변은 인명 구조요원이나 탈의실 등의 설비가 없는 곳으로 지역 주민들도 잘 알지 못하는 외진 장소였다. 해수욕을 하러 오는 사람도 거의 없어서 한적한 곳을 좋아하는 주민들만 종종 찾는 곳이다. 경찰에서는 린치칭 씨가 그제 자정에서 어제 새벽 사이에 혼자 물놀이를 하던 중 사고로 익사했으며, 의심스러운 정황은 전혀 없다고 결론지었다. 경찰 당국은 시민들에게 혼자서 외진 해변에서 수영하는 일을 자제해달라고 당부했다.

란유웨이는 신문을 내려놓았다. 셔츠를 입고 넥타이를 매며 출근 준비를 서둘렀다. 계획이 경찰에 들키지 않았다고 해서 특별히 즐거울 것도 없었다. 그는 모든 상황이 평소의 안정적인 상태로 돌아온 것에 위안을 느꼈다.

사무실에 도착하니 안내데스크 직원이 그에게 다가왔다.

"란유웨이 씨, 형사 두 분이 찾아오셨어요. 1번 회의실에 계십니다."

"그래요?"

란유웨이는 일부러 의아한 듯한 표정을 지어 보였다. 그는 책상에 서류가방을 내려놓고, 커피 한 잔을 타서 느긋하게 회의실로 향했다.

"란유웨이 씨입니까?" 목에 경찰 신분증을 건 기골이 장대한 형사 두 사람이 일어서서 그를 맞았다. "저는 우吳 형사이고, 이쪽은 어우양歐陽 형사입니다. 저희는……."

"제가 수사에 협조해드릴 게 있나요?"

란유웨이가 커피 잔을 내려놓고 웃으며 말을 가로챘다.

"네?"

형사들이 당황했다.

"농담한 겁니다." 그렇게 말하며 란유웨이가 악수를 청했다. "형사 팀장님께 미리 연락을 받았습니다. 새로 도입한 지문 식별 시스템의 사용법을 배우러 오셨죠? 생각보다 빨리 오셨군요."

우 형사와 어우양 형사도 미소 지으며 고개를 끄덕였다.

란유웨이는 경찰청 정보부에서 일하는 소프트웨어 개발자다.

정식 경찰은 아니고 계약직이지만, 경찰 내부에서 사용하는 소프트웨어의 개발과 관리 보수를 책임지고 있다. 경찰 조직 연락망, 데이터베이스, 지문 대조 시스템처럼 범죄 수사에 도움이 되는 프로그램을 만드는 것이다.

그는 시스템 관리 보수를 책임지는 엔지니어이기 때문에 데이터베이스에 접근할 수 있는 상당히 높은 권한을 갖고 있다. 그래서 일반 시민은 알지 못하는 범죄 사건의 내막을 수없이 열람했다. 흉악 범죄의 피해자 얼굴과 상세한 검시 보고서 같은 것들 말이다. 그래서 신 시티 사이트에 올라온 스무 장의 사진이 이스턴 구에서 벌어진 살인 사건 피해자의 사진임을 알아볼 수 있었다. 또한 악명 높은 '이스턴 살인마'의 정체도 알아낼 수 있었다. 처음에는 살인마의 아이디만 알았을 뿐, 이름이 '린치칭'이라는 건 몰랐지만 말이다.

란유웨이는 정의감에 불타는 사람이 아니다. 사실 그는 이스턴 살인마가 누구든 관심이 없다. 그의 즐거움은 '심람소옥' 블로그에 올라오는 일기를 읽으며 어둠 속에서 '샤오란'의 일거수일투족을 염탐하는 것이다. 처음 그 블로그를 발견하고서 넉 달간은 몹시 즐거웠다. 그러나 시간이 지날수록 샤오란의 일기가 갱신되기만을 기다리는 것이 지겨워졌다. 그는 새로운 각도에서 블로그의 주인을 염탐하고 싶었다. 란유웨이는 다니던 직장을 그만 두고 샤오란이 인턴으로 일하는 정부기관에 입사하기로 마음먹었다. 한 달여를 노력한 끝에 그는 2007년 2월 경찰 정보 부서에 채용되었다. 그리고 1백여 명이 근무하는 부서에서 샤오란을 찾아냈다. 그녀의 이름은 저우메이란周美藍이다.

란유웨이는 저우메이란을 더 가까이서 관찰하기 위해 직장에서 성과를 내려 애썼고, 자신의 일을 도울 인턴사원을 직접 선정할 수 있는 프로젝트를 준비했다. 결국 란유웨이는 저우메이란과 같은 팀이 되는 데 성공했다. 살면서 그때처럼 흡족했던 적이 없었다. 그는 이런 감정이 '사랑'이 아니라는 것을 잘 안다. 자신은 그저 타인에게 강한 영향력을 행사한다는 사실에 쾌감을 느낄 뿐이다. 그가 이 모든 상황에 기꺼워하며 만족감에 빠져 있을 때, 상상조차 하지 못한 문제가 하늘에서 뚝 떨어졌다.

2007년 7월.

나는 인터넷에서 한 여자를 지켜보고 있다

란유웨이는 신 시티 게시판에서 '심람소옥' 블로그에 올라왔던 사진을 발견했다. 샤오란이 M&Q에서 산 조끼 사진이다. 란유웨이는 부서에서 회식을 하던 날 샤오란이 그 조끼를 입은 모습을 본 적도 있다. 누구인지는 몰라도 게시판에 글을 올린 사람은 란유웨이와 마찬가지로 샤오란을 관음하는 사람이다. 다만 란유웨이는 인터넷이라는 공간을 믿지 않는다. 자신의 생각과 욕망 그리고 충동을 타인과 나눈다는 것은 지극히 어리석은 짓이다. 어쨌든 란유웨이는 다른 사람이 샤오란에게 관심을 갖는다는 것을 알고 심기가 불편했다. 게다가 글을 올린 사람의 아이디로 검색하다가 '성적 학대' 게시판에서 그 사진들을 보았다.

샤오란에게 눈독을 들이고 있는 사람이 이스턴 살인마라 니…….

이스턴 살인마는 왜 신 시티 게시판에 다음 범행의 목표를 공개한 것일까? 란유웨이는 그자가 자신의 '작품'을 세상에 알리고 싶어 한다고 느꼈다. 그러나 어떻게 자신의 존재감을 드러낼 것인가? 진짜 범죄의 피해자 사진을 올려도 멍청한 놈들에게 조롱이나 받을 뿐이다. 그렇다고 해서 그게 어떤 사진인지, 자신이 누구인지 다 밝힐 수도 없는 노릇이다. 결국 익명성 뒤에 자신의 정체를 숨기고 새로운 범죄를 저지르겠노라 선언해 시선을 끌기로 했을 것이다. 인간이란 세상에서 숨겨진 지하의 인터넷 게시판에서조차 자신에게 동조해주는 사람들의 호응을 갈구한다.

그 글을 발견한 다음 날, 란유웨이는 팀원들과 점심을 먹는 자리에서 샤오란에게 시내로 이사를 오라고 권유했다. 그러나 그녀는 자신의 공수도 실력을 자랑하며, 지금 집에 익숙해져서 이사할 생각이 없다고만 했다. 란유웨이는 도리 없이 신 시티 게시판에서 이스턴 살인마의 동정을 예의 주시해야 했다. 지난 두 차례 범행을 보면 이스턴 살인마는 범행 간에 6개월의 간격을 두었고, 범행 수법을 보아도 무모하게 덤비는 녀석은 아닌 듯했다. 놈이 충분히 계획을 세워서 실행에 옮기는 성격이니까 저우메이란의 주변에서 눈을 떼지 않고 지켜보고 있으면 무슨 일이 있기 전에 예방할 수 있으리라 생각했다.

이스턴 살인마는 그 후 넉 달간 아무런 움직임도 보이지 않았다. 란유웨이는 놈이 범행을 포기했다고 여겼다. 그런데 갑자기 지하 포럼에 글쓴이의 댓글이 달렸다.

— 그녀와 상당히 가까워졌다. 이제 손을 쓸 수 있을 것 같군. 그녀
는 혼자 살거든. _07.11.14.

란유웨이는 자신이 이스턴 살인마의 접근을 알아채지 못한 것에 당황했다. 그는 저우메이란이 매일 무엇을 하는지, 하루 일과부터 가까운 친구들까지 전부 파악하고 있는데 언제 이스턴 살인마가 저우메이란과 가까워졌다는 것일까? 란유웨이는 다급히 블로그에 올라온 일기를 하나하나 뒤진 끝에 자신의 맹점을 발견했다.

이웃집에 예쁜 언니가 이사를 왔다. 언니도 나처럼 혼자 산다고 한다. 언니는 정말 예쁘고 날씬하다. 미사 C.^Misa C.라고 하는 일본 모델을 닮았어! 언니가 우리 집 근처에 자갈 해변이 있다는 이야기를 해주었다. 자갈이라서 발은 좀 아프지만 다른 해변보다 물이 깨끗하고 사람도 적단다. 나중에 가봐야지! 5분 정도면 갈 수 있다니까 엄청 가깝다. 이제 나도 여름에 매일 해수욕을 즐길 수 있겠네~~!
_ 2007년 11월 2일

이스턴 살인마는 여자였다! 란유웨이는 그 순간 모든 게 이해

되었다. 이스턴 살인마가 죽인 피해자에게는 강간의 흔적이 없었다. 범인이 성불구이거나 불감증이어서가 아니었다. 범인이 여성이었기 때문이다! 란유웨이는 온갖 범죄와 살인 사건의 자료를 찾아보았다. 성범죄자 중에는 피해자를 고문하고 학대해야만 발기하는 사람들이 있다는 것을 안다. 그래서 이스턴 살인 사건을 접했을 때 피해자가 온몸에 성한 곳이 없을 정도로 고문을 당하고도 강간의 흔적이 없는 것이 불합리하다고 생각했다. 그는 범인이 심각한 성기능 장애를 앓는 환자일 것이라 예상했었는데, 실제로는 훨씬 간단한 이유였다.

이제 이스턴 살인마가 어디에 사는지, 다음 목표는 누구인지 다 알게 되었다. 그러나 란유웨이 입장에서는 전보다 복잡한 상황이다. 이러지도 저러지도 못하는 진퇴양난이랄까. 그가 이스턴 살인 사건의 범인을 밝혀내 법의 심판을 받게 하면 저우메이란은 위험에서 벗어날 수 있다. 하지만 이스턴 살인마가 저우메이란을 노렸다는 사실과 그 시발점도 세상에 공개된다. 블로그 때문에 살인마의 표적이 될 뻔했다는 걸 알게 되면 샤오란은 더 이상 블로그에 일기를 올리지 않을 것이다. 불 보듯 뻔한 결말이다. '심람소옥'이 사라지면 란유웨이는 모르핀을 맞지 못하게 된 암 환자처럼 죽음보다 못한 삶을 살게 된다. 그렇다고 해서 이스턴 살인마를 그냥 내버려두면 샤오란이 살해될 테니 역시 블로그에는 더 이상 새 일기가 올라오지 않을 것이다.

이틀간 고민한 끝에 란유웨이는 가장 소극적인 방법을 쓰기로 결정했다. 지연시키는 것.

— 충동적으로 하지 마. 찬찬히 준비해야 성공한다. 여자의 하루 일과는 파악했나? 들키지 않을 자신 있어? 월척을 낚으려면 낚싯줄을 길게 잡으라고 했다. 무모하게 일을 벌이면 망치기 쉬워. _07.11.16

란유웨이가 이런 댓글을 남긴 것은 오로지 상황을 해결할 계획을 세울 시간을 벌기 위해서였다. 그러나 2008년 4월 26일 토요일 밤, 이스턴 살인마는 결국 행동을 개시했다. 그 여자가 게시판에 미리 댓글을 남긴 것이 다행이라면 다행이었다. 란유웨이는 샤오란이 다니는 일본어 학원 근처에서 기다렸다가 수업을 마치고 나오는 그녀와 우연히 마주친 척했다. 란유웨이는 샤오란을 차로 데려다주겠다고 고집을 피웠다. 이스턴 살인마의 계획을 저지하려면 다른 방법이 없었다.

그는 샤오란의 집 문 앞까지 함께 갔고, 그녀가 집에 들어가는 것을 지켜본 뒤 따로 전화를 해서 잡담하는 척 한 번 더 안전을 확인했다. 그러고도 차를 몰고 주변을 한 바퀴 돌아봤고, 샤오란의 집 앞 길모퉁이에 차를 대고 다음 날 새벽까지 살펴보고서야 돌아갔다. 란유웨이는 샤오란을 데리고 문 앞까지 가는 동안 주변을 바짝 경계했다. 이스턴 살인마가 어디선가 튀어나오지 않을까? 무기를 갖고 있지는 않을까? 그 여자가 나를 죽일까? 란유웨이는 죽음 자체는 아무렇지도 않았다. 다만 죽을지 살지 확실하지 않은 불확정성의 순간이라는 데 매혹되었다. 손목을 긋고 독극물을 마시는 행동은 타인에게 살해되는 것에 비할 바가 못 된다. 살해가 훨씬 자극적이다.

샤오란의 집 문 앞에 서 있던 몇 분간, 란유웨이는 진정으로 살아 있다는 의미를 느낄 수 있었다.

이스턴 살인마가 신 시티 게시판에 "실패했다"는 글을 남겼다. 란유웨이는 그날 밤 그 여자가 손을 뻗으면 닿을 만큼 자신과 가까운 곳에 있었다는 사실을 알게 되었다. 그 여자는 이대로 포기할 생각이 없는 듯했다. "좀 더 주도면밀하게 계획을 세워야겠다"고 명확하게 썼으니 말이다. 란유웨이는 이 상황을 해결할 방법은 단 하나라는 것을 인정해야 했다. 샤오란이 이런 사실을 알기 전에 이스턴 살인마를 죽여야 한다.

> ─ 잠시 멈추고 계획을 새로 세워. 급하게 하면 안 돼. 조급해할수록 실수가 생긴다. _08.04.28.

란유웨이는 다시 한 번 댓글을 이용해서 이스턴 살인마의 행동을 지연시켰다. 지난번과 다른 점이라면 댓글로 그 여자의 행동을 늦추는 것과 동시에 적극적으로 자신의 '살인 계획'을 세웠다는 것이다. 그는 주변 환경을 연구하고 해류의 방향, 밀물과 썰물의 교차 시간을 계산했으며 밤하늘을 찍는 취미가 있는 사진 애호가라는 가짜 이유를 준비했다. 그는 이 계획을 세우는 데 3개월을 쏟았다.

란유웨이가 준비를 마쳤을 때쯤, 이스턴 살인마는 반대로 슬럼프에 빠져 있었다. 그 여자는 저우메이란의 집에 침입할 방법을 생각해내지 못했다. 란유웨이는 그 여자의 범행을 기다리며 안달했다. 그가 세운 계획은 여름에만 쓸 수 있었기 때문이다. 그는 그 여자, 이스턴 살인마를 익사 사고로 위장해 죽일 참이었다.

— 문 앞의 현관 매트나 화분 아래는 살펴봤어? 네 말대로라면 그 여자는 혼자 교외 지역에서 살고 있잖아. 집 열쇠를 잃어버리면 다른 방법이 없으니 여벌 열쇠를 집 바깥 어딘가에 숨겨뒀을 거야. 대부분 눈에 띄는 장소에 두지. 등잔 밑이 어둡다는 말처럼 찾기 쉬운 곳일수록 나쁜 놈들이 찾지 못할 거라고 믿거든. 혼자 사는 여자들은 자기 생각이 다 옳다고 여기는데, 그게 바로 약점이라고. _08.08.02.

란유웨이는 이 댓글을 보자마자 뭐라 말할 수 없는 기쁨을 느꼈다. 정말 천하의 미친 소리다! 혼자 사는 여자가 문 밖에 예비 열쇠를 놔둔다고? 영화를 너무 많이 본 것 같다. 하지만 이 녀석이 하도 자신만만하게 큰소리를 쳐서 이스턴 살인마가 믿을 것 같았다. 그래서 란유웨이는 이스턴 살인마가 언제 범행을 할지 날짜를 파악한 다음, 일부러 샤오란을 다른 곳으로 보냈다. 토요일 저녁 그녀는 집으로 돌아오지 않을 테고, 란유웨이는 매미를 노리느라 뒤에서 참새가 자신을 잡아먹으려 하는 줄도 모르는 사마귀를 기다리기만 하면 된다.

8월 9일 저녁, 란유웨이는 샤오란의 집 현관문 앞에 섰다. 그는 사무실에서 미리 그녀의 집 열쇠를 복사했다. 그러나 샤오란의 집에 현관 매트나 화분이 있었는지 신경 써서 본 기억이 없었다. 현관 매트가 있어도 바닥에 고정되어 움직일 수 없게 되어 있을까 봐 걱정도 되었다. 혹은 열쇠를 매트 아래에 넣었을 때 매트가 불룩 솟아올라서 이상하게 보일지도 몰랐다. 그런데 현관 앞에 놓인 매트를 들어 올렸더니 그 아래에 마침 알맞게 움푹 파인 곳이 있었다. 그 순간 란유웨이는 이 계획이 완벽하게 진행되리라는 것을 직감했다. 그는 현관문을 열고 나서 열쇠를 매트 아래에 숨겼다. 이제 이스턴 살인마가 오기만 기다리면 된다.

예상대로 살인마는 여자였다. 그녀는 매트 아래의 열쇠로 문을 열고 열쇠를 원래 자리에 놔두었다. 그런 다음 집 안으로 들어왔다가 곧바로 란유웨이의 손에 정신을 잃었다. 란유웨이는 그녀의 손가방을 열어 어떤 도구들을 가져왔는지 살펴보았다. 무시무시한 물건들이었다. 밧줄, 바닥에 까는 비닐, 디지털 카메라, 놀랍게도 전기충격기까지 있었다. 방금 그녀가 전기충격기를 쥐고 들어왔더라면 반대로 란유웨이가 바닥에 쓰러졌을지 모른다. 그는 이스턴 살인마의 범행 수법이 전기충격기로 피해자를 기절시킨 다음, 그들을 은밀한 장소로 데려가 고문하는 것임을 알아차렸다. 저우메이란의 집 앞에는 몸을 숨길 만한 곳이 거의 없기 때문에 첫 범행 시도에서 실패하자 계획을 바꾼 것 같았다.

란유웨이는 이스턴 살인마의 지갑을 열어 이름을 확인했다.

린치칭. 바닥에 쓰러진 린치칭을 보자 란유웨이는 갑자기 묘한 아이디어가 떠올랐다. 린치칭이 한 짓을 그대로 그녀에게 돌려주는 것이다. 마구 고문한 뒤 사진을 찍어서 신 시티 게시판에 올리면 어떨까? 하지만 그 생각은 금세 접었다. 첫째, 그가 원래 세웠던 계획에서는 시체에 어떠한 상처도 남아서는 안 된다. 둘째, 고문을 하고 사진을 찍으면 계획한 살인의 절차를 흐트러뜨리게 되고, 그러면 불필요한 번거로운 일이 생기기 마련이다. 다만 고문하지는 않더라도 이스턴 살인마의 사진을 한 장 찍어 기념으로 삼을 작정이었다. 그러지 않으면 사흘만 지나도 린치칭이 어떻게 생겼는지 잊어버릴 테니 말이다. 그러나 결국 란유웨이는 사진 찍는 것을 잊고 말았다.

그 뒤로는 모든 것이 순조로웠다. 린치칭이 한밤에 해수욕을 한 것처럼 위장했고 익사 사고로 꾸몄다. 전부 별 탈 없이 흘러갔다. 란유웨이가 예상하지 못한 부분은 린치칭이 위협을 받자 당황했으며, 심지어 눈물을 흘렸다는 점이었다. 그는 이스턴 살인마가 자신과 마찬가지로 감정이 결핍된 '비정상적 존재'일 거라 예상했다. 그런데 알고 보니 그녀는 보통 사람이었다. 란유웨이는 나중에 곰곰이 생각해보고 해답을 찾았다. 감정이 결핍된 사람은 잘 알지도 못하는 대상을 재미삼아 살해할 리가 없다. 감정이 넘치고 욕구에 가득 찬 사람이야말로 이런 길을 선택한다. 사실 살인이란 힘들고 재미없는, 세상에서 최고로 귀찮은 일이다. 란유웨이는 저우메이란을 놀라게 하지 않는 선에서 일을 해결하려고 최대한 노력했다. 샤오란의 집에서 그녀를 죽이러

온 린치칭을 붙잡아 반대로 그 여자를 살해했다. 경찰이 린치칭의 죽음에서 어떤 의문점을 찾아내더라도 살인이 벌어진 장소가 아무런 관련도 없는 저우메이란의 집일 줄은 어떻게 알겠는가. 저우메이란과 린치칭이 이웃이라 두 사람의 집이 가깝다고 해도 말이다.

"아웨이! 이 나쁜 놈아!"

지문 식별 시스템에 관한 설명을 들은 형사들이 떠났다. 막 자기 자리로 돌아온 란유웨이에게 회사 동료 리리리李麗麗가 득달같이 달려왔다.

"왜 그래? 내가 또 뭘 잘못했습니까, 여왕님?"

란유웨이가 일부러 경박한 말투로 대답했다.

"지난주에 직원들끼리 캠핑을 가자고 나서더니 샤오란이 진행 책임까지 맡았는데 혼자 쏙 빠져나가?"

리리가 불쾌한 표정으로 말을 받았다.

"집에 일이 생겼다니까."

란유웨이가 어깨를 으쓱하며 어쩔 수 없었다는 제스처를 해 보였다.

"네가 제안한 게 아니라면 샤오란이 그렇게 정성 들여 캠프를 준비했겠어? 나하고 샤오란은 그것 때문에 일본어 수업도 빼먹 었는데!"

"거기선 즐겁게 놀았지?"

"흥, 네 녀석이 빠진 덕분에 잘만 놀았다! 주말 이틀 내내 날

씨가 좋았잖아. 토요일에는 고기를 구워 먹고, 어제는 해수욕을 실컷 했지. 엄청 재미있었어. 그렇지만 샤오란이 제일 기분 좋았던 때가 언제인지 알아?"

"언제인데?"

"토요일 밤에 네가 전화 걸었을 때였어! 아웨이, 네가 캠프에 못 오는 바람에 샤오란은 토요일 저녁까지 정신이 나가 있었다고. 그날 밤 10시에 너한테 전화했는데 안 받았다며? 샤오란이 아주 울상이 되었단 말이야. 널 샌드백처럼 마구 두들겨주고 싶더라. 여자 쪽에서 이렇게 적극적인데 언제까지 모른 척할 거야? 뭐라고 대답을 해줘야 할 거 아니야!"

"샤오란은 아직 어려. 몇 년 뒤에 다시 이야기해."

란유웨이가 민망한 표정을 꾸며냈다.

"네가 무슨 생각인지 도대체 모르겠다. 샤오란은 어리고 예쁜 데다 순진하기까지 한데, 너는 그 애를 좋아하는 것 같았다가 아닌 것 같았다가 종잡을 수가 없으니. 어쨌든 내가 예뻐하는 동생을 울리면 가만 안 둬!"

리리가 무서운 표정을 지으면서 란유웨이를 노려보았다.

"아, 잠깐만." 리리가 자기 자리로 돌아가려는데 란유웨이가 그녀를 불러 세웠다. "캠프에서 말이야, 샤오란이 칫솔을 깜빡 잊고 안 가져오지 않았어?"

"그걸 어떻게 알았어? 칫솔을 집에 두고 온 걸 알고는 샤오란이 무척 당황했지. 너도 알다시피 그 애가 위생용품에 신경을 많이 쓰잖아. 꼭 치의학협회에서 추천한 칫솔과 치약을 써야 한다면서 말이야……."

리리가 눈을 둥그렇게 뜨고 의아해했지만, 란유웨이는 신비한 미소만 지었다.

그는 샤오란을 사랑하는 것이 아니다.

단지 어둠 속에 숨어 훔쳐보는 쾌감이 좋을 뿐이다.

'심람소옥' 블로그를 통해 블로그의 주인이 어떻게 지내는지 몰래 알아내는 쾌감이.

c

Var.II Allegro e lusinghiero

산타클로스 살인 사건

"안녕! 15번가의 테일러지? 오늘은 어쩌다 여기에 왔나?"

"말도 마. 상원의원 아무개가 15번가에 온다고 해서 거기 있던 노숙자들이 다 쫓겨났어."

크리스마스 날 저녁, 테일러는 가재도구를 챙겨들고 큰 눈이 내리는 뉴욕 시내를 가로질러 맨해튼 15번가에서 도시 반대편으로 옮겨왔다. 그곳에서 노숙자 쉼터에서 알게 된 샘을 만났다. 1년 전, 테일러는 다니던 공장이 도산하는 바람에 직장을 잃었다. 실직하고 반년이 될 무렵엔 빚더미에 올라앉았다. 그는 아내와 아이들에게 부담을 주지 않으려고 서명을 마친 이혼 서류만 덜렁 남겨두고 집을 나왔다. 그렇게 빚쟁이를 피해 거리를 전전하며 살고 있다.

"테일러, 이리 와서 불 좀 쬐게."

담배를 입에 문 버트가 테일러를 손짓으로 불렀다. 교각 아래에 네다섯 명의 노숙자가 화로를 둘러싸고 몸을 녹이고 있었다. 그 '화로'라는 건 실은 버려진 목재를 채운 철통이다. 그러나 돌아갈 집이 없는 이들에게 이 철통은 엄동설한에 목숨을 부지할 수 있게 해주는 중요한 재산이었다.

"그제 이스트 76번가에서 누가 얼어 죽었다더군." 버트가 흰 연기를 뿜어내며 말을 이었다. "지난주에 넷이 죽고, 이번 주에 셋이 죽었어. 얼어 죽었거나 아니면 병들어 죽었지. 시체안치소에 처넣어진 뒤에는 모조리 '신원을 알 수 없는 시체'로 처리되는 거야. 허, 우리가 이런 미친 날씨에 살아남아 있다는 건 기적이나 다름없어."

"쳇! 살아서 이런 고통을 겪으니 죽어서 하느님의 돌봄을 받는 게 더 행운인 것 아냐?"

키가 작은 샘이 웃으면서 투덜거렸다.

테일러는 버트 옆에 붙어 서서 화로 쪽으로 손을 뻗었다. 하루 종일 걸었던 그의 몸은 꽁꽁 얼어 제대로 움직일 수조차 없었다. 그는 화로의 불길에 소맷부리가 타는 것도 아랑곳하지 않았다. 손가락이 이미 추위에 마비되어 당장이라도 떨어져나갈 것만 같았기 때문이다. 점차 열기가 퍼지면서 테일러는 잃어버린 두 손이 돌아온 듯한 느낌을 받았다.

"자, 테일러."

버트가 종이컵 하나를 건넸다. 안쪽을 들여다본 테일러는 깜짝 놀라며 얼른 컵에 입을 댔다. 한 모금 마시자 이번에는 영혼이 몸에 돌아온 것 같았다. 컵에 담긴 것은 위스키였다.

"버트, 어디서 이런 좋은 게 났나? 강도짓이라도 했어?"

버트가 한쪽으로 고갯짓을 하며 대답했다.

"아냐, 존이 가지고 왔어."

테일러는 존이라고 불린 뚱보 쪽으로 가볍게 고개를 숙여 감사 표시를 했다. 존 역시 살짝 미소를 지으며 손에 든 술병을 흔들어 보였다. 그는 술을 꽤 많이 마신 듯 얼굴이 벌겋게 달아올랐고 눈도 반쯤 감겨 있었다.

"크리스마스 저녁에 술을 마실 수 있다니, 이거야 정말 산타클로스의 선물이로군." 샘이 존을 향해 종이컵을 들어 보이며 말했다. "저 녀석이 바로 우리들의 산타클로스야."

"존이 산타클로스라면 한 끼 배불리 먹을 수 있게 해달라고 빌어야지."

버트가 웃으며 말을 받았다.

존이 위스키를 한 모금 더 마시더니 갑자기 입을 열었다.

"산타클로스라고 하니 말인데, 이야기 하나 들어보겠나?"

"말해봐. 우리는 남는 게 시간이고, 사는 게 재미없으니까."

버트가 대답했다.

존은 술병을 내려놓고 소매로 입가를 닦은 다음 말했다.

"산타클로스는 매년 그린란드의 마을에서 요정들과 선물을 준비한다고 하지. 그런데 세월이 흐르면서 산타클로스를 믿는 아이들이 줄어들고, 그러다 보니 그가 받는 편지도 점점 줄어들었어. 사람들이 산타클로스를 잊어버린 거야. 하지만 산타클로스와 그의 아내 그리고 요정들은 매년 묵묵히 일을 했다네."

"금융 위기의 해일이 밀려오면서 산타클로스도 우리처럼 개같은 고용주에게 잘린 거군."

버트가 끼어들어 익살을 떨었다.

얼굴에 흰 수염이 가득한 존이 쓴웃음을 짓더니 말을 이었다.

"어느 해 12월, 산타클로스의 아내는 남편이 수심에 싸인 얼굴을 하고 있는 것을 보았지만 크게 신경 쓰지는 않았어. 그러다 산타클로스는 크리스마스이브에 순록이 끄는 썰매에 선물 포대를 싣고 1년에 한 번 떠나는 출장을 갔지. 남편이 떠나고 얼마 후, 아내는 서재에서 편지 한 장을 발견했어. 어린이의 소원 편지가 누락된 줄 알고 얼른 열어보았는데, 내용을 읽고 얼굴이 새파랗게 질렸지. 편지의 내용이 생각한 것과는 너무도 달랐거든."

"청구서였군! 내 아내도 청구서를 보면 얼굴이 파랗게 되었지."

버트가 껄껄 웃어댔다.

"산타클로스, 나는 올해 크리스마스에 당신을 죽일 거요. 크리스마스를 혐오하는 이로부터.' 편지에는 이렇게 쓰여 있었어."

존의 담담한 말에 버트의 웃음이 뚝 멎었다.

"무슨 이야기가 이래?"

테일러가 의아해하며 말했다.

"와! 이렇게 전개될 줄은 몰랐는데. 그다음엔 어떻게 되나? 산타클로스가 살해돼?"

버트는 더 이상 딴소리하지 않고 호기심 어린 말투로 질문했다.

존은 술을 한 모금 더 마셨다.

"산타클로스의 아내는 불안에 떨었어. 끝날 것 같지 않던 밤이 지나고 크리스마스 아침이 밝았지. 그리고 순록이 끄는 썰매가 하늘 저편에서 나타났어. 그녀는 겨우 안심했어. 하지만 썰매 위를 보고는 그만 까무러치고 말았다네. 썰매 위에 밧줄로 묶인 머리 없는 시체가 앉혀져 있었기 때문이지. 산타클로스의 머리는 사라지고 없었어."

"이거 공포물인가?"

샘이 물었다.

"추리물이야." 그렇게 대답한 존은 이내 이야기를 이어갔다. "산타클로스 마을은 순식간에 엉망이 되었네. 요정들은 시체를 검시한 후에 범인의 수법이 몹시 잔인하다는 결론을 내렸지. 범인은 산타클로스의 머리를 잘랐어. 새하얀 수염이 썰매 위에 어지럽게 흩어져 있었다네."

"추리물이라고? 그럼 피아노 줄을 피해자의 목에 걸고 순록썰매의 속도를 이용해 산타클로스의 머리를 몸에서 분리시켰다, 뭐 그런 트릭인 거야?"

테일러가 말했다.

"아니면 산타클로스가 안전 운전을 하지 않아서 브루클린 다리를 날아 넘다가 고도 조절을 잘못했을지도 몰라. 다리에 머리를 부딪쳐서 죽은 거 아니야?"

버트가 눈썹을 치켜올리며 말했다.

"요정들이 시체의 목에서 잘린 자국을 확인했는데, 산타클로스는 목이 잘린 것 때문에 죽은 게 아니었어. 목이 잘릴 때 그는 이미 사망한 상태였네. 진짜 사인은 심장 발작이었지. 죽은 후에 목이 잘리고 썰매 위에 앉혀져서 그린란드로 돌아온 거라고."

"존, 자네 이야기는 너무 엉뚱한 것 같아. 요정들 중에 검시관이 있단 말인가?"

버트가 비웃었다.

"사소한 부분은 그냥 넘어가자고."

존이 어깨를 으쓱거렸다.

"그다음에는 어떻게 되었는데?"

샘이 물었다.

"그다음? 그다음은 없어. 산타클로스가 죽었지. 어차피 그가 죽었든 살았든 별로 다를 것도 없잖아. 요새 산타클로스를 믿는 어린이들이 있기나 해?"

"김새는 결말이로군!"

버트가 불만스럽게 투덜거렸다.

"아냐, 잠깐만." 테일러가 나섰다. "내 말 좀 들어봐. 이 이야기가 추리물이라면 수수께끼를 푸는 대목이 있어야 할 것 아닌가? 게다가 이 이야기에는 용의자도 없어."

"용의자라……?" 존이 모자 위로 머리를 벅벅 긁으며 말했다. "산타클로스의 아내, 요정 족장, 요정 검시관, 빨간 코 사슴 루돌프, 〈크리스마스 악몽〉에 나오는 잭 스켈링톤…… 이 중에서 하나 골라."

"잭 스켈링턴이 분명해!" 술기운을 빌려 버트가 호기롭게 외쳤다. "난 그 영화를 봤단 말이지! 잭은 산타클로스의 자리를 차지하려고 그를 죽였어. 그러고는 그 머리를 우그러뜨려 아이들에게 선물로 줬지. 영화에서 이런 장면이 나왔던 것 같아……."

"그 영화가 그렇게 피비린내 나는 내용이 아닐 텐데?"

"크리스마스에는 역시 〈다이 하드〉를 봐야지! 브루스 윌리스는 정말 강철 같은 남자야!"

"영화는 다 가짜야. 내가 걸프 전쟁*에 참전했을 때는 말이지, 크리스마스이브에 매복 공격이 있었어……."

화제는 영화, 전쟁, 정치 등으로 흘러가다가 빌어먹을 월스트리트의 은행가들과 무능하기 짝이 없는 공무원들을 욕하는 이야기가 뒤섞였다. 노숙자들은 화로 주변에 옹기종기 붙어 앉아서 하나둘 잠에 빠졌다. 다리 아래에서 조금만 벗어나도 눈발이 휘날렸다. 추위를 느낀 테일러는 신문지를 뭉쳐서 옷 안에 넣었다. 그렇게 하면 체온을 좀 더 유지할 수 있었다.

"이봐, 자나?"

한쪽 구석에 웅크리고 있던 존이 물었다.

"15번가는 여기처럼 춥지 않았는데."

테일러가 씁쓸하게 웃었다.

---

* 1990년 8월 2일 이라크가 쿠웨이트를 침공하자 미국, 영국, 프랑스 등 34개 다국적군이 참전해 이라크 및 쿠웨이트 지역에서 벌어진 전쟁. 1991년 2월 28일 다국적군의 승리로 종결되었다.

존이 술병을 건네며 말했다.

"조금 더 마셔. 그러면 따뜻해질 걸세."

테일러는 위스키를 한 모금 들이켜고 존에게 고맙다고 인사했다.

"아까…… 자네가 한 이야기 말인데, 잘 이해가 안 돼."

테일러가 말했다.

"이해가 안 되다니?"

"처음에는 스케일이 큰 이야기라고 생각했어. 피아노 줄을 이용해서 사람 목을 잘라버리는 그런 류의 이야기. 그런데 자네가 산타클로스는 죽은 뒤에 목이 잘렸다고 했잖아."

"나도 주워들은 풍월일 뿐이야. 산타클로스가 진짜인 것도 아니고, 자네가 말한 방법으로 살해하든 죽은 후에 목을 자르든 무슨 차이가 있겠어."

"그건 그렇지가 않아. 기본 설정이 아무리 비현실적이라 해도 이야기는 그 자체로 원인과 근거가 명확해야 해. 내가 피아노 줄로 목을 잘랐을 거라고 추론한 이유는 썰매 위에 흰 수염이 흩어져 있었다고 했기 때문이야."

"수염?"

"빠른 속도로 움직일 경우 피아노 줄은 칼처럼 예리하게, 그리고 단숨에 물체를 자를 수 있지. 그러면 산타클로스의 목이 잘릴 때 수염도 함께 잘려서 주변에 흩어지는 게 당연해. 공포영화에서 흔히 볼 수 있는 장면이니까 쉽게 상상할 수 있지? 그런데 지금 이 이야기에서 살인 예고를 한 범인은 먼저 산타클로스의 수염을 자른 다음 그가 심장 발작으로 죽은 후에야 목을 쳤어. 이런 이야기 전개는 너무 이상해."

테일러는 그렇게 말하면서 두 손을 마주 비벼 따뜻하게 만들려고 애썼다.

"그럼 자네는 산타클로스가 어떻게 죽었다고 생각하는 건가?"

존이 호기심 어린 얼굴로 물었다.

"음……. 범인은 산타클로스 자신일 거야." 테일러는 미간을 찡그리며 생각에 잠겼다가 말을 이었다. "추리소설에서 머리 없는 시체란 시체의 실제 신분을 감추려고 등장하는 것 아니겠어? 산타클로스는 어디서 자신과 몸집이 비슷한 시체를 구해다가 자기 옷을 입혔어. 그런 다음 시체의 목을 자르고 자기가 죽은 것처럼 꾸민 거지. 드라마틱한 효과를 내기 위해 수염을 잘라서 썰매 위에다 흩어놓고 말이야. 산타클로스 하면 불룩한 배와 흰 수염, 빨간 옷이잖나."

"산타클로스가 스스로 자기 죽음을 연출했다고?"

"아마도 그런 것 같아. 협박 편지 역시 아내를 속이려고 산타클로스 본인이 준비해둔 것일 테지."

"그러면 수심에 싸여 있던 것도 꾸며낸 걸까?"

"꼭 그렇지만은 않았겠지." 테일러는 옛날 일을 떠올리는 듯한 표정을 지었다. "나도 아내와 아이들을 두고 집을 나오기 전에 우울해했어. 자연스러운 반응일 거야. 산타클로스도 깊이 절망했기 때문에 이런 방식으로 '자신의 목숨을 끊은' 게 아닐까? 어쩌면 아무도 산타클로스를 믿지 않기 때문에 죽었는지도 몰라. 그렇다면 산타클로스를 죽인 범인은 사실 우리들 전부라고 말해야겠지."

"자네는 산타클로스를 믿나?"

존이 물었다.

"당연히 현실에는 산타클로스가 없지." 테일러가 웃으며 대답했다. "그렇지만 산타클로스가 '부활'한다면 그의 존재를 믿고 싶어. 현실이 아무리 힘들어도 한 줄기 희망이 있다면 믿어볼 가치가 있잖아."

존은 조용히 먼 곳을 응시했다. 한참을 그러고 있다가 미소를 지으며 고개를 끄덕였다.

"삶에 한 줄기 희망이 있다면 믿어볼 가치가 있다……. 좋은 말이군."

"하지만 나처럼 마흔이 넘은 어른 고객은 산타클로스가 보기에 너무 늙었겠지?"

테일러가 농담을 했다.

"그렇지도 않아." 존이 담담하게 말을 받았다. "우리 모두는 마음속 깊이 동심童心을 갖고 있어. 어른이든 어린이든, 사실은 별로 다르지 않아."

※

다음 날 아침, 테일러가 잠에서 깨니 버트, 샘 그리고 노숙자 몇 명이 보였다. 샘이 물을 끓이고 있었다.

"안녕. 잘 잤나? 여기서도 잘 만했어?"

샘이 물었다.

"좋은 아침……." 테일러는 하품을 하면서 거리를 둘러보았다. 눈이 그쳐 있었다. "존은?"

"아침 일찍 떠났어. 집으로 돌아간다더군." 버트가 담배 한 개비를 입에 물며 말했다. "돌아갈 집이 있다는 건 참 좋은 일이지. 정말 묘한 녀석이야. 떠나기 전에 어디서 났는지 2킬로그램도 넘는 쇠고기 스테이크를 가지고 왔더라고. 자기를 받아준 데 대한 사례라나."

"여기서 자네들과 같이 지냈던 게 아니야?"

"아니야. 어제 아침에 처음 왔어." 샘이 대답했다. "참, 그러고 보니 자네한테 말을 전해달라고 했어. 얼른 집으로 돌아가라고 말이야. 무슨 문제가 있든지 가족이 뭉치면 반드시 해결할 수 있을 거래."

테일러는 깜짝 놀랐다. 그는 어젯밤 존과 나눈 대화를 곱씹었다. 하루 내내 고민한 끝에 불안한 마음을 억누르며 지하철을 타고 도시 남쪽에 위치한 집으로 향했다. 그는 집 앞에서 고개만 내밀어 안쪽을 살폈다. 자신이 나타나서 아내나 아이들에게 거추장스러운 일을 만들지나 않을지 걱정되었다. 아내에게는 이미 새 남편이 생겼을지도 모른다. 아이들에게 새아빠가 생겼거나 이 집에 새 주인이 있을지도 모른다.

"아빠다! 아빠!"

테일러가 마음의 준비를 하기도 전에 아들의 외침이 들렸다. 뒤를 돌아보니 아내와 아들이 서 있었다. 그들은 외출했다가 막 돌아오는 듯했다.

"여보! 세상에⋯⋯! 왜 아무 말도 없이 떠난 거예요?"

아내와 아들이 달려와 그에게 안겼다. 그들은 테일러가 더럽고 냄새나는데도 신경 쓰지 않았다. 세 사람은 그렇게 꽉 끌어안고 눈물과 콧물을 흘리며 한바탕 울어 젖혔다.

"이제 떠나지 않을게⋯⋯. 미안해, 아빠가 미안해⋯⋯."

테일러는 아들을 힘주어 안았다.

"산타클로스 할아버지가 제 소원을 들어주셨어요!" 아들이 기쁨에 넘쳐 테일러의 목을 끌어안으며 말했다. "아빠, 학교에서 선생님이 산타클로스 할아버지에게 편지를 쓰라고 알려주셨어요. 그래서 편지를 썼지요. '산타클로스 할아버지, 저는 아빠가 집에 돌아왔으면 좋겠어요!' 이렇게요⋯⋯."

e

Var.III Inquieto

정수리

"아훙阿宏, 안색이 나쁜데 어디 안 좋아?"

사무실에서 옆자리에 앉는 샤오쉐小雪가 소곤거리며 내게 물었다.

"아, 아니야……. 잠을 제대로 못 자서 그래. 괜찮아."

나는 어물거리며 서둘러 대화를 마쳤다. 그녀의 다정한 물음에 깊은 고마움을 느꼈지만, 지금 나로서는 고개를 살짝 숙이고 시선은 내리깐 채 얼른 이 상황을 넘길 수밖에 없었다. 그녀의 말이 맞다. 나는 지금 몸이 좀 안 좋다. 아니, 이런 정도를 '좀'이라고 표현하면 부족하다. 나는 지금 근본적으로 모든 게 위태위태할 정도로 심각한 문제 상황에 처했다.

어쨌든 나는 그녀와 눈을 마주칠 용기가 없다. 내 눈에 그녀의 정수리에 있는 '그것'이 보이기 때문이다.

모든 문제는 오늘 아침에 시작되었다.

평범한 월요일이었다. 자명종 소리에 잠이 깬 나는 눈도 못 뜨고 마지못해 몸을 일으켰다. 화장실로 기다시피 들어가서 거울 뒤에 있는 수납장을 열려고 손을 뻗는데, 거울 속의 내 모습을 보고 심장이 목구멍으로 튀어나오는 줄 알았다. 정수리에 내 머리 크기의 '괴이한 물체'가 매달려 있었던 것이다. 찌그러진 회색 물체는 낡은 천이나 솜 뭉치처럼 보였다. 서로 엉키고 달라붙은 모양새로, 가장자리에는 불규칙하게 실 부스러기가 삐져나오고 그중 긴 것이 이마 양쪽으로 축 늘어져 있었다.

마치 수천 마리의 개미가 내 척추 위를 기어가는 느낌이었다. 잠기운이 확 달아난 나는 본능적으로 정수리 위에 돋은 괴상한 물체를 떼려고 했다. 그러나 손에 걸리는 거라고는 머리카락뿐이었다. 고개를 돌려 다시 거울을 바라보았다. 회색 천 뭉치 같은 물체는 여전히 내 머리에 달라붙어 있었다. 그런데 손에 만져지지는 않았다. 마치 홀로그램 영상 같았다. 거울에 비친 나는 손가락으로 그 천 뭉치를 찌르고 있는데 손끝에는 아무런 감촉도 느껴지지 않았다.

귀신이 곡할 노릇이었다.

용기를 내어 천천히 거울 앞에 얼굴을 바싹 대고 공 모양의 물체를 살펴보았다. 일단 재질은 거즈 같았고, 긴 붕대가 둘둘 말려서 공 모양의 천 뭉치를 이룬 듯했다. 다만 원래부터 어두운 회색이었는지, 뭔가에 물들어서 변색한 것인지는 알 수 없었다. 나는 고개를 살짝 돌리고 시선을 비껴서 천 뭉치의 왼쪽 옆면을 살펴보려 했다. 그 순간 거울에 비친 모습에 소름이 쫙 돋았다.

그것은 짐승의 발이었다.

인간의 손처럼 생겼지만 아주 작고, 또 손가락이 세 개뿐이었다. 뼈가 드러날 정도로 바싹 여윈 데다 피부색도 석탄처럼 새까맸다. 인간의 손이라기보다는 조류의 발처럼 보였는데, 천 뭉치에서 튀어나와 한 번 움직이더니 금세 그 안으로 감쪽같이 사라졌다. 발이 쏙 들어간 틈으로 호의적이지 않은 눈알 하나를 본 것만 같았다. 그 눈알이 거울 안에서 나를 노려보고 있었다.

온몸이 벌벌 떨렸다. 머리카락을 힘껏 잡아당기고 싶으면서도 한편으로는 그것을 만질 용기가 나지 않았다. 머리뼈에서 가장 높은 곳인 두정골 위로 다른 차원의 입구가 생겨서 악령이 내 머리 위에 둥지를 틀고 들어앉아 있는 걸까? 나는 급히 손으로 입을 틀어막았다. 비명이 나오려는 것을 막기 위해서였다.

아니, 이건 진짜가 아니다. 전부 환상이다.

나는 10여 분이 걸려서야 가까스로 냉정을 되찾았다. 이성적으로 이 악몽과도 같은 상황을 생각해보기로 했다. 만질 수 없는 걸 보면 그 물체는 실재하는 것이 아니다. 내가 보인다고 '생각'하는 것뿐이다. 과학 관련 교양 프로그램에서 정신병을 앓는 환자들이 보통 사람들과는 다른 광경을 본다는 이야기를 들은 기억이 났다. 귀신이나 유령이 아니다. 그냥 내 뇌가 나를 속이고 환각을 만들어낸 것이다.

나는 분명히 뭔가 병에 걸렸다.

왜 이런 환상을 보는 건지 짐작 가는 이유를 떠올리려 애썼다. 어젯밤 독성이 있는 음식이라도 먹었던가? 하지만 아무리 생각해도 단서가 없다. 벽시계를 보니 당장 나가지 않으면 회사에 지각할 상황이었다. 그래서 급하게 대강 세수를 하고 옷을 갈아입은 뒤 아침밥도 먹지 못하고 집을 나섰다. 엘리베이터 안에서도 일부러 설치된 거울을 보지 않으려고 애썼다. 거울에 비친 내 모습을 보면 머리 위의 회색 물체가 여전히 거기 있을 테니 말이다.

그러나 내가 너무 순진했다.

나는 건물을 나서자마자 내 병이 얼마나 심각한지 알게 되었다.

눈앞의 모든 사람, 모든 정수리에 전부 괴상한 물체가 달려 있었던 것이다.

모든 사람의 정수리에.

그 괴상한 물체가 모두 천 뭉치는 아니었다. 사람마다 달랐는데, 몽땅 역겹고 추악했다. 파란색 양복을 빼입은 직장인이 고개를 숙인 채 내 앞을 지나갔다. 그의 정수리에 매달린 것은 전선과 전기회로판, 액정 화면 등으로 구성된 피라미드 모양의 전자기기였다. 전자 부품의 틈으로 바퀴벌레처럼 생긴 작은 곤충들이 수없이 드나들고 있었다. 휴대전화를 들고 그 사람을 스쳐 지나가는 젊은 여성의 머리 위에는 농구공만 한 검붉은 내장 덩어리가 매달려 있었다. 왼쪽 뒷부분에 종양이 있는 것처럼 톡 튀어나온 혈관이 보이는데, 마치 살아 있는 것처럼 움직였다.

소름이 끼쳤다. 시선을 어디로 돌려야 할지 알 수 없었다. 등 굽은 넝마주이 할머니가 폐지 묶음을 끌고 지나갔다. 할머니는 나와 별로 떨어지지 않은 곳에서 쓰레기통을 뒤지고 있었다. 할머니의 정수리에는 머리와 앞발만 있는 쥐가 매달려 있었다. 그 쥐는 할머니의 두피를 한창 깨무는 중이었다. 마치 할머니의 몸에서 얼마 남지 않은 생명력을 빨아들이고 쥐어짜는 것 같았다. 내가 사는 건물 1층에는 부동산 중개소가 있는데, 그곳 직원이 문 앞에 서서 고개를 숙이고 손에 든 수첩을 들여다보며 전화 통화를 하고 있었다. 목소리는 웃는데 얼굴은 무표정이었다. 그의 머리 위에는 벽돌로 쌓은 담벼락이 보였다. 사람 얼굴이 한가득 붙어 있는 담벼락이었다. 담벼락에 붙은 얼굴들은 살아 있는 사람의 얼굴이라기보다 분노에 차 있거나 고통에 몸부림치거나 포효하거나 신음하는 악귀 같은 모습이었다.

나는 겨우 사무실에 도착했다. 지하철에서 맞닥뜨린 장면은 상상조차 하기 힘든 공포였다. 평소에도 사람이 너무 많아 꽉 끼어 타느라 힘들었는데, 오늘은 차량 내의 빈 공간이란 빈 공간엔 전부 각양각색의 괴상한 물체들이 들어차 지옥을 방불케 했다. 나는 고개를 숙이고 눈을 감았다. 다시 눈을 떴을 때는 이런 무시무시한 광경이 모두 원래대로 돌아와 있기를 빌었다.

물론 내 바람처럼 되진 않았다.

"아흥, 안색이 나쁜데 어디 안 좋아?"

옆자리의 샤오쉐는 내 표정을 보고 이상하다고 느낀 것 같았다. 하지만 그녀에게 제대로 설명할 수가 없었다. 내가 미쳤다고 생각할까 봐 걱정스러운 탓도 있지만, 무엇보다 샤오쉐의 머리 위에도 징그러운 물체가 매달려 있었기 때문이다. 너무 역겨운 모양이라 그녀에게 다가갈 수가 없었다. 샤오쉐의 정수리에 달린 물체는 수많은 눈알이 둥글게 공 모양으로 뭉쳐 있는 모습이었다. 게다가 그 수십 개의 눈알은 시뻘건 눈물을 흘리고 있었다. 피인지 녹물인지 알 수 없는 액체였다.

점심시간은 생각한 것보다 더욱 힘들었다. 나는 근처 식당에 들어가서 음식을 주문했다. 그런데 식당의 손님이며 종업원이며 모두 머리에 제대로 쳐다보지도 못할 만큼 괴이한 것들을 달고 있지 않은가! 나는 일부러 벽을 바라보는 1인용 좌석을 골라 고개를 숙이고 밥만 먹었다. 입맛이 없었다. 잘 구운 돼지고기덮밥을 먹는데도 양초를 씹는 것 같았다. 억지로 밥을 삼키려 애썼지만 그릇은 겨우 반쯤 비었다. 계산을 하고 가게를 나가려다가 또 놀라운 장면을 보았다. 식당에 설치된 텔레비전을 별 생각 없이 흘깃 쳐다보았는데, 방송에 나오는 사람들 역시 빠짐없이 머리 위에 괴상한 물체를 얹고 있었던 것이다.

마침 뉴스 프로그램이 나오고 있었다. 고위 공무원 아무개와 국회의원 아무개가 회동했다는 보도였다. 내가 놀란 이유는 화면 속의 사람들이 얹고 있는 물체가 지금까지 본 것 중 가장 거대했기 때문이다. 어떤 사람의 정수리 괴물은 여행 가방만 했고, 다른 사람의 그것은 너무 커서 텔레비전 화면에 다 나오지 않을 정도였다. 그중에서도 가장 모골이 송연했던 순간은 카메라가 정부 고위층 인사라는 사람에게 가까이 다가갔을 때였다. 그 덕분에 그 사람 머리 위에 얹힌 물체를 제대로 볼 수 있었는데, 그것은 대여섯 살 된 어린아이만 한 벌거벗은 인간 형체였다. 그 인간 형체는 나뭇가지처럼 말랐고 배만 불룩 튀어나와 있었다. 손과 발은 길쭉하고 피부가 창백했다. 그것은 정부 고위층 인사의 정수리에 걸터앉아 있었다. 인간 형체이기는 하지만 눈, 코, 입은 없고 흐트러진 회색 머리카락을 휘날리고 있었다. 고위층 인사가 입을 열자 그것이 손을 뻗어서 그 사람의 뺨을 쓰다듬고, 해골처럼 살집이라고는 없는 손가락을 입 안에 집어넣어 그의 표정을 조종했다. 카메라는 다시 뉴스를 전하는 앵커 자리로 움직였다. 나는 정신을 차리고 지갑을 꺼내 계산을 마쳤다. 앵커의 정수리에는 귀와 코가 잘리고 눈꺼풀도 위아래가 붙은, 다시 말해 입만 남아 있는 돼지머리가 얹혀 있었다. 앵커의 그것도 징그럽지만, 정부 고위층 인사의 창백한 인간 형체가 제일 끔찍했다.

오후에 샤오쉐가 내게 괜찮으냐고 또 물었다. 분명히 내 모습이 영 좋지 않았기 때문일 것이다. 나는 미친놈이라는 소리를 듣더라도 말하기로 결정을 내렸다.

"그게…… 내 머리 위에 뭔가 보이지 않아?"

샤오쉐는 고개를 갸웃거리며 이해할 수 없다는 표정을 지었다. 그녀는 미간을 찌푸리고 내 눈을 똑바로 쳐다보면서 고개를 저었다. 그러면서 자기가 뭘 봐야 하는 거냐고 반문했다. 나는 어쩔 수 없이 지금 편두통이 심해서 마치 누군가 정수리를 망치로 때리는 것처럼 느껴진다고 둘러댔고, 샤오쉐는 웃는 듯 마는 듯한 표정을 지었다.

퇴근 시간까지 겨우 버틴 나는 집에 가자마자 잠들었다. 지금 이 상황이 전부 악몽이기를 빌었다. 잠에서 깨면 그 괴물들이 보이지 않기를 바랐다. 그러나 다음 날 아침 거울 속에서 내가 건강을 회복하지 못했음을 깨달아야 했다. 회색 천 뭉치는 여전히 내 머리 위에 있었고, 새 발처럼 생긴 것이 그 안에서 뻗어 나와 있었다.

나는 망설이지 않고 회사에 전화를 걸어 병가를 냈다. 그런 다음 병원에 진료 예약을 잡았다. 내가 환상을 본다며 의사에게 증세를 자세하게 설명하자 그는 "최근 업무 스트레스가 심했나요?", "갑자기 큰 변화를 겪었나요?", "가족이나 친구들과의 관계는 어떻습니까?" 등등 별 관련도 없어 보이는 질문들을 잔뜩 퍼부었다. 한참을 그러더니 내게 정신과로 가보라고 했다. 그는 명함 한 장과 진료 의뢰서를 주는 대신 수백 홍콩달러의 진료비를 받았다. 처음부터 치료가 잘될 거라고 생각하지 말았어야 했다. 진료실로 들어가자마자 의사의 머리 위에 보통 크기보다 다섯 배는 더 크고 머리가 셋 달린 까마귀가 얹힌 것을 보았으니 말이다. 왼쪽 머리는 녹슨 동전을 입에 물고 있었고, 오른쪽 머리는 날개 아래에 숨어 있었다. 그리고 가운데 머리는 느릿느릿 움직이며 의사의 머리를 쪼아 먹는 중이었다.

정신과 의사에게 전화를 걸어 예약을 잡았다. 진료 일정이 다 잡혀 있다고 해서 사흘이 지나서야 그를 만날 수 있었다.

"제 머리 위에 어두운 회색의 괴상한 물체가 보입니다……. 그 안에 뭔가 괴물이 있는 것 같아요……."

지난 사흘간 나는 제대로 자지도 먹지도 못했다. 머리 위의 괴물이 갑자기 천 뭉치 바깥으로 튀어나올까 걱정이 되어서였다.

"그렇군요."

의사는 내 쪽을 제대로 쳐다보지도 않고 만년필을 꺼내 진료 차트에 내가 알아볼 수 없는 글자들을 썼다.

"다른 사람들 머리 위에도 온갖 이상한 물체들이 얹혀 있는 게 보여요……."

"그럼 제 머리 위에서는 뭐가 보입니까?"

의사가 고개를 들고 물었다.

"촉수요. 엄청 많은 촉수……."

그 촉수들은 문어의 발이나 뱀처럼 보였다. 의사의 정수리에서 둥글게 뭉쳐서 꿈틀거렸다. 몇 가닥은 아래로 늘어져 내려와 의사의 귀나 코 안으로 들어가기도 했다. 진료실 앞쪽에 난 창에 나와 의사의 모습이 비쳤다. 그쪽을 슬쩍 보니 내 머리 위의 천 뭉치는 의사의 촉수와 서로 공명을 일으키는 것 같았다. 내 천 뭉치가 의사의 촉수와 같은 리듬으로 요동쳤다.

의사는 내가 가벼운 신경증을 앓고 있다고 진단했다. 망상이 물체화하여 환상을 본다는 거였다. 나는 뇌 검사를 해야 하느냐고 물었다. 뇌종양이 환각을 일으킬 수 있다는 사실을 알고 있었기 때문이다. 그러나 의사는 내 증상은 약만 잘 먹으면 된다고 말했다. 나는 그가 뭘 보고 그런 의학적 판단을 내렸는지 이해할 수 없었다. 의사가 처방해준 흰 알약은 먹으면 몹시 졸렸다. 그 덕분에 나는 전보다 잘 잤다. 하지만 환각은 사라지지 않았다. 약간이나마 줄어드는 기미조차 없었다.

그 후 한 달간 나는 정신과 진료를 네 차례 더 받았다. 그때마다 비슷한 내용의 쓸데없는 대화를 주고받았고, 똑같은 분량의 알약을 처방받아 집으로 돌아왔다. 의사를 바꿔볼까 하는 생각도 해봤지만, 누구를 찾아가야 할지 도움을 청할 곳도 없었다. 다른 정신과 의사도 지금 이 돌팔이와 다를 게 없을지 누가 알겠는가.

여섯 번째 진료 날, 병원 대기실에 앉아 있던 나는 한 가지 사실을 알게 되었다.

"죄송합니다만, 제가 약을 잃어버렸는데 다시 처방해주실 수 있을까요?"

내가 촉수 의사와의 진료를 기다리는 동안 평범한 외모의 남자가 병원으로 들어와 간호사에게 이렇게 말을 건넸다. 간호사는 잠시 접수처에서 사라졌다. 의사에게 허락을 받으러 간 것 같았다. 잠시 후 돌아온 간호사는 투명한 비닐 약봉지 안에 알약을 담아서 가지고 왔다.

내가 한 달간 먹은 것과 똑같은 흰색 알약이었다.

"400홍콩달러예요. 이번에는 잃어버리시면 안 됩니다."

남자가 고개를 끄덕였다. 그는 시무룩하게 약을 받아들고 낮은 목소리로 중얼거렸다.

"사실 이 약은 아무 효과도 없어요. 여전히 머리 위에 그것들이 보인다고요……."

그 말에 나는 벼락이라도 맞은 듯 신경이 찌르르 아파왔다.

저 사람도 본다고?

내가 본 것과 같을까?

나는 그를 붙잡고 확실하게 캐묻고 싶었다. 그러나 그럴 기회가 없었다. 간호사가 나보고 진료실로 들어가라고 했기 때문이다.

"요즘은 어떻습니까? 여전히 환상이 보이나요?"

막 대답하려는 순간, 나는 뭔가를 깨달았다.

눈앞의 정신과 의사는 내 정수리 쪽을 한 번도 제대로 쳐다본적이 없다.

처음 진료를 받았던 의사도 그랬다. 내 머리 위에 이상한 물체가 있다고 말했는데도 내 정수리 쪽을 쳐다보지 않았다.

샤오쉐도 그랬다. 머리 위에 뭔가 있지 않느냐고 물었을 때그녀의 시선은 위로 움직이지 않고 내 눈만 똑바로 쳐다보았다. 보통은 그런 질문을 받으면 본능적으로 위를 쳐다볼 것이다.

그들이 머리 위를 보지 않는 것은 그들도 예전부터 보고 있기때문이다.

모든 사람이 다 보고 있다.

거리에서 고개를 숙이고 걷는 것도, 지하철과 버스에서 휴대전화만 들여다보는 것도 다 그래서다. 내가 그런 것처럼 그들도모두 정수리 위의 역겨운 것들을 보고 있다.

다만 그들은 보이지 않는 척할 뿐이다.

보이지 않는 척하면 '정상'으로 살아갈 수 있다.

"왜 그러십니까?"

의사의 말에 나는 다시 생각에서 빠져나와 현실로 돌아왔다.

"아무것도, 아무것도 아닙니다."

"네, 그럼 최근에도 여전히 환상이 보이나요?"

나는 의사의 눈을 빤히 바라보았다. 올바른 답변을 해야만 한다. 한참 후에 나는 그 대답을 찾아냈다.

"아뇨. 드디어 약효가 듣나 봅니다."

"잘되었군요."

의사가 나를 보며 웃었다. 내가 한 번도 본 적 없는 환한 미소였다.

나는 진료실에 있는 거울로 정수리 위의 천 뭉치가 천천히 열리는 모습을 보았다. 그 안에서 꼬리와 날개가 달린, 흡사 도마뱀처럼 생긴 괴물이 나타났다.

그것은 내 머리카락을 움켜쥐고 천박하면서도 사악한 웃음을 지었다.

괴물의 시선을 피하기 위해 나는 고개를 숙이고 눈을 감았다.

이제 나도 정상적인 삶을 살아갈 수 있을 것이다.

𝄡

Var.IV Tempo di valse

시간이 곧 금

리원^{立文}은 한 고층 건물 입구에 서서 몇 번이나 주소를 확인했다. 그러나 여전히 망설이며 안으로 들어가지 못했다. 번잡한 시내 중심가에 위치한 이 고층 건물은 근처의 다른 건물과 크게 다르지 않았다. 홍콩에서 흔히 볼 수 있는 비즈니스 빌딩이다. 이름에 '비즈니스'가 들어가지만 건물 안에는 사무실 말고도 병원, 건강검진 센터, 미용실, 대부업체를 비롯해 각종 희한한 영세 사업장이 가득했다. 건물 관리소에 앉아 있는 나이 지긋한 경비원은 이미 이런 망설이는 얼굴들에 익숙할 것이다. 건강검진 센터에 결과지를 받으러 온 환자, 성인용품점에 자위 기구를 사러 온 소년, 경제적 문제로 대부업체에 돈을 빌리러 온 중년 남자 등을 그는 수없이 보았으리라. 하지만 리원은 그 세 부류에 다

포함되지 않는다.

그가 가려는 곳은 42층에 있는 '시간 거래 센터'다.

"여기까지 왔으니까, 어쨌든 들어가 보자."

리원은 이를 꽉 물고 빌딩 로비로 들어가, 엘리베이터를 타고 층수를 눌렀다. 고속 엘리베이터는 20초도 안 되어 그를 42층에 데려다 놓았다. 은색의 엘리베이터 문이 열리자 말끔한 공간이 나타났다. 최근 유행하는 감각적인 인테리어로 꾸민 접수처가 눈에 들어왔다. 대기 중인 손님 가운데 어떤 사람은 편안한 자세로 잡지를 들춰보고 있고, 어떤 사람은 인상을 찌푸리고 소파 앞에 걸린 전자게시판을 노려보고 있다. 전자게시판 아래에 유리문이 있는데, 불투명 유리라서 문 안쪽은 볼 수 없었다.

"어서 오세요. 예약을 하셨나요?"

접수처에 있던 직원이 친절한 말투로 물었다. 인상이 곱고 옅은 화장을 한 모습이 리원이 짝사랑하는 대학 동기 메이얼^{美兒}을 떠올리게 했다.

"아, 아뇨."

리원은 더듬거렸다.

"그럼 잠시 기다려주세요." 직원이 태블릿 피시 한 대를 리원에게 건네며 말을 이었다. "접수 서류를 작성해주시면 거래 담당자와 상담을 잡아드릴게요. 오늘은 손님이 많지 않아서 15분 정도 기다리시면 상담이 가능합니다."

"어, 죄송합니다만……." 리원은 태블릿 피시를 받지 않았다. 그걸 받는 순간 모종의 '계약'이 이뤄져서 철회할 수 없게 될까

봐 겁이 났다. "아직 완전히 결정한 게 아니라서요……."

직원이 아까처럼 친절한 미소를 띠었다.

"괜찮습니다, 선생님. 상담은 무료입니다. 저희 회사는 고객의 동의 없이 어떠한 비용도 받지 않습니다. 상담 후에 거래 조건이 만족스럽지 않으면 그냥 돌아가셔도 됩니다. 물론 선생님께서 작성한 개인정보는 저희 데이터베이스에 남아 있을 테고, 종종 회사 홍보자료를 보내드릴 거예요. 그 외에 고객의 정보를 제삼자에게 넘기는 일은 절대 없습니다. 전부 개인정보 보호 조항에 따라 진행하고 있습니다."

리원은 순간적으로 마음이 놓였다. 그는 태블릿 피시를 받아서 이름, 나이, 성별, 주민번호, 개인 연락처 등을 기입했다. 접수처 직원은 번호가 인쇄된 종이 한 장을 리원에게 내밀며 소파에 앉아 잠시 기다려달라고 했다. 종이 위에는 816이라는 숫자가 쓰여 있었다. 그는 오늘 815명이나 되는 고객이 벌써 다녀갔을 리는 없으니 컴퓨터에 의해 임의로 분배되는 번호일 거라고 생각했다.

기다리는 15분은 길다면 길고 짧다면 짧았다. 리원은 책꽂이에서 연예 잡지를 한 권 빼서 심드렁하게 이리저리 넘기며 보았다. 사실 그는 어느 여자 연예인이 노출을 했다더라, 모 가수와 모델이 헤어졌다더라 하는 뉴스에는 관심이 없었다. 다만 멍하니 소파에 앉아 의미 없이 기다리는 것이 싫었다.

딩동.

전자게시판에 816이라는 숫자가 뜨고, 유리문이 열렸다. 접수처 쪽으로 시선을 던지자 직원이 미소를 지으며 안으로 들어가라는 눈짓을 했다.

유리문 안으로 들어가자 긴 복도가 보였다. 복도 양쪽으로 문이 여러 개 있는데, 열린 문도 있고 닫힌 문도 있었다. 문마다 작은 전자게시판이 달렸는데, 왼쪽 세 번째 문 위에 816이라는 숫자가 깜빡였다.

"마리원馬立文 선생님이십니까?"

리원이 방 안으로 들어가자 탁자 너머에 앉아 있던 남자가 일어서서 악수를 청했다. 그는 파란색 양복을 쫙 빼입고 금속 테 안경을 쓰고 있었다. 마치 은행에서 일하는 투자 전문가 혹은 상류층을 상대하는 보험 설계사처럼 보였다. 그가 리원에게 자리에 앉으라고 권했다. 방 안을 둘러보니 흰색 탁자와 팔걸이가 있는 사무용 의자만 네댓 개 놓여 있었다. 방문 맞은편에는 위아래로 긴 창문이 있어서 햇빛이 방 안으로 비쳐 들어와 분위기를 생기 있게 만들었다.

"저는 이 회사의 시간 거래 담당자 왕王 매니저라고 합니다. 여기, 제 명함입니다."

왕 매니저는 양복 안주머니에서 명함을 꺼내 공손히 내밀었다. 리원은 대학을 다니고 있는 학생으로, 이런 상황은 한 번도 겪은 적이 없었다. 명함을 받아서 탁자에 올려두어야 하는지 주머니에 넣어야 하는지도 감이 잡히지 않았다.

"마 선생님께서는 구매하실 생각인지요, 아니면 판매하실 생각인지요?"

왕 매니저가 웃는 얼굴로 물었다. 리원은 어찌할 바를 몰랐다.

"죄송합니다. 저는 이 회사의…… 그러니까…… 업무에 대해서 잘 몰라요. 광고를 보고 대부업체에서 돈을 빌리는 것보다 낫다고 생각해서 온 것뿐입니다." 리원은 긴장한 나머지 손으로 자기 허벅지를 꾹 누르며 말을 이었다. "광고에서는 제 '시간'을 팔 수 있다고 하던데요. 돈으로 바꿀 수 있다고……."

왕 매니저가 빙그레 웃으며 대답했다.

"아, 맞습니다. 방금은 제가 실수했군요. 더 상세하게 설명해드렸어야 했는데 말입니다. 오늘은 예전부터 거래하시던 고객께서 주로 오셔서 잠시 잊었습니다. 마 선생님 말씀대로, 저희 회사는 시간을 사고파는 서비스를 합니다."

"어떻게 제 시간을 여기서 팔 수 있는 거죠?"

"기술적인 부분은 걱정하지 않으셔도 됩니다. 저희는 첨단 기기를 이용해서 시간 거래를 처리하니까요."

왕 매니저가 별것 아니라는 투로 대답했다.

"아뇨, 시간을 팔면 제게 어떤 변화가 생기는지 알고 싶습니다. 예를 들어 제가 10년을 이 회사에 팔 경우, 갑자기 10년 늙어버릴까요? 아니면 제 수명이 10년 줄어드나요? 남은 수명이 얼마인지 제가 어떻게 알 수 있죠?"

리원이 고민하고 궁금해했던 내용을 연거푸 질문했다.

왕 매니저는 잠깐 당황하더니 풋, 하고 웃음을 터뜨렸다.

"마 선생님, 저희는 악마가 아닙니다. 고객의 생명을 빨아들일 수는 없어요. 저희가 사고파는 것은 시간입니다. 단어 그대로 아주 단순한 의미예요. 그것뿐입니다."

리원은 의심스러운 표정으로 왕 매니저를 바라보았다. 그가 설명을 계속했다.

"물리학자들이 양자 활동에 영향을 미치는 입자 중 '시간자時間子'라는 특별한 입자를 발견했지요. 그 후로 시간자를 조종하는 기술이 사회 전반적으로 활용되고 있습니다. 하지만 SF 영화에 나오는 것처럼 과거로 시간 여행을 떠나거나 시간을 왜곡하거나 하루를 반복하는 건 불가능합니다. 그건 허구에 불과해요. 시간자를 조작한다고 해도 우리는 기본적인 물리법칙을 거스를 수 없습니다."

경영학과를 다니는 문과생인 리원은 왕 매니저가 하는 말을 제대로 알아들을 수 없었다. 그도 그런 리원의 표정을 봤는지 좀 더 알아듣기 쉽게 설명했다.

"결론부터 말씀드리자면, 시간자를 조종하는 기술은 사람의 의식에 영향을 줄 뿐입니다. 물론 '의식'이나 '관측'은 또 다른 물리학적인 문제이기는 하지요. 간단히 말해서, 만약 저희 회사가 고객의 1년을 구입할 경우 그 고객은 다음 순간 자신이 1년 후의 시간에 존재하고 있음을 발견하게 됩니다."

"1년이라는 시간이 사라지는 건가요? 만약 그 순간 다른 사람과 대화 중이었다면 눈앞에서 사람이 휙 없어지는 겁니까?"

"아니요, 아까 말씀드렸다시피 시간자는 의식에 영향을 미칩니다. 고객은 판매한 1년간의 일을 다 기억합니다. 평소와 똑같이, 1년간 그 사람이 한 행동은 전부 그 자신이 한 것입니다. 시간자를 잃어버린다고 해도 개인에게 큰 영향을 미치지는 않습니다. 인류의 의식은 시간이라는 큰 흐름을 벗어날 수 없지요……. 아, 너무 멀리 나갔군요. 시간을 파는 것과 팔지 않는 것 사이에 어떤 차이가 있느냐고 한다면, 시간을 판매한 사람은 그 기간 동안의 기억이 그다지 현실처럼 느껴지지 않습니다. 그 정도예요."

"제가 한 달을 판매한다면, 그 동안 배운 지식이 사라집니까?"

"아닙니다. 말씀드렸듯이 시간을 팔아도 기억은 유지되니까요." 잠시 말을 멈췄던 왕 매니저가 말을 이었다. "인류에게 과거의 '시간'이란 사실 의미 없는 것입니다. 의미 있는 것은 '기억'이지요. 마 선생님이 한 달을 저희에게 팔았다고 칩시다. 시간을 지불한 후 마 선생님은 자신이 어떤 결정을 내렸는지 모두 기억합니다. 기억은 시간을 팔지 않았을 때와 차이가 없어요. 평소와 한 치도 다르지 않습니다."

왕 매니저는 '평소와 다르지 않다'는 점을 강조했다. 리원을 안심시키려는 듯했다.

"마 선생님께서는 자금 융통이 필요하신가요?"

갑작스러운 질문에 리원이 당황하며 대답했다.

"음…… 네, 그렇습니다. 하지만 아주 큰 금액이 필요한 건 아닙니다. 2만 홍콩달러 정도……."

"그렇군요. 괜찮습니다. 저희 회사의 영업 취지는 '서비스'입니다. 거래 금액이 아니라 고객의 편의가 가장 중요하지요." 왕 매니저가 탁자 위의 계산기를 두드렸다. "마 선생님은 신규 고객이

시니 우대 환율을 적용해드리겠습니다. 2만 홍콩달러면 42일 4시간 12분이군요……. 시간이 딱 맞아 떨어지는 편이 좋겠지요? 그럼 42일에 2만 홍콩달러로 하죠. 이런 조건은 저희 업계에서 가장 좋은 금액입니다."

42일이면 6주다. 리원이 볼 때 타이밍이 딱 좋았다. 두 달 후면 메이얼의 생일이다. 그는 2만 홍콩달러로 학과 제일의 미인인 메이얼의 마음을 사로잡을 계획이다. 메이얼을 좋아하는 남학생은 많았다. 그는 이탈리아제 명품 브랜드 가방을 사서 선물할 생각이었다. 거기에다 빨간 장미로 커다란 꽃다발을 추가한다면 메이얼의 생일 파티에서 환심을 사는 데 딱 좋을 것이다.

리원은 자신의 계획이 완벽하다고 생각했다. 다만 '시간을 판다'는 것이 여전히 불안했다.

왕 매니저는 그의 그런 마음을 꿰뚫어본 것처럼 이렇게 물었다.

"마 선생님, 아까 접수처에서 얼마나 기다리셨죠?"

"15분입니다."

"생각해보시죠. 만약 그 15분을 돈으로 바꿨다면 원원하는 결과가 아닐까요? 어차피 그 15분은 선생님께 아무런 쓸모도 없는 시간이었잖습니까? 체험을 조금 덜하게 된다고 해도 손해볼 일은 없지요."

왕 매니저는 말을 마치고 씩 웃었다.

확실히 그랬다. 리원은 곰곰이 생각했다. 시간이란 어차피 흘러가는 것이다. 그런 시간을 돈으로 바꿀 수 있다면 괜찮은 일이 아닐까?

"참, 이 회사에서는 시간을 구입하는 것 외에 시간을 팔기도 하시죠? 시간을 팔았을 때 순식간에 시간이 지나버린다면, 시간을 산 고객에게는 어떤 일이 생기나요?"

리원이 물었다.

"고객이 시간을 사면 그만큼 시간이 좀 더 길게 느껴집니다. 예를 들어 하루를 샀다면 그 사람은 한 시간이 하루처럼 길게 느껴지죠."

"그럼 제가 1분을 사면 3초에 100미터를 달릴 수 있나요?"

리원이 신기한 듯 질문했다.

"아닙니다, 오해하셨군요." 왕 매니저가 웃으며 설명했다. "제가 아까 말씀드렸지요? 시간자는 의식에만 영향을 미칩니다. 달리기처럼 물리법칙의 제한을 받는 일에는 아무런 힘도 쓰지 못합니다. 고객은 그냥 시간이 길어졌다고 느낄 뿐이죠."

리원은 시험 직전 급하게 공부할 때 이틀이나 사흘 정도 시간을 사서 공부하면 효과 만점이겠다고 생각했다.

"제가 42일을 팔고 2만 홍콩달러를 받는다면, 2만 홍콩달러로 똑같이 42일을 살 수 있나요?"

"그건……." 왕 매니저가 다시 계산기를 두드려보더니 대답했다. "마찬가지로 신규 고객 우대를 해드릴 경우에 2만 홍콩달러로는…… 58분 32.6초를 살 수 있습니다."

"그렇게나 차이가 크다고요!"

"살 때와 팔 때의 환율 차이도 있습니다만, 기술적인 부분에서 비용 자체가 다른 게 원인이죠." 왕 매니저가 은근한 미소를 지으며 물었다. "마 선생님, 시간을 살 생각도 있으신가요?"

"아뇨! 그냥 궁금해서 물어본 거예요."

리원이 단호하게 대답했다. 그는 어떤 바보가 몇만 홍콩달러라는 비싼 값을 내고 물리법칙의 제한을 받는 30분을 사겠느냐고 속으로 생각했다.

"그럼 아까 말씀하신……"

왕 매니저가 다시 계산기를 두드리자 모니터에 42라는 숫자가 떴다.

"42일을 2만 홍콩달러로 바꾸는 거죠? 팔게요!"

이제 리원은 더 망설이지 않았다. 그래 봐야 6주가 없어지는 것뿐 아닌가. 손해를 보더라도 크지 않다.

"고맙습니다, 마 선생님."

왕 매니저가 경쾌하게 인사했다.

그는 몇 분 정도 컴퓨터로 전자 계약서를 작성하더니 리원에게 서명하라고 했다. 서명 후 두 사람은 다른 방으로 이동했다. X선 촬영기 또는 자기공명 촬영 장치처럼 생긴 기계가 방 한가운데 놓여 있었다. 왕 매니저가 리원을 기계 위에 눕혔다. 기계가 리원의 전신 스캔을 모두 마치자 왕 매니저는 그에게 옆방에서 기다려달라고 했다.

"끝났습니다."

왕 매니저가 말했다.

"이렇게 간단하게 끝났다고요?"

리원은 약물을 주사하거나 칩을 몸 안에 넣어야 할 거라고 생각했다.

"네, 이렇게 간단합니다. 현재 고객의 의식에 영향을 미치는 시간자를 뒤엉키게 만들어서⋯⋯. 음, 뭐랄까요⋯⋯. '등록'을 마쳤다고 말씀드리는 게 낫겠군요."

왕 매니저는 긴 설명을 포기하고 간단하게 정리했다. 그는 책상에서 벽돌 크기만 한 종이상자를 꺼냈다. 그 안에서 라이터처럼 생긴 기계가 나왔다. 기계에는 조그만 액정 화면이 붙어 있고 상단에 빨간색 스위치가 보였다.

"이게 '시간 지불 장치'입니다. 저희는 방금 마 선생님께서 계약서에 서명한 순간부터 사흘간의 유예기간을 드립니다. 여기 빨간색 스위치를 누르면 거래 상담 중 결정한 대로 42일의 시간을 저희 서버에서 수취하지요."

시간 지불 장치의 화면에는 두 줄로 정보가 나타나 있었다. 윗줄에는 '42일 0시간 0분'이라고 적혔고, 그 아랫줄에는 유예기간의 남은 시간이 점점 줄어드는 것이 보였다. 현재 남은 시간은 '2일 23시간 34분'이었다.

"여기 마 선생님께서 받을 현금과 영수증입니다." 왕 매니저가 1천 홍콩달러 지폐 묶음을 리원 앞에 내려놓으며 말했다. "지금 금액을 확인해보십시오. 저희는 여러 군데 은행과도 업무 협약을 맺고 있으니 필요하다면 선생님의 계좌로 송금해드릴 수 있습니다."

리원은 이렇게 쉽게 큰돈을 손에 넣을 수 있을 거라는 생각은 한 적이 없었다. 그는 지폐를 세어보면서 물었다.

"제가 스위치를 누르는 걸 잊어버리면 어떻게 되나요?"

"별것 없습니다. 시간이 되면 시스템에서 자동적으로 수취하죠." 왕 매니저가 가볍게 대꾸했다. "이 스위치는 고객이 자기 시간을 더 잘 활용할 수 있도록 도와드리는 용도입니다."

리원은 '시간을 잘 활용한다'는 말이 이 회사의 고객들에게 또 다른 의미가 있을 거라는 생각이 들었다.

✕

리원은 이 라이터처럼 생긴 기계를 이틀째 바라보고 있다.

시간 거래 센터에서 돌아온 그날 밤, 그는 스위치를 거의 누를 뻔했다. 하지만 무슨 까닭인지 불안감이 그를 덮쳤다. 리원은 다시 망설이고 있다. 이 스위치를 누르면 무슨 일이 생길까?

유예기간이 23시간쯤 남았을 때, 기숙사 방 침대에 누워 있던 리원은 돌연 용기를 냈다. 스위치를 누르기로 결정한 것이다.

"에라, 해보자!"

오른손 엄지손가락으로 스위치를 눌렀다. 찰칵 소리가 나고, 액정 화면에 떠 있던 남은 시간 표시가 사라졌다. 대신 "거래해 주셔서 감사합니다"라는 글자가 떠올랐다.

그가 예상한 것만큼 신비로운 변화라든가 세계가 무너지고 현실이 붕괴되는 듯한 상황은 없었다. 아무 일도 없었다.

'뭐야, 누구 놀리나?'

막 그렇게 생각했을 때, 리원은 그게 6주 전의 일이라는 걸 깨달았다. 그는 의자에 앉아서 컴퓨터 화면을 바라보고 있었다. 별다른 목적 없이 웹 서핑을 하던 중이었다. 키보드 옆에 '시간 지불 장치'가 세워져 있고, 액정 화면은 까맣게 꺼진 상태였다.

"잠깐, 나…… 42일을 지불한 거지?"

리원의 머릿속에 42일을 팔고 2만 홍콩달러를 받은 일이 확 떠올랐다. 하지만 동시에 시간을 거래한 뒤 흘러간 한 달 넘는 기간의 일도 모두 기억났다. 특별할 것이 없었다. 그는 매일 학교에 가고 강의실에서 꾸벅꾸벅 졸았으며, 친구들과 농담을 주고받고, 메이얼을 만나면 온갖 핑계를 찾아 그녀와 가까워지려고 애썼다. 5일 전에 어수룩한 성격의 경쟁자 아리阿力를 골탕 먹이려고 그 녀석이 기숙사 부엌에서 끓이던 라면에 설탕을 잔뜩 부어버린 일도 기억났다.

시간을 팔았지만 그동안의 기억은 고스란히 남아 있었다. 왕 매니저가 말한 그대로였다. '그다지 현실처럼 느껴지지 않는 정도'일 뿐이었다.

"세상에 이렇게 좋은 거래가 있다니!"

리원은 시간 지불 장치를 집어 들고 큰 소리로 웃음을 터뜨렸다. 이 방법을 쓰면 힘든 시험 기간을 기억은 남기고 고통은 덜 느끼면서 보낼 수 있다. 게다가 그 시간을 팔아 돈을 벌 수도 있으니 일석이조라는 생각이 들었다.

"최고야."

리원은 책꽂이에서 종이상자를 꺼내 일주일 전에 산 명품 가방을 확인했다.

"하하하! 메이얼과 사귀게 된다면 50일이나 60일쯤 더 팔아야지. 그 돈으로는 오키나와 여행을 가야겠어. 메이얼이 좋아하는 석양을 같이 보는 거야……."

리원은 침대에 누워 양쪽 입가를 한껏 끌어올리며 미소를 지었다. 그의 생각은 꿈꾸듯 멀리멀리 흘러갔다.

✢

리원이 생각한 그대로였다. 생일 파티 자리에서 메이얼이 그의 선물 상자를 열자 친구들 사이에서 탄성이 터졌다.

"세상에! 이거 보첼리^{Bocelli} 가방이잖아! 1만 홍콩달러도 넘는 건데!"

메이얼 옆의 여학생이 비명을 질렀다.

"마리원, 너 이렇게 돈이 많았어? 나는 지금까지 그런 줄도 몰랐네."

한 남학생이 타박했다.

"아니야, 나도 가난한 학생일 뿐이야." 리원은 멋쩍어 하는 연기를 하며 준비한 대사를 읊었다. "그냥 메이얼이 기뻐했으면 좋겠어. 돈 같은 건 중요하지 않아."

노래방에 모인 친구들의 시선이 리원에게 쏠렸다. 메이얼은 비싼 선물에 놀란 것 같았지만 곧 담담하면서도 적절히 예의 바른 태도로 리원에게 감사 인사를 했다. 뺨에 발그레한 기운이 떠올라 있었다. 리원은 경쟁자들의 어두운 표정을 보면서 승리를 직감했다. 몇만 홍콩달러나 하는 비싼 가방에 장미 꽃다발, 그리고 방금 한 대사까지 어느 모로 보나 완벽한 승리였다. 이기지 못할 것을 알아차린 남학생들은 꼬리를 내릴 터였다. 메이얼과 친한 여학생들도 리원을 전과는 다른 시선으로 보는 듯했다. 어쩌면 리원의 마음 씀씀이보다 돈 씀씀이에 눈이 번쩍 뜨인 것인지도 모른다. 한 여학생은 슬쩍 리원에게 접근하려 했고, 다른 한 친구는 리원과 메이얼에게 같이 노래 한 곡 하라며 등을 떠밀기도 했다.

술과 흥겨운 분위기에 이끌려 파티를 처음 시작할 때의 어색한 분위기는 모두 사라졌다. 누군가 '진실 혹은 도전' 게임을 하자고 제안했다. 게임에서 지목된 사람은 마음속 비밀을 밝히거나 그게 아니면 다른 친구들이 하라는 벌칙을 수행해야 했다. 리원은 이 게임을 하면서 메이얼에게 사랑을 고백하려고 마음먹었다. 모든 게 리원이 상상한 것보다 순조로웠다. 그런데 밤 10시 23분, 예상치 못한 일이 벌어졌다.

땡땡땡땡땡!

갑자기 화재경보기가 울렸다. 칼로 귓속을 찔러대는 것 같은 날카로운 소리였다. 다들 꿈에서 깬 듯 정신없이 문 밖으로 뛰쳐나갔다. 종업원이 복도에서 다급히 외쳐댔다.

"여러분! 빨리 건물 밖으로 나가세요! 불이 났어요!"

순식간에 노래방은 아수라장이 되었다. 리원은 무슨 일인지 제대로 인식할 겨를도 없이 급히 바깥으로 달려 나왔다. 정신을 차리고 보니 건물 바깥의 거리에 서 있었다. 검은 연기가 건물 입구에서 꾸물꾸물 밀려나오는 것이 보였다. 2층 창문 쪽에서 언뜻언뜻 시뻘건 불길이 보였다. 근처 상점에서 직원과 손님들이 모두 뛰쳐나와 상황을 지켜보고 있었다.

"리원! 메이얼은? 너하고 같이 있었던 거 아니야?"

긴 머리를 한 여학생이 물었다. 리원은 당황했다.

"난 걔가 너랑 같이 있는 줄 알았는데!"

"메이얼은 조금 전에 화장실에 갔어!" 다른 여학생이 안절부절 못하며 말했다. "설마 아직 건물 안에 있는 걸까?"

"그럴 리가……?"

리원은 검은 연기가 흘러나오는 건물 쪽을 바라보았다. 손발이 뻣뻣하게 굳는 것 같았다. 어떻게 해야 좋을지 알 수가 없었다.

"얼른 가서 메이얼을 구해야지!"

긴 머리 여학생이 울면서 소리쳤다.

"그……. 메이얼도 화재 경보를 들었을 텐데 밖으로 나왔겠지?"

리원이 더듬거리며 말했다.

다들 발만 동동 구르는데 소방차가 도착했다. 대여섯 명의 소방관이 달려왔고, 긴 머리의 여학생이 다급히 메이얼이 건물 안에 있는 것 같다는 상황을 설명했다. 소방관은 급히 몇 가지 지시를 내리더니 몇 명씩 조를 이뤄 화재 현장으로 진입했다.

"어? 저기 봐!"

그때 노래방 종업원이 건물 입구를 가리켰다. 한 남자가 여자를 부축해 불바다 속에서 빠져나오는 모습이 보였다. 소방관과 구급대원이 얼른 그쪽으로 달려갔다. 리원은 그 모습을 보며 피가 거꾸로 솟는 느낌을 받았다. 조그만 몸집의 여자는 메이얼이었고, 그녀를 구한 남자는 그가 가장 업신여기던 아리였다.

계획이 아무리 완벽했어도 돌발 상황에는 역부족이었다. 리원은 완벽한 고백을 하려던 날에 화재를 만날 줄은 꿈에도 생각하지 못했으며, 하필이면 그때 화장실 문고리가 고장 나는 바람에 안에 갇힌 메이얼을 아리가 구해주는 일 같은 것은 더욱더 예상하지 못했다.

메이얼은 병원에 입원해 일주일간 치료를 받았고, 병원에 입원한 동안 아리의 고백을 받아들여 그와 교제하기로 했다.

"빌어먹을……. 위험에 빠진 공주를 구한 왕자님이라고……?"

두 사람이 사귀기로 했다는 소식이 기숙사에 쫙 퍼진 날 밤, 리원은 혼자 기숙사 옥상에서 술을 마셨다. 거의 2만 홍콩달러 가까운 돈을 들여 세심하게 준비한 계획이 촌스러운 클리셰에 지고 말았다. 그는 마음이 아팠다. 고주망태가 되어 쓰러지고 싶었다. 그저 시간이 빨리 흘러 이 상처가 아물기만을 바랐다.

"시간……. 그래, 힘들게 시간이 흐르기를 기다릴 필요가 있나?"

다음 날 아침, 리원은 강의를 빼먹고 시간 거래 센터에 다시 방문했다.

"마 선생님, 지난번 거래에는 만족하셨습니까?"

왕 매니저가 웃는 얼굴로 말을 붙였지만 리원은 거기에 응할 기분이 아니었다.

"시간을 팔고 싶습니다. 한 달…… 아니, 두 달을 팔게요. 공부하면서 시험 준비할 기분도 아니니까요."

"오, 이번에는 시간을 단위로 하시겠다는 거군요? 좋습니다. 계산해보죠……."

왕 매니저가 숙련된 손놀림으로 계산기를 두드렸다.

"두 달을 60일로 잡겠습니다. 그러면 20,426홍콩달러입니다."

"저번에는 약 40일에 2만 달러였잖아요. 시간은 1.5배가 되었는데 왜 400홍콩달러만 늘었죠?"

리원이 불만스럽게 물었다.

"마 선생님, 저번에는 신규 고객 우대 환율이었잖습니까? 게다가 시간 환율은 시간의 흐름에 따라서 변동한답니다……."

왕 매니저는 이렇게 말할 때마다 어색한 느낌을 지울 수 없었다. 하지만 그게 사실이었다.

"됐어요. 20,426홍콩달러로 합시다. 계약서를 쓰고 기계에 들어갔다 나오면 되는 거죠?"

"이번에는 계약서만 쓰면 됩니다. 저희 시스템에 마 선생님의 시간자 정보가 남아 있어서 계약서에 서명만 하면 바로 시간 지불 장치로 정보가 전송될 겁니다. 시간 지불 장치는 여전히 가지고 계시죠?"

"네, 하지만 기숙사에 두고 왔는데요."

"괜찮습니다. 기숙사에 가서 스위치만 누르세요. 유예기간은 전과 똑같이 사흘입니다."

리원은 현금을 받고 오전 11시에 기숙사로 돌아왔다. 그는 오자마자 바로 빨간 스위치를 눌렀다.

"음, 오전 11시밖에 안 되었으니까 한숨 더 자……."

리원의 품에서 벌거벗은 차이니彩妮가 불평했다.

리원은 침대에서 그녀를 바라보며 만감이 교차했다. 두 달 전, 그는 시간을 팔고 받은 2만 홍콩달러 조금 넘는 돈을 아무렇게나 헤프게 쓰면서 기분을 풀 생각이었다. 그런데 우연히 차이니를 만났다. 그녀는 메이얼의 생일날 리원을 전과 다른 눈으로 보던 여학생 중 한 명이다. 리원의 수중에는 쉽게 얻은 돈이 있었다. 그래서 매일같이 차이니와 맛있는 것을 먹고 좋은 술을 마셨다. 어느 날 아침, 두 사람은 알몸으로 호텔 침대 위에서 눈을 떴다. 그렇게 리원과 차이니는 얼떨결에 사귀게 되었다.

반쯤 잠든 차이니의 머리카락을 만지던 리원은 가슴이 답답했다. 시험을 엉망으로 치른 거야 별일 아니지만, 그날 시험장에서 바로 앞줄에 앉은 아리를 보자 기분이 상했다. 차이니와 잠자리를 가질 때마다 아리와 메이얼도 지금 자신과 같은 일을 하겠구나 생각하면 울화가 치밀었다.

"젠장……."

리원이 손을 뻗어 담뱃갑을 집었다.

"어라, 나 언제부터 담배를 피웠지?"

깜빡 잊을 뻔했다. 그와 차이니는 한 달 전부터 같이 담배를 피우고 있다. 옅은 담배 냄새에 마음이 훨씬 편안해지는 느낌이다.

리원은 눈 깜빡할 사이에 대학을 졸업했다. '눈 깜빡할 사이'라는 말은 단순히 관용적인 표현이 아니다. 리원은 그 후로도 시간 거래 센터를 다섯 번 방문했고, 다 합해서 1년을 팔아 10만 홍콩달러 정도의 돈을 받았다. 그는 매번 힘들고 귀찮은 일이 생길 때마다 시간을 팔고 쉽게 그 순간을 지나갔다. 어려운 시험을 치러야 할 때, 논문 통과를 앞두고 최종 구술시험 전에, 그는 항상 시간을 팔았고 정신을 차리면 힘든 시간은 다 지나간 과거가 되어 있었다. 논문을 쓰는 고생스러움, 구술시험에서 시험관이 던진 매서운 질문, 구직 면접에서 느낀 긴장감 등은 전부 리원의 기억 속에 빠짐없이 기록되어 있다. 그는 이제 "긴 고통은 짧은 고통만 못하고, 짧은 고통은 고통이 없는 것만 못하다"라는 좌우명을 가지고 살아간다. 사실 결과적으로 볼 때 그는 이런 귀찮은 일에서 완전히 도피한 것도 아니었다. 어쨌든 그 모든 일은 리원 자신이 한 것이니까.

졸업 후, 리원은 운 좋게도 세계적으로 잘 알려진 리안 투자 은행에 채용되었다. 하지만 경험이 부족한 신입사원인지라 자주 상사에게 질책을 들었다. 게다가 그가 속한 사무실에는 사사건건 그와 대립하는 동료 직원도 있었다. 보수는 나쁘지 않았지만 승진하려면 5년 혹은 10년은 걸릴 것 같았다.

"오늘 그 멍청한 여자가 또 트집을 잡았어. 내가 보고서에 표를 잘못 작성했다는 거야. 만약에⋯⋯. 리원, 내 말 듣고 있어?"

차이니가 리원을 툭 밀었다. 두 사람은 데이트로 점심식사를 하는 중이다. 차이니는 자리에 앉자마자 자신의 직장 동료들을 한 사람씩 빠짐없이 욕하고 있다. 차이니는 작은 기업에서 비서로 일하고 있는데, 사실 그녀의 꿈은 그보다 훨씬 크다.

"언제쯤 결혼할 건데? 나를 사모님으로 만들어줘야지!"

차이니가 리원의 팔을 붙들고 다그치듯 물었다.

"세상에, 우리 졸업한 지 겨우 1년 지났어. 결혼한다고 해도 내 수입만으로는 둘이서 생활할 수가 없다고."

"난 상관 안 해!" 차이니가 억지를 부렸다. "넌 유명한 리안 투자은행을 다니니까 나중에 은행장이 되거나 투자 전문가가 될 거 아냐! 메이얼도 결혼한다는데······."

"린메이얼林美兒이 결혼을 해?" 리원은 손에 쥔 포크를 떨어뜨릴 뻔했다. "······아리하고?"

"아리가 아니면 누구랑 결혼하겠어? 아리는 가업을 잇기로 했대. 작은 국수가게인데, 가게 경영을 개선하고 싶어서 경영학과를 다닌 거라고 하더라. 아리는 집안 형편이 어려워도 메이얼과 결혼하겠다고 하는데, 너는 전도유망한 은행가면서 나랑 결혼할 수 없다는 거야?"

리원은 차이니가 그 뒤로 한 말을 몽땅 흘려들었다. 몇 년 전 아리가 메이얼을 구하는 장면이 머릿속에서 계속 빙빙 돌았다. 그때 아리가 소 뒷걸음치다 쥐 잡는 격인 행운을 얻지 못했다면 지금 리원이 차이니의 성가신 수다를 들어줄 일도 없을 것이다. 분노가 다시금 치솟았다. 그는 아리와 메이얼의 관계를 깨뜨릴 생각은 없다. 다만 큰 부자가 되어 동창회에서 만났을 때 그들 앞에서 위세를 부릴 작정을 했다. 메이얼에게 당시 그녀가 잘못된 선택을 했음을 일깨워주겠다는 생각이다. 리원은 그녀가 후회하는 모습을 보고 싶었다.

리원은 그날 퇴근 후에 시간 거래 센터를 찾았다.

"마 선생님, 그간 잘 지내셨습니까?" 왕 매니저는 여전히 파란색 양복을 잘 차려입은 모습이다. 대신 안경이 은색 테로 바뀌었다. "오랜만에 오셨군요."

"매니저님, 시간을 팔고 싶습니다."

리원은 단도직입적으로 용건을 꺼냈다.

"좋습니다. 얼마나 파시겠습니까?"

"10년."

늘 침착하던 왕 매니저도 이번에는 확실히 당황한 듯했다. 그는 몸을 앞으로 살짝 숙이면서 확인하듯 물었다.

"제가 맞게 들었나요? 10년이라고요?"

"네, 10년입니다. 필요하다면 15년도 팔 수 있습니다."

"마 선생님, 큰돈이 갑자기 필요하신 모양이지요?"

"제가 다 계산해봤습니다." 그렇게 말하며 리원은 손깍지를 낀 두 손을 책상 위에 올려놓았다. "저는 투자은행에서 일합니다. 돈을 벌면 그게 곧 투자의 자본금이 되지요. 충분한 시간과 종잣돈만 있으면 돈은 눈덩이처럼 불어나게 되어 있습니다. 제 계산이 틀리지 않다면 10년 후에 저는 중간관리자로 승진할 수 있습니다. 좀 더 일찍 충분한 종잣돈을 가지고 투자하는 것은 제 장래의 발전을 위해 해로울 게 없죠."

왕 매니저가 눈썹을 치켜올렸다 내리면서 웃었다.

"마 선생님은 확실히 은행가가 될 만한 재목이군요. 맞는 말씀입니다. 지금 충분한 종잣돈이 있으면 다가올 미래의 삶을 더크게 바꿀 수 있지요."

"어차피 10년간은 고생을 하게 되어 있어요. 그런 시간을 돈으로 바꾼다면 일석이조가 아니겠습니까?" 그렇게 말한 리원은곧 화제를 바꿨다. "10년이면 얼마나 받을 수 있지요?"

왕 매니저가 계산을 해보더니 대답했다.

"104만 8,422홍콩달러군요."

"그 정도면 충분합니다. 제가 개인적으로 투자하기에 적당하군요."

"하지만……." 왕 매니저가 한 번 더 리원을 설득했다. "지금까지 2년 이상의 시간을 한꺼번에 판매한 고객은 없었습니다.다시 생각해보시지 않겠습니까?"

"그럴 필요 없습니다." 리원은 어깨를 으쓱하며 단호하게 말했다. "제가 잃을 게 뭐가 있나요?"

왕 매니저는 뭔가 더 말하려다 입을 다물었다. 사실 리원의 질문에 대답해줄 말이 없었다.

✿

리원은 스위치를 눌렀고, 곧 그 일은 10년 전 과거가 되었다.

지난 10년간 그는 100만 홍콩달러가 넘는 자금을 가지고 투자를 진행해 매년 평균 30퍼센트의 수익을 올렸다. 그렇게 해서 1000만 홍콩달러까지 불렸다. 월급, 상여금, 배당금 등을 더하니 리원의 재산은 같은 직급의 동료보다 10배 이상 많았다.

그러나 돈과 권력이 세상을 좌우하는 사회에서 그의 갈망은 끝이 없었다.

그는 10년만 더 지나면 자신이 리안 투자은행의 임원이 되리라는 것을 알았다.

차이니는 리원과 결혼한 지 7년이 되었고, 점점 더 말이 많아졌다. 리원이 퇴근해서 집에 돌아가보면, 그녀는 스스로는 손 하나 까딱 않으면서 고용인들을 마구 부려먹었다. 리원은 원래부터 차이니에게 큰 애정을 갖고 있지 않았던 터라 자연스럽게 신분 상승의 욕구가 있던 여자 부하직원과 부적절한 관계를 맺었다. 그가 서른네 살이 되던 해에 차이니가 외도한 사실을 알아낸 리원은 화를 내며 이혼소송을 제기했다. 차이니는 오히려 리원이 먼저 바람을 피웠다며 맞고소했다. 법정에서는 차이니의 손을 들어주었고, 리원은 위자료를 지불해야 하는 처지가 되었다.

"10년만 더……."

판결을 받고 법정을 나서는데 부슬비가 내렸다. 리원은 법원 건물 바깥의 계단에 서서 결심했다.

"왕 매니저님, 10년을 더 팔겠습니다."

왕 매니저는 몇 년 전에 그랬던 것처럼 이번에도 깜짝 놀랐다.

"마 선생님, 최근 시간 환율이 많이 떨어져서 10년을 팔아도

50만 홍콩달러가 채 안 됩니다. 정말 거래하실 겁니까?"

"저는 돈이 아니라 권력이 필요합니다." 리원은 왕 매니저의 눈을 똑바로 쳐다보며 말했다. "저는 10년을 기다려서 임원이 될 생각은 없습니다. 지금 바로 딸 수 있는 열매를 원해요."

왕 매니저는 이제 희끗해진 머리카락을 쓸어 넘기며 말했다.

"좋습니다. 마 선생님은 저희 회사의 필요성을 이해하는 몇 안 되는 고객이시죠. 제가 더 말씀드릴 게 없군요. 바로 계약서를 준비하겠습니다."

그러나 이번에는 리원의 판단이 틀렸다. 마흔네 살의 그는 바라던 대로 회사의 고위 임원이 되지 못했다. 그래서 5년을 더 팔았다. 쉰이 되었을 때, 리원은 리안 투자은행의 CEO이자 최연소 파트너 중 한 사람이 되었다. 홍콩 금융계에서 가장 화제의 인물이기도 했다. 경제지에서는 그가 젊은 시절에 어떻게 투자를 했는지, 어떻게 리안 투자은행의 최연소 파트너가 되었는지를 보도했다. CEO가 되고 처음 몇 해는 모든 것이 순조로웠다. 그러나 4년 후, 아시아의 어느 은행이 도산하면서 시작된 연쇄반응으로 리안 투자은행도 위기에 빠졌다. 게다가 리원이 잘못된 결정을 내린 일로 회사의 위기는 더욱 심각해졌다. 그는 여론의 뭇매를 맞아 숨도 제대로 쉬지 못할 지경이 되었다. 언론에 쫓기다 못해 그는 다시 시간 거래 센터를 찾았다.

"마 선생님……." 이제 완전히 백발이 된 왕 매니저가 입을 열었다. "사실 지금은 시간을 팔 필요가 없지 않습니까? 외국에 나가서 1년 정도만 머물면 사태가 진정될 텐데요?"

"외국에 나간들 뭐가 달라집니까? 이번 금융위기는 전 세계적인 문제입니다. 5년은 지나야 가라앉을 겁니다. 저는 매일 뉴스를 볼 때마다 금융위기 소식을 들을 테고, 밤에 잠을 이루지 못할 거예요……."

리원의 추측은 정확했다. 5년 후, 금융시장은 다시 갱생의 징조를 보였다. 하지만 리안 투자은행은 이미 다른 회사에 합병된 뒤였다. 은퇴할 나이가 된 리원은 더 이상 큰 욕망이 없었다. 그는 리안 투자은행이 인수될 때 약간의 배상금을 받고서 그가 '40년'을 몸담았던 전쟁터와 같았던 금융계를 떠났다. 그의 생활은 이제 느리고 조용해졌다.

※

"어르신, 한 시간 후에 모시러 올게요."

"그래."

리원은 공원 벤치에 앉아 지팡이에 의지한 채 꼬마들이 뛰어노는 모습을 지켜보았다. 이제 일흔이 가까워진 그에게는 자식도 손주도 없었다. 그는 은퇴를 하고서야 가정의 중요성을 깨달았다. 지난 10년간 그는 부촌의 호화 저택에서 살았다. 집안일을 돌보는 고용인 두 사람과 운전기사 한 사람이 있지만 그의 마음에는 항상 까닭 모를 쓸쓸함이 있었다.

자신의 인생이 조금도 현실처럼 느껴지지 않았다.

"마리원?"

그는 자기 이름을 부르는 소리에 뒤를 돌아보았다. 그곳에는 흰 머리카락이 듬성듬성 난 노인이 서 있었다.

"누구신지?"

리원은 그 노인의 얼굴에서 아주 희미하지만 익숙한 느낌을 받았다.

"역시 마리원이 맞구나! 나는 아리일세, 자네 대학 동기."

과거가 눈앞에 펼쳐졌다. 그러나 리원은 더 이상 아리에 대한 원망이나 분노가 없었다. 50년이나 시간이 흘렀으니 과거의 연애사는 다 별것 아니게 되었다.

"50년 만에 만나는군!" 아리가 기분 좋게 리원의 손을 잡고 흔들었다. "신문에서 자네 이야기는 종종 읽었지. 홍콩 금융계의 풍운아였잖나."

리원이 쓴웃음을 지었다. 그 시절의 기억은 마치 허구처럼 느껴졌다.

"메이얼…… 자네 부인은 잘 지내나?"

리원이 물었다.

"5년 전에 병으로 세상을 떠났네." 아리의 목소리에서 상실감이 느껴졌다. "하지만 편안하게 갔어. 자식과 손주들이 마지막을 지켰지. 웃으며 떠났다네."

리원은 마음속 깊은 곳에서 아련한 아픔을 느꼈다.

"증조할아버지!" 조그만 여자아이가 달려왔다. "샤오바오小寶가 또 제 리본을 가져갔어요!"

"착하지, 증조할아버지가 이따가 새 리본을 사주마."

꼬마는 울음을 그치고 미소를 지었다. 아이는 곧 친구들에게 달려가 다시 즐겁게 놀았다.

"증손녀인가?"

"그렇다네. 메이얼을 닮았지?" 아리가 그렇게 말하면서 휴대전화를 꺼냈다. "아들 셋에 손주가 다섯, 증손주가 둘이거든. 여기 사진을 보여줄게……."

그때 아리의 주머니에서 뭔가가 툭 떨어졌다. 리원은 그 물건을 보고 경악했다.

"자네…… 시간 거래 센터에 갔나?"

아리의 열쇠고리에 매달린 것은 리원이 잘 아는 기계장치였다. 다만 스위치의 색깔이 파란색이란 점이 다를 뿐이다.

"아, 자네도 알아?" 아리가 열쇠고리를 주워 들고 감개무량한 말투로 대답했다. "이건 기념품이야. 이 기계 덕분에 메이얼과 결혼할 수 있었으니까."

"뭐라고?"

리원은 아리를 붙잡고 전부 다 설명하라며 다그치고 싶었다.

"아주 오래전에 시간 거래 센터가 막 문을 열고 한창 광고를 했지. 호기심에 한 번 가봤다네. 그때는 사업 초기여서 환율 우대를 해주고 있었어. 그래서 5분을 800홍콩달러에 사뒀지. 값이 아주 싸잖나. 마침 약간 저축해둔 돈도 있어서 급할 때 쓰려고 예비용으로 샀다네."

"시간을 샀다고?" 리원이 의아하게 되물었다. "판 게 아니라 샀어?"

"그럼! 시간이 얼마나 귀중한데 누가 그걸 팔아!" 아리가 크게 웃음을 터뜨렸다. "결과적으로 그 5분은 정말 요긴하게 쓰였지. 자네도 그날 화재가 난 것 기억하지? 그때 나는 구입한 5분을 쓸 때가 왔다고 생각했다네. 노래방에서 나온 뒤에 메이얼이 보이지 않아서 아직 화장실에 있다는 것을 알았지. 급히 찾으러 갔지만 어쩐 일인지 문이 잠긴 채 고장이 났더라고. 메이얼은 살려달라고 마구 외치고 있었어. 그때 이 기계의 스위치를 눌렀고, 나는 시간을 길게 느끼게 되었네. 시간 감각이 느려지자 침착하게 문을 열 방법을 생각할 수 있었지. 그렇게 메이얼을 구한 뒤에, 불길의 방향을 잘 살펴보고 빠져나올 경로를 알아낼 수 있었어. 미리 사둔 5분이 없었다면 나하고 메이얼은 불에 타 죽었을 거야."

리원은 입을 떡 벌렸다. 당시 아리가 메이얼을 구한 게 단순한 우연이나 행운이 아니라 이런 깊은 생각 끝에 해낸 일이었을 줄은 몰랐다.

"메이얼과 정식으로 연인이 된 다음에 시간을 더 샀네. 그녀와 스탠리Stanley 해변에서 해가 지는 모습을 봤어. 홍콩에 있는 익숙한 해변이지만 둘이서 해 질 녘을 30분으로 길게 늘여서 감상하니까 정말 멋있더라고. 그런 다음 반지를 꺼내서 청혼했더니 메이얼이 울음을 터뜨리지 뭔가!"

리원은 시간을 사서 이렇게 사용할 수 있다는 생각은 해보지 못했다.

"두 사람…… 두 사람은 한 번도 시간을 팔 생각은 하지 않았나? 메이얼이 병에 걸렸을 때, 많이 힘들었을 것 아닌가? 고통을 겪는 시간을 줄이고 싶진 않았어?"

"인생에 고통이 있어야 기쁨도 있는 법이잖아." 아리가 눈물을 글썽이며, 그러나 미소를 지으며 말을 이었다. "우리는 하루의 시간을 샀네. 메이얼의 마지막 순간에 가족들이 다 모여서 그녀에게 충분히 작별인사를 할 수 있도록 말이야. 최근 시간 환율이 많이 오르는 바람에 며칠 더 시간을 사서 그녀의 마지막을 좀더 길게 함께하고 싶었지만 그러지 못한 게 아쉬워. 그래도 메이얼은 평생 행복했다면서 시간이 정상적으로 흘러가게 두자고 하더군."

리원은 암담한 기분으로 멍하니 허공만 바라보았다. 아리의 말은 리원의 과거를 완전히 부정하는 것이었다. 그는 자신이 과거에 한 모든 결정이 실수였던 것처럼 느꼈다.

"만약……." 리원이 힘겹게 입을 뗐다. "만약 누군가 돈 때문에, 혹은 고통을 회피하려고 인생의 절반 이상을 팔아버렸다면……, 자네는 그 사람이 멍청하다고 생각하겠지?"

"흠……." 아리가 천천히 대답했다. "나는 그 사람을 '멍청하다'고는 생각하지 않을 거네. 하지만 1만 글자 분량의 단편소설로 한 사람의 일생을 묘사해버리는 일처럼 참 재미없다고 생각하겠지."

Étude. 1 : 습작 1

키워드 : 슬픔 / 옷 / 농장의 동물 / 예배당 / 적

짐승도 슬픔을 느낄까?

그들은 죽음을 앞둔 순간 생명을 잃는다는 사실에 눈물을 흘릴까?

나는 손바닥에 묻은 피를 앞치마에 문질러 닦았다. 까딱 잘못하면 옷에도 묻게 된다.

엉망진창이다. 이건 내가 가장 아끼는 흰 셔츠다. 나중에 아내가 잔소리를 한참 할 것이다. 그녀는 항상 핏자국은 빨아도 잘지워지지 않는다며 불평한다. 그러니 흰옷을 입고 일하지 말라고 했었다.

내 옆에 있던 늙은 돼지가 우우 애처로운 소리를 낸다. 이놈은

다음 차례가 자기라고 생각하는 모양이다.

"농장의 동물에게 사명이라곤 하나뿐이야. 자기 자신을 희생해 그 고기를 길러준 주인에게 바치는 것이지."

나는 돼지에게 그렇게 말하고 싶었다. 하지만 말은 입술 근처에서 맴돌 뿐 밖으로 나오지 않았다.

쇠귀에 경 읽기라는 말이 있다. 돼지에게 설교하기와 비교한다면 어느 쪽이 더 쓸데없는 짓일까?

"너, 오늘은 운이 좋았다. 하지만 며칠 더 살 뿐이지."

나는 결국 돼지를 향해 말을 걸고 말았다.

늙은 돼지가 우우 소리를 낸다.

나는 이제 예배당에 가야겠다고 생각했다. 나를 위선적인 사람이라 욕해도 좋다. 가식적이라고 말해도 상관없다. 매번 살생을 한 후에는 예배당에 가서 한 시간쯤 머물다 돌아온다. 마음의 위로를 찾는 것이다.

돼지우리 안에 누워 있는 시체는 형님의 첫째가는 적이다. 나는 그 사람과 가족 다섯 명을 순식간에 몰살했다. 그러니 형님도 이제 한시름 놓으시겠지.

그 늙은 돼지도 마찬가지로 한시름 놓았으리라.

𝒞

Var.V Lento lugubre

추리소설가의 등단 살인

Tchaikovsky

Manfred Symphony, Op.58, I. Lento lugubre

"그러니까 말일세, 일단 사람을 한 명 죽여 봐."

"예?"

청년은 순간적으로 그 말을 이해하지 못했다. 그는 의아한 시선으로 맞은편에 앉은 턱수룩한 수염의 중년 남자를 쳐다보았다.

"편집장님, 방금 뭐라고 말씀하셨어요?"

자신이 맞게 들은 것인지 확인하려고 청년은 몸을 앞으로 기울이면서 되물었다.

"내 말은…… 등단하고 싶으면 말이야, 살인부터 하라는 거야."

중년 남자는 도넛 모양으로 담배 연기를 뿜으며, 무덤덤하게 아까 한 말을 반복했다.

　노천카페에 마주보고 앉은 두 사람 옆으로 색색의 풍선을 든 꼬마 두세 명이 달려갔다. 어린아이의 즐거운 웃음소리와 일요일의 광장은 잘 어울렸다. 그러나 청년은 지금 순식간에 낯선 세계에 뚝 떨어진 것 같은 기분이다. 그는 중년 남자의 말에 너무 놀라서 어떻게 대꾸해야 할지 갈피를 잡지 못했다.

　"지, 지금 저더러 살인을 하라고요?"

　청년이 더듬거리며 물었다.

　"그렇지, 한 사람만 죽여 봐." 중년 남자는 재떨이에 담뱃재를 털면서 느리게 덧붙였다. "추리소설가가 되고 싶으면 사람을 죽여야 해."

　"편집장님, 그러니까 '살인'이라는 건 이야기 속에서 그렇다는 거겠죠?"

　청년이 억지로 미소를 유지하려 애썼다.

　"당연히 아니지. 현실에서, 멀쩡히 살아 있는 사람을 죽여야 해."

　청년은 말을 잇지 못하고 의심스러운 눈빛으로 중년 남자를 바라보았다.

　"자네 말이지." 중년 남자는 커피가 담긴 종이컵을 들었다. "자네 원고 말이야, 바로 그게 빠져 있다고. 구성이 탄탄하고 필력 있고 다 좋은데, 제일 중요한 '영혼'이 없어. 자네도 추리소설의 대가라고 불리는 작가들 작품은 많이 읽었을 것 아닌가? 예를 들어 C씨의 작품에 대해 어떻게 생각하나?"

"그, 그『파란색 밀실의 마천루 살인 사건』을 쓴 C 작가님이요? 그 작품은 정말 걸작이죠! 10년 전에 처음 읽고 완전히 빠져버렸는걸요. C 작가님의 최근 작품은 평가가 좋지 않지만 그래도『파란색 밀실의 마천루 살인 사건』은 그야말로 '고전'입니다."

"그 작품의 트릭이 너무 허황되다는 생각은 해본 적 없어?"

"어…… 약간 그런 면이 있기는 하지요."

청년은 중년 남자의 의도를 파악하지 못해서 말실수를 할까 봐 전전긍긍했다. 그가 기억하기로『파란색 밀실의 마천루 살인 사건』은 바로 중년 남자가 일하는 출판사에서 출간한 책이었기 때문이다.

"그렇지! 허황되기 짝이 없어! 황당무계하다고!" 중년 남자는 목소리를 높였다. "그렇지만 독자들은 반감을 갖지 않아. 평론가들은 90점 이상을 줬고, 판매량도 신기록을 세웠거든. 이 책이 왜 그렇게 잘 팔렸는지 알겠어?"

"그건…… 영혼이 있어서요?"

청년이 조심스럽게 대답했다.

"바로 그거야! 영혼! C씨가 살인을 서술하고 시체를 묘사하는 장면에는 강렬한 현실감이 느껴져. 그러면 그 사람이 어떻게 자기 작품에 영혼을 불어넣었는지 이해하겠나?"

청년은 중년 남자의 말을 듣다가 호흡곤란을 느꼈다.

"편집장님, 그 말씀은…… 그러니까 C 작가님이…… 살인을?"

"내 입으로 그렇게 말한 적은 없네." 중년 남자는 교활한 미소를 지으며 덧붙였다. "하지만 C씨가 등단하고 나서 한 번도 얼굴을 공개하지 않는 이유가 무엇이겠나?"

"그…… 체포될 확률을 낮추기 위해서?"

"요즘 추리소설계에 얼굴 없는 작가가 늘었다는 생각은 안 드나? 이상하지 않아? K씨도 N씨도 '복면 작가'라는 타이틀로 활동하지. 문학상을 준다고 해도 시상식에 나타나지 않은 M씨는 또 어떻고. 그 사람들도 다 C씨와 같은 이유로 그러는 거야."

"그러니까……." 청년은 너무 놀라서 말을 제대로 잇지 못했다. "그 작가들이 전부…… 살인을 했다는 겁니까?"

"흐흐흐, 정확한 숫자를 말하면 나처럼 이 바닥에서 오래 굴러먹은 사람도 깜짝 놀랄 정도야. 추리소설계에서는 불문율이나 다름없어. 잘나가는 추리소설가가 되려면 두 가지 방법뿐이야. R씨나 Q씨처럼 현실의 강력범죄를 해결하고 범인을 찾아내거나, 정체를 숨기고 살인을 경험하거나."

"Q 작가님이 쓴 소설 속 범죄는 전부 실화예요?"

청년이 물었다.

"그렇지. 하지만 지금은 이 방법이 잘 안 통해. 경찰의 과학 수사 기법이 점점 발달하는데 민간인이 무슨 수로 경찰보다 빨리 사건을 해결할 수 있겠어? 게다가 갈수록 강력범죄가 줄어들어서 실제 사건을 해결하는 추리소설가가 되기엔 확률이 너무 낮아. 최근 등단하는 신인 작가들은 대부분 두 번째 방법을 쓴다네."

청년은 머릿속이 엉망진창이었다. 이런 놀랍고도 두려운 사실을 갑자기 받아들이기가 어려웠다.

"작년 크리스마스 때 있었던 살인 사건 기억나?"

중년 남자가 돌연 질문을 던졌다.

"작년 크리스마스요? 학교 선생님이 이웃집 여자를 죽이고 일주일 뒤에 체포된 그 사건 말씀이십니까?"

"맞아, 그 사건. 그 남자가 이웃집 여자를 왜 죽였는지 아나?"

"신문에서는 여자 쪽에서 구애를 받아주지 않아서 죽였다고……."

청년은 말을 하다 말고 자기 입을 턱 막았다. 중년 남자가 이 사건 이야기를 꺼낸 이유를 깨달은 것이다.

"난 그 학교 선생이 쓴 원고를 읽었어."

중년 남자가 하늘을 향해 담배 연기를 길게 내뱉었다.

"그래서……! 추리소설가가 되려고……. 세상에……."

중년 남자는 담배를 눌러 끄며 말했다.

"창작을 위해 살인을 한다니, 누가 그런 범행 동기를 믿어주겠나? 언론이든 경찰이든 자기들이 생각할 때 말이 되는 동기만 찾을 뿐이야. 그래야 사람들이 받아들일 수 있고 보고서도 쉽게 통과되니까. 요즘 시대는 말이지, 아무도 '진실'에는 관심이 없어. 결국 그 학교 선생은 최종심 판결을 받기도 전에 감옥에서 자살했어. 어쩌겠나, 자기 실력이 그것밖에 안 되는 것을. 작품처럼 작가 본인도 미숙하더군. 자네 원고가 그 선생 것보다 훨씬 뛰어나."

청년은 칭찬을 받자 기분이 좋아졌다. 그러나 눈앞의 상대가 제시한 조건을 떠올리자 또다시 얼굴이 어두워졌다.

"편집장님, 살······인을 하지 않으면 안 되나요?"

"내 오랜 경험을 바탕으로 분명히 말해주지. 이 관문을 넘지 못하면 자네는 평생 이류 소설가야." 중년 남자는 다른 담배를 다시 손가락 사이에 끼웠다. "내 눈은 틀린 적이 없어. 우리 출판사에 얼마나 많은 베스트셀러 작가들이 포진하고 있는지 자네도 알 거야. 허세를 부리는 게 아니라 그중 절반은 내가 발굴한 작가지. 자네는 잠재력이 있어서 그런 베스트셀러 작가의 대열에 낄 만한 능력이 충분하단 말이야. S씨 기억하나? 등단 첫해에 우리 회사에서 엄청나게 투자했던 작가지. 지금은 그 사람 소설이 영화로 제작되고, 12개 나라에 번역 판권이 팔렸어. 난 자네한테 S씨 같은 가능성을 보고 있다고."

청년의 마음이 흔들렸다. 탁자 위에 놓인 명함에는 이 나라에서 가장 능력 있다고 알려진 다국적 출판사의 이름이 인쇄되어 있다. 그 아래에 '문예출판 4팀', '부편집장'이라는 글씨가 보인다. 사실 청년은 한번 부딪혀보자는 심정으로 출판사에 전화를 했다. 그런데 이렇게 직급이 높은 사람과 바로 만나게 될 줄은 정말 몰랐다.

"자네, 허구의 세계가 아니라 현실 세계를 향해 문제를 내고 싶은 적이 단 한 번도 없었나? 세상 사람들에게 도전하는 거지. 본인이 설계한 트릭에 대단한 자신감을 갖고 있을 것 아니야? 자네가 다른 사람들보다 훨씬 똑똑하고 뛰어나다는 걸 증명하고 싶지 않아?"

중년 남자가 담담한 어조로 말을 이었다.

조그만 불씨 하나가 청년의 가슴속에 피어올랐다. 불씨는 점점 커지고 강해졌다.

"제, 제가 정말로…… 살인을 한다면 누구를 죽여야 하죠?"

청년이 모깃소리만 한 목소리로 물었다.

"그걸 내가 어떻게 알아?" 중년 남자가 어깨를 으쓱거렸다. "이건 자네 문제야, 내 문제가 아니라."

청년은 중년 남자를 바라보며 어찌할 바를 모르겠다는 표정을 지었다.

"내가 해줄 수 있는 말은 이웃집 여자를 노리는 바보 같은 짓은 하지 말라는 것뿐이야. 지나가는 사람 아무나 골라잡으라고. 그리고 하나 더, 나는 노리지 말게. 내가 죽으면 자네 책을 내줄 사람도 없어지는 거니까."

중년 남자가 가볍게 웃음을 지었다.

청년은 몹시 혼란스러웠다. 묵묵히 창작의 길을 걷는 수많은 젊은이들이 꿈에서라도 잡고 싶은 기회가 눈앞에 있다. 그가 원한다면 손을 뻗어 붙잡기만 하면 된다. 그러나 그는 살인을 했다가 경찰에 체포되는 게 두려웠다. 물론 자신이 설계한 트릭은 아무도 풀어내지 못할 거라고 자신한다. 그러나 이야기가 아닌 실제 살인이라고 생각하면 불안하다. 솔직히 지금까지 현실에서 살인을 저지른다면 어떨까 수없이 생각해보았다. 하지만 시도해보고 싶어서 안달하면서도 두려움과 불안이라는 심리적 자물쇠에 묶여 있었던 것이 사실이다. 그는 살인을 할 이유가 전혀 없었다……. 지금까지는.

"인간은 두 종류로 나뉜다는 거 아나?"

마음속에서 엎치락뒤치락 고민하던 청년은 갑자기 입을 연 중년 남자의 말에 고개를 들었다.

"남자와 여자요?"

"당연히 아니지." 중년 남자는 담배를 깊게 빨고 나서 말을 이었다. "타인을 이용하는 자와 타인에게 이용당하는 자야. 자네 둘 중 어느 쪽이 되고 싶나?"

중년 남자의 말에 청년의 심리적 자물쇠가 열리는 듯했다.

"네……. 알겠습니다. 제가 이 관문만 통과하면 출판사에서 책을 내주시는 거죠?"

청년이 다시 확인했다.

"내가 보증하지. 자네가 쓴 책은 온 나라에 화제가 되는 베스트셀러가 될 거야."

✻

중년 남자와 헤어진 청년은 홀로 거리를 걸었다. 햇빛이 찬란히 빛나고 있었지만, 그의 마음에는 우울한 그림자가 점점 더 짙어지고 있었다. 먹물이 호수에 떨어져 점점 번지는 것처럼 어둠은 사방으로 퍼져나갔다. 청년은 오늘 중년 남자와 만나기까지의 일을 처음부터 다시 생각했다. 그날 저녁 출판사 편집부에 건 전화는 그냥 운을 시험해보는 차원이었을 뿐이다. 더듬더듬 투고 의사를 밝히고 잠시 상담한 후에 출판사 근처의 노천 카페로 약속을 잡았다. 오늘 카페에서는 자신을 향해 걸어오는 중년 남자를 보고 남의 시선이나 겉치레에 신경 쓰지 않는 옷차림과 태도에 제일 먼저 당황했다. 그런데 몇 마디 나눠보니 그 사람이 출판업계에서 잔뼈가 굵은 편집자라는 것을 알게 되었다. 중년 남자는 빠르게 청년의 작품을 완독했을 뿐 아니라 곧바로 장점과 단점을 집어냈다.

"일이 끝나거든 나한테 전화해. 명함에 직통 번호가 적혀 있어……. 내가 편집부에 없을 수도 있으니 그럴 때는 자동응답기에 메시지를 남겨두면 돼. 자신에게 불리한 '증거'가 될 내용을 남길 정도로 바보는 아닐 테지? 호호호."

중년 남자는 그 말을 끝으로 자리에서 일어났다. 그의 마지막 웃음소리는 왠지 꺼림칙한 느낌을 주었다.

청년은 멍하니 거리를 걸었다. 본인이 지금 어디를 지나는지도 모른 채. 살인? 누구를 죽이지? 청년은 걸으면서 누구를 '이용'할지 생각했다. 머릿속에 가장 먼저 떠오른 것은 그가 증오하는 얼굴이었다. 어차피 할 일이라면 전부터 거슬리던 놈을 처리하는 게 깔끔하지 않을까? 중학교 때 그를 이리저리 불러내며 부하처럼 부려먹은 뚱보? 대학 시절 그의 논문을 훔쳤던 여학생? 그 여학생 때문에 청년은 대학을 중도에 그만두고 졸업장도 받지 못하는 신세가 되었다. 혹은 기밀 정보를 팔아넘겼다는 누명을 씌워 회사에서 쫓겨나게 만든 동료 직원?

"아니야."

청년은 고개를 저었다. 이런 사람들은 적합하지 않다. 그는 분명히 이들을 증오한다. 하지만 범인과 피해자가 서로 아는 사이거나 조금이라도 관계가 있다면, 경찰이 단서를 찾아낼 수 있을 테고 체포될 가능성이 높아진다. 경찰이 살인 사건을 수사할 때는 피해자의 인간관계에서 시작하기 십상이다. 범인이 원한 등 특정한 살해 동기에 의해 범행했으리라 추측하면서 용의자의 범위를 좁혀가는 것이다. 아는 사람을 죽이면 청년이 혐의를 받을 수도 있다.

청년은 자신의 목표를 명확히 알고 있다. 살인은 목적이 아니라 수단이다. 그는 추리소설가가 되기 위해 살인하려 한다. 살인을 하기 위해 살인하는 것이 아니다. 그러니 자신이 미워하는 사람을 죽일 필요가 없다. 분노를 풀려고 살인하는 것은 가장 어리석은 짓이다. 이렇듯 '이성적'인 생각이 줄곧 청년의 마음속을 떠나지 않는다. 그는 내심 스스로를 현실주의자라고 생각한다. 타인에게 손해를 끼쳤는데도 결국 나 자신에게 이익이 되지 않는다면, 그런 멍청한 일을 왜 하겠는가?

무작정 걷던 청년은 한 쇼핑몰에 도착했다. 그는 건물 입구에서 흘러나오는 냉기에 이끌려 안으로 들어갔다. 다음 날인 월요일도 휴일이라 일요일 오후의 쇼핑몰은 사람으로 가득했다. 시민들은 모두 연휴의 즐거운 한때를 만끽하고 있다. 청년은 분수대 옆의 벤치에 앉아서 살인 계획을 생각했다.

내 주변 사람이면서 사실상 관계는 없는 인물을 대상으로 하면 어떨까? 청년은 계속 생각했다. 종종 마주치지만 이름은 모르는 이웃, 자주 들르는 편의점의 점원, 매일 같은 시간에 그의 집 창문 앞을 지나가는 조깅하는 소년……. 서로 아는 사이는 아니므로 경찰이 범행 동기를 중심으로 수사한다면 전혀 단서가 나오지 않을 것이다. 범인이 낯선 사람을 죽였다고 생각할 리는 없다. 게다가 익숙한 환경에서 범행하면 범인에게 유리한 요인이 된다.

그러나 이 계획에도 위험은 있다. 만일 실수한다면, 즉 피해자가 죽지 않고 살아난다면 곧바로 범인이 누구인지 알려진다. 완벽한 살인 계획에는 모든 세부적인 과정과 가능성이 포함되어야 한다. 예를 들면 실수했을 경우, 제삼자가 범행을 목격했을 경우, 실수로 증거물을 현장에 남겨두었을 경우 등등.

청년은 "일류 소설가가 되려면 먼저 사람을 죽여야 한다"는 말을 이해하게 되었다. 짧은 한 시간이지만 그가 지금 살해 대상과 수법 등을 정하기 위해 고려하고 있는 여러 요소는 소설을 쓸 때 생각하는 수준을 훌쩍 뛰어넘었다. 현실이기 때문에 "경찰이 너무 무능했다"는 한마디로 어물쩍 넘어갈 수는 없다. 그는 모든 가능성을 명확하게 생각해두어야 했다.

낯선 사람. 피해자는 반드시 낯선 사람이어야 한다. 청년은 첫 번째 핵심 사항을 결정했다. 그는 자신이 죽일 대상이 전에 한 번도 본 적 없는 사람이어야 가장 안전하다고 생각했다. 아무 관계도 없는 살인, 그것이야말로 자신의 혐의를 깨끗하게 벗겨줄 것이다.

그다음은 살해 수법이다. 칼로 찌를 것인가? 목을 조를 것인가? 아니면 단단한 물건으로 머리를 내리칠 것인가? 청년은 스스로 운동신경이 부족하다는 것을 잘 알았다. 체력을 이용한 살해 수법은 애초에 쓸 수 없다. 그게 아니라면 권총 같은 무기를 써야 하는데, 그런 물건은 손에 넣기가 쉽지 않다. 진짜 살해 수법이 드러나지 않게 위장하는 쪽도 고민해봐야 한다. 강도에 의한 살인으로 위장할까? 하지만 강도 살인이라면 모르는 사람을 찾아서 손쓸 이유가 사라진다. 강도 살인으로 범인과 피해자가 원래 알던 사이였음을 숨기는 수법은 케케묵은 방식일 뿐 아니라 청년이 피해자를 애초에 알지 못한다면 성립할 수 없는 방법이다. 자살로 위장할까? 아니면 사고사? 혹은 거리에서 혼란스러운 상황을 연출하고 그 틈에 폭탄을 터뜨리거나 황산을 뿌리는 것으로 아무나 몇 사람을 살해할까?

"아니야, 너무 스케일이 작아."

청년은 좀 더 생각했다. 그는 C씨의 작품을 떠올렸다. 그 작품에는 불가능한 범죄의 느낌이 가득했다. 그다음에는 S씨의 작품에 나온 시원스럽고 대범한 범죄도 떠올랐다. 앞선 작가들을 뛰어넘으려면 세상을 놀라게 할 만한 사건을 일으켜야 한다. 현실에서는 실행할 수 없을 것 같은 살인 트릭이 필요하다. 대중에게 내 솜씨라고 공개할 수는 없지만 적어도 편집자한테는 내가 가진 재능을 보여주고 찬사를 얻어내야 한다.

하지만 그게 쉬운가? 한숨을 쉬던 청년은 자기가 너무 멀리까지 생각했다는 것을 깨달았다. 살인할 각오를 했다면 어떤 과정으로 어떻게 실행할지 단숨에 결정하고 완성할 수는 없다. 게다가 아직 누구를 살해할지 정하지 못했다. 청년은 분수대 앞을 지나가는 사람들을 빤히 바라보았다. 요즘 유행하는 옷차림과 헤어스타일을 한 젊은 남자, 유모차를 밀며 지나가는 부부, 주름진 양복을 입은 중년. 이들 중에서 누구를 고를 것인가? 청년은 망설이는 눈빛으로 지나가는 한 사람 한 사람을 훑어보았다. 그러나 아무래도 적당한 목표를 찾기 어려웠다.

청년은 벌떡 일어섰다. 일단 마음을 편안하게 하고 긴장을 풀어야겠다는 생각이 들었다. 이 쇼핑몰에는 대형 프랜차이즈 서점이 입점해 있다. 그는 서점에 가서 책을 읽어도 좋을 것 같다고 생각했다. 추리소설을 살펴보면 살인 계획의 영감을 얻을 수 있을지도 모른다. 당연하지만 그는 기존 작가의 아이디어를 베낄 생각이 없다. 그러나 살인의 트릭이 풀리는 방식은 결국 몇 가지로 귀납되고, 독자를 잘못된 판단으로 유도하는 수법 역시 이러니저러니 해도 대동소이하다.

마침 점심때라 쇼핑몰을 방문한 사람들은 대부분 식사 중이다. 서점에 있는 손님은 쇼핑몰 복도에서 보던 것보다 훨씬 수가 적었다. 바닥에 발을 붙이고 책장을 넘겨보는 사람은 열 몇 명에 지나지 않았다. 청년은 추리소설 책장 앞에 서서 손끝으로 한 칸씩 책을 쓸어가며 제목을 읽었다. 『백주의 살육』, 『사신의 낫』, 『공포의 숲』, 『밀실의 윤회』……. 청년의 시선이 기이한 수법의 살인 사건이 특징인 어느 작품에 멈췄다. 이 서가에 꽂힌 소설 중에서 어떤 것은 그가 일찌감치 읽어본 책이고, 어떤 것은 짤막한 소개글만 읽고 실제 내용은 전혀 모르는 책이다. 그는 책장에서 M씨가 쓴 『야차 노인』을 꺼내 대강 훑어보았다. 그런 다음 S씨의 『열 개의 밀실』을 꺼냈다.

계산대 앞에서 청년은 서점 회원카드를 꺼내 카운터 탁자에 올려놓았다. 직원이 바코드 스캐너로 청년의 구매 포인트를 적립해주었다. 빨간색 레이저 불빛이 청년의 회원카드 뒷면을 읽고 지나갔다. 계산대에서 맑은 전자음이 울리더니 그 옆에 놓인 모니터에 숫자들이 떠올랐다.

"손님, 구매 포인트를 사용하시겠습니까? 지금 300점이 있습니다."

"음……. 네, 그렇게 해주세요."

청년이 지폐를 세면서 대답했다.

『야차 노인』은 도시 전설을 바탕으로 한 범죄소설이다. 주인공이 10여 명의 무고한 시민을 연이어 살해하고 경찰에 맞서 두뇌 싸움을 벌인다. 주인공은 경찰의 수사망이 조여 오는 가운데 계속해서 체포될 위험에서 벗어난다. 『열 개의 밀실』은 단편소설집이다. 10편의 단편 추리소설로 구성된 책인데, 모두 밀실 살인을 주제로 한다.

현실에서 밀실 살인을 만들자! 청년은 문득 그런 생각을 했다. 밀실 살인 사건을 일으킨다면 분명히 세상이 발칵 뒤집힐 것이다. 이건 추리소설가만이 느낄 수 있는 낭만이다.

"뭐야, 밀실 살인이라니. 멍청한 짓거리."

청년이 동작을 딱 멈췄다. 그 바람에 서점 직원이 내민 거스름돈이 그의 손가락 사이를 빠져나가 바닥에 떨어졌다. 동전이 데굴데굴 굴러 한쪽 구석에 멈췄다. 청년은 얼른 몸을 굽히고 떨어진 동전 쪽으로 손을 뻗었다. 그러면서 시선은 자기 뒤에 서 있던, 방금 그 목소리의 주인공을 찾아 움직였다.

"언니, 그런 소리 좀 하지 마."

단발머리의 어린 아가씨가 옆에 선 긴 머리의 여자에게 말했다.

"멍청하지 않다는 거야? 살인을 하면 살인을 하는 거지, 뭣 때문에 밀실로 위장하고 가짜 현장을 만들어? 이런 소설을 쓰는 작가들은 전부 바보 멍텅구리야. 매일 이렇게 실제로는 먹히지도 않을 살인이나 망상하고 있잖아. 네가 이런 저급한 책을 왜 좋아하는지 영 모르겠다."

긴 머리의 여자가 땍땍거렸다. 서점에 모인 사람들의 시선이 모두 그녀에게 쏠렸다.

청년은 안도의 숨을 내쉬었다. 그는 자기의 머릿속 생각을 누가 꿰뚫어본 줄로만 알았다. 그는 동전을 세는 척하면서 여자 일행을 주시했다. 그들의 대화를 좀 더 엿듣고 싶었다.

"언니, 목소리 좀 낮춰……."

단발머리 여자가 시선이 집중된 상황이 민망한지 언니의 옷자락을 잡아당겼다.

"그, 그게 사실인걸! 너도 시간이 있으면 문학 작품이나 희곡

집을 더 많이 읽어. 연극부 사람이라는 거 잊지 말란 말이야. 이런 추리소설은 모조리 거짓말에다 애들 꾀는 이야기에 불과해. 많이 읽으면 뇌세포가 느려질 걸."

긴 머리의 여자는 자기 목소리가 너무 컸다는 것에 부끄러워하는 듯했지만 입을 다물지는 않았다.

청년은 뭐라 말할 수 없는 분노를 느꼈다. 그는 추리소설을 깎아내리는 말을 종종 들어왔다. 허접한 삼류 읽을거리라느니 하는 말이었다. 그런데 저 여자가 하는 말은 유난히 귀에 거슬렸다. 추리소설가가 되는 입장권을 막 손에 쥐었는데 찬물을 끼얹은 느낌이라 그럴까? 감정이라는 것은 생각보다 쉽게 외부의 영향을 받는다.

단발머리 여자는 반박하지 않은 채 책장에서 추리소설 한 권을 꺼내 계산을 마쳤다. 청년은 한쪽에 서서 컴퓨터 잡지를 읽는 척했다. 그러나 그의 시선은 저렴한 노트북 컴퓨터를 소개하는 기사가 아니라 그녀와 긴 머리 여자에게 못 박혀 있었다. 두 사람은 나이 차이가 별로 나 보이지 않았다. 이목구비와 얼굴형이 많이 닮은 걸 보면 누가 봐도 친자매라는 것을 알 수 있다. 그러나 긴 머리의 언니 쪽이 동생보다 능숙하게 꾸며서 화장이나 옷, 액세서리 등이 눈에 띄었다. 단발머리 여자는 어깨에 회색 천 가방을 메고 있었는데, 가방 위에 청년도 잘 아는 대학교 휘장이 새겨져 있었다. 그가 예전에 다녔던 R대학의 휘장이었다.

"이제 돌아가자. 선배들이 기다릴 거야."

단발머리 여자가 소설책을 가방 안에 넣으며 말했다.

"아, 정말 귀찮아. 여름방학인데 매일 학교에 가야 하다니. 게다가 오늘은 일요일이잖아!"

긴 머리 여자가 투덜거렸다.

"언니가 주인공인데 게으름 부리면 안 돼."

단발머리 쪽이 생긋 웃으면서 언니의 팔짱을 꼈다.

"흥, 선배들이 부탁하는 게 아니었으면 이런 인기 없는 극의 여주인공 같은 건 하고 싶지 않아! 〈로미오와 줄리엣〉은 못 하게 하고 못생긴 난쟁이 상대역을 주다니, 짜증 나!"

"알았어, 알았어. 아름다운 에스메랄다 아가씨, 한 번만 참고 동생을 좀 도와주세요."

두 사람이 서점을 나갔다. 청년의 마음속에 갑작스러운 파도가 쳤다. 두 여자의 뒷모습을 보면서 그들이 하늘이 내려준 최고의 배우들이란 생각이 들었다. 특히 긴 머리 여자가 했던 말은 그에게 하늘의 계시처럼 들렸다.

'추리소설을 폄하하고 밀실 살인은 어린애들을 꾀는 사기극이라고 생각한다면, 내가 밀실의 절망을 깨닫게 해주지⋯⋯.'

악마의 발톱이 청년의 영혼을 붙잡았다. 냉각되었던 살의가 다시금 뜨겁게 달궈졌다. 청년은 서점을 나와 두 여자를 뒤쫓았다. 머릿속으로는 실행 가능한 각종 살해 수법을 검토하고 있었다.

"형사님, 사건 현장은 무대 안쪽의 도구 보관실입니다."

제복을 깔끔하게 차려입은 살집이 좋은 순경이 기합이 바짝 든 모습으로 막 도착한 형사에게 보고했다. 형사는 왼쪽 얼굴에 옅은 흉터가 있고 눈빛이 날카로워서 마주 보는 상대방을 집어삼킬 것만 같았다. 그를 처음 본 사람들은 형사가 아니라 조직폭력배라고 생각하기 십상이다.

"죽겠구먼. 며칠 연휴가 있어서 쌓인 일을 막 끝냈더니 또 이런 귀찮은 일이 생기네. 점심을 반이나 남기고 달려왔단 말이야."

흉터가 있는 형사는 고무장갑을 끼고서 순경을 따라 폴리스 라인 안으로 들어갔다. 현장을 지키는 순경들이 그를 보고 차려 자세로 경례를 붙였다.

순경이 보관실의 문을 열자 형형색색의 가구와 잡동사니가 가득 쌓인 모습이 눈에 들어왔다. 두 사람이 누울 수 있는 크기의 침대, 오래된 옷장, 짙은 갈색 안락의자, 3인용 소파 그리고 방구석마다 다양한 옷감들이 쌓여 있었다. 문 옆에는 전신거울이 설치되어 있는데, 중세 유럽의 귀족 저택에서나 볼 법한 가구였다. 방에는 전등이 하나뿐이었다. 마침 대낮이라 통풍창으로 비추는 햇빛이 전등보다 밝았다. 천장에는 커다란 선풍기가 매달려 있었다. 선풍기의 날개는 느리게 돌아가는 중이지만 바람은 별로 느껴지지 않았다. 온갖 물건들이 어지럽게 널려 있지만 먼지가 쌓여서 저절로 기침이 나올 것 같은 창고 수준은 아니

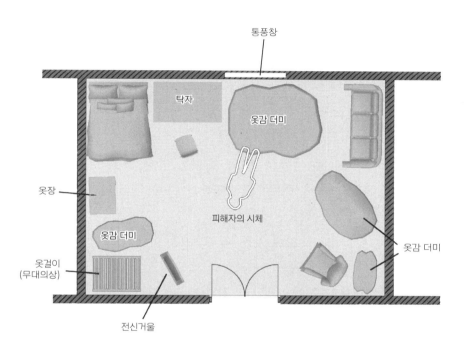

통풍창

탁자

옷감 더미

옷감 더미

옷장

피해자의 시체

옷감 더미

옷걸이
(무대의상)

전신거울

었다. 그런대로 깨끗한 걸 보면 스태프들이 이곳을 휴게실로 썼는지도 모른다. 바닥에 한 여자가 꼼짝 않고 천장을 향한 자세로 누워 있었다. 그녀는 회색 옷을 입고 있었는데, 연극에 쓰이는 무대의상인 것 같았다.

"피해자는 이 대학의 2학년 학생입니다. 연극부고요." 순경이 수첩을 펼치고 계속 보고했다. "한 시간 전에 연습을 마친 피해자의 선배 두 사람이 보관실에서 피해자를 발견했습니다. 당시 피해자는 바닥에 쓰러져 있었습니다. 발견자 중 한 명이 피해자가 기절했다고 생각해서 달려갔는데, 그때 피해자가 사망한 걸 알아차렸습니다. 그들은 곧바로 경찰에 신고했고요."

"자네가 현장에 제일 먼저 온 경찰관인가?"

형사가 질문했다.

"그렇습니다. 현장에 왔을 때 피해자는 이미 숨진 상태였습니다. 제가 인공호흡을 시도했지만 소용없었습니다. 피해자는 사망한 지 30분 이상 지난 것 같았습니다. 원래 엎드린 자세로 쓰러져 있었습니다만, 인공호흡을 하느라 제가 바로 눕혔습니다."

순경이 무릎을 꿇고 피해자의 원래 자세를 상세하게 재현하며 설명했다. 피해자의 목에는 선명한 밧줄 자국이 남아 있어 교살된 것으로 보였다. 목에는 밧줄 자국 외에 손톱으로 긁은 상처가 나 있었는데, 형사는 상처를 보자마자 자살 사건이 아님을 알아차렸다. 그것은 피해자가 목에 걸린 밧줄을 풀려고 버둥대다 손톱으로 낸 상처였다.

"범인이 밧줄로 목을 졸라 죽였군."

형사가 피해자의 머리 쪽으로 다가가서 목에 남은 밧줄 자국을 살폈다. 밧줄 자국은 목 앞면에 집중되어 있었다. 목덜미에 난 자국은 목 앞쪽 면에 난 것처럼 깊지 않았다. 형사는 밧줄 자국을 통해 범인이 건장한 체격일 거라고 추론했다. 일반적인 교살의 경우, 범인은 밧줄을 한 바퀴 돌려 감고 왼손과 오른손을 교차해서 당긴다. 그러면 목 뒷면에 남는 자국이 목 앞면의 자국보다 깊다. 또한 양쪽에 평행으로 흔적이 남는다. 그러나 현재 피해자의 상처를 보면 범인은 좌우로 당긴 것이 아니라 오로지 앞에서 뒤쪽으로 힘을 주었다. 아마도 팔꿈치나 무릎으로 피해자의 등을 누르면서 숨이 끊어질 때까지 밧줄을 당겼을 것이다.

형사가 몸을 일으키며 말을 이었다.

"잠시 후면 검시관이 올 테니 그때 좀 더 자세한 내용을 알 수 있겠지. 하지만 지금 나온 사실만으로도 명확한 것 같군. 시체를 발견한 학생은 범인을 못 봤다고 하던가?"

"아…… 그 부분이……."

순경이 뭐라고 말을 하려다 입을 다물었다.

"뭔데 그래?"

"저도 학생들을 조사했는데 전부가 공범이 아니라면 누구도 범행을 할 수 없는……. 아뇨, 학생들이 모두 거짓말을 하고 있다 해도 누구든 피해자를 죽이는 것은 불가능합니다."

순경이 미간을 찌푸리며 곤혹스러운 말투로 대답했다.

"뭐라고?"

"형사님, 이 건물의 구조부터 설명하겠습니다." 순경이 다시 수첩을 펼쳤다. "이 건물은 R대학의 제2강당입니다. 무대는 1층에 있고, 관객석의 출입구를 제외하면 무대 왼쪽의 후문으로만 드나들 수 있습니다. 2층에도 관객석이 있지만, 2층에서 1층으로 내려오려면 일단 건물 바깥으로 나가서 실외 계단을 사용해야 합니다. 다시 말해 이 무대에 들어오는 입구는 관객석의 문과 무대 왼쪽 문 둘뿐입니다. 도구 보관실은 무대 오른쪽에 있습니다. 보관실에 들어가려면 반드시 무대를 지나가야합니다."

형사가 보관실을 나가서 주변을 둘러보았다. 순경이 말한 그대로였다.

"연극부 학생들은 연습 중이었습니다. 무대 뒤쪽에 거는 배경과 막을 내려놓지 않은 상태라서 누군가 보관실에 들어갔다면 학생들이 못 볼 리가 없습니다. 게다가 보관실에는 작은 통풍창만 있는데 거기엔 쇠창살이 달려 있어서 사람이 드나들 수 없고요."

"연극부 학생들이 아무도 못 봤다고 하던가?"

"네. 무대 위에는 배우 여섯 명이 있었고, 무대 아래에 스태프 일곱 명이 있었는데 입을 모아 피해자 외에는 보관실에 들어간 사람이 없다고 했습니다. 학생들은 지금 전부 3층 휴게실에 모여 있습니다. 순경 두 사람이 그들과 함께 있고요."

"그렇다면 용의자는 시체를 발견한 사람이겠군."

형사가 간단히 결론을 내렸다.

"저도 처음에는 그렇게 생각했습니다만, 연극부 부장이 아주 결정적인 증거를 제공했습니다."

순경이 보관실을 나가서 멀지 않은 곳에 있는 조립식 상자 쪽으로 이동했다. 순경이 가지고 있던 열쇠로 상자를 열자 그 안에서 몇 개의 모니터와 비디오카메라가 나왔다.

"학생들이 연습 과정을 전부 녹화했습니다. 나중에 참고하기 위해서요."

순경이 비디오카메라의 전원을 켜자 모니터에서 무대를 찍은 영상이 나왔다. 화면 아래에 날짜와 시간이 적혀 있는데, 형사가 도착하기 두 시간 전이었다. 형사는 이 비디오카메라가 관객석 맨 뒤에 설치되어 있었다는 걸 알아차렸다. 영상에는 무대 전체가 선명하게 찍혔고, 보관실 문도 화면 안에 잡혔다. 관객석에는 몇 사람만 드문드문 앉아 있다. 아마도 연극부 스태프일 것이다. 그 외의 사람들은 전부 무대 위에서 분주히 움직이고 있다.

"여기 보십시오. 피해자가 보관실로 들어갑니다."

순경이 모니터를 가리켰다. 검은 옷을 입은 여학생이 보관실로 들어가고 있었다.

"이 사람이 피해자가 맞나? 아까 본 회색 치마가 아닌데?"

형사가 물었다.

"저도 똑같은 질문을 했습니다. 그런데 다른 학생들이 전부 피해자가 맞다고 하더군요. 저 검은색 셔츠와 청바지는 보관실의 의자에 걸려 있었습니다. 좀 더 지켜보시면 이해하실 겁니다."

순경이 빨리감기 버튼을 눌렀다. 무대 위의 학생들이 빠르게 움직이기 시작했다. 이따금 스태프가 무대 위로 올라가 배우들에게 뭐라고 지시하기도 했다. 배우들은 평상복을 입고 있었기 때문에 형사는 아직 연습 초반이라고 생각했다. 무대의상을 입지 않았으니 무대배경 역시 생략한 상태다. 관객석의 조명도 끄지 않았기 때문에 녹화된 영상에서 보관실의 문이 내내 열리지 않은 것이 잘 보였다.

"여기입니다. 막 연습이 끝났지요."

2~3분 정도 빨리감기를 진행하다가 순경이 다시 보통 속도로 영상을 재생했다.

"두 사람의 발견자가 보관실로 들어갑니다."

남학생 둘이 보관실로 들어갔다. 10초도 안 되어 둘 중 하나가 보관실 바깥으로 달려 나왔다. 그가 다른 학생들을 보관실로 부르는 듯했다. 연극부 학생들이 우르르 보관실로 들어갔다. 잠시 후에 한 여학생이 부축을 받으며 보관실 밖으로 나왔다. 그 여학생은 몹시 충격을 받은 듯했으며, 무대 위에서 기절했다. 다른 학생들도 곧 보관실을 빠져나왔다. 학생들은 모두 불안해 보였다. 무대 위를 비틀비틀 걷거나, 서로 껴안고 울음을 터뜨리는 여학생도 있다.

"기절한 사람은 누구지? 피해자의 언니나 동생이야?"

"네, 쌍둥이 자매라고 하는군요. 가족이 죽었으니 기절할 만도 하지요."

"그러면 가장 혐의가 짙은 사람은 기절한 여학생이 들어가기 전에 보관실에 있던 학생 전부인가? 혹은 기절한 여학생도 연기를 하는 것이고, 연극부 전체가 작당해서 피해자를 죽였을까?"

"형사님, 이 부분을 좀 봐주십시오."

순경이 영상을 되감기하여 남학생 둘이 보관실의 문을 여는 순간에서 멈췄다.

형사가 화면을 보다가 깜짝 놀라 소리를 질렀다. 보관실 문이 열린 순간 회색 치마를 입은 피해자가 바닥에 엎어져 있는 모습이 흐릿하긴 하지만 분명히 판별할 수 있을 정도로 찍혀 있었던 것이다.

순경은 다시 빨리감기 버튼을 눌렀다. 학생들이 보관실에서 나온 후 그곳에 들어간 사람은 아무도 없었다. 경찰 제복을 입은 남자 몇 명이 현장에 도착할 때까지 말이다. 지금 형사에게 보고하고 있는 살집 좋은 뚱보 순경 역시 영상에 찍혀 있다. 그와 다른 순경 한 명이 보관실에 들어가는 모습도 영상에 나왔다.

"촬영을 담당한 학생이 너무 놀라서 카메라 끄는 것을 잊어버렸더군요. 그래서 저희까지 영상에 찍혔습니다. 저희는 여기 도착한 후 현장을 떠나지 않았고요." 순경이 잠시 후 말을 이었다. "그러니까 보관실에 들어간 사람은 피해자 한 사람뿐이었다는 게 증명되었습니다."

형사는 등골이 오싹했다. 그는 리볼버 권총을 뽑아 들고 빠른 걸음으로 보관실 앞으로 다가갔다. 뚱보 순경과 보관실 앞을 지키던 순경 모두 형사의 갑작스러운 행동에 긴장했다.

"학생들은 아침 몇 시에 왔지? 그들이 강당 건물 열쇠를 가지고 있나?"

형사가 목소리를 낮춰 질문했다.

"학생들은 10시쯤 왔다고 합니다. 건물의 문을 열고 닫는 것은 관리인이 하고, 연극부 부장은 촬영 장비가 들어 있는 상자의 열쇠만 보관합니다. 학생들이 오기 전에 관리인이 미리 건물 문을 열어둔답니다."

"범인이 아직 여기 있을지 몰라."

형사가 간단히 설명했다. 그 말을 들은 순경들이 얼른 보관실 문 양쪽에 자리를 잡았다. 그들도 권총을 꺼내 형사를 엄호할 준비를 했다.

형사는 보관실 문을 소리 나지 않게 열었다. 그는 숨소리를 죽이고 방 안을 구석구석 살폈다. 천장과 바닥은 모두 단단한 시멘트로 되어 있어서 범인이 천장이나 바닥에 숨을 가능성은 없다. 형사가 들어선 문 말고는 다른 문이 없고, 벽 역시 단단한 벽돌을 쌓아 만들었다. 남은 것은 옷장, 전신거울 뒤, 침대 아래 그리고 통풍창 아래의 붉은색 플란넬 천으로 덮인 옷감 더미뿐이다.

형사는 조심스럽게 거울 옆으로 다가가 천천히 거울을 옆으로 밀었다. 거울에는 바퀴가 달려 있어서 살짝 밀자 5센티미터쯤 움직였다. 그 뒤에는 아무도 없었다. 그냥 오래된 무대 의상이 가지런히 걸려 있고, 구두 몇 켤레가 놓여 있었다. 뚱보 순경이 형사 뒤쪽에 바짝 따라붙었다. 그가 옷장 문의 손잡이를 잡고 힘껏 당겼다. 그 안에도 역시 아무도 없다. 형사는 침대 아래를 살폈다. 거기에는 접이식 의자 네댓 개가 있었다. 이제 모든 사람의 시선이 시체에서 멀지 않은 옷감 더미로 향했다.

몇 년이나 이런 위험천만한 상황을 겪지 못했을까? 형사는 불안한 와중에도 조금쯤 그리움을 느꼈다. 그는 정의를 위해, 나쁜 놈들을 잡기 위해 경찰이 되었다. 지금까지 여러 범인들을 체포한 경험이 있지만 살인범과 정면으로 대치하는 위험한 상황은 매우 드물었다. 다년간의 수사 경험이 그에게 알려준 사실이 있다. 모든 불가능한 가설을 지워버리고 나면 결국 진실만이 남는다. 범인이 마법처럼 사라질 수는 없다. 그러므로 놈은 이 방에 있을 가능성이 가장 크다.

형사는 왼손으로 순경들에게 흩어지라고 손짓했다. 순경 두 사람이 보관실 문 바깥으로 물러나 범인이 도주할 경우에 대비했다. 뚱보 순경과 다른 한 명은 방의 양쪽 벽에 붙어 섰다. 범인의 손에 무기가 들려 있을 경우 형사를 엄호할 것이다. 형사는 침을 꿀꺽 삼킨 뒤 왼손을 천천히 내밀어 짙은 붉은색 플란넬 천을 확 벗겼다. 천 아래 있는 것은 옷감, 베개, 이불뿐이었다.

없다. 방 안에는 시체 외에 다른 '사람'이 없다. 형사는 보관실 안을 자세히 살폈지만 숨겨진 문이나 몸을 감출 만한 곳은 없었다. 통풍창 쇠창살을 힘껏 밀어보기도 했지만 창살은 꼼짝

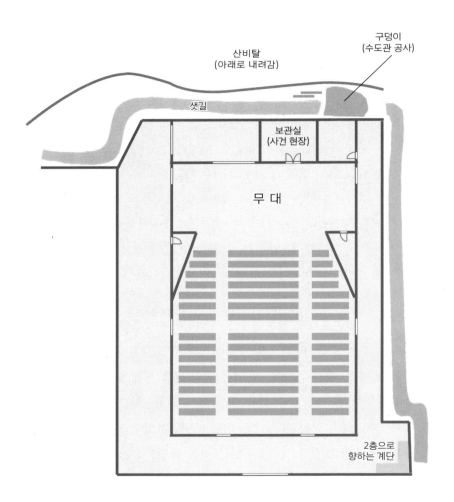

산비탈
(아래로 내려감)

구덩이
(수도관 공사)

샛길

보관실
(사건 현장)

무 대

2층으로
향하는 계단

하지 않았다. 통풍창은 바닥에서 2미터 높이에 위치하는데, 가로 60센티미터 세로 30센티미터 크기에다 쇠창살이 10센티미터 간격으로 설치되어 이곳으로는 사람이 드나들 수 없다. 형사는 창 바깥을 내다보았다. 건물 옆에 좁고 눈에 띄지 않는 샛길이 보였다. 그는 무대 옆문으로 나가서 복도를 통해 건물 밖으로 향했다. 강당 뒤쪽의 샛길을 살펴보려는 것이다.

샛길의 너비는 겨우 2~3미터 정도다. 한쪽은 강당 건물의 외벽이고, 한쪽은 아래로 내려가는 산비탈이다. 이 건물은 야트막한 산 위에 지어졌다. 산비탈은 4~5미터쯤 이어진다. 샛길과 산비탈 사이에는 낡은 난간이 세워져 있지만, 보관실의 통풍창이 있는 부분에서 끊어졌다. 샛길 앞에 파여 있는 지름이 1미터쯤 되는 얕은 구덩이 안에는 수도관, 케이블 다발 등을 넣어놓았다. 붉은 벽돌이 깔린 샛길 위에 군데군데 진흙이 뿌려져 있다. 구덩이 옆에는 벽돌과 직경이 50~60센티미터쯤 되어 보이는 굵은 강철 파이프 몇 개가 놓여 있다. 길을 닦거나 수도관을 매립하는 공사 중이었던 것 같다. 구덩이 앞에는 공지를 붙인 표지판이 세워져 있었다. 공사 일정이 미뤄져 죄송하다는 내용이었다.

형사는 강당 건물 외벽을 세심하게 살폈다. 그러나 새로 수리한 흔적은 없었다. 사실 이 생각은 좀 황당했기 때문에 뚱보 순경에게는 말하지 않았다. 형사는 범인이 벽에 구멍을 뚫고 보관실에 들어온 후, 살인을 하고 현장을 떠나면서 구멍을 막았을지도 모른다는 생각을 했다. 하지만 범인이 어떻게 구멍을 안쪽과 바깥쪽 모두 말끔하게 막았는지 상상할 수가 없었다. 그때 형사가 실수로 부서진 벽돌을 잘못 밟아 벽돌 조각이 비탈 아래로 굴러떨어졌다. 벽돌 조각은 산비탈 아래에 있던 강철 파이프에 부딪치면서 맑은 쇳소리를 냈다. 비탈 아래에 하나만 덜렁 놓여 있는 파이프를 보면서 형사는 공사 중이던 인부들이 실수로 떨어뜨렸나 보다고 생각했다. 너무 무거우니 도로 집어오지 않은 거겠지. 파이프 하나가 적어도 100킬로그램은 나갈 것 같았다. 그러니 산 아래로 내려가 다시 짊어지고 올라오는 일이 쉽지 않을 것이다. 이 주변은 지나다니는 사람도 없고 샛길에 아직 10여 개의 파이프가 남아 있는 걸 보면 하나쯤 없어져도 표가 나지 않았을 테지.

"하나쯤 없어져도……?"

형사는 갑자기 새로운 가능성이 떠올랐다.

그는 다급히 무대로 돌아가 비디오카메라를 켜고 영상을 확인했다. 범인은 일찌감치 보관실에 들어가 있다가 살인을 저지른 후 학생들이 당황할 때 그들 틈에 섞여서 보관실을 빠져나갔을지도 모른다. 형사가 화면 속의 사람들 수를 꼼꼼히 세었다.

"하나, 둘, 셋……."

보관실에 맨 처음 들어간 발견자 두 사람 중 한 명이 밖으로 달려 나온 순간부터 형사는 보관실에 들어가는 학생 수를 세어 보았다.

"아홉."

아홉 명이 보관실에 들어갔다. 곧 충격을 받은 여학생이 부축을 받고 보관실 밖으로 나오는 장면이 보인다.

"……여섯, 일곱, 여덟, 아홉…… 열!"

형사가 승리의 미소를 지었다. 역시 그랬군! 범인은 보관실에 숨어 있다가 피해자를 죽인 다음, 나중에 들어온 학생들과 뒤섞여 밖으로 빠져나온 것이다. 바퀴가 달린 거울 뒤에 숨어 있었다면 아무도 눈치채지 못했겠지. 범인은 거울 뒤에서 학생들 네댓 명이 우르르 보관실에 들어오길 기다렸다가 그들 틈에 쏙 끼어들면 된다. 녹화 영상을 자세히 살펴보면서 누가 보관실에 들어가는지 연극부 학생들과 하나씩 대조하면 범인은 이제 숨을 곳이 없다!

형사는 득의양양하게 영상을 되감았다. 그러다가 자신의 계산이 틀렸다는 걸 깨달았다. 맨 처음에 보관실로 들어간 남학생을 빼먹었던 것이다. 보관실에 들어간 사람은 열 명이 맞았다. 아홉 명이 아니라. 그는 힘이 쭉 빠졌다. 이번에는 피해자가 보관실에 들어간 다음부터 세었다. 화면에 나타난 연극부 부원들은 전부 열세 명이다. 피해자가 발견된 후 무대와 관객석에 있는 사람 수 역시 열세 명이다. 형사는 옷차림과 외모로 이 열세 명 중 아무도 바뀌거나 사라지지 않았음을 확인했다.

도대체 범인은 어떻게 피해자를 죽였단 말인가? 형사는 머리를 쥐어짜면서 가능성을 따졌다. 가장 혐의가 큰 사람은 역시 피해자를 맨 먼저 발견한 남학생이다. 둘 중 한 사람이 보관실을 뛰쳐나간 후 사건 현장에 혼자 남았다. 다른 학생들이 보관실에 몰려올 때까지 짧지만 시간 간격이 있으니 그때 손을 썼을지도 모른다. 그 시간이 대략⋯⋯ 6초다. 형사는 고개를 저었다. 가능성이 너무 낮다. 그럼 처음 보관실에 들어간 발견자 두 사람이 공범이라면? 보관실에 들어간 후 한 사람이 방 바깥으로 나오기까지 걸린 시간은 10초 정도다. 그러니 범인은 16초 동안 피해자를 목 졸라 죽일 수 있다. 형사는 자기 머리를 때렸다. 멍청하기 짝이 없는 생각이었다. 16초는 한 사람을 죽이기에 너무 짧은 시간이다. 남은 가능성은 연극부 전원이 공범이라는 것뿐이다. 열세 명 모두가 공범은 아니라 해도 적어도 현장에 들어갔던 열 명은 공범이어야 한다.

'하지만 그랬다면 경찰에 신고할 필요가 있을까? 게다가 비디오로 녹화해서 증거를 남기다니? 경찰이 도착하는 장면까지 찍혔으니 이 영상은 위조일 수도 없고⋯⋯.' 형사는 손가락으로 이마를 문질렀다. 두통이 올 것 같다. '설마 자살인가? 그 손톱자국은 죽음 직전의 후회 때문에 생긴 걸까?'

갑자기 형사의 머릿속에 잊고 있던 중요한 부분이 번뜩 떠올랐다.

"흉기는?"

형사와 순경들은 열세 명 증인들의 몸을 샅샅이 수색했다. 하지만 흉기인 밧줄은 나오지 않았다. 녹화 영상을 보면 보관실에서 나올 때 의심스러운 행동을 한 사람이 없으니 흉기를 어디다 숨겼을 가능성은 없다. 뚱보 순경과 동료들은 보관실을 한 번 더 조사하여 천을 꼬아 만든 허리띠를 찾아냈지만 크기나 굵기가 피해자의 목에 남은 밧줄 자국과 일치하지 않았다.

"어…… 이게 뭡니까?"

뚱보 순경이 보관실 문 오른쪽 벽에서 무언가를 발견했다. 벽을 바라보고 선 순경의 목소리가 형편없이 떨렸다. 형사가 그쪽으로 다가갔다. 그 역시 악몽 속에 빠진 듯한 느낌을 받았다. 움직이는 옷걸이로 가려져 있던 벽 위에 회색 발자국이 찍혀 있었던 것이다. 발자국은 바닥에서 시작하여 벽 위로 이어졌다. 왼발과 오른발이 교차되면서, 마치 누군가 바닥에서 벽을 타고 걸어 올라간 듯한 흔적이었다. 발자국은 벽 중간쯤, 그러니까 사람 키 정도 높이에서 갑자기 흔적도 없이 사라졌다.

아무도 입 밖에 내어 말하지 않았지만 형사도 순경들도 똑같은 생각을 하고 있었다. 범인은 보관실에서 피해자를 살해한 후 흉기와 함께 사라졌다.

이것은 밀실 살인이었다. 현실에 존재하는 밀실 살인.

✼

청년은 신문기사를 보며 저도 모르게 큰 소리로 웃어댔다.

"괴이한 살인 사건, R대학에서 여학생을 살해하고 사라진 범인"
"투명인간의 살인인가? R대학의 괴이한 사건"

"현실에서 존재할 수 없는 범죄! R대학 여대생 죽음의 비밀"

그는 언론에서 이 정도로 상세히 사소한 부분 하나 빠뜨리지 않고 대서특필할 줄은 몰랐다. 신문기사에 피해자의 사인, 사건이 벌어진 보관실 주변 환경, 벽 위의 발자국 등 거의 모든 정보가 공개되었다. '등단 작품'으로 이런 살인을 해냈으니 수염이 텁수룩했던 중년 남자도 감탄할 게 분명하다. 청년은 살인을 한 바로 다음 날 명함에 적힌 직통 번호로 전화를 걸었지만 받는 사람이 없었다. 차가운 컴퓨터 목소리만 들렸다.

"안녕하세요, K출판사입니다. 지금은 전화를 받을 수 없사오니 삐 소리 후에 메시지를 남겨주십시오. 삐—."

"편집장님, 말씀하신 원고를 완성했습니다. 연락을 기다리겠습니다. 저는……."

청년은 중년 남자의 경고를 떠올리며 모호한 내용으로 메시지를 남겼다.

이틀 후, 그는 중년 남자의 전화를 받았다. 편집부의 일과는 몹시 바쁠 것이다. 청년은 요 며칠 동안 중년 남자가 또 다른 작가 지망생을 만나서 그들에게도 등단하려면 살인부터 하라고 말해주고 있을 거라 짐작했다. 그는 매일 신문에서 살인 혹은 사고사 등의 기사를 접하면 혹시 자기처럼 어느 작가 지망생이 저지른 일이 아닌지 상상해보곤 했다.

"어이, 괜찮게 해냈나 보지?"

청년은 중년 남자와 저번에 만났던 노천카페에서 다시 약속을 잡았다. 두 사람이 마주 앉은 후 중년 남자가 곧바로 용건을 꺼냈다.

"그럼요, 편집장님." 청년은 자신만만하게 대답했다. 처음 만났을 때의 조심스럽고 망설이던 태도와는 딴판이다. "새로 쓴 원고도 가져왔습니다."

"거봐, 내가 말했지? 이 관문만 넘어서면 자네 앞길은 탄탄대로라니까! 완전히 자신감을 얻었군!"

중년 남자가 껄껄 웃더니 담배를 한 모금 빨아들였다.

"맞습니다. 그건 정말 제가 성숙해지는 지름길이더군요. 제가 한 일이 어떤 사건인지 아시는 것 같은데……. 맞나요?"

청년이 웃으면서 물었다.

중년 남자는 주변을 슬쩍 둘러본 다음 말했다.

"자네가 한 일이 언론에 보도되었단 말인가?"

"그럼요. 요즘 제일 화제인 그 사건인데요."

"설마…… R대학의?"

청년이 승리자의 미소를 지으며 고개를 끄덕였다.

"대단하군!" 중년 남자는 목소리를 최대한 낮췄지만 흥분한 심정을 다 가리지는 못했다. "자네가 보잘것없는 작은 사건을 만들 거라고는 생각하지 않았어. 하지만 이렇게 놀라운 일을 해낼 줄이야! 나조차도 허점을 찾지 못했는데 말일세!"

청년은 몹시 기분이 좋았다. 눈앞의 중년 남자에게서 경악이라는 감정을 이끌어내는 것은 그가 지난 몇 주간 가장 이루고 싶었던 목표였다.

"홋, 저 혼자 힘으로 해냈죠."

"정말 훌륭해! 나는 연극부 학생들 중에 범인이 있을 거라고 생각했어. 어쩌면 몇 명이 짜고 같이 범행을 했거나."

중년 남자는 급히 담배를 몇 모금 빨고서 청년을 재촉했다.

"자, 어떻게 한 건지 말 좀 해봐!"

청년은 그날 만남 이후에 서점에서 연극부 자매를 본 이야기를 들려주었다.

"낯선 사람을 목표물로 삼고 익숙한 장소에서 사건을 저지르자면 R대학은 제게 절묘하게 들어맞는 곳입니다. 전 그들을 미행해서 R대학 강당까지 갔습니다. 그 후 며칠간 몰래 연극부의 연습을 지켜봤어요. 대학은 개방적인 공간이라 누구든지 마음대로 드나들 수 있지요. 게다가 저는 학교 휘장이 찍힌 옛날 가방을 메고 있었으니 학교 경비원도 의심하지 않았죠."

"강당에는 사람이 많지 않은데 어떻게 눈에 띄지 않고 지켜본 건가?"

"2층 관객석에서요. 문이 열려 있더군요. 사실 느긋하게 좌석에 앉아 내려다본다고 해도 아무도 알아채지 못했을 겁니다. 그런데 저는 몰래 훔쳐봤으니까 더욱 들킬 리가 없죠."

"문이 열려 있었어?"

"대학 캠퍼스는 다 그렇습니다."

그렇게 말하며 청년이 피식 웃었다.

"연극부 학생들은 점심 먹으러 나갈 때나 쉬는 시간에도 강당 문을 잠그지 않아요. 그게 그 학생들 잘못은 아니죠. 건물의 문을 열거나 잠그는 건 관리인이 해야 하는 일이니까요. 관리인은 아침 9시에 강당 문을 열고, 밤 8시에 청소부가 청소를 마치고 나가면 문을 잠급니다. 다른 일에는 전혀 신경 쓰지 않더군요. 반대로 연극부 부장은 무대에 있는 촬영 장비 상자를 꼬박꼬박 잠그고 다니는데, 비싼 장비니까 누가 훔쳐갈까 봐 걱정이 되겠죠. 보관실 문은 그냥 열어두고 다닙니다. 그 안에 있는 거라곤 낡은 무대의상과 도구뿐이니까요."

"며칠이나 지켜봤지?"

"2층에서 관찰한 건 하루뿐입니다. 그 여학생은 매일 아침 다른 부원들이 연습할 때 보관실에 들어갑니다. 이튿날에 여학생이 또 보관실에 들어가는 걸 보고는 바로 강당 옆 샛길로 내려갔습니다. 통풍창 너머로 보관실 안을 살폈지요. 벽돌이 있어서 몇 장 쌓아놓고 올라서니 안쪽이 아주 잘 보이더군요. 여학생은 보관실 안에서 대본을 들고 뭔가를 썼다 고쳤다 했습니다. 어떨 때는 대사를 읊거나 혼자서 연기를 하기도 하고요. 밖에서 정식으로 연습을 하고 있으니까 문을 열어두면 다른 부원들에게 방해가 될 것 같아서 그랬는지, 항상 문을 닫아두고 있다가 연습이 끝난 다음에 다른 부원들이 와서 알려주어야 보관실에서 나가고요. 그렇게 보관실을 관찰한 게 사흘입니다. 사흘간 그 여학생은 매일 아침마다 보관실에 들어가서 한 시간쯤 그 안에 있었어요. 그 사실을 파악하고 나니 어떻게 밀실 살인을 성공시킬지 계획이 섰습니다."

"피해자는 교살되었는데 어떻게 무대 위의 학생들 모르게 보관실로 들어갔다가 살인 후에 몰래 빠져나간 건가?"

중년 남자가 담뱃재를 털며 물었다.

"편집장님 생각에는 어떻게 했을 것 같습니까?"

"공범이 있을 거라고 생각하네."

"흠…… 공범이라? 그렇게 볼 수도 있죠." 청년이 교활한 미소를 지으며 잠시 말을 멈췄다. "하지만 한 가지 말씀드리겠는데, 꼭 그 방 안에 있어야 살인을 할 수 있는 건 아닙니다."

"방 안에서 손을 쓴 게 아니야? 그곳이 살해 현장이 아니란 뜻인가?"

"그곳이 살해 현장은 맞습니다. 다만 저는 방 밖에서 손을 썼죠."

"물리적인 기계장치를 사용한 밀실 살인이다?"

중년 남자가 눈썹을 치켜올리며 물었다.

"아주 간단한 장치입니다. 초등학생도 생각해낼 수 있는 기계장치를 이용했죠. 통풍창 바깥에서 훔쳐본 지 사흘째에 이 트릭이 떠올랐습니다. 완공되지 않은 공사 현장이 제 영감을 촉발시켰어요."

"자네…… 창 밖에서 피해자의 목에 밧줄을 걸고 그걸 잡아당겨서 죽였다는 거야?"

"네! 간단하죠?"

청년이 어깨를 으쓱했다.

"간단하기는!" 중년 남자가 저도 모르게 목소리를 높였다가 주변 눈치를 보며 낮은 목소리로 덧붙였다. "그게 어떻게 가능하다는 거야? 밧줄을 사람 목에 걸어야 하고, 통풍창이 그 여자 키보다 높은 곳에 있으니 건물 밖에서 사람이 죽을 때까지 밧줄을 잡아당기려면 팔 힘이 아주 세야 한다고! 자네 체격을 보면 그렇게 힘이 셀 것 같지 않은데."

"제가 아까 기계장치를 이용한 트릭이라고 말씀드렸잖습니까. 저는 그 강철 파이프를 보자마자 어떻게 살인하면 될지 딱 떠올랐는데요. 우선 밧줄을 교수대 밧줄처럼 매듭지어 방 안에 놔두고 반대쪽은 통풍창을 통해 건물 밖으로 빼냅니다. 바깥에 나와서는 밧줄을 굵은 강철 파이프 안으로 통과시켜 끝을 난간에 묶습니다. 여학생 목에 밧줄이 걸린 걸 확인한 뒤에 발로 강철 파이프를 걷어차 비탈 아래로 굴립니다. 파이프의 무게 때문에 밧줄이 당겨져서 교수대 매듭이 조여지고, 여학생은 통풍창에 부딪혀서 목이 졸립니다. 파이프는 100킬로그램이 넘습니다. 미리 인터넷으로 무게를 조사했거든요. 저는 파이프의 도움을 받아 아무 힘도 들이지 않고 그 여학생의 숨을 끊었죠. 그런 다음 손을 통풍창 안으로 넣어 여학생의 목에 둘러진 밧줄을 자르면, 파이프 무게 때문에 잘린 밧줄이 창밖으로 휙 날아 나옵니다. 난간에 묶어놓은 끝부분을 풀면 손쉽게 흉기를 회수할 수 있죠. 물론 파이프는 산비탈 아래로 굴러떨어지지만요. 그게 이 완벽한 계획에서 유일하게 아쉬운 점입니다."

청년은 단숨에 자신의 트릭을 모두 해석했다. 마치 선생님 앞에서 잘 쓴 과제물을 발표하는 학생처럼, 설명하면 할수록 청년

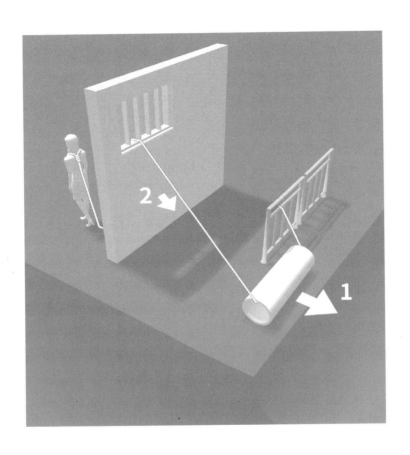

의 흥분도 커졌다.

"파이프……. 그 부분은 이해가 되었네만, 교수대 밧줄을 피해자의 목에 어떻게 걸지?"

"그건 제 공범이 해주었죠."

"공범이 누구야? 연극부 부원? 시체를 발견한 학생인가? 아니면 경찰 내부에 공범이 있어?"

"피해자 자신입니다."

청년은 아무렇지도 않게 교활하고 의기양양한 표정으로 대답했다.

"피해자라고?" 중년 남자의 손에서 힘이 풀리면서 담배가 탁자 위로 툭 떨어졌다. "피해자가 자살한 거야?"

"아니죠. 정확하게 표현하자면 피해자가 직접 밧줄을 목에 걸었을 뿐입니다."

"어떻게 그런 일이 가능하지?"

"보관실을 훔쳐본 지 사흘째 되는 날에, 저는 밧줄을 그 여학생 눈앞에 대령하기만 하면 자기 손으로 목에 걸 거라는 사실을 알아차렸습니다. 혹시 연극부에서 연습하던 작품이 뭔지 들으셨습니까?"

청년이 갑작스럽게 질문을 던졌다.

"무슨 작품이든 그게 중요한가?"

"중요하죠!" 청년이 씩 미소 지었다. "그들은 『파리의 노트르담』을 각색해서 연극을 준비하고 있었습니다."

"『파리의 노트르담』?『노트르담의 꼽추』라고도 하는 빅토르

위고의 소설?"

"맞습니다. 여주인공인 집시 여인 에스메랄다는 어떤 상황에서 꼽추 콰지모도에게 구출되나요?"

"교, 교수대에서!"

중년 남자가 깜짝 놀라 외쳤다.

"그 여학생은 보관실에서 마침 그 장면을 연기하고 있었습니다. 에스메랄다는 교수대 밧줄을 목에 건 상태로 죄수 호송 수레를 타고 이동합니다. 그때 이미 죽었다고 생각한 페뷔스를 보고 상심해서 삶의 희망을 버리지만, 죽음 직전에 콰지모도에게 구출되는 클라이맥스 부분입니다. 그 여학생은 보관실에서 매일 연극 내용을 순서대로 연기하더군요. 저는 그녀가 법정에서 독백하는 장면을 연기하는 걸 보고 나서 하루 이틀 내에 교수대에 서는 장면이 나올 거라고 짐작했죠."

"그럼 교수대 밧줄은 미리 보관실에 놔둔 건가?"

"네. 아침에 연극부 학생들이 오기 전에 손을 썼죠. 범인이 사라져버린 것처럼 보이기 위해 보관실에 있던 구두를 이용해 눈에 띄지 않는 벽에 발자국도 남기고요. 연극부에서 준비한 소품용 밧줄을 치우고, 제가 가져간 교수대 밧줄을 안락의자 위에 올려두었습니다. 밧줄 반대쪽은 통풍창 너머 바깥으로 빠져나가 있으니까 보관실 안에 있는 천으로 그 부분은 슬쩍 가려놓았습니다. 여학생이 이상한 점을 발견하지 못하도록 말이죠. 보관실은 밝은 편이 아닌 데다 햇빛이 통풍창을 통해 안으로 비칠 때 창 아래쪽 벽은 역광이라 오히려 어둡거든요.

보통 사람은 창틀에 밧줄이 걸쳐져 있는 것까지 신경 써서 보지 못하죠. 그리고 저는 더 큰 미끼도 놔두었습니다. 에스메랄다의 무대의상을 보관실의 전신거울 앞에 걸어뒀으니까요. 첫째, 무대의상이 그 여학생의 주의를 끌면 통풍창 쪽은 신경 쓰지 못할 겁니다. 둘째, 무대의상을 본다면 그녀는 교수대 장면을 연기하고 싶은 충동이 더 커질 겁니다. 역시나 제 예상대로 여학생은 무대의상으로 갈아입고 밧줄을 목에 걸었습니다. 저는 창 밖에서 그 모습을 지켜보고 있다가 그녀가 밧줄을 목에 거는 것을 확인했죠. 그러면 계획이 완성되는 겁니다."

"만약 피해자가 밧줄을 목에 걸지 않으면 실패하는 것 아닌가?"

"물고기를 낚으려면 시간을 들여야죠. 첫날에 하지 않는다면 둘째, 셋째 날이 있잖습니까? 만일 마지막까지 밧줄을 목에 걸지 않았다면 또 다른 방법을 생각하면 되지요. 어차피 그 여학생은 누군가 자기를 죽이려 한다는 건 꿈에도 모를 테니까요. 저 역시 그 여학생을 언제까지 꼭 죽여야 한다는 제한이 있는 게 아니고요. 아예 목표물을 다른 사람으로 바꿔도 되고요."

"여학생이 비명을 질러서 밖에 있는 학생들이 들어올까 봐 겁나지 않던가?"

중년 남자가 다시 물었다.

"보관실 문은 두꺼워서 방음 효과가 좋습니다. 그녀가 보관실에 있었던 이유도 그것 때문이겠죠."

"만일 자네가 살인을 하는 순간에 누군가와 마주치면?"

"샛길 입구에 공사중 표지판을 세워뒀습니다. 그런 표지판을 보면 보통은 들어오지 않죠. 여학생이 죽기 전에 누군가가 보관실로 들어오더라도 그들이 강당 바깥으로 나오는 것보다 제가 도망치는 게 빠를 거고요. 적어도 제 얼굴은 아무도 못 볼 겁니다."

청년이 커피를 한 모금 마셨다. 한참 떠들어댔으니 목이 마를 것이다.

"좋아……. 정말 훌륭해! 내 눈이 틀리지 않았군!" 중년 남자가 감탄했다. "그러고 보니, 그 여학생은 왜 보관실에서 연습을 한 거야? 다른 부원들에게 보여주고 싶지 않아서? 여주인공인데 숨어서 연습하는 이유를 모르겠군."

"편집장님, 무슨 말씀이세요? 여주인공이라뇨?"

"그 여학생이 여주인공이라고 했잖나?"

"아니에요. 죽은 사람은 에스메랄다 역할을 맡은 언니 쪽이 아닙니다. 저는 추리소설을 좋아하는 동생 쪽을 죽인 겁니다."

청년이 경쾌한 말투로 설명했다.

"뭐?"

"대본 담당인 동생이라고요. 연극부에서 이번 공연을 급하게 준비했는지, 대본이 완전히 각색되지 않은 상태로 연습이 시작되었더군요. 동생은 매일 보관실에 틀어박혀 대본을 수정했습니다. 사실 제가 볼 때는 동생도 배우를 하고 싶었던 것 같아요. 하지만 성격이 내성적이라 그런지 사람들 앞에서 연기하지 못하고 대본을 쓰게 된 거죠. 언니는 여주인공을 맡았는데 말입니다.

그녀는 매일 대본을 수정하는 동시에 극중 인물을 연기해보곤 했습니다. 특히 에스메랄다가 등장하는 장면에 공을 들였죠. 제가 무대의상을 보관실에 놔둔 것은 그녀가 정식으로 의상을 입고 연기해보게끔 유도하기 위해서입니다. 그녀 입장에서는 진짜 여주인공이 되어 보는 흔치 않은 기회였겠죠."

중년 남자가 의아한 시선으로 청년을 바라보았다. 그는 불가사의하다는 표정을 짓고 있었다.

"나, 나는 상상도 못 했군. 죽은 사람이 동생일 줄이야. 자네는 언니 쪽인 여학생에게 본때를 보여주려던 것 아닌가? 게다가 동생 쪽은 추리소설을 좋아하는 사람이잖아. 자네 책을 사줄 미래의 독자인데 그녀를 죽였어?"

"언니가 현실에서 살해되면 동생은 더 이상 추리소설을 좋아하지 않을 겁니다. 전처럼 재미있게 읽을 수 있겠어요? 이러나저러나 독자 한 명을 잃는 꼴이죠. 그렇다면 동생을 죽이는 게 추리소설을 무시한 언니에게 주는 최고의 교훈이 될 겁니다. 어린애들이나 꾀는 멍청한 '밀실 트릭'이 자기 동생의 목숨을 앗아갈 줄은 몰랐겠죠. 어쩌면 추리소설을 읽어보지 않은 걸 후회할지도 모르죠. 게다가 이런 전개가 선입견을 뒤집는 신선한 플롯이지 않나요?"

청년이 의기양양하게 의자 등받이에 몸을 기댔다.

"좋…… 좋아!" 중년 남자가 감탄하며 칭찬을 거듭했다. "정말 탁월해! 내가 생각했던 것 이상으로 뛰어나. 새 원고를 가져왔다고 했지?"

"네."

청년이 가방에서 원고가 든 서류봉투를 꺼냈다.

"전에 보여드린 원고를 대폭 수정했습니다. 완전히 범인의 입장이 되어서야 이런 이야기를 쓸 수 있었습니다. 편집장님 말씀이 맞았어요. 예전 작품은 너무 유치하고 영혼이 담겨 있지 않았습니다."

서류봉투를 받아든 중년 남자는 원고를 꺼내 빠르게 훑어보았다.

"좋아, 오늘은 다른 일이 있으니까 출판사에 가져가서 읽어보지. 며칠 후에 다시 연락하겠네. 그때는 계약서를 가지고 올테니까, 잊지 말고 도장을 준비해두라고."

"아, 그러죠! 감사합니다, 편집장님."

들뜬 목소리로 청년이 대답했다.

청년은 중년 남자와 악수를 나눈 뒤 빠르고 경쾌한 발걸음으로 카페를 나섰다.

✿

살인을 저지른 후, 청년은 창작의 영감이 끊이지 않고 샘솟았다. 그는 두문불출하며 소설만 썼고, 바깥세상에서 무슨 일이 벌어지는지 일절 관심을 두지 않았다. 그의 세계에는 살인, 트릭, 사건만이 존재했다. 그가 기대하는 것은 오로지 두 가지였다. 신작의 탈고 그리고 출판사에서 걸려올 전화.

중년 남자와 만난 지 나흘째 되던 날 아침, 청년은 초인종 소리에 잠을 깼다. 그는 매일 먹지도 자지도 않고 소설 집필에 매달리는 바람에 생활 리듬이 완전히 뒤집힌 상태였다. 그는 문을 두드리는 사람에게 욕을 퍼부으면서 대문을 열었지만, 눈앞의 광경에 곧바로 잠기운이 달아났다. 10여 명의 경찰 제복을 입은 사람들과 평상복을 입었지만 한눈에도 형사로 보이는 사람들이 진지하게 그를 노려보고 있었다. 정신을 차려 보니 그는 이미 경찰차에 태워진 후였다. 옷을 갈아입지도 못하고 슬리퍼를 신은 채 경찰차에 타야 했다. 체격 좋은 경찰 두 사람이 그의 양옆에 앉아 있어 꼼짝도 할 수 없었다.

청년은 아직 최악의 상황은 아님을 알고 있었다. 수갑을 채우지 않았으니 경찰에서는 자신에게 수사 협조를 요청하는 것뿐, 그를 용의자로 보는 것은 아닐 터였다. 당황했지만 청년은 평온한 표정을 유지했다. 그는 자신이 아무런 증거도 남기지 않았다고 굳게 믿었다. R대학의 정문에는 감시카메라가 설치되어 있지만, 자신이 교문을 들어서는 것만 찍혔을 것이다. 청년은 왜 학교에 왔는지 설명할 핑계도 생각해두었다. 그는 예전에 R대학에 다녔던 학생이다. 실업 상태라 모교에 와서 도움이 될 만한 강좌를 찾으려 했다고 하면 누구든 믿을 것이다. 그는 일부러 학생처에 가서 관련된 브로슈어를 집어오기도 했다. 청년이 보기에 경찰은 적당한 용의자를 찾을 수 없자 그물을 펼치고 대어를 기다리는 어부처럼 R대학에 드나든 사람을 전부 데려와서 조사하는 듯했다. 그는 살인 동기가 없다. 분명 금세 풀려날 것이다.

청년은 경찰서의 취조실에 앉아 있다. 방 안에 있는 거라곤 탁자 하나와 의자 몇 개뿐이다. 한쪽 구석에 비디오카메라가 설치된 텔레비전이 보인다. 벽 한쪽에는 커다랗고 옆으로 길쭉한 거울이 붙어 있다. 물론 한쪽만 거울이고 그 뒤에서 경찰들이 감시하고 있을 것이다. 어쩌면 비디오카메라로 녹화하고 있을지도 모른다. 청년은 의자에 앉아서 기다렸다. 아무도 그를 심문하러 오지 않아서 얌전히 앉아 있는 수밖에 없었다. 그는 자신이 나서서 입을 열면 뭔가 단서를 남기게 될까 두려웠다.

거의 한 시간쯤 기다렸을 때, 청년은 꾸벅꾸벅 졸기 시작했다. 그때 갑자기 취조실 문이 벌컥 열리며 형사 한 명이 들어왔다. 청년은 한쪽 얼굴에 칼자국이 난 험상궂은 인상의 형사를 보자 왠지 두려워졌다.

'걱정할 거 없어. 증거가 없으니까.'

청년은 그렇게 생각했다.

형사가 자리에 앉더니 청년의 신원을 확인했다. 그러고는 갑작스러운 질문이 이어졌다.

"네가 죽였지?"

"형사님, 무슨 말씀이십니까?"

"거짓말하지 마. 네가 범인이잖아!"

형사가 고함을 질렀다.

"뭐라고요? 누가 죽었는데요?"

청년이 반문했다. 집에서 끌려와 칼자국 형사가 취조실에 들어올 때까지 경찰들은 "어떤 사건 때문에 같이 좀 가야겠습니다"라고만 말했다. R대학 사건이라거나 피해자가 여성이라는 말은 전혀 없었으므로, 그가 먼저 언급하는 것은 제 발로 함정에 들어가는 꼴이다.

"당연히 R대학의 살인 사건이지! 그 여학생을 죽인 사람이 너고!"

"R대학이요? 뉴스에 나오던 그 사건 말입니까?"

형사가 말을 멈추고 씩 웃었다.

"오, 꽤 연기를 잘하는군. 남들이 생각 못 할 방법으로 살인을 하질 않나, 심문을 받아도 긴장하는 기색이 없고, 대단한데."

"형사님, 무슨 말씀인지 정말 모르겠습니다." 청년이 한쪽 뺨에 손을 얹으면서 말을 이었다. "아침부터 여기 데려와서는 R대학이니 T대학이니, 이게 다 뭔지 모르겠군요. 저는 파일을 불법 다운로드한 것 때문에 잡혀온 줄 알았어요……."

"우리는 R대학의 살인 사건과 네가 관련이 있다고 생각한다."

형사가 차갑게 말했다.

"제가 용의자입니까?"

청년이 대담하게 질문했다.

"어…… 그건 아니야. 일단은 수사에 협조를 구하는 차원이지."

형사는 갑자기 핵심적인 부분을 질문 받자 어쩔 수 없이 사실대로 대답했다.

"형사님, 제가 용의자도 아닌데 아까 왜 그렇게 겁을 주신 겁니까? 자백을 받으려고요? 텔레비전에서나 보던 장면을 직접 겪을 줄은 몰랐네요."

청년은 기회를 놓치지 않고 형사를 비꼬았다.

형사는 얼굴이 붉으락푸르락했다. 어린 녀석에게 한 방 먹었다는 생각이 들었다.

"음……. R대학 정문에 설치된 감시카메라에서 당신을 봤습니다. 그래서 사건과 관련이 있을 거라고 보고……."

형사가 태도를 바꾸어 입을 열었다.

"저는 모교에 가서 들을 만한 강좌가 있나 살펴본 거예요!"

청년이 억울하다는 표정을 지으며 말했다.

"강좌 브로슈어를 받아오는데 며칠씩 걸린다고? 게다가 당신은 R대학에서 한참 동안 머물렀지 않습니까?"

청년은 경찰에서 며칠간의 감시카메라 기록을 다 살필 줄은 몰랐다. 그러나 그도 미리 준비해둔 대답이 있었다.

"첫날 학교에 갔더니 하필 일요일이어서 학생처가 업무를 하지 않더군요. 다음 날 다시 갔는데, 제가 그날이 공휴일인 걸 깜빡했더라고요. 결국 화요일에야 겨우 브로슈어를 받았는데, 집에 와서 보니 저한테 맞지 않는 강좌라 다른 학과 브로슈어를 받아야겠다 싶어 수요일에 한 번 더 간 거예요. 목요일과 금요일에는 학생처에 가서 좀 더 자세하게 문의를 했고요. 그때는 학교 서점에도 갔어요. 저는 학교에서 그리 오래 머무른 것 같지 않은데요. 식당에서 밥 먹고 서점에서 책 사고 햇빛을 쬐면서 잔디밭에서 쉬고……. 제가 이런 자잘한 행적까지 전부 이야기해야 하나요?"

형사는 반박할 말이 없었다.

"아, 그 살인 사건이 언제 벌어졌죠?"

청년이 물었다.

"그…… 목요일입니다."

"허!" 청년이 과장된 표정을 지었다. "목요일이라고요? 저는 금요일에도 R대학에 갔는데요! 어쩐지 그날 학교 분위기가 뒤숭숭하다 했죠. 제가 범인이라면 왜 범행 다음 날까지 현장 주변을 어슬렁거리겠습니까? 형사님, 저랑 농담하시는 거예요?"

청년은 흥분된 감정을 누르면서 준비해둔 말을 우르르 쏟아냈다. 만약 체포되면 혐의를 줄이기 위해 어떻게 말할지 미리 생각해뒀었는데, 실제로 쓸 일이 있을 줄은 몰랐다.

형사는 머리를 긁적이며 난감한 표정을 짓더니 한참 후에야 다시 입을 열었다.

"그렇다면 목요일 당일에 의심스러운 사람은 못 보았습니까?"

청년은 자신이 승리했다고 여겼다. 고개를 저어 보지 못했다는 뜻을 표하면서, 형사에게 도움이 되지 못해 미안하다고 말했다.

형사는 이어서 별 볼 일 없는 질문을 몇 가지 늘어놓았고, 청년은 영리하게도 의심스러운 답변을 쏙쏙 피해갔다. 거의 30분쯤 문답이 이어졌지만 형사는 아무런 혐의도 발견하지 못했다.

"좋습니다. 수사에 협조해주셔서 감사합니다. 또 선생님 도움이 필요한 일이 있을 것 같은데, 오늘은 시간을 빼앗아서 죄송하군요."

형사가 조서를 정리해 문서철 안에 넣으면서 말했다.

"아닙니다. 경찰 수사에 협조하는 것은 시민의 의무죠."

청년이 웃으며 천천히 몸을 일으켰다.

그때 평상복 차림의 여성 경찰이 취조실로 들어왔다. 그녀가 형사에게 귀엣말로 몇 마디 속삭이며 어떤 서류를 건넸다. 형사는 그녀의 말을 듣더니 어둡던 얼굴이 확 피고 눈빛도 날카로워졌다.

"그럼 이만 가보겠습니다."

청년은 뭔가 좋지 않은 예감이 들었다. 얼른 이 자리를 벗어나야겠다는 생각이 들었다.

"잠깐."

형사가 손을 들어 청년을 제지했다. 다시 자리에 앉으라는 손짓이 이어졌다.

"당신을 정식으로 체포합니다. 당신은 묵비권을 행사할 권리가 있으며, 지금부터 당신의 모든 진술은 법정에서 불리하게 작용할 수 있습니다. 또한 변호사를 선임할 수 있고, 질문을 받을 때 변호인에게 대신 발언하게 할 수 있습니다."

형사의 엄중한 목소리에 청년의 자신감이 무너졌다. 청년은 경찰이 무슨 말을 했는지 몰라도 형사가 이미 자신을 범인으로 의심했다는 것과 자신을 취조하기 전에 모종의 준비가 있었음을 알아차렸다. 그는 가시나무가 촘촘히 심긴 좁은 길을 걷고 있다는 느낌을 받았다.

"형사님, 그게 무슨 말입니까? 장난하지 마십시오. 방금 제가 범인이 아니라고 직접 말씀하셨잖아요."

청년은 침착하려 애쓰면서, 최대한 당황하거나 다급해 보이지 않도록 말했다.

"너야말로 범인이지." 형사의 눈이 형형하게 빛났다. "경찰을 우습게 보지 마. 우리들은 뛰어난 수사관이고 강력한 정보 체계가 있단 말이다. 네가 무슨 수를 쓰든 다 알아낼 수 있어."

청년은 조금씩 몸이 떨렸다. 그러나 그는 여전히 냉정한 모습을 유지했다.

"묵비권을 행사해도 나는 네가 저지른 악행을 하나하나 파헤칠 거야." 형사는 청년 쪽으로 얼굴을 가까이 들이댔다. "아까는 연기를 참 잘하더군. 나도 그만 믿을 뻔했어."

형사는 청년이 아무 말도 없는 것을 보더니 다시 입을 열었다.

"지금부터 네 살해 수법을 하나하나 파헤쳐주지. 강철 파이프와 밧줄을 이용해 통풍창 너머에서 살인을 하다니, 정말 독특한 방식이었어. 게다가 피해자가 직접 밧줄을 목에 걸게끔 유도하다니 정말 상상도 못할 일이지."

청년은 충격으로 머리가 어질어질했다. 형사가 몇 마디 말로 자신의 트릭을 다 풀어버리는 장면은 한 번도 상상한 적 없었다.

"현대 과학수사를 무시하면 큰코다쳐. 20년 전에야 이런 식으로 세상을 속여 넘길 수 있을지 몰라도 요즘은 어림없어. 일단 네가 사용한 밧줄은 나일론 재질에 세 가닥을 꼬아 만든 흰색 제품인데 굵기가 대략 3센티미터야. 통풍창의 창틀과 파이프, 피해자의 손톱에서 소량이지만 밧줄의 샘플을 채취했고, 이 셋이 전부 동일한 밧줄이라는 걸 감식반에서 확인했지. 밧줄에 쏠리면 부스러기가 떨어지기 마련이고, 피해자가 버둥거리다가 손톱으로 밧줄을 긁는 건 흔한 일이야. 어디를 찾아야 하는지 알고 있다면 단서는 금방 찾을 수 있어."

청년은 멍하니 형사의 말을 듣고만 있었다. 경찰이 그런 방법으로 자신의 살해 수법을 추론할 줄은 몰랐다.

형사는 청년의 안색이 달라진 것을 확인한 다음 다시 말했다.

"범인이 방 안에서 마술을 부린 것처럼 사라졌다기보다는 애초에 방 안에 없었다고 생각하는 게 현실적이지. 교살이니까 밧줄은 바깥에서도 당길 수 있어. 유일한 가능성은 밀실에서 단 하나뿐인 구멍, 즉 '통풍창'이야. 범인은 아마도 겁이 없고 힘이 센 놈일 테지만 주변 환경에서 도움을 받았을 거다. 범인의 트릭을 더욱 순조롭게 해줄 무거운 물체가 있다면 어떨까? 그 강철 파이프는 이 사건에서 핵심이 되는 증거물이야."

형사가 기세등등하게 원래 자리에 다시 앉았다.

"그러면 남은 문제는 피해자의 목에 어떻게 밧줄을 걸었느냐다. 우리는 범인이 연극부 부원일 거라고 생각했어. 현재 연습 중인 연극 〈노트르담의 꼽추〉 결말 부분에서 여주인공이 교수형당하는 장면을 실제 상황으로 만들었다고 여겼지. 그런데 죽은 사람은 여주인공이 아니었단 말이야. 그녀의 여동생이지. 그래서 피해자가 어떤 계략에 의해 살해당했다고 생각하게 되었어. 교살을 가능하게 한 장치를 생각하면 범인은 연극부 중 한 명인데, 연습 장면을 찍은 영상을 보면 그들은 전부 결백해. 보관실 안팎 어디에도 타이머 같은 장치는 없었으니 범행 시각에 범인은 반드시 통풍창 바깥에 있어야 했지. 우리는 모든 증인을 심문했지만 수상한 점을 찾지 못했고, 살인 동기도 없었지. 그때는 정말 좌절할 뻔했어."

"연극부 부원들끼리 짜고 거짓말을 한 건지도 모릅니다."

청년이 조그마한 목소리로 반박했다.

"허 참! 그들이 범인일 가능성은 너보다 훨씬 낮아!" 형사는 눈을 부릅뜨고 청년을 윽박질렀다. "경찰을 뭐라고 생각하는 거냐? 탐정 영화에 나오는 것처럼 무능하고 게으른 집단인 줄 알아? 99퍼센트의 범인은 심문할 때 꼬리를 내보인다, 너처럼! 실질적인 증거가 없었을 때도 나는 너를 의심하고 있었어. 네가 정말 억울하다면 취조실에서 한 시간이나 얌전히 기다리고도 불평 한마디 하지 않을 리가 없거든! 보통 사람들은 다 그래!"

"그, 그건 경찰을 돕는 게 시민의 의무라고 생각하기 때문입니다!"

"그래, 너는 아주 교양 있는 젊은이처럼 보여." 형사가 비꼬는 말투로 받아쳤다. "어쨌든 우리는 범인이 그 자리에 있던 연극부 부원은 아니라고 믿는다. 우리의 추론은 피해자가 연기에 너무 몰입한 나머지 스스로 교수대 밧줄을 목에 걸었다는 거다. 범인은 낚시를 하듯 피해자가 미끼를 물기를 기다렸어. 넌 바꿔치기한 밧줄을 피해자가 목에 걸자마자 살인을 했지. 물론 이건 전부 가설이고, 이 사실을 증명할 증거는 없어. 범인이 피해자에게 최면을 걸어서 밧줄을 목에 걸게 만들었는지도 몰라. 혹은 범인과 피해자가 원래 알던 사이라서 통풍창 바깥에서 피해자에게 말을 걸고 그녀를 속여서 밧줄을 걸게 했을 수도 있지. 어쨌든 피해자가 통풍창을 통해 보관실 안으로 들어온 나일론 밧줄에 목이 졸려 사망했다는 것은 부정할 수 없는 사실이다."

청년은 묵묵히 형사의 사건 분석을 듣고만 있었다. 들으면 들을수록 등을 타고 식은땀이 흘렀지만 그대로 반박할 말을 끊임없이 생각했다.

"우리는 범인이 전혀 상관없는 타인일 가능성도 생각했지. 범인이 스토커일 거라는 의견도 있었어. 그래서 사건이 벌어지기 며칠 전부터 사건 당일까지 대학의 감시카메라 영상을 분석했다. 여름방학이라 학교를 드나드는 사람은 평소보다 훨씬 줄었는데 매일 R대학에 오는 사람 수가 적지 않더군."

"아까 말씀드렸다시피 저는 강좌 브로슈어를 받으러……."

청년이 한 번 더 핑곗거리를 들이댔다.

"그건 위장이지."

"제가 R대학에 갔다는 것만으로 범인이라고 몰아갑니까? 매일 수백 명이 학교를 드나드는데 그 사람들을 다 데려와서 범인 취급을 했어요?"

청년이 목소리를 높여 따졌다.

"우리가 심문한 사람은 너뿐이야."

형사가 차갑게 대꾸했다.

"뭐라고요?"

"이 사건의 용의자는 너 하나라고."

청년이 깜짝 놀라 형사의 눈을 빤히 바라보았다.

"제가 유일한 용의자라뇨? 아까는 수사에 협조가 필요해서 부른 거라고 했잖습니까? 게다가 대학의 감시카메라에 찍힌 사람들을 전부 불러서 조사하는 거 아닌가요?"

청년은 원래의 말투를 유지하려고 애쓰면서 질문했다.

"전에는 증거가 부족해서 너를 용의자로 지목하기 어려웠지. 하지만 너는 범인의 조건에 들어맞는 유일한 사람이야. 그러니 R대학을 방문한 사람을 전부 소환해서 조사할 필요는 없지. 네가 유일해."

형사가 냉소했다. 청년은 이 상황이 몹시 의아했다. 그는 자신이 어디에서 실수를 하고 증거를 남겼는지 아무리 생각해도 알 수가 없었다.

"감시카메라 영상을 보면, 네가 지난주에 처음으로 R대학에 왔을 때가 일요일이었지."

"그렇습니다."

"그전에는 모교를 방문한 적이 없었어. 그렇지?"

"토요일에 강좌를 신청하려고 마음먹었으니까요. 그전에는 당연히 모교에 갈 일이 없었죠. 그게 무슨 문제라도 된다는 겁니까?"

"일요일 정오쯤, 피해자와 그 언니가 대학 정문을 지나간 다음 곧바로 네가 나타났어."

"그게 어때서요? 전 그 사람들이 누군지 전혀 모릅니다. 우연히 비슷한 시간에 정문을 지나갔다고 제가 용의자라는 겁니까?"

"처음 한 번만 그랬다면 우연이겠지. 하지만 두 번째부터는 의심스러워."

"세상에! 아까 말씀드렸듯이 저는 며칠째 매일 R대학에 가야 했어요. 만약 형사님이 말씀하시는 피해자 역시 매일 학교에 갔다면 정문에서 두세 번 마주친다고 해도 이상할 게 없죠."

청년은 잔뜩 긴장해서 벌떡 일어섰다. 하지만 경찰이 그를 제압하려는 동작을 취했기 때문에 다시 자리에 앉았다.

"대학교 정문이 아니야, 학교 바깥이 문제지."

형사가 리모컨을 눌렀다. 그러자 텔레비전과 비디오카메라가 켜졌다. 청년은 흑백 화면을 바라보다 머리칼이 곤두서는 느낌을 받았다.

그것은 서점에서 찍힌 감시카메라 화면이었다. 화면 속에서 청년은 막 책값을 지불했고, 피해자 자매가 그의 뒤에서 걸어오는 중이었다. 그가 동전을 떨어뜨리고 잡지 매대 쪽으로 가서 서 있는 모습도 다 찍혔다. 두 자매가 서점을 나간 후, 청년도 잡지를 내려놓고 서점을 떠났다.

형사가 일시정지 버튼을 누른 다음 말했다.

"이것도 우연이라고 할 수 있지. 하지만 범인이 피해자를 미행하는 과정이라 보는 것도 가능해."

"이, 이건 그냥 우연의 일치예요!"

청년은 약간 초조해졌다.

"우리는 '범인은 스토커'라는 가설을 세운 후, 피해자의 언니에게 죽은 여학생의 생활 습관에 대해 자세히 물어보았어. 또 사건 이전 10여 일의 대학 내 감시카메라 기록을 모두 확인했고, 그 외에도 증언을 토대로 이번 달에 피해자가 갔던 곳을 전부 조사했지. 범인이 스토커라면 분명히 피해자를 몰래 지켜보았을 테니 감시카메라 화면에 찍혔을 가능성이 크다고 여겼다. 너는 대학 안팎의 감시카메라에 모두 등장하는 유일한 사람이야."

"아니…… 말도 안 돼요!" 청년이 항의했다. "내가 스토커라면 그 자매보다 먼저 서점에 들어갔을 리 있나요? 이건 그냥 어쩌다 맞물린 우연입니다."

"피해자가 서점에 갈 거라고 예상하고 가게 안에서 그녀를 기다린 것일지도 모르지. 우리는 서점의 고객 명단을 입수해서 네 신원을 확인했어. 하지만 그건 중요하지 않아. 명단 확인은 일종의 가능성일 뿐이었지. 그래서 오늘 너를 데려올 때 체포한다고 말하지 않고 그냥 수사에 협조해달라고 말한 거다."

청년은 자신이 서점에서 회원카드를 내밀었던 기억이 났다. 그리고 회원으로 가입할 때 당연하게도 자신의 진짜 개인정보를 기입한 것도 떠올랐다.

"그, 그렇다면 절 구류할 증거도 없는 거군요! 돌아가겠습니다!"

"우리가 널 급히 경찰서로 데려온 이유가 뭔지 아나?"

형사가 갑자기 물었다.

"수, 수사에 협조……."

청년은 자신이 함정에 빠졌다는 생각이 들었다.

"우리는 널 옷 갈아입을 시간도 안 주고 데려왔지. 네 집을 수색하기 전에 증거를 인멸할 시간을 주지 않으려고 그런 거다. 합법성은 걱정하지 마. 법원의 수색영장을 받았으니까. 자, 이건 영장 사본이다."

형사는 서류 하나를 건넨 뒤 다시 말을 이었다.

"우리는 현장에서 중요한 발자국을 찾아냈지. 범인이 남긴 허점이었어."

행운의 여신은 아직 떠나지 않았다! 청년은 그렇게 생각했다. 안도했다는 걸 표정에 드러내지 않으려 애쓰면서 청년은 아무 말도 하지 않았다. 벽 위의 발자국은 보관실에 있던 낡은 구두로 찍은 것이다. 보관실에 있는 동안에는 신발 위에 비닐을 씌웠고 몇 번이나 발자국이 남지 않았는지 확인했다.

"어라, 발자국 이야기를 하시니 생각이 나네요. 그 사건에서 범인이 벽에 발자국을 남겼다고 하던데요! 제가 어떻게 그런 신기한 일을 하겠……."

"아니야. 벽이 아니야." 형사가 청년의 말을 자르면서 내밀었던 영장 사본을 도로 가져갔다. "좀 전에도 말했지만 강철 파이프가 핵심 증거물이야. 우리는 파이프 위에서 특별한 흔적을 발견했다. 발자국이지."

형사는 여성 경찰이 그에게 건넸던 서류철 안에서 사진 한 장을 꺼냈다.

"이 발자국은 누군가 파이프를 힘껏 걷어차서 생긴 거다. 그 바람에 파이프가 산비탈 아래로 굴렀지. 우리는 네 집에서 신발을 전부 수거해 실험실에 보냈다. 신발 바닥의 무늬를 비교해보니 네 운동화가 이 사진 속 발자국과 일치하더군."

형사가 또 다른 사진을 한 장 꺼냈다. 두 개의 발자국은 똑같았다. 청년은 너무 놀라 아무 소리도 낼 수 없었다.

"기성 제품인 운동화는 누구나 살 수 있으니 똑같은 제품을 신은 사람이 한둘이겠냐, 그게 증거가 되느냐고 반박할지 모르겠군. 하지만 막 공장에서 출고된 신발이 아니라면 사람마다 걸을 때 땅에 닿는 부분이나 힘을 주는 지점이 다르기 때문에 신발 바닥의 마모 정도가 달라. 발자국을 확인하면 동일한 제품이라도 누가 신었는지 파악할 수 있다는 거지. 네 운동화 바닥 무늬와 파이프 위의 발자국은 완전히 일치해. 이게 우연이라면 확률적으로 계산할 때 10퍼센트나 될까?"

"그, 그래도 10퍼센트의 가능성이……!"

청년의 낯빛이 회색으로 변했다. 그는 무력한 저항을 시도했다.

"하지만 이 보고서의 두 번째 페이지는 그 10퍼센트의 가능성도 없애버렸어." 형사가 두 번째 페이지를 펼치고 말했다. "네 운동화 바닥에서 소량의 진흙을 채취했지. 확인 결과, 사건 현

장 바깥에 있는 구덩이 속 진흙과 일치해. 그곳에선 지하 수
도관이 깨져서 물이 새고 있어. 수도관에 녹이 슬어서 그곳에
서 파낸 진흙 성분은 좀 독특하지. 전 세계에서 유일무이하다
고는 못 하겠지만, R대학 캠퍼스 내에서는 똑같은 진흙을 찾
기 어려워. 너는 피해자를 스토킹했을 가능성이 있어. 피해자가
살해된 시각에 범죄 현장 부근에 있었고, 피해자를 살해하는
데 쓰인 물리적 장치에는 네 발자국이 남았지. 또 네 신발은
네가 범죄 현장 바깥의 샛길에 간 적이 있다는 사실을 알려줘.
이런 여러 가지 요소를 종합할 때 우리는 너를 기소할 간접증
거를 충분히 확보했어. 네가 유죄인지 무죄인지는 법정에서 판
결하겠지."

청년은 힘이 쭉 빠져 멍하니 주저앉았다. 경찰이 이렇게 확실
한 증거를 얻어냈을 줄은 몰랐다. 경찰은 예상 외로 대담하게
추리를 했고, 추론을 바탕으로 숲속에서 문제가 있는 나뭇잎을
찾아내는 데 성공했다. 그렇게 수집한 나뭇잎은 등불이 되어 숨
겨진 진실을 밝혔다. 실패, 실패다. 청년의 눈앞에는 '좌절'이라
는 두 글자만 존재했다.

"순순히 협조해서 범행을 인정한다면 판사가 정상참작해서
감형할 수도 있다. 자, 피해자의 사진이다. 원래대로라면 앞으로
아주 멋진 인생을 살았을 텐데 참 안타깝게 되었지. 더 할 말은
없나?"

형사는 피해자의 평소 모습이 담긴 사진 한 장을 탁자 위
에 놓았다. 그 옆에는 보관실 바닥에 엎어져 있는 사진이 놓여

있다.

청년은 사진 속 여학생의 웃는 얼굴을 보다가 갑자기 쓴 물이 목구멍으로 넘어오는 것을 느꼈다. 좌절감은 차차 사라지고, 그 자리에 불안감이 들어찼다. 뭐라고 말로 표현할 수 없는 불안감이었다. 그의 이마에 땀이 송골송골 맺혔다. 메스꺼움과 경련이 청년의 오장육부를 강타했다. 그는 자신이 한 사람의 생명을 빼앗았음을 뼈저리게 느꼈다. 그 사람의 미래를 없애버렸다. 그는 개미 한 마리를 눌러 죽인 것이 아니었다. 가축을 도살한 것도 아니었다. 그는 자신과 대등한, 서로 다를 바 없는 인류의 생명을 앗았다. 그 여학생은 추리소설을 좋아하고 연극 대본을 쓰는 사람이었다. 그녀도 언젠가 추리소설가가 되었을지 모른다. 만약 누군가 자신의 이익을 위해 청년을 희생시킨다면, 그는 운명이려니 하고 받아들이겠는가? 너무도 당연한 일인데 청년은 지난 2주 내내 이런 사실을 제대로 인지하지 못하고 있었다.

타인을 해치는 일은 허구의 이야기 속에만 존재해야 한다.

청년이 훌쩍거리며 울기 시작했다. 형사는 당황했다. 냉혹하게 살인을 계획하고 실행에 옮긴 범죄자가 갑자기 정서적 붕괴를 일으키는 것은 예상 밖의 일이다. 그 후로 15분간 취조실에는 청년의 울음소리만 들렸다. 형사와 여성 경찰은 아무 말도 하지 않고 묵묵히 청년이 감정을 다 쏟아낼 때까지 기다렸다.

"다…… 다 말하겠습니다……." 한참 울고 난 청년이 목이 메인 목소리로 입을 뗐다. "제가 그런 일을 저지른 것은…… 작가,

작가가 되고 싶어서…….”

형사는 청년이 ‘그 여학생을 정말 좋아했다’ 혹은 ‘더는 참을 수가 없어서 저질렀다’ 같은 이유를 이야기할 줄 알았다. 이렇게 듣도 보도 못한 자백이 나올 줄은 몰랐다.

“작가?”

“네……. 편집장이 저한테 그랬어요, 사람을 죽이면 등단하게 해준다고…….”

형사와 경찰이 시선을 교환했다. 전혀 예상하지 못한 이야기다.

“작가가 되려고 살인을 해? 편집장이라는 사람이 피해자를 죽이라고 시켰나?”

“아뇨……. 편집장은 살인을 하라고만 했어요. 그래야 좋은 추리소설을 쓸 수 있다고요……. 죽일 사람이나 죽이는 방법은 상관없다고……. 등단하기 전에 살인을 하는 작가들이 많다고…….”

형사는 벽면의 거울을 휙 돌아보았다. 거울 뒤에서 취조실을 감시하던 동료 수사관이 고개를 절레절레 흔들며 이해할 수 없다는 듯한 몸짓을 했다.

“등단하려고 살인한 작가들이 많다는 거야?”

“네……. 제 지갑을 보면 세 번째 칸에 명함이 있을 거예요. 그 편집장이 저한테 살인을 하라고…….”

형사가 거울 쪽을 보며 고개를 끄덕여 보였다. 청년의 지갑은 이미 경찰이 압수한 상태였다. 얼마 후 경찰관 한 명이 청년의 지갑을 들고 취조실에 들어왔다. 형사는 지갑에서 청년이 말한 K출판사의 명함을 찾아냈다.

형사가 취조실을 나갔다. 청년과 여성 경찰, 마지막에 들어온 경찰관만 남았다. 청년은 비록 자신이 잘못된 길을 걸었지만 자백함으로써 출판계에 만연한 나쁜 관례를 없앤다면 일종의 보상이나 속죄가 될 거라고 믿었다.

얼마 후, 형사가 취조실로 돌아왔다. 얼굴이 사납게 일그러져 있었다.

"편집장을 찾았나요?"

청년이 물었다.

"언제 이 편집장이라는 사람을 만났지?"

형사가 반문했다.

"맨 처음 만난 건 일요일이에요. 서점에서 피해자와 만난 그날……."

쾅!

형사는 손바닥으로 탁자를 세게 내리쳤다. 큰 소리가 울렸다.

"젠장! 너 이런 순간까지 거짓말을 해?" 형사가 버럭 화를 내며 소리를 질렀다. "우리를 가지고 노니까 재미있어? 변태 스토커 주제에, 작가가 되려고 살인을 했다고? 방금 네 태도를 보고 조금이라도 널 믿으려 했던 내가 바보지! 제길!"

"제, 제가 한 말은 사실입니다!"

청년이 당황했다. 그는 급하게 말을 이었다.

"편집장과 연락이 안 되었나요?"

"명함에 적힌 그 사람은 확실히 K출판사에서 일한 적이 있어." 형사는 이글거리는 눈빛으로 청년을 쏘아보았다. "그런데 3개월 전 병으로 세상을 떠났지! 그 사람 전화번호로 전화하니까 아무도 받질 않아서 회사 대표번호로 다시 걸었더니 홍보팀 직원이 확실하게 설명을 해주더군! 사망신고 기록을 찾아보니 그 사람 이름도 나왔어! 편집장의 영혼이 와서 너한테 살인을 시켰냐, 응?"

"죽……었다고요?"

"너하곤 더 말할 것도 없다. 증거는 확실하니 이상한 소리를 지껄이든 말든 네 마음대로 해!"

형사는 탁자 위의 서류와 사진을 챙겨서 일어섰다. 그러고는 경찰관에게 지시했다.

"저 자식을 유치장에 처넣어. 내일 아침에 바로 검찰에 넘긴다. 우리가 할 일은 끝났어. 이런 인간쓰레기와 더 이야기하는 건 시간 낭비야."

그렇게 말한 후 형사는 취조실을 나갔다. 그는 뒤도 돌아보지 않았다. 청년이 히스테릭하게 비명을 질러대는 소리가 등 뒤에서 들려왔다.

❀

B출판사 회의실에서 유명 추리소설가 C씨가 혼자 눈을 감고 생각에 잠겨 있다.

"선생님!"

젊은 편집자가 급히 문을 열고 들어왔다. 그는 흥분한 어조로 말을 이었다.

"선생님 추리가 다 맞았답니다! 경찰에서 방금 연락이 왔는데, 선생님이 말씀하신 그대로래요! '통풍창으로 밧줄을 넣고 물리적 장치로 살인을 했다', '범인은 스토커다' 둘 다 정확했답니다. 경찰에서 범인을 잡았어요! 선생님이 건의한 대로 피해자가 죽기 전 1~2주 사이의 행적을 조사했더니 바로 범인의 꼬리가 밟혔다는 겁니다!"

C씨는 느릿느릿 눈을 떴다. 당연한 결과라는 듯한 태도다.

"훌륭하군. 이렇게 빨리 놈을 잡다니."

C씨가 느긋하게 말을 받았다.

"선생님, 정말 대단하십니다. 언론에 보도된 정보만 가지고 범인의 살해 수법을 추리해내셨어요! 그 형사가 저더러 그러더라고요. 선생님이 알려주신 대로 범행 과정을 하나하나 짚으면서 압박했더니 범인이 눈물까지 흘렸다고요. 아무런 반박도 못했대요!"

C씨는 희미한 미소를 띠며 물었다.

"그러면 그 형사님은 내가 이 사건으로 소설을 쓰는 데 이견이 없는 건가?"

"재판이 끝난 뒤에 발표하시면 전혀 문제가 안 된답니다. 최종 판결 전에 출간되면 사법부의 결정에 영향을 줄 수 있어서요." 편집자가 기분 좋게 떠들었다. "하지만 전 정말 생각도 못했습니다. 정말로 추리소설가가 현실에서 경찰 대신 사건을 해결할 수 있는 거군요! 그러면 Q 작가님의 작품도 전부 실제 사건을 바탕으로 한 건가요?"

"바보 같으니! 그게 어떻게 가능해?" C씨가 픽 웃더니 말을 이었다. "추리소설을 너무 많이 봤나 보군. 현실에서 사건을 수사하는 추리소설가가 어떻게 존재하겠나? '추리소설가가 영감을 얻기 위해 살인을 한다'는 말처럼 황당하기 짝이 없는 말이지. 정보도 없는 상태로 사건을 해결하려고 덤비느니 그 시간에 원고를 한 장 더 쓰겠네."

"하지만 이번에 선생님께서……."

"우연이야."

"하지만 책이 출간되면 '최고의 추리소설가가 해결한 실제 사건에 기반한 소설'이라는 홍보 문구를 달고 나갈 거예요. 분명히 히트 칠 겁니다! 선생님의 최근 작품들은 다들 성적이……."

편집자는 원래 '성적이 좋지 못했는데 이번에는 설욕할 수 있을 거예요'라고 말하려 했다. 하지만 그러기 직전에 도로 말을 삼켰다. 눈앞의 작가님을 언짢게 했다가는 편집장에게 모가지가 날아간다.

C씨는 젊은 편집자가 하려던 말을 다 알아들었지만 기분이 좋은 상태라 크게 화내지 않았다.

"사실은요……." 편집자는 C씨의 표정에 별다른 변화가 없자 간이 좀 커져서 계속 말을 이었다. "선생님께서 저희 출판사에서 책을 내시겠다고 해서 좀 놀랐습니다. K출판사와 관계가 틀어지는 게 신경 쓰이지 않으세요? 선생님 작품은 항상 그쪽에서 나왔는데……"

"내가 K출판사에서 책을 냈던 건 오랜 파트너가 그 회사를 다녔기 때문이야."

"석 달 전에 돌아가신 '문예4팀'의 부편집장님이요?"

"그래, 우리는 오랫동안 파트너십을 이뤄 일했어. 내가 '얼굴 없는 작가'로 활동한 것도 그 사람 아이디어였고. 뭐, 신비감을 조성해야 한다면서 말이야." C씨는 잠시 생각에 잠겼다가 곧 다시 말을 이었다. "K출판사와 내 관계를 걱정할 필요는 없어. 요즘에도 매주 두 번씩 그 회사에 간다고. K출판사에서 내 옛날 작품을 양장으로 다시 출간하겠다고 해서 말이야. 내 파트너가 쓰던 사무실에서 교정을 보고 있지."

"아, 그러셨군요……"

C씨가 자리를 털고 일어섰다. 그가 문 쪽으로 향했다.

"선생님, 어디 가시게요?"

"담배 태우러 가네. 여기서 불을 붙이면 화재 경보가 울릴 것 아냐."

C씨가 주머니에서 담뱃갑을 꺼내며 말했다.

B출판사 옥상에서 C씨가 혼자 담배를 물고 서 있다. 그는 붉게 물들어가는 저녁노을을 감상했다. 이번 작품은 『파란색 밀실의 마천루 살인 사건』보다 잘 팔리겠지? 그는 그렇게 생각했다. 현실의 살인 사건을 해결할 수 있는 추리소설가는 거의 없다. 게다가 이번 사건은 예상 외로 몹시 복잡하면서도 추리소

설다운 구성으로 전개되었다. 그는 원래 단순하고 평범한 살인 사건이 될 줄 알았는데 의외의 수확이다.

C씨는 옛 파트너가 늘 입에 달고 살던 말이 떠올랐다.

"인간은 말이야, 두 종류로 나뉘지. 타인을 이용하는 사람과 타인에게 이용당하는 사람."

C씨는 담배를 끼운 손가락으로 아래턱의 수염을 쓰다듬었다. 그의 입술 사이로 도넛 모양의 담배 연기가 피어올랐다. 그는 자신에게 이용당한 청년을 떠올렸다.

"내가 그랬지, '자네가 쓴 책은 온 나라에 화제가 되는 베스트셀러가 될 거'라고. 난 거짓말은 안 해."

C

Var. VI Allegro patetico

필요한 침묵

이 지옥에 처넣어진 지 10년…… 아니, 11년째다. 세월은 내 기억을 마모시켰다. 나는 지난주에 라오왕老王에게 11년 전 일이 기억나느냐고 물었다. 그는 쓴웃음을 지으며 고개를 저었다. 잊은 게 아니라 기억하고 싶지 않은 것일지도 모른다. 하지만 나는 정말로 잊고 말았다. 라오왕이 이런 이야기를 한 적이 있다. "인간은 받아들이기 힘든 고통을 겪으면 대뇌에서 자동적으로 기억을 삭제한다. 그것을 '방어기제'라고 부른다." 나는 그 말이 사실인지 아닌지 모르지만, 라오왕은 이곳에 들어오기 전 외과 의사였으니까 그가 하는 말에는 분명 근거가 있을 거라고 믿는다.

"그거 아나? 제2수용소에서 저우周씨가 죽었대."

어젯밤 라오왕이 담배를 피우면서 말했다.

"그 꺽다리 친구?"

내가 물었다.

"그래."

"어쩌다 죽었어?"

"그야 간수에게 맞아 죽었지."

라오왕이 담배 연기를 뿜었다. 쇠창살 너머로 보이는 밤하늘을 응시하는 그의 말에는 아무런 감정도 담겨 있지 않았다.

"뭘 어쨌기에?"

"그쪽 수용소에 나이 많은 사람이 있었나 봐. 간수가 그 사람을 괴롭혔대. 그 친구가 못 참고 간수에게 한마디 했다가 결국 맞아 죽었다는군."

엿같은 경우지만 항상 있는 일이다.

"그러니 말이지, 앞에 나서면 문제만 생길 뿐이야. 오래 살고 싶으면 입을 다물어야 해."

라오왕이 또 담배 연기를 뿜었다.

오늘 아침부터 나와 라오왕은 다른 사람들 틈에 끼어 채굴 작업을 했다. 나는 캐내고, 라오왕은 캐낸 돌을 나른다. 나는 이 반짝이는 돌을 캐야 하는 이유를 모른다. 내가 아는 것은 일하지 않으면 굶어 죽는다는 사실뿐이다. 이 수용소의 첫 번째 철칙은 '일해야 밥을 준다'고, 두 번째 철칙은 '질문하지 않는다'다. 그래서 우리는 묵묵히 곡괭이로 굴을 파고, 뭔지 모르는 광석을 캔다.

일을 하는 동안, 나는 기억을 더듬어 이 지옥 같은 곳에 오기 전에 내가 어떤 사람이었는지 생각해내려 시도한다. 이름이 무엇이었을까? 어디서 살았을까? 무슨 일을 했을까? 가족이 있었을까? 그리고 더 중요한 게 있다. 왜 우리는 이곳에 잡혀 와 흉악한 간수 밑에서 노예처럼 일하는가?

나는 정말 알고 싶다.

그러나 이곳에서 '안다'는 것은 위험하다. 진실을 찾는 사람은 자기 자신을 살해하는 것이나 다를 게 없다.

우르릉, 쾅!

왼쪽에서 엄청난 소리가 울렸다. 기억 속을 헤매던 내 정신은 현실로 돌아왔다. 천장을 지탱하던 대들보와 기둥이 부러져 굴 한쪽이 무너졌다. 라오왕이 커다란 바위에 깔려 꼼짝 못 하고 있었다.

"라오왕!"

나는 곡괭이를 던지고 그를 구하러 달려갔다.

"어이! 한눈팔지 마라!"

뚱뚱한 간수가 소리를 질렀다.

"나으리, 사람이 바위에 깔렸습니다!"

내가 말했다.

"그게 뭐? 네 자리로 돌아가!"

"하지만 저 친구는……."

"10초 줄 테니 자리로 돌아가서 일해! 그렇지 않으면 수용소 규칙 1장 23조에 따라 사형이다!"

간수가 권총을 꺼냈다.

"나으리, 30초만 주세요. 제가 저 친구를 꺼낼 수 있습니다……."

"10, 9, 8……."

"라오왕은 평소 열심히 일했던 친구입니다. 그가 상처를 빨리 치료하면 우리 수용소의 실적에 도움이 될 겁니다……."

"7, 6……."

"나으리! 제발 좀 봐주십시오. 저 친구를 구할 수 있게 해주세요."

"하, 정말 성가시군. 좋다."

간수가 숫자를 세던 것을 멈췄다.

내가 막 감사 인사를 하려는데, 그가 권총을 들어 올리는 게 보였다.

탕!

나는 그 자리에 얼어붙었다.

총알은 내 몸에 박힌 것이 아니었다. 간수는 라오왕의 이마에 대고 총을 쏘았다. 뻘건 피가 총알이 박힌 구멍을 통해 흘러나왔다. 라오왕은 소리 한 번 지르지 못하고 죽었다.

"자, 이제 다시 일할 수 있겠나?"

나는 간수를 후려갈기고 싶었다. 왜 이런 짓을 하느냐고, 조금이라도 양심이, 동정심이 있느냐고 따지고 싶었다. 우리는 반항할 줄 모르는 노예들이다. 우리는 가혹한 명령에도 순종한다. 그는 라오왕을 죽일 필요가 없다. 라오왕을 죽이는 것은 그의 이익에 반하는 멍청한 짓이다. 나는 이 모든 상황을 목도하고도 고개를 처박고 일만 하는 수용소의 동료들을 바라보았다. 마치 아무것도 못 본 것처럼 구는 그들에게 소리를 지르고 싶었다. 그들의 나약함은 결국 스스로에게 나쁜 결과를 낳을 거라고 다 그치고 싶었다.

그러나 나는 입을 다물었다.

라오왕의 마지막을 보고서 침묵을 선택했다.

그 순간에는 침묵이 필요했다.

나는 곡괭이를 집어 들고 원래 일하던 자리로 돌아갔다. 전과 마찬가지로 계속 광석을 캐냈다.

점심시간이 되었을 즈음, 그 뚱보 간수가 나를 불렀다.

"너! 시체를 묻어라."

그가 바위 아래 깔린 라오왕과 그 옆의 손수레를 번갈아 가리켰다.

나는 한참 걸려서야 바위를 들어내고 라오왕을 손수레에 실을 수 있었다. 수레를 밀며 굴을 빠져나간 나는 라오왕의 시체를 구덩이에 넣었다. 막 라오왕을 묻으려고 하는데, 뭔가 반짝이는 물건이 라오왕의 주머니에서 삐져나온 걸 보았다.

"나으리, 라오왕의 주머니에서 나온 물건을 소장님께 드려야 할 것 같습니다."

굴로 돌아간 내가 좀 전의 간수에게 말했다.

"그게 뭐지?"

"그……. 말할 수 없습니다. 소장님께 직접 드려야 할 것 같습니다."

그렇게 말하면서 나는 암벽에서 반짝반짝 빛을 내는 광석을 흘낏 바라보았다.

간수가 눈썹을 치켜올리며 말했다.

"따라와."

그는 개발이 끝나지 않은 광산 토굴 안으로 나를 데려갔다.

"내놔."

그가 명령했다.

"소장님은……."

"내놓으라고 했다."

그가 권총을 꺼냈다.

나는 한숨을 쉬면서 주머니에서 아까 발견한 반짝이는 물건을 꺼냈다.

그것은 겉보기에 아주 조잡해 보이는, 금속 조각과 나무 손잡이로 이뤄진 수제手製 수술 칼이었다.

나는 간수가 비명을 지르거나 저항할 기회를 주지 않았다. 1초나 되었을까, 나는 간수의 총 든 손을 꺾은 뒤 그의 목을 두 번째로 그었다.

검붉은 피가 그의 경동맥에서 뿜어져 나왔다.

그러나 내 몸에는 피가 묻지 않는다. 나는 전문가다. 이런 일쯤은 손쉽게 할 수 있다.

라오왕이 살해되던 순간, 돌연 11년 전 나의 전문 분야를 기억해냈다.

침묵은 필요한 것이다.

당신이 누군가를 죽이려 할 때라면 더욱더.

Var. VII Andante cantabile

올해 제야는 참 춥다

올해 제야는 참 춥다.

하지만 내 마음은 따끈따끈하다.

아언阿恩이 내 품에 있다. 촉촉한 두 눈이 나를 바라본다. 나는 세상에서 가장 행복한 남자다.

가로등 몇 개가 켜진 공원에서 우리는 갈색 나무 벤치에 앉아 서로 꼭 껴안고 있다. 머리 위로 펼쳐진 밤하늘을 바라보며 새로운 한 해가 시작되기를 기다린다.

공원 근처의 광장에서는 새해를 맞는 카운트다운 행사가 있다. 사람들은 다들 광장에 모여서 공연을 보거나 0시의 흥겨운 시작을 준비하는 중이다. 하지만 아언은 사람이 많은 곳이 싫다고 했다. 나와 둘이서 아무도 없는 조용한 곳에 있는 게 좋다고도 했다. 우리는 둘만의 세상을 만끽한다.

아, 나는 정말 행복한 남자다.

"추워?"

내가 물었다.

그녀는 고개를 젓는다. 그러고는 다시 내 가슴에 뺨을 기댄다. 나는 손가락으로 그녀의 옆얼굴을 쓰다듬었다. 손끝에 열기가 전해진다. 입김이 하얗게 보일 만큼 추운 날씨지만, 우리는 서로의 체온을 느낄 수 있다. 온 세상이 사라지고 우리 둘만 남은 것 같은 기분이다.

내년에 지구가 멸망한다고 해도 상관없다. 나는 이렇게 아언을 계속 껴안을 수만 있다면 하늘이 무너지든 말든 신경 쓰지 않는다.

아언이 고개를 들고 나를 올려다본다. 내 마음을 그녀도 느낀 걸까. 그녀의 눈동자는 깨끗하고 맑다. 나는 그녀의 눈동자보다 아름답고, 나를 홀리는 것을 본 적이 없다.

우리 머리 위에 빛나는 별조차도 그녀의 눈동자에 비할 수 없다.

어쩌면 나는 이 눈동자 때문에 그녀를 사랑하게 되었는지 모른다.

내가 너무 천박한 남자일까?

하지만 천박할지라도 행복한 남자다.

나는 그녀의 뺨에 가볍게 입을 맞췄다. 부끄러워서 그런지 그녀의 얼굴이 달아올랐다.

그녀는 시선을 피하고 싶은 듯 내 품으로 파고든다. '딱' 하는 소리가 울린다. 내 옆구리에 끼고 있던 보온병에 부딪힌 모양이다.

"미안."

나는 어색한 웃음을 지으며 보온병을 약간 옆으로 옮겨서 그녀가 내 품에 편안히 기댈 수 있게 해주었다.

"10, 9, 8……."

멀리서 카운트다운을 하는 소리가 들려온다.

"아언, 시작했어."

내가 속삭였다.

아언이 도리질했다. 그녀는 나 외에 다른 일에는 관심이 없는 모양이다. 나는 그녀의 가느다란 어깨에 두 손을 올리고 그녀의 새하얀 목덜미를 쓰다듬으며, 그녀의 섹시한 쇄골 위를 꾹 눌렀다.

"……4, 3, 2, 1! 해피 뉴 이어!"

나는 새해가 시작되는 그 순간에 아언을 힘껏 껴안았다.

나는 정말 행복한 사람이다.

❧

[본지 보도] 새해 첫날 새벽 ○○○공원에서 시체가 발견되었다. 사망자는 팡추이화^{方翠華}로, 올해 17세인 여성이다. 발견 당시 손과 발이 묶여 있었고 입이 테이프로 봉해져 있었다. 시체

는 공원의 구석진 벤치에 쓰러져 있었다. 오늘 아침 6시, 60세의 왕王 여사가 평소처럼 공원에 운동을 하러 왔다가 시체를 발견했다. 왕 여사는 곧바로 경찰에 신고했으며, 경찰은 현장에 도착해 증거를 수집한 후 타살 사건으로 처리하고 있다. 피해자는 지난밤 친구들과 밤샘 파티를 할 거라고 했으나, 밤 10시 30분에 집을 나선 후 연락이 끊겼다. 피해자는 손으로 목이 졸려 사망했으며, 사망 추정 시각은 지난밤 12시에서 새벽 1시 사이다. 경찰 대변인은 본 사건이 지난달 발생한 세 건의 살인 사건과 유사하며, 동일범의 소행으로 보고 있다고 밝혔다. 경찰은 범인을 체포하는 데 전력을 다하겠다고 다짐하면서, 시민들에게 늦은 밤 인적이 드문 거리를 혼자 다니지 말고 되도록 여러 사람이 함께 움직이라고 당부했다.

경찰은 용의자인 26세 남성 쑨셴즈孫憲智를 현상수배했다. 연이은 살인 사건 중 첫 번째 피해자인 허완언何婉恩과 동거했던 애인으로, 허완언이 살해된 후 실종되었다. 경찰은 이 남성을 발견하면 바로 제보해줄 것을 당부했다.

(……)

"국장님, 왜 한 줄을 빼셨어요?"

"경찰에서 이 사실은 밝히지 말라고 했어. 시민들에게 공포심을 조장할 수 있다고 생각하는 거야. 이 변태 놈이 안구를 벌써 여덟 개나 적출했잖아. 그놈이 병에다 안구를 넣어서 여기저기 들고 다닐지도 모른다고 생각하면 소름이 끼쳐……."

Var. VIII Scherzo

가라 행성 제9호 사건

Shostakovich

Two pieces for String Octets, Op.11, II. Scherzo

"맥켄넌Mackennen, 이게 무슨 뜻이요?"

모모코Momoko 사령관이 분노에 떨며 맥켄넌 총독에게 따졌다. 맥켄넌 총독이 최고 지도자지만 모모코 사령관은 자신의 세력 이 크다는 사실을 믿고 늘 총독에게 예의 없는 태도를 보인다.

"모모코 사령관, 이 사건이 빨리 해결되기를 바라지 않습니 까?" 맥켄넌은 담담하게 대꾸했다. "당신이 억울하다고 난리를 친 지 반년이 흘렀는데, 결백이 빨리 밝혀지면 좋은 일이죠."

"당신……!"

모모코는 말문이 막혔다. 그는 맥켄넌 총독을 매섭게 노려보 며 총독 옆에 있는 키 작은 남자를 향해 짜증스러운 눈빛을 던 졌다.

그가 바로 모모코 사령관이 이렇게 분노하는 원인이다. 두핀핀Dupinpin*이라고 하는 자칭 '탐정'.

'탐정'이라는 낙후된 명사부터 모모코 사령관의 반감을 불러일으킨다. 더욱 그를 화나게 하는 사실은 맥켄넨 총독이 두핀핀이라는 작자에게 신성한 총독 회의실에 들어올 수 있도록 허가했으며, 심지어 자신과 대등하게 대우하고 있다는 점이다.

'발전파'의 정신적 지주로서 모모코 사령관은 이런 모욕을 참을 수 없었다. 입자동력 기술이 성숙기에 접어든 이래, 중력붕괴엔진이 개발되어 장거리 우주비행선이 광속의 한계를 돌파했다. 이후 발전파는 사회의 주류 세력으로 자리 잡고 새 시대를 이끄는 주도적 역할을 맡아왔다. 발전파는 통제, 확산, 소수의 희생으로 얻을 수 있는 전체의 진보를 주창한다. 발전파는 지난 100년간 자유, 다원화, 독립을 중심 사상으로 하는 '보수파'를 압박했다. 발전파는 미세조정 관리감독이라는 제도를 시행해 모든 사회구성원을 적절한 직장에 배치하고 문명과 과학기술의 발전을 추동하며 우주탐사와 외계 행성에 대한 식민 활동을 진행하고자 했다.

발전파의 사전에 '권한을 위임받은 조사관'은 존재해도 '탐정'이라는 단어는 없다.

모모코의 눈에 보수파는 쓰레기다. 말이 통하지 않는 폐기물

---

* 저자는 이 인물의 이름을 에드거 앨런 포가 만들어낸 명탐정 뒤팽(Dupin)에게 경의를 표하는 마음으로 붙였다고 한다. 하지만 저자가 영어 알파벳으로 표기한 의도를 고려하여 '두핀핀'으로 읽었다.

이다. 그들은 전체 사회의 복지를 무시하고 자유라는 이름 아래 쓸데없는 활동을 한다. 예를 들어 똑똑한 녀석이 허구의 이야기를 짓는 데 온 시간을 바치느라 광자 항법 시스템을 연구 개발하는 데는 관심을 쏟지 않는다면 사회적으로 얼마나 큰 손실이겠는가? 후자가 전자보다 사회에 더 많은 이익을 가져올 것이 분명하지 않느냐는 말이다. 자유롭게 의뢰를 받아서 조사를 진행하고, 1년 동안 달랑 두 차례 일하는 '탐정'이라는 것은 당연하게도 잉여 활동이자 어린애 장난 같은 일이어야 마땅하다. 그러나 보수파에는 이런 일을 직업으로 삼는 멍청이가 있다. 먼 과거의, 시대의 흐름에 도태된 역할을 모방하면서 생활하는 것이다.

모모코 사령관이 볼 때 보수파의 행태 중 가장 이해할 수 없는 것은 외계 행성 탐사에 반대한다는 점이다. 보수파는 다른 행성을 식민지화하여 자원을 채취하는 일이 '우주 오염'이라고 말한다. 모모코 사령관의 이념과 완전히 반대되는 주장이다.

"이 멍청이들은 우리가 누구를 위해서 목숨을 걸고 우주로 모험을 떠난다고 생각하는 거람?"

모모코는 보수파의 주장을 들을 때마다 욕을 잔뜩 퍼부어주고 싶은 마음이다.

모모코 사령관은 오랫동안 우주탐사군의 총사령관직을 맡았다. 우주탐사군의 임무는 자원이 풍부하거나 이주하기 적합한 행성을 찾는 것이다. 조건에 부합하는 행성을 발견하면 관찰 및 정보 수집을 거쳐 행성에 상륙하여 기지를 건설한다. 이런 탐사

임무는 지난하다. 우주탐사군은 막대한 위험을 무릅쓰며 사명감을 가지고 일한다. 그러나 보수파의 쓰레기들은 먹는 것만 밝히고 일은 게을리하는 족속이다. 그들은 식량과 자원을 함부로 소모하는 주제에 군대가 신성한 임무를 수행하는 데 이러쿵저러쿵 입방아를 찧는다. 모모코는 보수파들이 은혜도 모르는 식충이, 못난 놈들이라 여긴다.

그러나 요즘 들어 보수파가 득세하고 있다. 사회 전반적으로 보수파를 동정하는 목소리가 나날이 높아진다.

모모코는 이런 상황을 상상해본 적이 없다. 더욱 놀라운 일은 새로 당선된 총독이 알고 보니 보수파였다는 사실이다.

맥켄넨은 보수파의 기치를 걸고 입후보하지 않았다. 그는 단 한 번도 자신이 보수파임을 인정한 적이 없다. 그러나 늘 보수파에 대해 관용적인 태도를 취했으며 그런 사실을 숨길 생각도 없다. 그는 발전파의 정책에 반대하지 않는다. 다만 겉으로는 체면을 세워주는 척하면서 실무적으로 이런저런 트집을 잡아 수정을 요구하는데, 수정하는 내용은 전부 보수파의 주장 쪽으로 기울어져 있다.

"언젠가는 저 눈엣가시를 없애버리고 말 테다……."

모모코 사령관은 자신의 심복에게 여러 차례 이런 말을 했다.

"총독 각하, 사령관 각하. 저희가 좀 늦었군요."

누군가의 목소리가 모모코의 사고 흐름을 끊었다. 회의실로 들어온 것은 가록섬Galoksum 의장과 북긔론Buggiglon 교수였다. 그들은 가라Gala 행성 제9호 사건 수사단이다.

"이분은……?"

깡마른 체구의 가록섬 의장이 두핀핀을 보더니 총독을 향해 질문을 던졌다.

"제가 말한 탐정입니다."

총독이 대답했다.

"아! 안녕하시오."

가록섬 의장은 지금까지 정치적 중립을 지켰다. 보수파에도 발전파에도 기울어지지 않았기 때문에 의회의 의장이라는 요직을 맡아 양 파벌의 균형을 조율하는 막중한 역할을 수행할 수 있었다. 그는 모모코처럼 탐정이라는 시대에 뒤떨어진 직업을 멸시하지 않았다. 그러나 그 역시 이런 사회 진보와 시대 흐름을 거스르는 '반동분자'에게 먼저 손을 내밀고 관계를 맺을 생각은 없다.

"흥, 잘하는 짓입니다. 의장에게도 이 사실을 미리 알렸군요. 나만 속인 건가요?"

모모코 사령관이 총독을 힐난했다.

"저, 저도 모, 몰랐습니다."

북긕론 교수가 끼어들어 총독과의 사이에 선을 그으려 했다. 교수는 말솜씨가 없다. 하지만 그는 1만 명 중 한 명 나올까 말까 한 천재로, 발전파의 든든한 옹호자였다. 사회구성원을 통제하고, 사회 전체의 발전을 계획하고 실행하며, 우주탐사를 지원하는 정보 연산 시스템 '눈[眼睛]'은 교수의 오랜 연구 성과였다. 교수가 없었다면 눈은 태어나지 못했을 테고, 눈이 없었다면 우주탐사 계획은 아마 60년 정도 뒤처졌을 것이다.

"사령관 각하, 화내지 마십시오." 가록섬 의장이 예의 바르게 응대했다. "두핀핀 탐정은 보수파지만 각하의 혐의를 벗기고 사건의 진실을 밝힐 수 있다면 우주탐사군에도 유리한 일입니다."

"흥."

모모코는 그렇게 딱 한마디만 내뱉었다.

가록섬 의장은 눈이 선정한 수사단의 단장이다. 모모코는 불만스러웠지만 그 결정에 반대할 수 없었다. 가록섬은 자신에게 수사를 맡긴 것은 눈이 수천수백의 정보를 정리하여 내린 최적의 결론임을 이해했다. 그는 자신의 능력이 사건의 진실을 밝히는 데 효율적임을 굳게 믿었다. 그는 눈이 발전파의 연구로 탄생한 시스템이지만 중립을 지키는 자신을 수사단장으로 선정한 것을 보면 눈 역시 사건 수사에 보수파가 포함되는 것을 반대하지 않음을 보여준다고 여겼다.

그렇지만 눈은 정보를 기록하고, 분석하고 그리고 예측할 수 있을 뿐이다. 추론을 통해 진실을 찾는 능력은 없다. 가록섬 의장은 속으로 그렇게 생각했다. 눈은 정보를 수집하고 영상을 기록하는 단말기를 모든 곳에 배포했다. 공공기관이든 시민의 집이든 빠짐없이 매일매일의 정보가 모두 데이터베이스에 저장된다. 눈은 이런 정보를 분석하여 각종 가능성을 수치화할 수 있다. 그러나 눈은 가능성이 99퍼센트가 넘는 선택항은 곧 사실이라거나 확률이 1퍼센트에 지나지 않은 결론은 거짓이라고 인지하지 못한다. 기계는 강력하기도 하지만 모종의 중요한 순간에는 몹시 무력하기도 하다.

"네 번째 조사 회의를 시작하겠습니다."

가록섬 의장이 말했다. 가록섬 의장, 맥켄넨 총독, 모모코 사령관, 북긔론 교수는 수사단의 핵심 구성원이다. 두핀핀은 이 수사단이 발족한 뒤 처음으로 내부 회의에 참석한 외부자다.

맥켄넨 총독이 두핀핀을 부른 것은 그의 능력을 신뢰하기 때문이다.

보수파 내에서 두핀핀의 이름은 누구나 알 정도로 유명했다. 큰일이든 작은 일이든 '미스터리'가 나타나면 두핀핀은 언제나 손쉽게 해답을 찾아냈다. 그는 현장에 가보지 않고 관련 정보와 단서에 대한 말만 듣고도 진상을 밝혀내곤 했다. 보수파 입장에서 두핀핀은 눈보다 더 대단하고 완벽한 '정보 연산 시스템'이었다.

물론 발전파의 눈에 비친 두핀핀은 중앙당국이 분배해준 직업을 무시하고 제멋대로 행동하는, 올바른 데라고는 없는 부랑자에 지나지 않았다.

"두핀핀 탐정에게 현재까지 알려진 모든 자료를 설명해주어야 할 것 같습니다. 그러니 의장님께서 다시 한 번 정리해주시겠습니까?"

맥켄넨 총독이 입을 열었다.

"좋습니다, 총독 각하."

가록섬 의장이 예의 바르게 대답했다.

"귀찮은 일만 만드는군."

모모코가 투덜거렸다.

"두핀핀 탐정, 의장의 설명을 잘 들으시기 바랍니다."

"그러죠."

두핀핀은 경박한 태도로 대답했다. 그는 모모코 사령관의 불만을 전혀 개의치 않는 듯했다.

"우리가 조사하는 '가라 행성 제10호 사건'은 반년 전에……."

"의장님, 제9호 사건입니다."

맥켄넨 총독이 끼어들었다.

"아, 그렇지요. 제9호 사건입니다. 자꾸만 잘못 말하곤 한답니다. 저는 제9호 사건이 1년 전의 그 사고라고 생각하는 편이라서요……."

의장은 눈을 껌벅거리며 그때의 재난을 떠올렸다.

가라 행성은 우주탐사군이 10여 년 전에 발견한 행성이다. 수년간의 관찰과 자료 수집 끝에 5년 전부터 자동 탐사선이 대기층에 진입해 탐사하기 시작했다. 초기 판단으로 가라 행성은 자원이 풍부하고 식민화하기에도 적합한 환경을 가졌다. 다만 함대를 보내거나 기지를 건설하기에는 우주 항해를 한참 해야 할만큼 거리가 멀었다. 게다가 가라 행성이 우주탐사군의 운명과 상극이라도 되는 것처럼 군부에서 가라 행성에 탐사대를 보낼때마다 꼭 사고가 벌어졌다. 짧은 5년 동안 그들은 크고 작은 사고 열 건을 겪었다. 이는 우주탐사군이 단일 행성의 탐사 과정에서 겪은 최다 사고 기록을 갱신한 것이었다. 군부에서도 가라 행성이 아름답기는 하지만 불행을 가져온다는 말이 떠돌았다.

열 번의 사고 중 '가라 행성 제3호 사건'으로 불리는 일이 끼친 영향은 몹시도 컸다. 4년 전, 자동 탐사선 한 대가 가라 행성의 대기권 안에서 원인을 알 수 없는 폭발을 일으켰다. 이로 인해 우주탐사군은 대량의 귀중한 자료를 잃었다. 자동 탐사선이었으니 이 사고에서는 다행히 사상자가 없었지만, 폭발은 가라 행성에 살고 있는 '바보우Babou'라는 하등동물의 둥지 근처에서 벌어졌기 때문에 적잖은 바보우가 숨졌다. 발전파는 이 사고를 별로 중요하게 받아들이지 않았다. 그러나 보수파는 이 일을 트집 잡아 발전파가 우주 생명체의 생존 권리를 침해한다고 공격했다. 사실 바보우는 외형이 추악하고 괴이한 데다 평균수명이 1년도 되지 않는다. 폭발이 없었더라도 그들은 그다지 길게 살지 못했을 것이다. 그러나 발전파가 이런 점을 지적하자, 보수파는 우주탐사군이 냉혹하고 연민이 없다며 더욱 강하게 비판했다. 당시 보수파가 제기한 주장은 외계 행성의 생명체와 공존하지 못한다면 식민화란 타 종족을 멸절시키는 침략과 다를 바가 없다는 것이었다.

어쩌면 보수파의 이런 주장이 모모코 사령관을 분노하게 했기 때문에, 그는 이 사고를 진지하게 받아들이지 않았는지도 모르겠다. 어쨌든 모모코 사령관은 당시 제3호 사건을 제대로 분석하지 않았던 신중하지 못한 결정을 지금까지 후회하고 있다.

1년 전, 우주탐사군은 가라 행성의 탐사 계획을 진행하면서 가장 심각한 좌절을 겪었다. 대형 탐사용 전함인 와이팅팅Waitingting호가 폭발을 일으켜 함선에 탑승한 186명 중 아무도 생환하지 못했다. 이 폭발은 제3호 사건과 비교해 규모가 수천 배에 달했다. 심지어 가라 행성의 자전주기를 미세하지만 느려지게 만듦으로써 가라 행성의 자원과 생태계에 엄청난 피해를 입혔다. 폭발 지점은 원래 우주탐사군이 선정한 기지 건설 예정지였다. 이 폭발로 가라 행성의 개발계획은 전면 중지되었고, 초기의 자료 수집 단계로 회귀하게 되었다. 이 사고는 원래 '가라 행성 제9호 사건'으로 불렸다. 그러나 조사 결과가 나온 후에는 그 이름이 폐기되고 제3호 사건과 병합되어 같은 사건으로 분류되었다. 왜냐하면 두 차례의 폭발이 동일한 원인에 의해 발생했기 때문이다.

우주탐사군의 함정은 316형 중력붕괴 엔진을 탑재한다. 이 엔진은 함정이 장거리 우주비행을 할 수 있게 한다. 그런데 지금까지 늘 훌륭하게 작동하던 316형 엔진이 폭발의 원흉이었다. 북긔론 교수 같은 천재도 사전에 이런 부분을 유의하지 못했다. 가라 행성의 자기장에는 316형 중력붕괴 엔진의 핵심 부분과 상호작용을 일으키는 양자가 포함되어 있었다. 이 양자는 0.000000001의 확률이지만 중력붕괴 엔진의 과부하를 유발한다. 과부하로 인한 연쇄반응이 일어나면서 결국 엔진이 파열하게 되는 것이다. 그래서 가라 행성의 대기권에 들어가면 자기장 중의 양자 강도強度에 따라 사고가 발생할 수 있다. 제3호 사건 때의 자동 탐사선이나 대형 함선인 와이팅팅호까지 모두 316형 엔진을 탑재했다. 다만 와이팅팅호의 엔진은 자동 탐사선의 엔진보다 3천 배가 더 컸다.

그래서 316형 중력붕괴 엔진은 간단한 개량을 거쳐 317형 엔진으로 바뀌었다. 317형 엔진을 탑재하면 그 치명적인 고장에서 쉽게 벗어날 수 있었다. 우주탐사군의 우주선은 모두 이 신형 엔진으로 바꾸었다. 그러나 이 문제를 손쉽게 수정할 수 있었다는 점이 오히려 우주탐사군의 사기에 더 큰 타격을 주었다. 군부에서는 가라 행성 개발계획 중에 이처럼 엉망인 사고는 더 이상 일어나지 않을 것이라 여겼다. 그러나 반년 전에 또다시 문제가 벌어졌다. 사고의 규모 자체는 와이팅팅호 때처럼 크지 않았지만 후폭풍은 그보다 훨씬 거셌다.

가록섬 의장이 설명을 계속했다.

"가라 행성 제9호 사건은 반년 전에 일어났습니다. 탐사선 카로카Kaloka호가 가라 행성의 대기권에 진입한 후, 갑자기 돌발 상황이 발생했지요. 와이팅팅호 사고 이후라 눈은 '행성 표면을 탐사하고 폭발로 변화된 환경 데이터를 수집하라'는 간단한 지령을 제시했습니다. 행성 개발계획은 초기 단계로 후퇴했고, 군부는 새로 개발한 함선인 카로카호에 임무를 맡겼습니다. 소형 탐사선인 카로카호는 선원이 세 명만 타면 항해가 가능합니다. 이번 임무에는 파우스타Fausta 함장의 통솔 아래 나나루Nanalu 사관, 포딕호Podicho 통신병 이렇게 세 명이 참가했습니다. 가라 행성의 대기권에 진입한 후 카로카호와 눈의 통신이 알 수 없는 원인에 의해 두절되었습니다. 지원부대가 도착했을 때는 카로카호가 대기권 가장자리에 정박해 있고, 선체의 기계장치는 대부분 정상 작동 중이었습니다. 다만 항해기록이 삭제된 상태였고, 함장과 부대원은 모두 실종되었습니다. 카로카호에 실려 있던 상륙정 중 하나도 어디로 갔는지 알 수 없었습니다. 그래서 지원부대가 행성 표면을 수색해 결과적으로 관측기록기 하나를 수거하는 데 성공했습니다……."

관측기록기는 탐사선의 기본 장비 중 하나다. 카로카호에는 60대가 구비되어 있다. 먼지처럼 작은 이 기기는 독립적으로 작동하면서 행성의 대기층을 날아다닌다. 그러면서 자동적으로 행성의 다양한 데이터를 수집하는 것이다. 데이터에는 영상 및 음성 기록이 포함된다.

"……그런데 이 기록기의 내용이 얼마 전에 공개되었지요."

가록섬 의장이 씁쓸하게 말을 마쳤다.

두핀핀도 의장이 말하는 기록기의 내용이 무엇인지 잘 알고 있다. 사회 전체를 뒤흔든 뉴스였기 때문이다. 기록기에 수집된 정보는 매우 단편적이었다. 상륙정이 추락하여 파괴된 후, 파우스타 함장과 선원들이 선체의 잔해에서 빠져나오려 애를 쓰는 과정이 기록되어 있었다. 나나루와 포딕호는 기관실에서 빠져나온 후 얼마 지나지 않아 숨이 끊어졌다. 중상을 입은 파우스타 함장은 살아 있었는데, 그의 죽음은 앞서 두 부하보다 백 배는 더 비참했다. 그는 이 행성의 생물인 '바보우'에게 발견되어 잡혀갔으며, 나중에 산 채로 사지가 찢겨 죽었다. 영상을 본 시민은 누구나 사건의 해괴함과 잔인함에 경악했다. 그 역겨운 영상이 사회 전체를 들썩이게 했다. 여기까지였다면 이 사건은 발전파에 적잖은 동정표를 몰아주었을 것이다. 그것을 기반으로 가라 행성을 개발하는 쪽으로 여론을 이끌고, 보수파가 주장하는 것처럼 '외계 행성의 짐승 같은 하등생물에게도 생존권이 필요하다'는 주장에 반박할 수 있었다. 그러나 이 영상을 공개한 쪽은 발전파 혹은 우주탐사군이 아니라 의회 내의 보수파들이었다.

영상의 마지막 부분에 발전파의 위신에 심각한 타격을 입힐 장면이 담겨 있었기 때문이다.

사지가 찢기던 파우스타 함장이 고통 속에서 유언을 남겼다.

"모…… 모코…… 당신……."

그래서 모모코 사령관이 자기와 의견이 다른 반대파를 몰래 제거했다는 소문이 빠르게 퍼졌다.

"말하자니 참 우습군요. 카로카호와 연결이 끊기기 전, 총독 각하께서 특별히 군사령부에 들러 파우스타 함장에게 임무가 순조롭게 완수되기를 기원하는 의미로 미리 축하 메시지를 전한 일이 있었는데 말입니다."

의장이 안타까운 어조로 말했다.

"와이팅팅호 사고 이후 처음으로 가라 행성에 탐사선을 보내는 것이라 군부가 아니어도 이번 임무의 성과에 관심을 많이 가지고 있었지요. 이렇게 될 줄이야……."

맥켄넌 총독이 탄식했다.

"총독 각하가 어떤 축하 메시지를 전했습니까?"

두핀핀이 물었다.

"카로카호가 가라 행성에 무사히 도착한 것을 축하하면서 임무가 기간 내에 잘 완수되기를 기도한다는 내용이었습니다." 맥켄넨 총독은 이렇게 대답한 다음, 잠시 후에 한마디 덧붙였다. "그리고 잡담을 약간 했는데 잘 기억이 안 나는군요. 간단하게 안부를 묻고 격려하는 내용이었습니다."

"흥, 맥켄넨 당신은 기억하지 못해도 나는 분명히 기억합니다." 모모코 사령관이 툭 끼어들었다. "카로카호는 와이팅팅호 추락 이후 새로운 희망이다, 개선된 엔진이 모두 정상적으로 작동하여 기술개발부의 뛰어난 능력을 증명해주길 바란다고 했지요. 시민들이 모두 가라 행성 탐사를 몹시 기대하고 있다……. 우주비행사는 재수 없는 일을 언급하는 걸 꺼리는 줄 잘 알면서 사고가 난 우주선 이야기를 꺼낸 저의가 뭐요? 카로카호도 와이팅팅호처럼 아무도 돌아오지 못하기를 바랐던 것 아니요?"

맥켄넨 총독은 모모코 사령관을 똑바로 쳐다보면서 담담하게 대꾸했다.

"군부의 발전파 중에서는 파우스타 함장이 나와 가장 사이가 좋았습니다. 내가 왜 사고가 생기길 바랐겠습니까? 나는 군부의 고위층 누구처럼 파우스타 함장을 걸림돌이라고 생각하지 않습니다."

총독의 어조는 평온했다. 하지만 두핀핀은 그의 말 속에 숨겨진 의미를 읽어낼 수 있었다.

"의장님, 사망한 파우스타 함장과 용의자 모모코 사령관은 관계가 어땠습니까?"

두핀핀이 물었다. '용의자'라는 말에 모모코 사령관이 불쾌한 빛을 띠었지만 뭐라고 말하지는 않았다.

"파우스타 함장은 오랫동안 군부에 충성을 다했습니다. 무슨 일이든지 군부의 입장을 옹호했지요. 하지만 그는 발전파 중에서도 과격분자가 아니었습니다." 가록섬 의장이 잠시 입을 다물었다가 말을 이었다. "함장이 된 후로는 차차 입장이 달라져서 우주탐사군 가운데 보기 드문 중립파에 속했습니다. 그는 군부에서 내부적으로 보수파와 타협하자는 제안을 했고, 보수파도 받아들일 수 있는 외계 행성 탐사 방침을 제정하기를 바랐습니다. 그러나 모모코 사령관 각하가 항상 그런 건의를 기각했지요."

"당시 과반수의 간부가 동의했는데도 모모코 사령관이 부결권을 써서 의견을 묵살했습니다."

맥켄넨 총독이 거들었다.

"다시 말해서 모모코 사령관은 파우스타 함장을 죽일 동기가 확실하군요?"

두핀핀이 말했다.

"흥! 그렇소. 나는 늘 파우스타 그 늙은이를 싫어했소!" 모모코 사령관은 더 참지 못하고 큰 소리로 욕설을 뱉었다. "그런 죽음도 그 작자에겐 후한 편이오! 용맹한 우주탐사군에 그렇게 나약하고 쓸모없는 자가 있다니, 나는 정말 그 바보우들에게 감사하고 싶은 심정이오!"

"그럼 모모코 사령관 각하께서 범행을 인정하는 겁니까? 제가 더 조사할 필요가 없겠네요?"

두핀핀이 모모코를 조롱했다.

"당신……!" 모모코는 말문이 막혀 잠시 머뭇거리다가 성을 내며 말했다. "나는 파우스타를 죽이지 않았소."

"의장님, 추락한 상륙정에는 단서가 없었습니까?"

두핀핀이 화제를 돌렸다.

"상륙정의 잔해는 바보우에 의해 소멸되어 우리도 아는 것이 많지 않습니다. 카로카호에는 상륙정이 두 대 구비되어 있었는데, 그중 1호가 추락했지요. 눈의 기록에 의하면 출항하기 전 검사에서는 모든 것이 정상이었습니다."

"눈은 모든 우주선이 출항하기 전에 함선을 검사합니까?"

"그렇습니다. 눈은 어떤 사소한 부분도 빠뜨리지 않습니다. 시스템에 따라 테스트를 하니까요. 하지만 눈은 함선의 기능적인 부분에서 문제가 있나 없나 검사할 뿐입니다. 시스템 인터페이스나 선실 배급품이 선원들이 쓰기 편리하게 준비되었는지 등의 문제는 검사 대상이 아닙니다."

"그렇다면 카로카호와 상륙정이 출발하기 전에는 기능면에서 완전히 정상이었군요. 전혀 문제가 없었던 거죠?"

"없었습니다."

"그, 그건 분명히 사고입니다." 지금까지 말이 없던 북긱론 교수가 입을 열었다. "상, 상륙정은 탐, 탐사선과는 달라서 고, 고성능 우주비행 엔진을 탑재하지 않으니까 만, 만약에 상륙정이 너무 높은 고도에서 기압이 낮을 때 발사되면 쉽, 쉽게 사고가 날 수 있어요."

"만약 경험이 부족한 비행사라면 그 말이 통하겠지만, 파우스타 함장은 경험이 풍부한 노장입니다. 상륙정 조종 실력은 군부에서도 손에 꼽힐 만큼 뛰어난 데다 키키오우Kikiou 행성 같은 열악한 환경에서도 기지에 정확하게 상륙정을 착륙시켰어요. 그가 이처럼 수준 낮은 실수를 저지를까요?"

의장이 반박했다.

"카로카호를 발견한 후의 상황을 설명해주시겠습니까?"

두핀핀은 상륙정에 관해서는 흥미를 잃은 듯했다. 그는 탐사선의 문제를 질문했다.

"좋습니다."

가록섬 의장이 회의실 중앙을 향해 말했다.

"눈, 카로카호의 홀로그램을 보여줘."

회의실 한가운데 입체 홀로그램이 나타났다. 카로카호의 모형이다.

"카로카호가 발견되었을 때, 엔진은 물론 자동 항해 시스템에도 아무 이상이 없었습니다."

의장이 홀로그램에서 카로카호의 각 부위를 가리키며 설명을 이어갔다.

"유일하게 이상한 점은 장거리 통신 시스템이었는데, 통신 모듈이 수신기와 송신기 모두 분리, 해체되어 있었습니다. 카로카호를 전부 뒤져도 나오지 않았지요. 어쩌면 통신 시스템의 고장으로 포딕호 통신병이 기기를 분리해 수리하려 했는지도 모릅니다. 하지만 그렇다면 그는 왜 파우스타 함장을 따라 상륙정을 탔을까요? 카로카호에서 통신기를 수리하지 않고 통신 모듈을 전부 가지고 가라 행성에 내리려고 한 이유를 모르겠습니다."

"어쩌면 함장과 다른 부대원의 도움을 받아야 모듈을 수리할 수 있는 걸까요?"

두핀핀이 물었다.

"아닙니다. 통신병은 독자적으로 통신장치를 수리할 수 있습니다. 게다가 현재 사라진 것은 우리와 연락하기 위한 용도의 장거리 통신 모듈입니다. 파우스타 함장과 나나루 사관이 상륙정에 탄다고 해도 국지적 범위의 통신 시스템은 여전히 주함에 있는 포딕호 통신병과 연락할 수 있습니다. 그러니 그의 행동이 무슨 의미인지 더욱 모르겠다는 겁니다."

"아까 카로카호의 항해기록이 삭제되었다고 했죠?"

의장의 설명이 끝나자 두핀핀이 다시 질문했다.

"그렇습니다. 하지만 항해기록을 수정하거나 삭제하려면 특별한 시스템 접근 권한이 필요합니다. 카로카호에서는 함장만 그런 권한이 있습니다."

"나머지 선원은 할 수 없다고요?"

"할, 할 수 없어요. 시, 시스템에서 안구 식별로 생, 생물체 인증을 거쳐야 하니까 함, 함정 내에서는 함, 함장만 가능합니다."

"교수님, '함정 내에서는 함장만 가능하다'고 하셨는데, 그럼 '함정 바깥'에서는 일반 선원도 가능하다는 말인가요?"

두핀핀이 북긔론 교수를 돌아보며 물었다.

북긔론 교수는 모모코 사령관의 눈치를 보더니 망설이며 대답했다.

"그, 그렇습니다. 눈의 원, 원거리 입력 협약에 따라 군, 군부에서 개별 우주선의 항, 항해기록을 지우라는 명령을 내, 내릴 수 있어요."

"그런 명령을 내리려면 반드시 군부의 고위층이어야 합니다."

맥켄넨 총독이 보충 설명했다.

"당신들! 지금 나에게 덮어씌우려고 다 짜놓았군?"

모모코가 소리 질렀다.

"현재 밝혀진 정보를 보면……." 두핀핀이 차갑게 웃더니 딱 잘라 말했다. "사령관 각하가 파우스타 함장과 선원들을 죽였습니다."

"파우스타가 죽기 전에 아무 말이나 지껄인 걸 가지고 이렇게 내게 누명을 씌우다니! 나쁜 놈들!"

"저는 근거 없는 추리를 하지 않습니다. 불합리한 추측을 전부 걷어내면 현재 모든 단서가 가리키는 결론은 오로지 하나입니다. '당신이 주범이다'라는 것이죠. 우선 당신은 동기가 있습니다. 군부에서 점점 세력을 키우는 보수파를 꺾으려면 하루라도 빨리 동료 군 장성들을 선동하는 파우스타 함장이 사라져야 하지요. 사고를 일으켜 누군가를 죽이는 것은 아주 편리한 방법입니다. 게다가 그렇게 머나먼 행성에서 손을 쓰면 눈의 감시체계에서도 빠져나올 수 있으니까요."

"그럼 군부에는 나 말고도 수많은 발전파 동지들이 같은 동기를 갖고 있어!"

모모코가 냉소했다.

"하지만 항해기록을 삭제하라는 명령을 내릴 수 있는 것은 군부의 고위층인 몇 명뿐이잖습니까? 그게 바로 당신이 시행한 트릭의 핵심 증거입니다."

"트릭? 무슨 트릭?"

모모코가 초조한 말투로 물었다.

"어떻게 공범을 이용해 함장을 살해하느냐에 관한 트릭이죠."

"공범?"

가록섬 의장이 의아한 듯 물었다.

두핀핀이 교활하게 웃었다. 그는 회의실에 모인 다른 네 명을 한 바퀴 둘러보고 그들이 자신의 사고 흐름을 따라잡지 못하는 것을 깨닫자 천천히 설명을 시작했다.

"하나씩 말씀해드리죠. 아까 의장님은 파우스타 함장이 상륙정 운행 경험이 풍부하니 사고가 날 리 없다고 하셨습니다. 이는 더 의심할 필요가 없는 사실이라고 봅니다. 그는 비행에 적합하지 않은 고도에서 상륙정을 발사할 리 없습니다. 남은 가능성은 하나, 상륙정에 심각한 고장이 있었다는 거죠."

"하, 하지만 카로카호 출발 전에 눈이 모든 검사를……."

"그러니 그 고장은 카로카호가 출발한 '이후'에 만들어졌을 겁니다. 즉 함정 내의 배신자가 만든 걸작이죠."

"공범이 함정의 선원이라고? 사망자 중 하나?"

가록섬 의장은 의아했다.

"모모코 사령관과 포딕호 통신병이 서로 짜고 가라 행성에 도착한 후 일을 벌인 겁니다."

두핀핀이 말했다.

"말도 안 돼!"

모모코가 불쾌한 목소리로 소리쳤다.

"포딕호가 모모코의 지시를 받고 상륙정을 일부러 고장 냈다는 겁니까?"

맥켄넨 총독이 경악하며 물었다.

"그렇습니다. 모모코 사령관은 포딕호에게…… 뭐라고 해야 할까요, 저는 모종의 시간 설정이 가능한 장치를 주었다고 생각합니다. 상륙정에 설치하도록 말이지요. 상륙정의 동력 시스템을 열고 별도의 장치를 추가해야 했으니 항해기록에 흔적이 남았을 테고, 그래서 사령관은 자신의 권한으로 카로카호의 기록을 원거리 삭제했습니다."

맥켄넨과 가록섬, 북긕론이 놀라움이 담긴 눈빛으로 두핀핀을 쳐다보았다. 이렇게 적나라하게 범행을 지목하는 것에 그들은 몸이 떨렸다.

두핀핀이 계속 말했다.

"그런 다음 포딕호 통신병은 뭔가 핑계를 대어 카로카호에 남아야 합니다. 그래야 함장과 사관만 '사고'를 당할 테니까요."

"잠, 잠깐만요! 포딕호 통신병도 죽었습니다! 상륙정에 타면 위험하다는 것을 아는 공, 공범이 얌전히 거기에 탈 리 없어요!"

"교수님 말씀이 맞습니다. 이 부분이 사령관이 뛰어난 지점이죠. 그의 공범은 한 명이 아닙니다. 나나루 사관 역시 사령관의 수족이었습니다."

"뭐라고요?"

"사령관이 나나루 사관에게 내린 지령은 아마 간단했을 겁니다. 상륙 후에 함장과 포딕호 통신병을 살해하라는 것이었겠죠. 포딕호와 나나루는 서로 사령관의 명령을 받고 있는 줄 몰랐을 테니 똑같이 상대방을, 그리고 함장을 살해하라는 지시를 받았을 겁니다. 이 지시 때문에 나나루 사관은 자신의 계급을 이용해 포딕호 통신병에게 동행하도록 요구했겠지요. 파우스타 함장은 이런 상황에 별 이견이 없었을 겁니다. 카로카호는 완벽한 자동 항해 시스템을 갖췄고, 포딕호가 남아 있을 이유가 없으니까요."

"흥, 그럼 포딕호가 상급자의 지시를 따르느라 목숨도 버렸다는 거요? 그런 이상한 말은 처음 듣는군!"

모모코 사령관이 비웃으며 말했다.

"간단합니다. 당신은 중요한 부분에서 포딕호를 속이기만 하면 되었죠."

두핀핀의 눈에서 빛이 번쩍였다.

"당신은 그에게 그 시간 조절 장치가 '돌아올 때' 발동한다고 말하면 되는 겁니다."

모모코는 눈을 크게 뜨고 두핀핀을 뚫어져라 쳐다보았다.

"당신의 계획은 처음부터 공범을 죽여 입을 막으려는 것이었습니다. 죽으면 말이 없으니 귀찮은 일도 일어나지 않을 테니까요." 두핀핀은 담담하게 말을 이었다. "포딕호는 상륙정이 카로카호로 돌아올 때 고장 날 것이라 생각했고, 자신이 가라 행성에 남으면 사고에 휘말리지 않는다고 믿었습니다."

"무슨 증거가 있소?"

모모코가 아까의 분노를 가라앉히고 질문했다.

"통신 모듈을 분리한 것. 그건 포딕호의 자구책입니다. 상륙정이 폭발하고 임무를 완수하면 그는 자신의 상황을 고려하지 않을 수 없죠. 어떻게 해야 텅 빈 외계 행성에서 구조될 수 있을까? 통신기가 있으면 두려울 게 없죠. 그는 통신기를 떼어 카로카호와 군부의 연락을 끊었습니다. 군부는 당장 지원부대를 보내 카로카호를 구조하려고 할 겁니다. 그때라면 함장과 사관이 모두 사망한 뒤이니 포딕호가 뭔가 이유를 찾아내 얼버무리면 아무도 모르고 넘어갈 수 있죠. 하지만 시간 조절 장치는 가라 행성에 내려갈 때 발동되었고 통신기를 가져가도 쓸 데가 없었습니다. 제 생각에는 상륙정이 문제를 일으켰을 때 포딕호가 자신도 이용되고 버려졌음을 깨달았을 것 같군요. 위급한 순간에 진상을 밝혔고, 파우스타 함장은 모모코 사령관의 음모를 알게 되었습니다. 그래서 죽기 직전에 자신을 살해한 자의 이름을 말하며 저주를 퍼부었고요."

맥켄넨 총독, 가록섬 의장, 심지어 북긱론 교수까지도 믿을 수 없다는 눈빛으로 모모코 사령관을 바라보았다. 탐정의 결론은 매우 논리적이었고, 거기에 함장의 유언이 더해지자 사건의 진실은 거의 다 밝혀진 것처럼 보였다.

"당신은 증거가 없어!" 모모코가 갑자기 안색을 회복하고는 눈을 번뜩거리며 소리쳤다. "당신의 그 미친 소리에는 실질적인 증거가 없단 말이야! 모두 망상에 불과해!"

"실질 증거 말입니까……?"

모모코가 어려운 문제를 던졌지만 두핀핀은 전혀 위축되지 않았다.

"의장님, 제가 눈에게 자료 수집을 요청해도 될까요?"

"그러시죠. 눈, 두핀핀 탐정의 지시에 따르도록."

"알겠습니다."

회의실의 허공 어딘가에서 웅웅 울리는 목소리가 들렸다.

"눈, 모모코 사령관이 지난 2년 동안 포딕호 통신병과 만난 모든 기록을 보여줘."

"모모코 사령관은 지난 2년 동안 포딕호 통신병과 정식으로 만난 기록이 없습니다."

허공에서 눈의 대답이 들려왔다.

"눈, 검색 범위를 모모코 사령관의 주택으로 넓혀봐."

두핀핀도 무감정한 목소리로 지시했다.

"당신! 눈! 검색 중지해! 나는 군인사법^{軍人事法}의 보호를 받고 있어! 의회 의장이나 총독이라고 해도 내 사생활을 조사할 권한은 없어!"

"한 건 있습니다."

모모코는 눈이 검색 결과를 제시하는 것을 막지 못했다.

"눈, 기록을 보여줘."

이 말을 한 것은 탐정이 아니라 의장이었다. 그는 진지한 표정으로 모모코를 응시했다. 마치 '법을 어기는 한이 있어도 알아내겠다'는 듯한 표정이었다.

홀로그램으로 모모코와 포딕호가 집에서 만나 대화하는 장면이 나타났다. 모모코는 작은 상자를 포딕호에게 건넸다. 모모코의 사적인 공간이라 화면 기록뿐이고 그들이 나눈 대화 내용은 들리지 않았다. 그러나 지위와 권력을 다 가진 우주탐사군 총사령관이 평범한 통신병과 이렇게 얽히다니, 이것은 그들 사이에 모종의 정당하지 못한 거래가 있었음을 드러내는 일이었다.

"눈의 데이터베이스는 무한한 정보를 가지고 있다고 들었습니다. 제대로 된 질문을 던지면 반드시 답을 얻을 수 있다던 말이 사실이군요."

두핀핀이 한마디 보탰다.

"경비원, 모모코 사령관을 체포하게."

가록섬 의장이 단호하게 지시했다.

"잠깐! 내가 한 게 아니오! 나는 파우스타를 죽이지 않았어!"

모모코는 잔뜩 긴장한 모습이었다.

"포딕호를 만난 것은 인정하겠소. 하지만 그에게 내 눈과 귀가 되어 파우스타의 일거수일투족을 전해달라고 한 것뿐이오! 나는 파우스타를 죽이지 않았어! 내 말 좀 들어봐요!"

경비원이 회의실로 들어와 두말없이 모모코 사령관을 붙잡았다. 모모코는 군부 사령관의 기백을 잃어버렸다. 지금 그는 목숨을 구걸하는 병졸보다도 못했다. 맥켄넨 총독은 어쩔 수 없다는 표정이고, 북긔론 교수는 당혹스러워했다. 그리고 가록섬 의장은 위엄 있게 경비원에게 지시를 내렸다.

"잠깐."

모모코 사령관이 끌려 나가는 순간, 두핀핀이 입을 열었다.

이상하다.

뭔가 이상하다.

두핀핀은 원래 자신의 추론이 흡족했다. 자신이 늘 해오던 추리 스타일 그대로다. 정보만 수집할 수 있으면 하늘의 계시를 얻은 것처럼 모든 진실을 알아낼 수 있다.

하지만 갑자기 방금 그 정보가 완전하지 않다는 생각이 퍼뜩 들었다.

만약 나의 추리와 결론, 심지어 나 자신조차 정보의 일부분이라면……. 두핀핀은 곰곰이 생각했다.

그는 고개를 번쩍 들고 온갖 추한 모습을 보이며 끌려 나가는 모모코 사령관을 바라보았다.

"사실 이렇게 된 일이었군요."

탐정이 감탄하며 말했다.

"두핀핀 탐정, 무슨 말입니까?"

총독이 물었다.

"제 추리는 아직 완결되지 않았습니다. 의장님, 우선 모모코 사령관을 놓아주고 경비원들을 물러나게 해주십시오. 추리를 계속하겠습니다."

가록섬 의장은 두핀핀의 말에 의아해했지만 그가 말한 대로 경비원을 내보냈다. 모모코 사령관은 성난 눈으로 두핀핀을 바라보았다. 그의 눈빛에는 불안이 드러나 있었다.

"방금 말씀드린 내용은 제가 없어도 추리해낼 수 있는 것입니다."

경비원이 나가자 두핀핀이 이야기를 시작했다.

"그게 무슨 말입니까? 당신이 없어도 할 수 있는 추리라니요? 아까 그 추론은 당신이 해낸 것인데요."

"제가 한 추리가 맞습니다. 하지만 제가 이 회의실에 없었더라도, 여러분들이 몇 차례 더 회의를 하다 보면 결국 모모코 사령관이 파우스타 함장 등을 죽였다는 결론에 이르렀을 겁니다."

"잘 이해되지 않는군요."

"다시 말해서 그건 예정된 결론이었습니다. 제가 출현하지 않아도 도달하게 될 결과죠. 하지만 제가 이 회의실에 나타났습니다. 그건 바로 진실은 따로 있다는 의미입니다."

"잠깐만요, 두핀핀 탐정. 원인과 결과가 반대로 된 것 같은데요."

가록섬 의장이 이상하다는 듯 말했다.

"어쨌든 모모코가 아닙니다."

탐정이 간단명료하게 대답했다.

"모, 모모코 사, 사령관이 아니라고요?"

"눈, 카로카호에서 파우스타 함장이 열람할 수 있는 모든 공문서를 검색해."

탐정이 명령을 내렸다.

허공에서 수십 개의 구체 홀로그램이 나타났다. 구체 옆에는 문자로 된 부가설명이 붙어 있었다.

"항해기록이 없으니 참 번거롭군요······." 두핀핀이 아쉬워하며 새로운 명령을 내렸다. "눈, 카로카호의 규격에 관한 서류만 남겨."

구체가 수십 개에서 10여 개로 줄었다.

"눈, 서류를 열고 내용을 보여줘."

허공의 구체가 펼쳐지더니 대량의 문자와 도표로 바뀌었다. 텍스트들이 공중을 둥둥 떠다녔다.

두핀핀의 행동을 전혀 이해할 수 없었던 가록섬 의장이 질문을 던졌다.

"두핀핀 탐정, 이렇게 하는 목적이······."

"찾았습니다."

탐정은 가록섬 의장의 질문을 끊고 허공에 떠 있는 어느 문자들을 가리켰다.

"이게 뭡니까? '카로카호의 중력붕괴 동력 시스템 회로 설계도'······?"

"다른 부분은 볼 것 없고, 이 칸만 보시면 됩니다."

두핀핀이 자료 속 어느 표의 한 칸을 가리켰다.

핵심 모델 번호 : 316형 중력붕괴 엔진

"아니? 왜······ 카로카호에 구형 엔진이 탑재된 겁니까? 핵심 모델 번호 316형은 가라 행성에서 폭발을 일으킬 수 있다는 문제점이 발견된 엔진인데요?"

의장이 경악하여 소리쳤다.

"이, 이상합니다! 설계도의 회, 회로는 317형인 신형 엔진입니다."

교수가 글자들 아래의 설계도면을 가리켰다.

"눈, 이 자료를 마지막으로 수정한 순간의 기록을 불러와. 누가 수정했는지 알 수 있게 수정할 때의 녹화 영상도."

두핀핀은 의장이 경악하는 것을 무시하고 연이어 눈에게 명령을 내렸다.

허공의 글자 위로 과거 어느 시점을 보여주는 홀로그램 영상이 떠올랐다. 가록섬 의장은 그 영상을 보고 충격을 받아 어찌할 바를 몰랐다. 영상 속 장소는 그들이 지금 모여 있는 총독 회의실이었다.

맥켄넨 총독이 단말기 앞에서 해당 서류를 수정하고 있었다.

화면에 당시 촬영한 시각이 나왔다. 카로카호가 출발하기 직전이었다. 눈은 서류의 수정 전후 모습을 나란히 펼쳐서 보여주었다. 수정된 부분은 엔진의 핵심 모델 번호 하나뿐이었다. 317에서 316으로 바뀌었다.

"맥켄넨 총독, 당신이 바로 이 사건의 원흉이며 이것이 증거입니다."

탐정이 평온한 목소리로 결론을 말했다.

"맥켄넨이라니? 어떻게 그럴 수가 있지?"

모모코가 멍하니 중얼거렸다. 그는 맥켄넨을 몹시 증오하고 미워한다. 하지만 그가 파우스타를 죽였을 거라고 생각한 적은 없었다.

"사건의 진상은 이렇습니다. 총독은 함선의 서류를 수정해 파우스타 함장이 카로카호에 구식 316형 엔진이 탑재되었다고 믿게 만들었습니다." 두핀핀이 서류를 가리키며 말했다. "함장이 이 '사실'을 발견했을 때는 이미 가라 행성의 대기권으로 진입한 후였습니다. 함장은 316형 엔진이 가라 행성 대기권에서는 엄청난 위력의 시한폭탄이라는 것을 잘 알고 있었지요. 그래서 카로카호가 언제든지 폭발할 수 있다고 생각해 도박을 하기로 한 겁니다. 상륙정을 내보내기에 부적합한 고도인데도 두 선원을 데리고 상륙을 시도했죠. 불행하게도 그의 뛰어난 상륙정 조종 실력도 이번에는 문제를 해결해주지 못했습니다. 상륙정은 추락했고 탑승자는 전원 순직했습니다. 이게 진실입니다."

"눈이 카로카호가 출발하기 전에 모든 부분을 점검했잖습니까?"

"눈은 '기능'만 점검합니다. 서류에 뭐라고 적혀 있는지에는 관여하지 않지요. 설계도 자체는 올바른 것이니까요. 총독은 카로카호에 보내는 축전에 일부러 와이팅팅호를 언급해 파우스타 함장이 엔진 관련 서류를 확인하도록 유도했습니다."

"그럼 왜 우리와 카로카호의 연락이 끊어진 거요? 사라진 통신기는 또 어떻게 된 일이고?"

모모코가 재우쳐 물었다.

"파우스타 함장은 카로카호가 곧 폭발할 거라고 생각해 포딕호 통신병에게 통신기를 떼라고 명령했죠. 그래야 그들이 가라 행성에 착륙했을 때 군부와 연락할 수 있으니까요."

"잠깐, 총독은 군부 소속이 아니라서 카로카호의 항해기록을 삭제할 권한이 없는데요?"

가록섬 의장이 물었다.

"항해기록은 함장이 삭제했습니다."

"뭐라고요?"

"그는 카로카호에 구식 엔진을 탑재한 것이 모모코 사령관의 음모라고 생각했을 겁니다. 자신을 제거하려고 말이죠. 만약 항해기록을 제거하지 않는다면 카로카호가 '운 좋게' 폭발하지 않았을 때 함선에 위험한 엔진이 탑재된 사실이 드러날 거라고 여겼습니다."

"카로카호가 정말로 폭발했다면 그 일은 어차피 밝혀질 것 아닙니까?"

"파우스타 함장은 분명히 다른 평계를 찾아서 사고의 원인이나 자신들이 함선을 탈출한 이유를 설명했겠지요. 의장님께서 말씀하신 대로라면 파우스타 함장은 군부를 수호하는 노장입니다. 그는 군부 안에서 내분이 일기를 바라지 않았기 때문에 모모코 사령관이 자신을 죽이려 했다는 사실을 덮으려 한 겁니다. 그러나 상상도 하지 못한 참혹한 방식으로 죽음에 이르게 되자 그만 모모코 사령관에 대한 분노를 드러낸 것이죠."

모모코는 두핀핀의 말을 듣자 만감이 교차했다. 그는 언제나 파우스타가 사라졌으면 좋겠다고 생각해왔다. 그러나 탐정이 말한 것이 사실이라면 노함장의 그릇이 자신보다 훨씬 크지 않은가. 그는 부끄러움에 이대로 사라지고 싶었다.

"모모코 사령관과 포딕호 통신병이 만난 것은⋯⋯."

"사령관이 말한 대로 함선에 스파이를 심은 거죠. 이 사건과는 무관합니다."

두핀핀이 의장의 의문에 대답했다.

"하, 하지만 총독은 파, 파우스타 함장을 살해할 이유가 없는데요?"

"그는 함장을 살해하려던 게 아닙니다." 두핀핀이 총독을 돌아보며 말했다. 그의 눈에는 슬픔이 어려 있었다. "상륙정의 추락은 정말로 사고였습니다."

"그렇다면 서류를 수정한 것은⋯⋯."

"파우스타 함장이 가라 행성에 한동안 머물게끔 하려던 겁니다. 보수파는 줄곧 외계 생물과 공존하자는 주장을 폈습니다. 총독은 이번 기회에 군부의 온건파가 외계 하등생물과 접촉하기를 바랐습니다. 그러면 그들이 발전파가 선전하는 것처럼 위험하지 않다는 사실을 알게 될 거라고 믿었죠." 탐정은 잠시 입을 다물었다가 다시 말을 이었다. "하지만 총독이 틀렸습니다."

회의실에는 침묵이 내려앉았다. 한참 후에 가록섬 의장이 말했다.

"총독 각하, 더⋯⋯ 하실 말씀이 있습니까?"

"없습니다. 두핀핀 탐정이 말한 그대로입니다."

맥켄넨 총독은 평온하게 의장의 질문에 대답했다.

"그렇다면⋯⋯ 경비원, 맥켄넨 총독을 체포하세요."

맥켄넨 총독이 경비원에게 끌려 나가기 직전, 두핀핀은 그의 눈빛에서 깊은 기쁨이 반짝인다고 느꼈다.

모모코 사령관은 지금 이 결과를 받아들이기 힘들어 보였다. 그러나 자신의 혐의가 벗겨진 것에 마음에 얹힌 돌덩이를 내려놓은 듯했다. 가라 행성 제9호 사건의 진상을 전해 들었으니 발전파와 우주탐사군은 이 사건의 뒤처리를 위해 해야 할 일이 있었다. 모모코 사령관은 의장에게 먼저 돌아가겠다고 말한 뒤, 부하를 불러 내부 회의를 준비하라고 지시했다.

북긱론 교수까지 돌아간 후, 두핀핀이 가록섬 의장에게 물었다.

"의장님, 오늘의 조사 과정을 전부 사실대로 공개하시겠지요?"

"물론입니다. 나는 발전파든 보수파든 어느 쪽도 옹호하지 않습니다. 조사 회의에서 있었던 일은 보고서를 써서 전부 공개할 겁니다." 그렇게 말한 의장이 잠시 머뭇거리다가 말을 이었다. "단지 당신이 조금 전에 말한 '내가 나타났으니 진실은 따로 있다'는 게 무슨 뜻인지 잘 이해되지 않습니다."

"제가 있든 없든 모모코 사령관은 가장 큰 혐의를 받습니다. 언젠가는 포딕호 통신병과 따로 만난 사실이 밝혀질 테고, 혹은 그에게 불리한 다른 증거가 나타날 수도 있지요. 그러면 '공범이 있다'는 추론은 자연스럽게 제기될 겁니다. 그러니 실제 재판에서 무죄 선고를 받더라도 여론은 그가 카로카호 사건의 원흉이라고 여기게 될 겁니다."

"그래서요?"

"맥켄넨 총독이 이 사실을 알아채지 못했을까요? 그는 신분을 숨기고 있는 보수파입니다. 조금만 참고 기다리면 발전파 세력은 악화된 여론 때문에 크게 줄어들 겁니다. 가라 행성 제9호 사건이 결국 미제 사건으로 남게 되더라도 보수파에는 아무런 문제도 생기지 않아요……." 두핀핀은 눈을 껌뻑거리며 말했다. "하지만 총독이 나를 불러서 조사를 도와달라고 했지요."

"아……."

두핀핀의 말을 들은 의장도 이상한 점이 있음을 알아차렸다.

"총독이 보수파에서 이름 높은 녀석을 총독부 회의실에 정당하게 세워놓았습니다. 그리고 모모코라는 발전파의 영수와 맞서게 했죠. 이런 행동은 항상 신중하게 행동하던 총독의 모습과는 완전히 다릅니다. 그는 자신이 보수파라는 것을 인정한 적이 없었잖습니까? 모모코가 체포될 때 그의 낭패한 꼴을 본 순간, 나는 뭔가 잘못되었다는 걸 깨달았습니다. 내가 왜 여기에 있을까? 총독이 나를 부른 목적은 모모코 사령관을 하루라도 빨리 처리하고 발전파에 타격을 입히기 위해서인가? 그래서 나는 내 존재도 사건에 관련된 정보라고 생각해보았습니다. 그랬더니 추리의 방향이 달라지더군요."

"방향이 달라졌다고요?"

"가라 행성 제9호 사건의 진실을 밝히는 것이 아니라 총독이 나를 회의에 출석시킨 이유를 추리해야 했던 겁니다. 뭐, 전자에 비하면 후자는 훨씬 간단하지요. 발전파와 보수파의 대립 관계를 생각하면 쉽게 실제 사정을 이해할 수 있습니다. 그러다 보니 제9호 사건의 진실도 드러나게 되고요." 두핀핀이 느릿느릿 다음 말을 이었다. "총독은 내가 회의에 출석하게 되면 보수파가 절대 패배하지 않을 거라는 사실을 알았을 겁니다."

"어째서 패배하지 않는다는 겁니까?"

"사건의 원흉은 총독이었습니다. 사건의 진상을 밝히면 대중들이 보수파에 대해 갖는 인식이 크게 나빠질 겁니다. 총독이 고의로 파우스타 함장을 죽음에 이르게 한 게 아니라 해도 말입니다. 사회에서는 '보수파가 발전파보다 음험하고 계략을 잘 쓴다' 혹은 '보수파는 자기의 정치적 입장을 감추고 뒤에서 비열한 수단을 썼다'는 부정적인 인상을 받을 것입니다. 그래서 그는 나를 불러서 사건의 진상을 추리하게 했습니다. 내가 실패해서 모모코 사령관이 누명을 써도 보수파는 잃을 게 없죠."

"하지만 지금처럼 당신이 진실을 추리해낸다면요?"

"그러면 모모코 사령관은 나처럼 '제대로 된 직업에 종사하지 않는 부랑자' 덕분에 혐의를 벗게 됩니다." 두핀핀이 쓴웃음을 지었다. "이게 총독의 계략이죠. 만약 내가 그를 원흉이라고 지목하면 발전파는 '보수파 덕분에 문제를 해결했다'는 이미지를 얻습니다. 모모코 역시 나에게 은혜를 입은 셈이니 대중 앞에서 보수파의 공정함을 보여주는 효과가 있습니다. 같은 보수파라고 무조건 감싸지 않는다는 거죠. 제가 총독이 한 일을 밝히든 밝히지 못하든 보수파는 이익입니다."

발전파가 경멸했던 '탐정'이 눈의 기능으로도 밝히지 못한 진실을 알아냈으니 발전파의 가치관을 완전히 부정하는 결과이기도 했다. 두핀핀은 맥켄넨 총독이 끌려가면서 발전파의 모순을 제대로 폭로하게 된 지금의 결과에 무척 만족스러웠으리라고 짐작했다.

두핀핀이 다시 입을 열었다.

"물론…… 총독은 또 다른 이유로 내가 조사에 참여하기를 바랐겠죠."

"무슨 이유입니까?"

"그는 파우스타 함장과 그 부하들이 자신으로 인해 목숨을 잃었기 때문에 죄책감을 갖고 있었습니다. 사망자를 위해 세상에 진실을 알리고 싶었죠. 하지만 스스로 나서서 죄를 인정했다간 엄청난 풍파가 일어났을 겁니다. 보수파와 발전파의 투쟁은 더 격렬해졌겠지요. 지난 6개월간 총독도 많이 힘들었을 것 같군요……."

※

가록섬 의장은 보고서를 준비하기 위해 두핀핀과 작별하고 곧바로 자료를 정리하기 시작했다.

정말 불행한 사건이다. 의장은 그렇게 생각했다.

파우스타 함장, 나나루 사관, 포딕호 통신병뿐 아니라 맥켄넨 총독까지도 운명 앞에서는 아무런 힘이 없었다. 어쩌면 군부에 도는 소문처럼 가라 행성은 불행을 가져오는 행성일지도 모른다.

가라가 지극히 아름다운 행성이라고 해도 말이다.

의장은 와이팅팅호가 무고한 186명의 선원을 희생시킨 일과 4년 전에 정찰선이 폭발하면서 수만 마리의 바보우를 죽인 일이 생각났다.

사실 우리와 바보우는 별반 다르지 않을지도 모른다……. 의장은 마음속으로 우울하게 한탄하며, 맥켄넨이 했던 말을 떠올렸다.

"사실 우리와 바보우는 큰 차이가 없습니다. 게다가 바보우는 진화 속도가 몹시 빠릅니다. 하등생물의 지능이라고는 해도 가라 행성에서는 유일하게 문명을 건설하고 발전시킨 생물종이죠. 그들은 자신만의 소통 방식도 갖고 있습니다. 그들의 소통 방식이 좀 괴이하기는 하죠. 후천적으로 학습해야 하니까요. 그래서 그들은 부락과 둥지마다 별도의 소통 방식이 있답니다. 신기하지 않나요?"

맥켄넨 총독은 가라 행성의 사정을 잘 알고 있었고, 동료들에게 외계 행성의 재미있는 이야기를 종종 들려주곤 했다.

"바보우의 수명은 1년이 채 안 됩니다. 하지만 가라 행성은 자신이 속한 항성계에서 항성 주변을 1년에 100번 가까이 공전하죠. 바보우의 입장에서는 자신이 70년이나 80년쯤 산다고 인식할 겁니다. 우리는 그들의 생명이 너무 짧다고 느끼지만, 바보우의 입장에서는 우리의 수명이 불가사의할 정도로 길어 보이겠지요. 만약 우리와 바보우가 공존한다면 그들의 시간으로 따졌을 때 우리는 그들보다 수십만 년을 더 사는 셈이죠."

"바보우는 확실히 잔인한 생물입니다. 하지만 단순한 일면도 있지요. 가라 행성 제3호 사건 때, 그들은 우리의 정찰선이 폭발했던 것을 전혀 모르고 수많은 동료가 한꺼번에 죽은 게 하늘이 그들에게 내린 벌이라고 믿었다는군요. 눈이 수집한 자료에 의하면, 그 둥지를 이끌던 바보우의 수장이 재앙이 생긴 것은 자신의 죄 때문이라며 자신이 다스리던 바보우들에게 잘못을 빌기도 했습니다⋯⋯."

가록섬 의장은 맥켄넨이 당당하면서도 차분하게 가라 행성과 바보우에 대해 이야기하던 표정을 생각했다. 그는 어두운 회색의 눈동자 위로 두 번째 눈꺼풀을 닫으며 하늘에서 빛나는 쌍둥이 태양을 바라보았다.

"우두머리가 잘못을 저질렀을 때 민중에게 죄를 청한다라⋯⋯. 정말로 우리와 바보우는 큰 차이가 없는 것 같군요."

[보충 자료]

—— 서기 1626년 5월 30일, 즉 명나라 천계天啟 6년 5월 초엿새 오전 9시경 베이징 서남쪽의 왕공창王恭廠 부근에서 원인 불명의 폭발이 일어났다. 사상자의 수가 2만 명을 넘었다. 당시 하늘이 어두워지고 공중에서 엄청나게 큰 소리가 울리더니 집이 흔들렸다. 땅 위에서는 거대한 영지버섯 모양의 검은 구름이 치솟았다. 그 폭발의 원인은 오늘날까지도 밝혀지지 않았다. 당시 조정이 부패하고 환관이 국정을 농단하였으므로, 많은 대신들이

이 사건을 하늘이 내린 경고로 받아들였다. 명 희종熹宗은 어쩔 수 없이 자신이 죄인이라는 내용의 조서인 〈죄기조罪己詔〉를 내려 민심이 가라앉기를 바랐다. 또한 국고를 열고 황금 1만 냥을 풀어 이재민을 구휼하라는 지시를 내렸다. 『명실록明實錄』 중의 『희종실록熹宗實錄』, 『작중지酌中誌』, 『국각國榷』, 『제경경물략帝京景物略』 등의 문헌에 이 사건이 기록되어 있다.

—— 서기 1908년 6월 30일 오전 7시경, 러시아 시베리아의 예벤키Evenki 자치구 퉁구스강 부근에서 원인 불명의 대폭발이 일어났다. 2,150평방킬로미터가 넘는 광활한 지역에서 6천만 그루의 나무가 불에 타서 쓰러졌다. 이 폭발의 위력은 히로시마에 떨어진 원자폭탄의 1천 배에 달했다. 폭발이 아무도 살지 않는 황무지에서 벌어졌기 때문에 러시아 당국은 상세한 조사를 시행하지 않았다. 사건 발생 지점에서 800킬로미터 떨어진 곳인 바이칼호의 주민들에 따르면, 폭발이 일어나기 전에 거대한 불덩이가 하늘을 가로질러 떨어졌으며 그 밝기가 태양이 뜬 것처럼 밝았다고 한다. 폭발의 충격파는 650킬로미터 반경 내 모든 건물의 유리창을 깨뜨릴 정도로 강했다. 목격자 가운데 폭발 후에 버섯구름을 보았다는 사람도 있다. 이 사건은 '퉁구스 대폭발'로 불리며 지금까지도 원인이 밝혀지지 않았다.

—— 서기 1947년 7월 4일, 미국 뉴멕시코주 로즈웰Roswell 시에서 미확인 비행 물체의 추락으로 의심되는 사건이 발생했다. 한 농부가 현장에서 대량의 특수한 금속 조각을 발견했으며, 며칠 후 현지 주민 중 한 사람이 직경이 9킬로미터에 이르는 금속

접시 모양의 물체 잔해를 발견했다고 주장했다. 그는 또한 짙은 회색 외투를 입고 머리와 눈이 비정상적으로 큰 외계 생물의 시체를 발견했다고도 했다. 미국 국방부에서는 신속하게 현장을 봉쇄하고, 이 사건을 국방부에서 띄운 기상관측용 실험체가 추락한 것이며 미확인 비행 물체가 아니라고 발표했다. 그러나 당국에서 대중이 공황 상태에 빠질 것을 우려해 사실을 은폐하고 가짜 보고서를 공개했다는 소문이 돌았다. 시체와 비행접시는 국방부에서 수거했으며 심도 깊은 연구와 해부를 진행했다는 말도 있었다.

── '년年'이라는 단위는 행성이 항성 주변을 1회 공전하는 데 필요한 시간을 가리킨다. 예를 들어 수성은 태양을 공전하는 데 88지구일이 걸린다. 바꿔 말해 수성의 4년은 지구의 1년이다. 시간과 수명의 길이는 주관적이며 상대적이다.

c

Var.IX Allegretto poco moderato

내 사랑, 엘리

"……그래서, 엘리는 젓가락을 포크처럼 써서 고기를 푹 찔렀지. 그런 다음 웨이터에게 물었어. '이렇게 하라고요?'"

"하하하!"

거실에서 나는 술잔을 흔들며 토니와 수에게 여행지에서 엘리와 있었던 재미있는 일화를 들려줬다. 엘리는 내 아내다. 수는 아내의 여동생이고, 토니는 수의 남편이다.

"정말 좋았겠다. 둘이서 해외여행이라니. 나랑 토니는 몇 년 동안 해외에 나가기 힘든데 말예요."

수가 포도주를 한 모금 마시며 말했다.

"아이가 네다섯 살쯤 되면 녀석을 데리고 셋이서 가게 되겠지."

내가 대꾸했다. 수는 작년에 아이를 낳았다. 다음 달이면 한 살이 된다. 오늘 저녁은 특별히 아이를 보모에게 맡기고 남편과 둘이서 우리 집에 모였다.

"그런데 엘리는? 왜 안 보입니까?"

토니가 물었다.

"위층에서 자고 있네. 몸이 안 좋다면서 저녁식사 시간이 되면 깨우러 오라더군."

"그래요? 많이 아픈 건 아니에요? 나는 언니가 아직 귀가하지 않았나 했죠."

"별일 아니야, 괜찮아. 오늘 모임을 취소할 거냐고 물었더니 그러면 열심히 준비한 양갈비가 아깝다고 하던데."

나는 술잔을 내려놓고 말을 이었다.

"내가 올라가 볼게."

계단에 발을 딛는 순간, 가짜 웃음이 내 얼굴에서 싹 사라졌다.

사실 나와 엘리는 다른 사람들이 보는 것처럼 사이좋은 부부가 아니다.

우리는 둘 다 성격이 강한 사람들이라 사소한 일로 소리 지르며 종일 싸움을 벌이곤 했다. 엘리는 한 번도 운 적이 없다. 그녀는 히스테리를 부리며 물건을 집어던지는 편이다. 향수, 휴대전화, 꽃병, 접시 등등. 심지어 나이프와 포크를 내 얼굴을 향해 내던진 적도 있었다.

하지만 우리는 이런 모습을 남들 앞에서는 보여주지 않는다.

결혼한 다음에야 엘리의 이런 성격을 알게 되었다. 엘리 역시 나에 대해 똑같이 생각할 것이다. 하지만 나는 엘리의 육체를 사랑한다. 얼굴도 아름답지만 몸매도 훌륭하다. 그녀는 할리우드 스타 못잖은 미인이다. 비록 내가 가끔 바깥에서 다른 여자를 만나고 다녔지만…… 좋다, 솔직히 말해서 '가끔'이 아니다. 하지만 내가 바람을 피운 여자들 중 누구도 외모에서는 엘리에 비할 바가 못 되었다. 나 역시 잘생긴 남자라고 자부한다. 그녀와 둘이서 외출할 때면 우리에겐 부러워하는 시선이 쏟아진다. 서로의 외모를 좋아한다는 점에서, 그녀도 나와 똑같다고 생각한다.

나는 방문을 열고 침대에 누운 엘리를 바라보았다.

그녀는 지금 이 모습이 가장 아름답다. 조용히 침대에 누워 아름다운 얼굴을 드러내고 있다. 턱짓으로 남을 부려먹거나 듣기 싫은 소리로 나를 깎아내리지 않는다.

그렇다. 시체로 변한 엘리는 살아 있을 때보다 더 사랑스럽다.

그럴 수만 있다면 나는 이 모습의 엘리를 영구 보존하고 싶다. 뭔가 방부제 같은 것을 써야겠지? 안타깝게도 나는 그쪽 방면의 지식이 없다. 인터넷에서 '시체 방부 처리를 처음 해보는 사람을 위한 매뉴얼' 같은 것을 찾을 수 있는지 모르겠군. 엘리가 죽은 지 스무 시간이 지나지 않았고, 방 안이 에어컨으로 차갑게 유지되고 있으니 그녀의 아름다운 모습은 적어도 하루이틀 더 유지될 것이다.

나는 엘리의 고운 얼굴에 가까이 다가갔다. 그녀의 얼굴에 분을 바르고 입술을 붉게 칠해주었다. 혈색을 좋아 보이게 해준 것이다. 명품 화장품이니 한동안 지워지지 않을 것 같다. 만약 목에 교살된 흔적만 보이지 않는다면, 누구나 그녀가 잠들어 있다고 여길 것이다.

나는 엘리의 몸 아래 준비해둔 장치를 점검하고, 모든 게 완벽하다는 것을 확인한 다음 침대 옆을 떠났다. 요즘 에어컨은 참 좋은 기계다. 환기 기능도 있어서 방 안에 부패하는 냄새가 거의 나지 않는다. 나는 향수를 잔뜩 들이부어 시체 냄새를 지워야 하나 생각했다.

나는 방을 떠나기 전에 전체적인 그림을 다시 한 번 쓱 훑어본다.

"오, 큰일 날 뻔했군."

화장대 위에 엘리의 일기가 여전히 펼쳐져 있다. 엘리는 일기장에 나와의 진짜 결혼생활에 관해 적었다. 악화된 부부 사이, 다툼의 과정, 나의 외도 등을 빠짐없이. 그녀는 심지어 "어느 날 폭력적인 남편이 나를 죽일지도 모른다" 같은 악독한 말까지 썼다. 나는 엘리가 죽은 후에야 그녀가 평소 이런 일기를 써온 걸 알게 되었다. 나는 일기장을 덮어서 화장대 서랍 안에 넣었다.

거실로 돌아온 나는 다시 가짜 미소를 얼굴에 장착한다.

"엘리는 아직 자고 있어. 우리끼리 좀 더 마시자고."

나는 찬장을 열고 포도주 두 병을 더 꺼냈다.

"프랑스에서 샀지. 특별히 두 사람에게 맛보여주는 거야."

수가 유쾌한 어조로 육아의 고충과 즐거움을 설명했다. 토니는 그 옆에서 묵묵히 듣고 있다가 가끔 고개를 끄덕여서 수의 말에 동감을 표시하는 정도다. 수와 엘리는 서로 닮았다. 수도 이목구비가 참 아름답다. 다만 엘리만큼 긴 다리를 갖지는 못했다. 그리고 가슴도 엘리보다 두 사이즈쯤 작다. 그러나 두 사람의 성격은 완전히 다르다. 수는 좀 더 명랑한 편으로, 절대 명랑한 척 위장하는 것이 아니다. 외모로 따지면 엘리가 더 낫지만, 성격으로 볼 때는 수가 같이 지내기에 훨씬 좋은 상대다.

토니는 말수가 적지만 똑똑한 친구다. 내 애인 중에 유흥업소에서 일하는 여자가 있다. 많은 남자를 만나본 그녀의 말에 따르면 조용하지만 눈빛이 날카로운 남자는 다들 무서운 데가 있다고 한다. 경찰이거나 조직폭력배의 일원이기 십상이니, 그런 사람을 만나면 반드시 경계해야 한다고 했다. 토니의 첫인상이 바로 그랬다. 나는 그가 내 계략을 알아차릴까 봐 걱정이 되었다.

우리는 거실에서 한 시간 정도 떠들었다. 이제 저녁식사를 해야 할 시간이다. 양갈비는 이미 오븐 안에서 조리가 끝났다. 나는 오늘처럼 내가 요리할 줄 아는 사람이라는 것이 뿌듯한 적이 없었다. 샐러드와 곁들임 요리 등도 준비 완료다. 다만 마카롱은 사온 거라서 엘리가 만든 것처럼 꾸며야 했다. 들키지 않기만 바랄 뿐이다.

"저녁을 먹어야겠군."

내가 계단으로 향하며 말했다.

"가서 엘리를 깨울게."

"같이 가시죠."

토니가 갑자기 끼어들었다.

"수, 당신이 전에 말했던 엘리의 새 화장대 말이야. 이탈리아의 장인이 만든 거라며?"

"아, 그렇지……. 그렇지만 언니가 아픈 것 같은데 지금 가서 구경하겠다고 해도 될까?"

수의 눈길이 나에게 닿았다.

"뭐……. 괜찮겠지. 같이 올라가자고."

나는 미소를 유지하려 애쓰면서 말했다. 조용하지만 눈빛이 날카로운 남자는 조심해야 해요. 애인의 목소리가 귓가에 쟁쟁했다.

우리 세 사람은 엘리의 침실에 도착했다. 내가 문을 열고 전등을 켰다. 그런 다음 침대로 가서 한쪽에 걸터앉았다. 나는 엘리의 시체를 큰 침대의 한쪽에, 그러니까 방문에서 먼 쪽에 눕혀놓았다. 내가 침대의 빈 쪽에 앉으면 토니와 수의 시선을 가릴 수 있다.

"형부, 방이 너무 추워요!"

수가 바르르 떨면서 말했다.

"언니가 시원한 걸 좋아하잖아."

에어컨의 차가운 공기는 시체의 부패를 늦춰줄 뿐 아니라 엘리에게 두꺼운 이불을 목까지 덮어줄 이유가 된다.

"엘리, 저녁 먹어야지."

나는 엘리의 시체 위로 몸을 숙이면서 토니와 수가 눈치채지 못하게 왼손을 뻗었다. 내 손이 엘리의 가슴을 지나 오른쪽 어깨 옆으로 향했다. 나는 이불 아래에 살짝 나와 있던 밧줄을 붙잡았다.

"엘리?"

나는 오른손으로 그녀의 어깨를 가볍게 흔드는 척하면서 왼손으로는 밧줄을 힘주어 당겼다. 나는 척추를 중심으로 엘리의 오른쪽 몸 아래에 직사각형 모양의 플라스틱 상자 몇 개를 괴어놓았다. 그리고 왼쪽 아래에는 수건을 말아서 높이를 맞춰 괴었다. 밧줄을 상자에 연결해서 줄을 당기면 상자가 넘어지면서 오른쪽을 향해 몸을 돌리는 모습이 되도록 했다. 마치 잠결에 몸을 뒤척이는 것처럼 말이다.

나는 친밀한 동작으로 얼굴을 엘리의 어깨에 가까이 대었고, 원래부터 엘리의 왼쪽 어깨에 얹어놓았던 그녀의 오른손을 쥐고 가볍게 흔들었다. 토니와 수의 각도에서 보면 잠든 엘리가 몸을 돌리고 우리들에게 나가라는 듯 손을 내젓는 것처럼 보일 터였다.

"좀 더 자야겠대."

나는 엘리가 내 귓가에 속삭인 것처럼 연기를 하고서 시체 옆에서 일어났다.

"엘리는 그냥 자게 두자고. 오늘 아침부터 어젯밤에 잘 자지 못했다면서 머리며 어깨가 계속 아프다고 했거든."

토니와 수는 내게 떠밀리듯 방을 나섰다. 계획대로 실수 없이 진행되었다. 좋다. 이렇게 하면 수는 오늘 저녁에도 엘리가 살아 있었다고 증언해줄 것이다. 친자매의 증언보다 효력이 큰 게 있겠는가?

나는 두 사람은 식탁에 앉아 있으라 하고, 준비한 요리를 하나하나 날랐다. 수는 내 요리 솜씨가 마음에 든 것 같았다. 허브를 뿌린 양갈비를 먹으며 입에 침이 마르도록 칭찬했다.

"토니, 나 한 잔만 더 마시면 취할 것 같아."

토니는 수에게 포도주를 한 잔 가득 따라주었다. 그녀는 두 볼이 발그레 달아올랐고 눈빛은 조금 멍했다. 이미 적잖게 술을 마신 상태다.

"오늘 밤은 잔뜩 마시고 놀 거라며? 당신이 그랬잖아. 내가 왜 말리겠어?"

토니가 웃으면서 대답했다.

"하지만 집에 가면 아이를 챙겨야 하는데……."

"걱정 마. 뭣하면 내가 내일 회사에 휴가를 낼게. 어차피 요즘 계속 야근해서 회사가 나에게 갚아야 할 휴가가 많거든."

"자기야! 진짜 자상해!"

수는 토니의 볼에 입을 맞추고 포도주를 크게 한 모금 마셨다. 수는 진짜 취했다.

내가 접시를 치우고 나서 우리들은 식탁에 둘러앉아 포도주를 마시며 이야기를 나눴다. 수는 술기운을 이기지 못하고 의자에 앉은 채 졸았고, 나와 토니만 좋은 술인데 남기기 아깝다면서 병을 비우기로 했다.

"아까 마카롱은 특별히 맛있더군요. 르 쁘띠 쇼콜라티에^{Le} ^{Petit Chocolatier}*에서 만드는 마카롱에 버금갈 정도였습니다."

젠장, 그건 정말로 르 쁘띠 쇼콜라티에에서 사온 마카롱이 었다.

"하하, 자넨 속일 수가 없군."

나는 민망한 표정으로 허를 찔린 심정을 감추며 말했다.

"양갈비와 샐러드 재료는 어제 다 준비해뒀거든. 오늘 엘리가 디저트를 만들 계획이었는데 몸이 좋지 않아서 나더러 밖에서 파는 마카롱을 사오라고 했지. 아마 수를 속이려던 걸 텐데, 수는 저렇게 취했으니 마카롱 맛이 어땠는지 기억도 하지 못하겠군."

"아, 그렇게 된 거로군요. 흠……."

그때 토니의 몸에서 음악 소리 같은 것이 들렸다. 그는 주머니에서 휴대전화를 꺼내더니 눈살을 찌푸렸다.

"회사에서 전화가 왔군요."

그렇게 말한 토니가 전화를 받았다.

"여보세요……. 네. 네, 네. 그럴 리가요? 이렇게 늦게……. 휴, 알겠습니다."

"무슨 일이야?"

내가 질문했다.

"옆 팀에서 준비한 기획안에 문제가 생겨서 새로 만들어야

---

* 저자가 임의로 붙인 디저트 가게 이름으로, 실재하는 곳은 아니다.

한답니다. 내일 아침까지 고객에게 제출해야 하는데 말이죠. 제가 얼마 전에 비슷한 기획안을 만든 적이 있어서 좀 도와달라네요."

"그럼 지금 회사에 가야 하는 건가?"

"네, 그런데……."

토니가 인사불성인 수를 바라보았다.

"오늘 밤은 우리 집에서 재워."

"그런 게 아니라 보모가 10시 반에 퇴근하거든요."

토니가 시계를 가리키며 말했다. 9시 50분이다.

"평소에도 시간 연장을 하기 싫어하는 사람이라."

"그럼……. 다른 보모를 부를 수는 없나?"

"밤새 있어줄 사람은 찾기 어렵죠. 그래도 친하게 지내는 사람이 있어서 부탁해볼 수는 있어요. 전에도 도와준 적이 있고요."

"그럼 얼른 연락해봐."

토니가 전화를 걸어 몇 마디 하더니 나를 돌아보며 말했다.

"일이 있어서 11시나 되어야 저희 집에 도착한다는군요. 혹시 수를 집에 데려다주고 보모가 올 때까지 기다려주실 수 있을까요?"

"그게……."

"딱 30분이 어긋나는데 부탁 좀 드릴게요, 형님."

"그래, 알겠어."

토니는 다시 집으로 전화를 걸어 지금 아이를 보고 있는 보모에게 몇 마디 당부를 하고는 수를 부축해서 대문 밖으로 나갔다. 나는 현관에서 차 열쇠를 챙겨 들고 토니를 따라 집 밖으로 나갔다.

"수를 부탁드립니다."

수는 내 차 뒷좌석에 잠들어 있다. 토니는 자기 차를 몰고 순식간에 떠나버렸다.

나는 차 열쇠를 꽂고 돌렸다. 엔진이 돌아가기 시작했다. 차를 몰아 거리 하나 정도를 달린 후 멈췄다. 나는 길가 어둑한 곳에 차를 세웠다.

수가 한참 깨지 않을 것을 확인한 다음, 나는 그녀를 차에 남겨두고 온힘을 다해 달려서 집으로 돌아왔다. 전등을 켜지 않고 곧장 냉기로 가득한 침실로 향했다. 서랍을 열고 조그만 권총을 꺼냈다. 탄창에 총알이 채워진 것을 확인한 다음 옷장에 들어가 숨었다.

얼마 기다리지 않아도 될 것이다. 나는 그 사실을 잘 알고 있다.

조용하고 눈빛이 날카로운 남자는 반드시 경계해야 한다.

5분쯤 지났을까, 아래층에서 대문을 열려고 열쇠를 꽂고 돌리는 소리가 들렸다. 그다음에는 탁, 탁, 탁 하는 발소리가 이어졌다. 발소리의 주인은 소리를 죽일 생각조차 없었다. 그래서 나는 그가 언제쯤 방문 앞에 도착할지 예상할 수 있었다.

달칵.

방문이 느리게 열렸다. 나는 옷장 문틈으로 전등이 켜지고 한 남자가 침대 쪽으로 다가가는 것을 볼 수 있었다.

토니였다.

그가 침대 가까이 다가간 순간, 나는 옷장 문을 열었다.

"토니, 움직이지 마."

나는 그의 뒷머리를 겨누며 말했다. 그와 나의 거리는 3미터가 채 되지 않았다.

토니가 천천히 몸을 돌렸다. 내 권총을 보고도 전혀 놀란 표정이 아니었다. 미간을 살짝 찌푸렸을 뿐이다.

"왜 당신이……. 아, 그렇지. 당신에게 다 들켰군."

토니가 말했다.

"그래. 회사에서 걸려온 전화는 가짜였지? 식탁을 치울 때 네가 휴대전화에 알람을 설정하는 걸 봤지. 그건 전화벨이 아니라 알람이었어."

"그럼 엘리는……."

토니가 침대 쪽을 흘끗 보면서 말했다.

"네 생각대로, 죽었지."

"홋, 역시 아까 그건 연기였군!"

토니가 큰 소리를 냈다.

"방 안 온도를 낮춰놓은 것이나 엘리가 몸을 틀면서 손을 흔든 것, 전부 당신의 계략이었어!"

"계략이라면 자네도 만만치 않잖아?"

내가 냉소했다.

"화장대를 구경하자면서 수를 데리고 침실로 올라온 것이나 수에게 술을 먹여서 내가 집을 떠나게끔 유도한 것, 너 역시 계략을 꾸몄지."

"좋아, 우리 맞비긴 걸로 치지."

토니가 눈을 가늘게 뜨며 말했다.

"이제 뭘 어쩔 거지?"

"욕실 쪽으로 가."

나는 총으로 그를 위협해 방에서 나와 욕실 안으로 들어가도록 했다.

"이 다음은?"

토니는 이제 욕조 옆에 서 있다.

"이 다음은 나에게……."

나는 한 음 한 음 씹어뱉듯이 말했다.

"왜 엘리를 죽였는지 설명해."

토니가 얼음처럼 차가운 미소를 지었다.

"엘리한테 헤어지자고 했더니 우리 관계를 수에게 다 말하겠다며 협박해서."

"단지 그것 때문에?"

내가 눈을 부릅떴다.

"수가 알면 견디지 못할 테니까. 다른 여자라면 또 몰라도, 남편이 친언니와 바람이 났다면 당장 이혼하고 아이의 양육권도 빼앗을 게 뻔하지."

사실 나는 엘리에게 애인이 있다는 걸 알고 있었다. 하지만 나 역시 바깥에서 여러 여자를 만나고 다녔으니까 모른 척해주었다. 내가 외박하는 날이면 그 남자가 우리 집에 온다는 것, 집 열쇠를 가지고 있다는 것도 알았다. 다만 한 달 전에야 그 남자가 토니라는 걸 알게 되었다. 그들은 수가 임신했을 때 눈이 맞았던 듯했다.

오늘 새벽, 술집에서 알게 된 이름 모를 미녀에게 작별을 고하고 집으로 돌아왔더니 놀랍게도 엘리가 침대에 누워 숨져 있었다. 그녀는 목이 졸려 죽었다. 나는 급히 휴대전화를 들고서 경찰에 신고하려 했다. 그러나 휴대전화의 배터리가 나가 있는 상태였고, 충전기를 찾느라 허둥댔다. 그러다가 화장대 위에 펼쳐진 엘리의 일기를 보았다.

일기는 "어느 날 폭력적인 남편이 나를 죽일지도 모른다"라는 문장이 쓰인 부분이 딱 펼쳐져 있었다. 나는 엘리가 일기를 쓰는 줄도 몰랐다. 그런데 일기를 넘겨 보니 가슴이 서늘해졌다. 그건 죽임을 당한 피해자가 가해자를 지목하는 내용이나 다름없었다. 경찰이 와서 일기를 발견했다면 그들은 나에게 살해 동기가 있다고 여길 게 뻔했고, 나 역시 변론할 말이 없을 것이다. 엘리는 일기에서 자신의 외도는 쏙 빼놓았다. 그녀의 그런 반성할 줄 모르는 나쁜 성격이 일기 안에 고스란히 드러나 있었다. 그러나 바로 그렇기 때문에 내가 누명을 쓸 가능성은 무척 커진다.

일기를 다 읽고 나니 화장대 위에 일기가 펼쳐진 채 놓여 있는 이유도 알게 되었다. 엘리를 죽인 놈은 나에게 혐의를 덮어씌우려고 한다. 강도가 들었거나 누구인지 모를 범인이 한 짓이

아니라 엘리와 내 사생활을 잘 아는 놈이 한 짓이다. 심지어 그
놈은 나도 몰랐던 엘리의 일기장에 대해 알고 있다. 누구든 집
에 왔을 때 아내가 죽어 있다면 맨 먼저 경찰에 신고할 것이다.
그놈은 그런 맹점을 이용해서 일기를 잘 보이게 범죄 현장에 펴
놓았다. 나에게 불리한 증거를 만든 것이다. 나는 낯선 여자와
잠자리를 가지고 돌아온 후, 질투심에 사로잡힌 아내와 싸움
을 벌이다 욱하는 바람에 아내를 죽인 악마 같은 남편이 될 터
였다.

　그래서 나는 반대로 토니를 함정에 빠뜨리기로 했다. 우선 엘
리가 죽지 않은 것처럼 여기도록 유도했다. 그가 현장을 떠난
후에 엘리가 깨어난 것처럼 말이다. 토니가 살인자라면 반드시
무슨 방법으로든 엘리의 상태를 확인하려 할 것이다. 예를 들어
엘리가 경찰에 신고하지 않은 이유를 알아내려 하거나 어쩌면
다시 그녀를 죽이려 할 수도 있다. 이런 방법을 써야만 내가 누
명을 쓰지 않는다.

　과연 토니는 속임수에 걸려들었다.

　"나를 욕실에 가둔 다음 경찰에 신고할 건가?"

　토니가 미소를 거두지 않고 물었다. 그는 지금 이 상황을 잘
이해하고 있는 듯하다. 사실 여전히 그의 입장이 훨씬 유리하다.

　"당신이 바람을 피우고 다닌 것은 사실이야. 엘리와 당신 사
이가 나쁜 것도 사실이지. 엘리가 살해되면 당신의 혐의가 제일
클 수밖에 없어. 내가 오늘 거짓말을 하고 당신 집에 다시 온
건 당신의 행동거지가 수상해서 진상을 알아보기 위해서였다고

하면 돼."

"네 말이 맞아. 경찰에 신고하면 내가 불리하지."

나는 그렇게 말한 다음, 잠시 후에 덧붙였다.

"그런데 자네는 뭔가 착각하고 있어. 나와 엘리의 사이가 나쁘다고 해서 내가 그녀를 사랑하지 않을 거라고 생각하는 건 잘못된 결론이야. 외모만 사랑하는 거라고 해도 사랑은 사랑이니까. 나는 엘리의 성격이 끔찍하게 싫지만, 내가 더 싫어하는 건 내 손안에서 그녀를 빼앗는 일이지."

나는 엘리와 마찬가지로 지기 싫어하는 사람이다.

토니의 눈에 이해할 수 없다는 감정이 떠올랐다. 그런 다음 그의 시선이 내 손에 쥐어진 권총으로 향했다. 이제 그도 눈치챈 것 같다.

총부리에 소음기가 달려 있다.

나는 그에게 더 말할 기회를 주지 않고 가슴에다 두 발을 쏘았다. 삽시간에 그의 가슴이 빨갛게 물들었고, 곧 몸이 앞으로 고꾸라졌다.

그가 고통스럽게 몸부림치는 사이, 내가 말했다.

"너와 엘리의 시체를 없앨 거야……. 둘이서 도망간 것처럼 꾸미는 거지. 경찰에서 조사를 시작하면 회사에 급한 일이 있다는 네 말이 거짓이라는 건 금방 들통나. 네가 보모에게 거짓말을 해준 덕분에 일이 잘 풀리겠어. 이제 가야겠군. 수를 차에다 두고 왔는데 깨어나면 안 되니까."

토니는 고개를 들려고 애썼지만 그렇게 할 수 없었다. 내가 그의 등에 한 발 더 쏘았기 때문이다.

나는 욕실 문을 닫았다. 침실 입구로 가서 방의 불을 끄면서, 침대에 누운 엘리를 한 번 더 눈에 담았다.

시체에 방부 처리를 할 수는 없다. 참으로 아쉽지만 저 아름다운 육체는 되도록 빨리 사라지는 것이 좋다.

하지만 걱정할 것은 없다. 수는 엘리와 닮았다. 사실 수도 내 취향에 잘 맞는 여자다.

남편이 언니와 도망을 갔다는 것을 알게 된 후, 힘든 시기를 보내는 자신에게 따뜻한 관심을 보여주는 형부와 가까워진다……. 아주 정상적인 흐름이다.

나는 수와 사는 게 엘리와 사는 것보다 편안할 거라고 믿는다.

사랑하는 엘리와 사는 것보다.

Étude. 2 : 습작 2

키워드 : 병에 걸리다 / 배[船] / 옷 / 연인을 만나다 / 함정

나는 병에 걸렸다.

'고독'이라는 병이다.

비록 내 몸이 사람들에게 둘러싸여 있고 주변이 찬란한 웃음소리로 가득하더라도, 결국 마지막에는 고독하게 홀로 남는다.

현실을 도피하려고 나는 아무런 목적 없이 달렸다. 아시아에서 유럽으로, 유럽에서 아메리카로. 그러나 발걸음이 아무리 번화하고 북적이는 대도시에 도달해도 나는 시종일관 언제나 홀로 남는다는 저주받은 운명에서 벗어나지 못했다. 어쩔 수 없이, 나는 이 고독한 여정을 계속한다.

내가 이기적인 사람인 건 인정한다. 그러나 내가 이기적이기 때

문에 고독해진 것인지, 고독하기 때문에 이기적으로 변한 것인지는 잘 모르겠다. 어쩌면 이런 의문은 다 쓸데없는지도 모른다. 사실 인간이란 본래 이기적인 존재가 아닌가. 어느 누구도 대가 없이 타인에게 베풀려고 하지 않는다. 내가 이기적인 사람이라고 해서 착한 사람, 나쁜 사람 구분 없이 배에 탄 사람은 전부 물에 빠뜨리듯 나 외의 모든 인간을 이기적인 존재로 몰아가는 것도 아니다. 그저 이는 부정할 수 없는 사실이다. 이른바 '사랑'이라 말하는 것도 보답을 갈구하며 베푸는 행위에 지나지 않는다. 인간은 결국 누구나 혈혈단신으로 인생이라는 길을 걸어가지 않는가?

우리 모두는 고독하게 이 참혹하고 고통스러운 여정을 완성해야 한다.

내가 이 도시를 다시 방문했을 때에는 모든 것이 달라져 있었다. 과거의 아름다운 영광은 신기루처럼 사라져 인간을 희롱하는 운명을 한탄하게 만든다. 혹은 이런 모습이 마침 좋을지도 모른다. 나는 스스로 여정을 끝낼 결심을 해야 한다고 생각하던 차였다. 고독한 유랑의 인생을 쇠퇴해버린 도시에서 마감하는 것도 잘 어울리는 일이다.

나는 이름 모를 백화점에 들어갔다. 좀 더 좋은 옷으로 갈아입고 화려하게 이 세상을 떠나고 싶었다. 비록 세상에 태어날 때는 벌거벗은 몸뚱이로 왔지만, 죽을 때는 체면을 차리는 것이 좋겠다고 생각했다.

나도 세속적인 생각에서 벗어나지 못했다는 생각이 든다. 연인을 만날 때 외모에 신경을 쓰듯, 나는 한 의류 매장의 거울 앞에서 여섯 벌의 외투를 입어보고서야 마음에 드는 옷을 골랐다. 하지만 최신 스타일의 가죽 구두를 신었을 때는 고개를 저으며 실소하고 말았다. 나 스스로를 멍청이라고 비웃었다.

아름다운 옷으로 갈아입어도 아무도 나를 봐줄 사람이 없다.

백화점에서 나가려고 계산대를 지나가는 순간 오래된 신문이 보였다. 내 얼굴이 인쇄된 신문. 내 사진 옆에는 커다란 글씨로……

"위험인물! 이자를 발견하면 즉시 제보할 것!"

이것은 조물주가 인류 앞에 만들어둔 함정인가……. 왜 신은 공기를 통해 전염되고 치료제도 없는 치명적인 바이러스를 만들었을까? 감염된 사람은 다 죽었는데, 왜 병원체를 보유한 숙주인 나는 줄곧 살아 있는 걸까? 나를 해부해 모르모트처럼 실험체로 쓰려 했던 학자들이라면 이 문제의 답을 알겠지. 그러나 나는 이미 알 도리가 없다.

어차피 이 세상에서 여전히 살아 있는 사람은 나 혼자다.

고독한 나는 신에게 죽음의 사자 역할을 부여받아 홀로 남았다.

Var.X Presto misterioso

커피와 담배

Ginastera

Piano Sonata No.1, Op.22, II. Presto misterioso

나는 눈을 비비고 주변을 둘러보았다.

왼쪽에 거대한 대만고무나무가 보인다. 공기뿌리가 거의 3층 건물 높이로 보이는 높은 가지에서 땅으로 뻗어 내렸다. 나무 둥치 아랫부분에는 붉은색 보도블록이 대만고무나무의 뿌리에 밀려나서 이리저리 비뚤어지고 기울어져 있다. 참새 두 마리가 땅바닥에서 무언가 쪼아 먹는다. 앞에는 조그만 화단이 보인다. 작은 빨간 꽃, 노란 꽃이 가득 피어 있다. 나는 식물학자가 아니라서 '작고 빨간 꽃', '작고 노란 꽃' 말고 더 좋은 명사로 설명할 수가 없다. 오른쪽 멀지 않은 곳에 울타리가 있고, 그 옆으로 2미터 높이의 철제 간판이 보인다. 간판 위에는 반쯤 색이 바랜 초록색 페인트로 '문화부 관할 공원'이라고 쓰여 있다. 글자

아래에 절반은 찢겨 나간 만화 스티커가 몇 장 붙어 있다. 아마도 근처에 사는 개구쟁이들의 걸작품일 것이다.

나는 낡은 나무 벤치에 앉아 멍하니 텅 빈 공원을 바라보았다. 공원에는 벤치 두 개와 대만고무나무 한 그루 그리고 화단뿐이다.

정신을 차렸을 때, 문득 머릿속에 한 가지 질문이 툭 튀어나왔다.

나는 왜 여기에 있을까?

다시 주변을 둘러본다. 내가 왜 이 벤치에 앉아 있는지 기억나지 않는다. 사실 언제부터 이곳에 앉아 있었는지도 모르겠다.

오늘은 무슨 요일이지?

나는 손목시계를 내려다보았다. 7월 26일 일요일, 시각은 오전 10시 8분이다. 나는 지난 수요일 휴가를 가기 전에 청소년 약물 남용에 대한 특집 기사를 조판하느라 밤 11시에야 집에 돌아가 잠들었다는 것을 기억할 뿐이다. 그 이후로는 아무런 기억이 없다.

기억상실증인가?

나는 주머니에서 지갑을 꺼냈다. 익숙한 사진, 신분증, 운전면허증, 신용카드, 명함 등이 원래 있던 자리에 얌전히 들어 있다. 나는 내가 홍콩섬 미드레벨^{Mid-Levels} 케인^{Caine} 거리의 아파트 자안러우^{嘉安樓} 7층 B구역에 살고 있다는 것을 안다. 시사 잡지 『포커스^{Focus}』 편집부에서 일하며, 6개월 전에 여자 친구와 헤어졌다. 부모님과 남동생은 홍콩섬이 아니라 주룽^{九龍}반도에 있는 샤틴沙田 지역에 살고, 동생이 올해 대학에 들어가 경영학을 전공한다……. 나는 초등학교 2학년 때 옆 반의 뚱보와 싸움을 하다가 바지가 벗겨졌던 '흑역사'도 기억한다. 단지 지난 사흘만 기억나지 않을 뿐이다.

나는 주머니를 더듬었다. 휴대전화 통화 내역을 살펴보려 했는데, 액정 화면이 새까맸다. 전원 버튼을 눌렀지만 화면에 불이 들어왔다가 곧 꺼졌다. 몇 번 더 눌러봐도 반응이 없다. 배터리가 나갔나? 분명 저번에 확인할 때는 두 칸이 남아 있었는데. 아, 틀렸다. 그건 나흘 전의 일이다. 다행히 허리춤에 걸어둔 열쇠는 여전히 제자리에 있으니 지금은 얼른 집에 돌아가는 게 급선무다. 다른 일은 그 후에 생각하자.

일어나서 공원 밖으로 향했다. 아침 10시인데 벌써 더웠다. 햇빛이 강한 때가 아닌데도 입술이 건조했다.

차가운 커피 한 잔 마시면 딱 좋겠다.

뜨거운 여름날 차갑고 향기로운 라테 한 잔을 목구멍으로 흘려보내는 순간은 정말 말로 다 표현할 수 없다. 아니, 지금 이 순간은 카페모카나 카푸치노, 아이리시 커피, 블랙커피, 심지어 신맛이 강해 목 넘김이 좋지 않은 싸구려 커피라 할지라도 서너 잔 마실 수 있을 것 같다. 내 혀는 지금 커피의 맛을 갈구한다. 몸의 모든 세포 역시 커피의 향을 원한다. 나는 커피에 미친 마니아가 아니다. 하지만 머릿속에 온갖 종류의 커피가 계속 떠오른다. 쓴 커피, 진한 커피, 달콤한 커피, 뒷맛이 깔끔한 커피……. 며칠째 커피를 마시지 못한 것처럼 온몸이 불편하고 괴로웠다.

나는 주머니를 여기저기 뒤지면서 커피를 찾았다. 그러다 스스로의 행동을 인식하고서 놀라 걸음을 멈췄다. 이상하다. 왜 주머니에서 커피를 찾지? 설마 캔 커피를 사서 주머니에 넣었나? 지난 사흘의 기억을 잃어버렸지만 무의식중에 '주머니에 캔 커피가 있다'는 정보가 남아서 이런 행동을 했을까? 그래, 분명히 그럴 것이다. 디스커버리 채널의 어느 프로그램에서 본 적이 있다. 이런 단기 기억상실증은 자연스럽게 기억이 회복될 수 있다고 했다. 어쩌면 이게 그 징조일지 모른다. 나는 집에 가서 지난 사흘간 있었던 일을 잘 떠올려보기로 마음먹었다.

15분이면 집에 도착한다. 버스를 타기보다 산책 삼아 걸으면서 곰곰이 생각해보기로 했다. 게다가 멀지 않은 곳에 편의점이 있었다. 나는 얼른 캔 커피를 사서 이 커피 금단증상을 가라앉히려 했다.

간절히 커피를 마시고 싶다.

"어서 오세요."

편의점 점원이 시원한 차림새의 여자 모델이 실린 잡지에 고개를 처박고 기계적인 인사를 했다. 그는 고개를 살짝 움직이거나 내 쪽을 흘낏 보는 정도의 작은 움직임조차 없었다. 편의점에는 점원 말고도 열다섯 혹은 열여섯 살로 보이는 소년이 둘 있었다. 그들은 냉장고에 바짝 붙어서 담배를 피우고 있었다. 요즘 어린 녀석들은 정말 배워먹질 못했다. 미성년자가 당당하게 공공장소에서 담배를 피우고 담뱃재를 아무 데나 떨어뜨린다. 정부에서 쇼핑몰, 식당, 카페, 극장, 공원 등 모든 공공장소에서 흡연을 금지하는 법률을 제정하지 않았던가? 내 기억에도 이 편의점은 늘 고객의 흡연을 금지했던 것 같은데 말이다. 아마도 지금 저 점원이 담배 피우는 소년들과 아는 사이인 것 같다. 녀석들이 땀을 뻘뻘 흘리며 길에서 태양에 시달리지 않고 시원한 에어컨 바람을 쐬면서 담배를 즐기도록 해주는 것을 보면 그런 생각이 든다. 정말 철없는 놈들이다.

불량소년 둘은 내가 다가오는 것을 보더니 살짝 몸을 움직여 자리를 비켜주었다. 나는 불쾌한 눈빛으로 두 녀석을 쏘아보았는데, 그 녀석들은 내게 신경도 쓰지 않았다. 나는 냉장고의 유리문을 열었다. 즐겨 마시는 블루마운틴 커피를 꺼내려고 손을 뻗는데, 그만 놀라서 그 자리에 굳어버렸다.

냉장고에 담배가 가득했다.

나는 냉장고 칸을 의아하게 바라보았다. 위에서 아래로, 매 칸마다 서로 다른 상표와 종류의 담배가 가지런히 놓여 있었다. 특상 담배, 멘톨 담배, 필터가 긴 담배, 진한 맛 담배, 빳빳한 종이로 된 갑, 부드러운 종이로 된 갑 등 다양했다. 모든 담배는 줄 지어 진열되어 있었고, 가격표에는 더욱 상세하게 상품명과 할인율 등이 적혔다. 담뱃갑 포장에도 흔히 보는 경고문구가 없다. "흡연은 건강에 해롭습니다", "흡연은 폐암을 유발할 수 있습니다" 같은 말이나 금연 유도 목적의 해골 무늬, 폐암 환자의 엑스레이 사진 같은 게 전부 사라졌다. 대신 그 자리에 형형색색의 화려한 디자인이 자리 잡았고, 상세한 성분표와 큼직한 상표 로고가 들어갔다.

이건 또 무슨 장난이지? 혹시 시민을 대상으로 한 몰래카메라 예능 프로그램인가? 나는 가게 구석을 살펴보았지만 어디에도 숨겨진 카메라 같은 것은 없었다. 그 옆에 있는 냉장고에는 전과 마찬가지로 맥주, 탄산음료, 주스 등이 자리 잡고 있다. 달라진 거라곤 원래 커피 종류를 넣었던 냉장고에 수백 갑의 담배가 있다는 것뿐이다. 나는 이 편의점을 종종 이용하기 때문에 상품 배치에 익숙하다. 지난주에도 이 냉장고에 캔 혹은 병에 담긴 커피가 잔뜩 들어차 있는 것을 보았다. 게다가 왜 담배를 냉장고에 넣는단 말인가? 냉장 보관하지 않으면 상하는 것도 아닌데?

"저기요." 내가 계산대로 가서 업무에 영 관심이 없어 보이는 점원에게 물었다. "냉장고에 왜 담배를 넣어놓은 겁니까?"

점원이 고개를 들더니 이해할 수 없다는 표정으로 말했다.

"무슨 문제가 있나요?"

"내 말은, 냉장고에 담배가 잔뜩 있다고요."

나는 잠시 당황했다가 다시 말했다.

"담배는 냉장고에 넣어야죠. 손님, 냉장하지 않은 담배를 찾으시나요?"

점원이 자세를 바르게 하더니 진지하게 내게 물었다.

"아, 아뇨."

나는 점원이 일부러 모르는 척하는지 아니면 최근 '차가운 담배'가 새로 출시되었는데 내가 몰랐던 건지 헷갈리기 시작했다. 그래서 화제를 바꾸었다.

"커피가 어디에 있죠?"

점원의 낯빛이 싹 변했다. 그가 당혹해하며 물었다.

"손님, 지금 커피라고 하셨나요?"

"그래요, 커피. 300밀리리터 캔으로 된 블루마운틴 커피를 찾는데요."

"저희는 그런 물건을 팔지 않습니다."

점원이 딱딱한 표정으로 대답했다. 마치 내가 물어서는 안 되는 질문을 했다는 식이다.

"커피를 안 판다고요? 그럴 리가요! 지난주에도 여기서 샀는데요."

내가 두 손을 계산대에 올리고 몸을 앞으로 기울이며 따졌다.

"말도 안 됩니다! 저희는 커피를 팔지 않아요! 불법적인 물건은 일절 취급하지 않습니다!" 점원이 목소리를 높이며 극구 부인했다. "손님, 저희 가게에서 나가주시기 바랍니다. 나가지 않으면 경찰에 신고하겠습니다."

점원은 당장 경찰에 신고할 기세였다. 담배를 피우던 두 소년이 나와 점원을 경멸하는 눈초리로 주시하는 것을 보자 내가 엉뚱한 트집을 잡는 진상 고객이라도 된 것 같았다. 나 같은 일등시민이 저런 불량소년에게 경멸을 당하다니, 이게 무슨 상황이람?

일을 키우고 싶지 않아서 나는 급히 편의점을 나섰다. 이 편의점은 분명히 문제가 있다. 다들 영화를 찍고 있는 건가? 아니면 어떤 테스트라도 하는 중인가? 그래, 홍콩대학이 이 근처다. 어쩌면 심리학과에서 '사회 실험'이라는 걸 하는지도 모른다. 나는 몇 걸음 더 걷다가 걸음을 멈췄다. 심리학 실험이 맞다면 설문 조사지를 든 대학생이 다가와 이 상황을 전부 설명해주지 않을까? 하지만 1분 정도 서 있어도 아무도 내 어깨를 두드리지 않았다.

1분 동안 나는 더욱 괴이한 현상을 발견했다.

나는 한 서양식 식당 앞에 서 있었다. 그 식당은 출입문도 계산대도 없는 개방형 가게로, 행인들이 다니는 도로 옆에 바로 음식 나오는 데가 있다. 식당 안으로 들어가면 반자동식 계산대가 있고, 샌드위치와 바게트 같은 간단한 식사를 할 수 있다. 이 근처에는 이와 비슷한 식당이 여러 군데 있다. 외국인이 많이 사는 곳이라 더욱 그렇다. 식당에는 손님 대여섯 명이 드문드문 앉아 있었다. 남자도 여자도 있고, 어르신도 소녀도 있었다. 홍콩 사람도 외국인도 있었다. 그러나 그들에겐 공통점이 하나 있었는데, 바로 담배를 피우고 있다는 거였다. 만약 저렴한 홍콩식 식당이었으면 모든 손님이 정부의 금연 조례를 무시하고 구석에서 웅크리고 담배를 피우는 모습이 신기하지 않았겠지만, 이곳은 센트럴이고 격식을 따지는 식당이 아닌가? 왜 종업원이 저지하지 않는 걸까?

나는 점차 주변의 비정상적인 상황을 인지하게 되었다. 시야에 들어오는 거리의 수많은 가게 중, 특히 식당과 카페처럼 먹고 마실 수 있는 공간에서 대부분의 사람들이 담배를 피우고 있었다. 거리에도 흡연자가 잔뜩 걸어 다니고 있었다. 게다가 그중 적잖은 수가 미성년자였다. 가장 믿을 수 없는 일은 보이스카우트 단복을 깔끔하게 차려입은 소년들 한 무리가 다들 입에 담배를 물고서 깔깔 웃으며 내 옆을 지나간 것이었다. 그들은 많아야 열 살 정도로 보였다. 그들 뒤에는 인솔자인 어른도 있었는데, 그 역시 담배 필터 끄트머리를 질겅질겅 씹고 있었다. 지난 사흘 사이에 무슨 일이 벌어진 거지? 담배 회사가 쿠데타를 일으켜 모든 금연 조례를 폐기하기라도 했나? 그렇다고 해도 흡연 인구가 이렇게 갑자기 늘어날 리가 있나? 심지어 미성년자까지 흡연 대열에 동참하다니!

나는 점점 초조해졌다. 걸음걸이도 점점 빨라졌다. 결국 뛰다시피 걸으면서 주변을 살펴보았다. 이 세계는 지금 어떻게 된 거지? 초조해질수록 목이 말랐다.

커피 한 잔이 정말 간절했다.

집 가까이에 왔을 때 익숙한 초록색 표지판이 보이자 안도감이 밀려들었다. 우리 집 건물 아래층에는 두 군데의 체인식 카페가 있다. 한 곳은 스타벅스고, 다른 한 곳은 퍼시픽 커피Pacific Coffee*다. 나는 생각할 겨를도 없이 스타벅스로 뛰어들어 지갑을 꺼내면서 직원에게 주문했다.

"그란데 사이즈로 아이스 라테 주세요."

직원이 아무 말 없이 나를 빤히 바라보았다. 마치 눈앞에 외계인이 나타난 듯한 표정이었다.

---

* 1992년에 생긴 홍콩의 커피 전문점 브랜드.

"저기요?" 내가 100홍콩달러 지폐를 꺼내면서 다시 말했다. "아이스 라테 그란데 사이즈로……."

나는 말을 끝내지 못했다. 이곳이 내가 알던 스타벅스가 아니라는 점을 문득 깨달았기 때문이다. 계산대 한쪽에서 남자 직원이 요즘 유행하는 스타일로 꾸민 여자 손님 두 명을 응대하고 있었다. 직원이 손님에게 작은 쟁반을 건네주는데, 거기에는 수십 개비의 담배가 놓여 있었다. 내 뒤의 손님 예닐곱 명도 다들 손에 담배를 들고 있었다. 그들은 눈앞의 재떨이에 담배를 걸쳐놓고 느긋하게 책을 읽거나 컴퓨터를 사용하고 있었다. 이전과 다른 점이라면 그들 앞에 놓인 게 커피가 아니라 담배라는 사실이었다. 원래 전시되어 있던 판매용 커피 잔과 커피 원두 세트 등은 전부 휴대용 담뱃갑, 담배 파이프, 담배 필터, 잘게 썰어놓은 각연초 등으로 바뀌어 있었다. 고객을 위한 게시판에는 '오늘의 담배 : 버지니아산, 햇볕에 말린 연초'라고 적혀 있었다. 메뉴도 '기본', '특상', '멘톨', '정향 첨가' 등으로 구분되어 있고, '톨:12개비', '그란데:16개비', '벤티:20개비'로 사이즈 구분도 되어 있었다. 계산대 뒤의 기계에서 흘러나오는 것도 커피가 아니라 색깔이 짙고 옅은 차이가 있는 썰어놓은 담뱃잎이었다. 직원들은 숙련된 솜씨로 각연초를 담배 종이에 얹은 후 필터를 끼워 '신선한' 담배로 만들었다.

"손님……?"

직원이 넋이 나간 나를 불렀다.

"어떤 것을 주문하시나요? 제대로 못 들었습니다."

"아⋯⋯." 나는 더듬더듬 말했다. "여, 여기서 파는 게 담배인 가요?"

"그럼요."

직원이 살짝 웃었다. 당연하다는 듯한 태도였다.

"커피를 파는 게 아니에요?"

직원의 얼굴이 하얗게 질렸다.

"손님, 지금 커피⋯⋯를 말씀하시는 건가요?"

"네, 커피. 지난주에도 여기서 카푸치노와 더블 에스프레소를 마셨는데요."

나는 스타벅스의 바뀐 모습에 위축되어 작게 속삭이듯 말했다.

직원은 대답하지 않았다. 그녀는 힘겹게 미소를 유지했지만 눈빛은 주저하고 있었다. 점원이 나에게 잠시 기다려달라고 말했다. 30초도 지나지 않아 점장이 내 앞에 나타났다. 전에 이 스타벅스에 올 때 항상 그가 계산대에서 나를 맞았던 기억이 났다. 익숙한 얼굴을 보니 마음이 좀 놓였다.

"제가 이곳의 점장입니다. 무엇이 필요하신가요?"

키가 큰 남자가 웃으며 말했지만 말 속에 위압감이 느껴졌다.

"문제를 일으키려는 게 아닙니다." 내가 작은 소리로 말했다. "그저 한 가지만 묻고 싶은데요. 이 스타벅스에서 계속 담배를 판매하셨나요?"

"그렇습니다. 저희 미국 본사에서는 40년 전부터 담배를 판매하고 있습니다만."

나는 현기증을 느꼈다.

"커피를 파는 게 아니란 말씀이죠?"

"저희 회사는 법률에 저촉되는 상품을 판매한 적이 단 한 번도 없습니다."

점장은 여전히 온화한 얼굴이었지만 말하는 태도가 확실히 달라졌다.

"커피 판매가 불법이라고요?"

"물론입니다." 그가 내 눈을 똑바로 쳐다보며 말했다. 내가 당연한 사실을 질문하는 의도를 의심하는 듯했다. "홍콩은 세계 여느 나라와 마찬가지로 커피 매매를 금지하고 있습니다. 외국에서 오신 건가요? 일부 유럽 국가에서는 담뱃가게나 술집에서 카페모카를 판매할 수 있게 허용한 곳이 있다고 들었습니다. 하지만 이곳은 홍콩이니까요."

나는 정말 이해할 수가 없었다. 언제부터 커피가 유통 금지 품목이 되었단 말인가? 사흘 사이에 무슨 일이 벌어진 거지?

"세상에, 그냥 커피일 뿐이잖아요. 코카인도 아니고!"

내가 참지 못하고 소리쳤다.

"코카인이요?" 점장이 잠시 의아하단 표정을 짓더니 이렇게 대답했다. "정부에서 관리하고 있지만 마약 복용이 불법은 아니지요. 비교하자면 코카인보다 카페모카가 더 해로우니까요."

커피가 마약보다 더 해롭다고? 마약은 불법이 아니라고? 내 귀를 믿을 수가 없었다.

"무슨 말이야!" 나는 답답한 심정에 고함을 질러댔다. "여기는 커피를 파는 곳이잖아! 거짓말 좀 하지 마! 지난주에도 바로 당신이 나한테 카푸치노를 만들어줬다고! 분명히 기억하고 있어! 다들 짜고 나를 놀리는 거지?”

점장의 미소가 싹 사라졌다. 그는 성난 눈빛으로 목소리를 높이며 항의했다.

“저희는 적법한 업장입니다. 커피를 판매한 적은 결코 없습니다. 저희를 약국이나 커피 밀매업자라고 생각하는 겁니까? 지금 당장 나가주세요. 다른 손님들에게 폐가 됩니다.”

점장의 말에 모든 손님과 직원들의 시선이 우리 쪽으로 쏠렸다. 그들은 들고 있던 책을 내려놓고 하던 일을 멈춘 채 놀란 표정으로 나를 쳐다보았다. 그들의 시선에서 나는 내가 환영받지 못하는 인간이 된 듯한 느낌을 받았다. 아니, 그들은 애초에 ‘인간’이 아니라 이해할 수 없는 낯선 존재를 보는 듯한 표정이었다. 마음속의 불안은 눈덩이처럼 불어나기만 했다. 마치 내가 속하지 않은 새로운 세계에 홀로 떨어진 것 같았다. 나는 알 수 없는 두려움에 휩싸여 점장에게 시선을 돌리지 못한 채 뒷걸음질로 물러나 거리로 도망쳐 나왔다.

거리에 서서 주변을 둘러보았다. 현실감이라고는 손톱만큼도 느낄 수 없었다. 온통 꿈속인 듯했다. 거리와 가로등, 간판, 상점들, 자동차의 소음과 매연 냄새까지, 눈앞의 모든 사물이 익숙했다. 그러나 완전히 낯선 세상이라는 착각이 치밀어 올랐다. 스타벅스 간판 아래에 적힌 글자는 ‘COFFEE’가 아니라 ‘TOBACCO’였다. 멀지 않은 곳의 퍼시픽 커피도 브랜드 로고가 달라졌다. 김이 모락모락 피어오르는 커피콩이 그려져 있어

야 하는데, 지금은 연기를 내뿜는 담배가 떡하니 그려져 있는 것
이다. 담배를 피우는 사람들이 내 곁을 끊임없이 스쳐간다. 그들
이 나를 흘낏거리는 듯한 기분이 들어 몸서리를 쳤다. 다들 내가
그들과 '동류'가 아니라는 사실을 아는 듯 의심스러운 눈길로
쳐다보는 것 같았다.

　지난 사흘 동안 세상이 달라졌다. 내가 알지 못하는 사이에
사람들의 기억과 상식이 뒤집혔다. 담배는 '일상생활의 필수품'
으로 바뀌고 커피는 '인간에게 해악을 끼치는 물건'이 되었다.

　혹시 이 세계는 내가 존재하던 세계와 애초에 같은 세계가 아
닌 걸까?

　어쩌면 여기는 홍콩이 아닐지도……. 아니, 아예 지구가 아닐
지도 모른다. 지구와 흡사한 다른 행성일까?

　내가 기억을 잃은 것도 외계인에게 납치되었기 때문일 것이
다. 그들은 나를 납치해서 사흘 만에 이곳으로 데려왔다. 목적
은…… 내 행동과 반응을 관찰하기 위해서?

　아니면 평행 세계일까? 컴퓨터 속의 가상현실? 미국 정부의
음모에 의한 거대한 실험실?

　머릿속이 복잡했다. 나는 이 괴이한 공간에서 벗어나고 싶었
다. 그러나 어떻게 해야 할지 알 수 없었다. 그리고 어째서인지
이런 순간에도 단 한 번만이라도 커피를 다시 맛보고 싶다는 갈
망에 사로잡혀 있었다. 1분 후에 세상이 멸망하고, 지구가 파괴
되고, 내 육체가 죽어 넘어진다 해도, 나는 마지막으로 커피 향
을 맡기를 소원했다. 나는 은연중에 '커피'가 이런 곤경에서 벗어

날 수 있는 출구라고 느꼈다. 내 이성은 이런 생각에는 아무런 근거도 없다고 나에게 열심히 말해주고 있는데도 말이다.

어디에 가야 커피를 찾을 수 있지?

─저희를 약국이나 커피 밀매업자라고 생각하는 겁니까?

스타벅스 점장의 말이 떠올랐다. '커피 밀매업자'라는 이상한 말은 뭔지 모르겠지만, '약국'이라는 말은 확실히 들었다. 이 세계에서 커피는 매매가 금지되어 약국에서만 살 수 있는 걸까? 그렇다면 커피에 약으로서의 가치가 있다는 건가? 나는 거리 모퉁이에 있는 작은 약국을 기억해냈다. 시도해볼 가치가 있다.

나는 뛰다시피 걸어서 금세 그 약국 앞에 도착했다. 약국은 러닝셔츠만 입은 중년 아저씨가 지키고 있었다. 그는 유리로 된 계산대에 턱을 괴고 앉아 막 하품을 하던 중이었다.

"뭐 드려요?"

아저씨는 내가 약국에 들어오는 것을 보고 심드렁하게 물었다.

"혹시…… 커피 있습니까?"

나는 망설이면서도 어쨌든 물어보았다.

아저씨는 깜짝 놀라더니 가게 바깥부터 살폈다. 그러고는 위아래로 나를 훑어보았다.

"커피라니? 그런 거 없어요."

주인이 대답했다. 그러나 그의 태도는 편의점 점원이나 스타벅스 점장과 같은 느낌이 아니었다. 마치 내가 더 캐물어주기를 바라는 듯했다.

"없나요? 하지만 전 정말 커피가 필요한데……."

"멍청하긴!" 주인이 목소리를 낮추며 말했다. "그렇게 크게 말하지 말라고. 커피 어쩌고 계속 말하는 걸 보니 경찰 끄나풀은 아닌 것 같군. 어떤 물건을 찾는데?"

나는 희망을 느꼈다. 드디어 제대로 경로를 찾은 것이다.

"무슨 종류의 커……. 아, 무슨 종류든 다 좋습니다."

"우리는 M하고 C가 있는데. 나는 처음 보는 손님과는 거래를 하지 않는 편인데, 요즘 경기가 어려워서 받아주는 거야."

"M? C?"

내가 신기해하며 되물었다. 주인은 눈썹을 살짝 찌푸렸다.

"모카하고 카푸치노 말이야! 설마 커피를 처음 하는 건 아니겠지?"

"아, 아! 그럼 모카로 주세요. 캔인가요, 병인가요?"

"캔이니 병이니 그런 게 어디 있어!"

주인이 계산대 아래서 약 봉지 크기만 한 조그만 비닐 백을 꺼내주었다.

"한 봉지에 300홍콩달러야."

"커피를 달라니까요! 왜 이런 약 봉지를 주는 겁니까? 게다가 그렇게 비싸다고요?"

나는 도무지 이해할 수가 없었다.

"모카를 달라며."

주인이 작은 비닐 백을 뒤집었다. 뒤쪽은 투명한 재질이라 안쪽이 보였다. 작은 비닐 백 안에는 10여 개의 커피콩이 들어 있었다.

"아! 정말 커피다!"

나는 흥분을 감추지 못했다. 가격이 무지막지하게 비싸지만 얼마든지 지불할 참이다. 이건 아마도 에티오피아의 모카 커피콩일 것이다. 'Ethiopian Mocha'는 늘 최고급 상품이니까 말이다. 커피콩의 모양만 봤을 뿐인데도 커피 향기가 코끝에 맴도는 것 같았다. 커피를 갈구하던 욕망이 마음속에서 터져나오는 듯했다.

내가 막 지폐 세 장을 꺼내 주인에게 건네려는데, 머리를 짧게 자른 남자 두 명이 가게 안으로 들이닥쳤다. 뭔가 반응을 하기도 전에 한 사람이 내 어깨를 붙잡더니 손을 등 뒤로 꺾고 머리를 계산대에 처박았다.

"뭐하는 겁니까!"

저항했지만 그 남자는 힘이 무척 셌다. 주인은 가게 안으로 도망가려다 계산대를 가볍게 뛰어넘은 다른 남자에게 제압되었다.

"경찰이다! 커피 거래를 한 혐의로 체포한다. 당신들은 묵비권을 행사할 수 있고, 지금부터 하는 말은 법정에서 증거로 사용될 수 있다."

나를 붙잡은 남자가 차가운 목소리로 말했다. 나는 고개를 비틀어 뒤를 돌아보려 애썼다. 경찰의 얼굴을 보기 위해서였다. 아무래도 내가 본 얼굴 같다. 그들은 아까 스타벅스에 있었다.

"이거 놔! 그냥 커피일 뿐이잖아! 다들 미쳤어?"

나는 힘껏 버둥거렸지만 벗어날 수가 없었다.

"얌전히 있지 않으면 '공무집행방해죄'가 추가될 거요. 오늘 당신들이 재수가 없는지 우리가 운수 좋은지는 몰라도, 오전 근무 끝나고 담배 한 대 피우러 갔다가 커피 거래 현장을 다 잡았군."

"난 아닙니다!" 약국 주인이 갑자기 외쳤다. "저 사람이 꺼낸 겁니다. 저는 아무것도 모릅니다!"

"밖에서 다 봤어! 비닐 백과 지폐에 찍힌 지문만 검사하면 다 나오는데 억지 쓰지 마. 벌써 본부에 지원도 요청했으니, 가게를 싹 뒤져보면 정말 아무것도 안 나올까? 힘 빼지 말고 나중에 판사한테 선처나 구하라고."

결국 상황을 제대로 이해하기도 전에 경찰차에 태워졌고 센트럴 경찰서에 도착했다. 나는 망연하게 어찌할 바를 모른 채 두세 시간을 대기해야 했다. 그런 다음 젊은 경찰관 두 명이 나를 작은 방으로 데려가 조서를 꾸미기 시작했다.

"선생님, 이렇게 소량의 커피를 소지하는 것은 형량이 무겁지 않습니다." 조서를 쓰던 경찰관이 은근하게 말을 붙였다. "벌금만 내면 끝나요. 우리는 선생님께서 약국 주인이 커피를 밀매했다고 증언하기를 바랍니다. 그러니 경찰에 협조 좀 해주시죠."

나는 아무 말도 못 하고 눈앞의 두 사람을 빤히 바라보았다. 이게 무슨 황당무계한 세상이란 말인가? 커피를 마시는 게 무슨 죄가 된다는 거지? 커피 한 잔 마시고 싶다는 게 이런 꼴이 될 만큼 나쁜 짓이라고? 탁자 위에 담배 한 갑이 놓여 있다. 방금 나를 취조실에 데려온 경찰관이 내 앞에 놓아준 것이다. 커피가 담배보다 나쁘다고? 흡연이 어째서 죄가 아니지? 나는 이해할 수 없었다. 조금도 이해할 수 없었다.

둘 중에서 좀 더 기골이 장대하고 얼굴이 험상궂은 경찰이 나를 불렀다.

"이봐요. 변호사를 불러도 됩니다. 하지만 솔직히 말해서 이런 상황에서는 변호사도 소용없어요. 우리는 당신이 지은 죄에는 관심이 없습니다. 검사도 기소하지 않고 넘어가겠다고 합니다……"

"죄? 무슨 죄?" 나는 더는 참을 수가 없었다. "다들 미쳤어! 이 세계는 미쳤다고! 어린애들도 담배를 피우고, 마약은 범죄가 아니고! 그런데 커피를 마시는 것은 불법이라고? 도대체 이유가 뭐야? 지난주에 분명히 카페모카, 카페라테를 마셨어! 식당에서는 전부 블랙커피를 팔았다고! 며칠 만에 커피가 범죄가 된다고? 빌어먹을! 난 집에 갈 거야! 나갈 거라고!"

경찰관들의 표정이 싸늘해졌다. 키가 큰 경찰관이 입을 열었다.

"우린 경찰입니다. 당신과 옳고 그름을 따질 이유가 없습니다. 법률에 대해 이러쿵저러쿵 따질 생각도 없고요. 사실 커피 중독자 같은 인간쓰레기와 떠드는 것은 시간 낭비죠. 아직 상황 파악이 안 되었다면 48시간 동안 당신을 구류하고 천천히 심문하면 됩니다. 그때 가서도 사실대로 대답하지 않을지 두고 봅시다."

"사실? 내 말은 다 사실이야! 제기랄!"

나는 탁자 위의 담뱃갑을 보고 울화가 치밀었다. 그래서 담뱃갑을 집어 경찰관들에게 내던졌다. 손바닥에 기묘한 뜨거운 느낌이 남았다. 그러나 내게는 더 생각할 겨를이 없었다. 키 큰 경찰관이 내 멱살을 잡고 벽으로 밀어붙였다.

"경찰을 공격해? 간덩이가 부었군!"

그가 내 배에 주먹을 꽂았지만, 나도 지지 않고 그의 얼굴을 이마로 들이받았다. 경찰관의 주먹이 내 얼굴로 날아왔는데, 내가 바닥으로 미끄러지는 바람에 그는 유리창을 후려친 꼴이 되었다. 깨진 유리가 취조실 바닥으로 쏟아졌다.

"이게 다 무슨 일이야!"

문이 열리더니 직급이 높아 보이는 경찰관이 양복을 차려입은 노인을 데리고 취조실로 들어왔다. 나에게 주먹질을 한 경찰관은 상사의 말을 못 들었는지 내 얼굴에 한 번 더 주먹을 날렸다. 나는 제대로 얻어맞고 기절하기 직전에 양복을 입은 노인과 고위직 경찰관이 황급히 달려들어 나와 키 큰 경찰관을 떼어놓는 것까지 보았다. 난리법석 중에 깨진 유리 파편에 누군가의 팔에 상처가 났다. 손목시계 옆, 손목에 난 상처는 내가 마지막으로 본 장면이었다. 그다음은 온통 어둠뿐이다. 나는 정신을 잃었다.

❧

"깼군요."

눈을 떴을 때 나는 개인 병실처럼 보이는 어느 방에 누워 있었다. 오른팔에는 링거가 꽂혀 있었다. 양복을 차려입었던 노인이 내 침대 옆에 서서 나를 내려다보고 있었다. 노인은 이제 흰 가운을 입고 있다. 딱 봐도 의사처럼 보인다.

"누…… 누구시죠? 여기가 어딥니까?"

"나는 자네 주치의인 루陸 박사고, 여긴 페이라菲臘 전문병원일세. 음, 상황이 좀 복잡하니 천천히 설명하도록 하겠네. 일단 이걸 주지."

노인이 나에게 종이컵을 건넸다. 향기로운 냄새가 확 퍼졌다.

"커피! 불법이 아닌가요?"

나는 기쁨에 넘쳐 물었다.

"커피를 마시는 게 무슨 죄라고 그러나?"

루 박사가 웃었다.

다행이다, 정말 다행이다! 원래의 세계로 돌아왔다! 나는 천상의 음료를 마시는 것처럼 감사한 마음으로 커피를 한 모금 마셨다. 그런데 내가 예상했던 만족감이 느껴지지 않았다. 나는 분명히 커피의 맛을 몹시 갈구했다. 그런데 왜 지금은 조금도 그런 기분이 들지 않을까?

루 박사는 나의 그런 의문을 다 아는 듯했다.

"커피 맛이 자네가 생각한 것과 좀 다르지? 그야 그럴 게, 이건 치료에 의한 작용이니까."

"치료라니요?"

루 박사가 흰 콧수염을 만지작거리며 말했다.

"우선 이것부터 말해야겠군. 이번 사건의 책임을 우리에게 추궁할 수는 없을 걸세. 자네가 직접 계약서에 서명했으니 보상 같은 것도 해줄 수 없고. 하지만 병원 측에서 최대한 원만하게 해결되도록 책임을 다할 걸세."

"계약서에 서명을 했다고요? 무슨 책임이요?"

이 늙은이가 계속 알아들을 수 없는 말만 늘어놓는다. 도대체 저 사람은 어떻게 나를 이 세계로 돌아오게 한 걸까?

"자, 이게 계약서야."

그가 두툼한 서류 봉투를 내밀었다. 봉투를 받아드는데 그의 왼쪽 손목에 붕대가 감긴 것이 보였다. 경찰서에서 유리 조각에 다친 게 저 사람이었나?

서류를 꺼내 보니 첫 장 맨 아래에 내 서명이 보인다. 시선을 위로 올려보니 'IC 금연 치료 실험'이라는 글자가 보였다. 그 뒤로 이어지는 수십 장의 서류는 전부 법률적인 내용에 대한 거였다. 참가자는 치료 실험 과정에서 일어날 수 있는 위험을 스스로 책임진다, 대신 이 실험에서 어떠한 비용도 지불하지 않는다 등등.

"IC 금연 치료 실험이라는 게 뭡니까?"

"IC는 'Insular Cortex'의 약칭이네. 섬엽*이라고도 하지. 자네는 지난주에 우리 실험 과정에 참여해서 금연 치료를 하고 있어."

루 박사가 대답했다.

---

* 대뇌에서 측두엽과 두정엽의 피질이 나뉘는 바깥 고랑에 자리 잡고 있다. 바다 위의 섬처럼 뇌의 다른 부위와 구별되기 때문에 라틴어로 섬을 뜻하는 인슐라(insula)라는 이름이 붙었다. 한국어로는 섬엽 또는 뇌섬엽이라고 한다.

"치료? 제가 니코틴 중독인가요? 제가 그 이상한 세계에 떨어졌던 건 의사 선생님들이 제 반응을 관찰하기 위해서였나요?"

루 박사는 가볍게 웃더니 대답했다.

"세 가지 질문에 대한 대답을 차례대로 해주지. 첫째, 자네는 치료 중이야. 둘째, 자네는 니코틴 중독일세. 셋째, 자네는 이상한 세계에 떨어진 적이 없어."

나는 멍청하게 루 박사만 쳐다보았다. 이 상황이 전혀 이해되지 않았다.

"지난주 목요일 치료에 참여할 때도 설명했지만, 부분적으로 기억을 잃었으니 다시 이야기함세. 인류가 왜 중독되는지 알고 있나?"

나는 고개를 저었다.

"니코틴이나 코카인 같은 약물은 대뇌에 도파민을 분비하도록 자극해서 즐거움을 느끼게 해준다네. 그러나 이런 마약류를 쓰면 평상시 도파민 분비량은 오히려 감소해. 도파민 분비가 줄어들면 대뇌는 우리 인간이 니코틴이나 코카인을 섭취하도록 유도하네. 이렇게 해서 담배와 마약에 중독되는 현상이 나타나게 되는 거지."

루 박사는 침대 옆에 의자를 끌어와 앉더니 설명을 이어갔다.

"이런 연구 결과가 있지. '갈망'을 행동으로 이어지게 하는 역할은 대뇌의 섬엽에서 한다. 내 치료 이론은 약물을 이용해 섬엽의 작용 방식에 약간 변동을 일으키는 거라네. 갈망에 대한 섬엽의 작용을 완전히 없애는 게 아니라, 갈망의 대상을 바꾸어 니코틴처럼 신체에 유해한 물질 대신 다른 것으로 대체하려는 거야. 약물을 이용해서 최면과 비슷한 지령을 뇌에 내리면 돼. 실험 참여자들은 식습관에 따라 네 팀으로 나누었어. 가장 흔히 접하면서 유해성이 없는 식품으로 대체했지. 각각 초콜릿, 콜라, 고추 그리고…… 커피."

"네?"

커피라는 말을 듣자마자 나도 모르게 소리를 질렀다.

"치료가 성공하면 사흘 만에 담배에 대한 갈망을 잊게 돼. 니코틴 금단증상이 나타나면 담배 대신 초콜릿을 먹거나 커피를 마시는 것으로 가라앉힐 수 있지. 이건 흡연자 외에도 마약 중독자, 알코올 중독자에게도 기쁜 소식이 아닐까?"

"그러니까, 저는 원래 커피를 좋아하지 않았던 거군요?"

"자네가 금단증상을 겪는 대상은 커피가 아니라 담배야. 자네가 쓴 문진표를 보니 보통 사람들처럼 매일 한 잔 혹은 이틀에 한 잔 정도 마셨더군."

나는 갑자기 한 가지 사실을 깨달았다. 아침에 주머니를 뒤지며 '커피'를 찾던 행동은 내가 습관적으로 담배를 찾던 거였다.

"제가 지금 커피를 갈망하는 것은 단지 담배의 대체품이기 때문이라는 거군요……. 그럼 그 경찰들과 카페 점장은 어떻게 된 겁니까? 그들도 치료 과정의 일부분인가요?"

루 박사는 대답 없이 주머니에서 만년필을 꺼내 서류봉투 위에 열 십+ 자를 썼다.

"내가 지금 어떤 행동을 했지?"

"만년필로 열 십 자를 썼지요. 그게 왜요?"

"내가 만년필로 열 십 자를 썼다는 것을 어떻게 알지?"

"지금 봤으니까요."

이 노인네가 나를 초등학생으로 아나?

"아니, 나는 자네에게 이것이 '만년필'인 것을 어떻게 아는지 묻는 거네. 내가 방금 한 동작이 '글씨를 쓰는' 것이라든가, 쓴 글자가 '열 십 자'인 것은 어떻게 알지?"

나는 순간 말문이 막혀서 머뭇거리다가 겨우 한마디 대답했다.

"그…… 그거야 배웠으니까 알죠!"

"외계인이 있다고 가정해보세. 외계인이 방금 내가 한 행동을 봤다면, 얇은 막대기를 쥐고 평면 위에서 움직였다고 생각할 거야. 그 움직임으로 생성된 것은 두 직선이 수직으로 교차된 부호지." 말을 멈췄던 루 박사가 다시 천천히 설명했다. "우리가 사물을 인지하는 건 경험과 상식에 기반해 대뇌가 분석한 결과야. 만약 인지 과정이 잘못되면 현실을 이해할 수 없게 돼. 더 나쁜 상황은 현실을 다른 방향으로 해석하는 거지."

그가 만년필을 내 앞에 내려놓으면서 말을 이었다.

"만약 자네 뇌가 '이것은 만년필이 아니라 밥을 먹을 때 쓰는 포크다'라고 자네에게 알려주면 어떻게 될까? 자네는 진짜 포크와 만년필을 구분할 수 있을까?"

"만년필은 글씨를 쓸 수 있지만 포크는 밥만 먹을 수 있잖아요!"

"그러면 자네 뇌가 방금 내 행동이 '밥 먹는 동작'이라고 알려주면, 자네는 포크와 만년필을 구분할 수 있을까?"

그 순간 나는 불현듯 루 박사의 말을 이해했다. 가슴이 선득해지면서 차가운 기운이 빠르게 온몸으로 퍼졌다. 나는 안절부절못하며 물었다.

"그러니까, 오늘 하루 종일 제가 커피를 담배라고 인지했다는 건가요?"

"자네가 기절한 사이에 약물을 주사해서 역방향의 치료를 실시했네. 자네의 담배에 대한 갈망은 되살아났지만, 대신 '증상'은 이미 사라졌을 거야." 루 박사가 잠시 말을 멈췄다가 분명한 어조로 설명했다. "자네 말이 맞아. 자네는 오늘 하루 내내 담배와 커피를 바꿔 인식했어. 비아그라 복용자가 초록색을 파란색으로 인지하는 상황과 비슷하지."

나는 경악하며 루 박사의 설명을 들었다.

"일반적인 실험 참여자는 '내게 니코틴 중독 증상이 있다'는 사실만을 잊어버려. 그리고 담배에 대한 갈망이 커피를 마시고 싶다는 욕구로 전이되지. 하지만 우리는 치료를 받은 사람 중 일부가 그것보다 좀 더 많은 기억을 잃었다는 사실을 알게 되었네. 그리고 그런 사람들은 담배를 인식하는 데 문제를 일으켰어. 단기 기억상실과 인지능력 장애 같은 심각한 부작용이 생긴 거야." 여기까지 설명한 루 박사는 민망한 표정을 지었다. "불행히도 병원 측에서 서류가 뒤바뀌는 바람에 자네는 제대로 된 검사를 받지 못하고 퇴원했네. 그래서 우리는 오늘 내내 자네를 찾으러 다녔다네. 자네 집 근처까지 왔을 때, 자네가 카페에서 소란을 피우는 것과 경찰서로 연행되는 것을 봤지. 그래서 잘 아는 경찰관에게 연락해서 도움을 청한 거야."

페이라 병원은 어퍼 스테이션Upper Station 거리 근처에 있다. 나는 퇴원한 후에 비칠비칠 걸어서 그 공원에 들어갔던가 보다. 일요일 아침 10시가 넘은 시각이니 거리의 사람들이 다 담배를 피우……. 아니지, 커피를 마시고 있었던 것이다.

"잠깐, 잠깐만요!" 나는 갑자기 뭔가 이상한 느낌에 급히 루 박사의 말을 끊었다. "제가 커피를 전부 담배로 인지하고, 커피 마시는 행동을 담배 피우는 것으로 인지했다고 칩시다. 담배를 사고파는 건 불법이 아니잖아요?"

루 박사가 미안한 얼굴로 자신의 숱이 얼마 없는 머리카락을 꾹 쥐었다 놓으면서 대답했다.

"자네의 상황은 좀 특수했네. 우선 한 가지 말해두자면, 대뇌에서 어떤 사실을 이해하는 부분과 언어로 구성하는 부분은 분리되어 있다네."

"예?"

"타인의 말을 이해하는 것은 측두엽의 베르니케 영역Wernicke Area 소관이고, 눈에 보이는 장면을 분석하는 것은 후두엽의 시각 연합 영역Visual Association Area 소관이야. 반면 언어를 구성하고 정상적으로 말을 하도록 하는 것은 전두엽의 브로카 영역Broca's Area이지. 커피를 자네 눈앞에 놓았을 때 자네는 그걸 담배로 보지만 말할 때는 커피라고 한다는 거야. 문제는 자네가 커피를 생각할 때 입으로는 다른 걸 이야기했다는 거지."

루 박사가 일어서서 병실 한쪽 구석에 놓인 텔레비전을 켰다.

"나는 의학적인 이유를 들어 경찰서에서 자네를 심문할 때 찍은 비디오테이프를 가져왔네. 사실 이 테이프가 있어서 자네 상황을 이해하고 치료할 수 있었다네."

화면에는 나를 심문한 두 경찰관이 나와 있다. 그들과 마주 보고 앉은 사람은 나다. 내 앞에 뜨거운 커피가 한 잔 놓여 있다. 기억처럼 담뱃갑이 아니었다. 나는 이 장면에서도 엄청나게 놀란 상태였는데, 이어서 스피커에서 나오는 소리를 듣고서는 눈을 더 크게 뜰 수밖에 없었다.

"다들 미쳤어! 이 세계는 미쳤다고! 어린애들도 커피를 마시고, 흡연은 범죄가 아니고! 그런데 마약 복용은 불법이라고? 도대체 이유가 뭐야? 지난주에 분명히 대마초를 피우고, 암페타민을 주사했는데! 식당에서는 전부 코카인을 팔았다고! 며칠 만에 마약이 범죄가 된다고? 빌어먹을! 난 집에 갈 거야! 나갈 거라고!"

"자네는 커피를 담배로, 담배를 마약으로, 마약을 커피로 인지했어. 게다가 말할 때는 반대가 되어서 커피를 마약으로, 마약을 담배로, 담배는 커피로 말한 거야. 어쩌면 자네는 케타민을 카푸치노로 인식하고, 코카인을 멘톨 담배라 말했을지도 몰라. 혈액검사를 통해 자네가 약물을 복용하지 않았다는 건 입증되었는데, 섬엽 활동을 변동시킬 때 왜 '마약'이 끼어들었는지는 모르겠군."

루 박사가 어깨를 으쓱하며 말했다.

나는 지난주 수요일에 사무실을 나오기 전 보았던 영상이 눈앞에 떠올랐다.

"저……는『포커스』편집부에서 일하는데요……."

내가 얼굴을 가리며 웃지도 울지도 못하는 상태로 설명을 시작했다.

"아, 그 시사 잡지?"

"지난주에 편집한 부분이 마약 문제를 다룬 특집 기사였어요……."

"뭐? 환자의 기억 조각이 인지능력 장애라는 부작용에 직접적으로 영향을 준 건가……."

루 박사가 혼잣말처럼 중얼거렸다.

"세상에!" 나는 갑자기 이 사태를 파악했다. "내가 약국에서 커피, 아니지, 마약을 샀습니까? 그 아저씨가 저한테 준 게 모카…… 그러니까 대마초라고요?"

"그렇지."

루 박사가 고개를 끄덕였다.

"망했어. 정말로 죄를 지었잖아! 게다가 경찰서에서는 경찰을 공격했고……. 회사에서 잘리면 어떡하지? 감옥에 가게 되면? 아…… 일단 변호사를……."

나는 당황해서 마구 떠들었다.

"걱정 말게. 내가 정신감정서를 써줄 테니까, 경찰도 자네를 기소하지 못할 거야." 루 박사가 웃으면서 덧붙였다. "나는 이쪽 분야에서 나름 권위자라네."

나는 겨우 한숨을 돌렸다.

"루 박사님이 제때 와주셔서 다행이에요. 그렇지 않았으면 이유도 모르고 감옥에 갈 뻔했습니다."

내가 미안한 마음을 담아서 씩 웃으며 말했다.

"저 때문에 박사님이 손목까지 다치셨네요. 정말 죄송합니다."

"손목을 다치다니?"

"왼쪽 손목에 붕대를 감고 계시잖아요. 경찰서에서 유리 조각에 베인 것 아닌가요?"

루 박사는 손목을 가만히 바라보면서 한참 말이 없었다. 그가 붕대를 풀어서 내 귓가에 대주었다.

똑딱, 똑딱.

"내 생각에는……." 루 박사가 입을 뗐다. "자네의 치료는 아직 해결해야 할 문제가 남은 것 같군……."

Var.XI Allegretto malincolico

자매

Poulenc

Flute Sonata, FP 164, I. Allegretto malincolico

　전화로 아쉐^{阿雪}의 당황한 목소리를 들었을 때, 나는 큰일이 벌어졌음을 직감했다.

　"아무 데도 가지 마. 내가 바로 갈게."

　아쉐의 집에 도착해서 내가 가진 열쇠로 문을 열고 들어갔다. 아쉐는 넋이 나간 듯 거실 가운데에 멍하니 주저앉아 있었다. 두 손에는 시뻘건 피가 잔뜩 묻었다. 아쉐의 언니인 아신^{阿心}이 피 웅덩이 위에 드러누운 채 아쉐 앞에 쓰러져 있고, 그 옆에 약 20센티미터 길이의 칼이 떨어져 있었다.

　"아악!"

　아쉐는 내가 문을 여는 소리를 듣지 못했던가 보다. 고개를 들었다가 나를 보더니 비명을 지르면서 바닥에서 피 묻은 칼을 집어 칼날을 내 쪽으로 향해 들었다. 칼이 덜덜 떨리고 있었다.

"아쉐! 나야, 나라고!"

아쉐가 멈칫하는 순간 칼이 바닥에 툭 떨어졌다. 그녀는 얼굴을 일그러뜨리면서 목 놓아 울기 시작했다. 나는 얼른 문을 잠갔다. 이웃집에서 무슨 소리는 듣지 않았는지 살핀 다음, 아쉐 곁으로 다가가 그녀를 꽉 끌어안았다. 그녀는 내 품에서 계속 울었다. 내 티셔츠가 아쉐의 눈물로 흠뻑 젖었다. 물론 아신의 피도 잔뜩 묻었다.

나는 주변을 둘러보면서 상황이 몹시 나쁘다고 생각했다.

아쉐는 내 여자 친구다. 우리는 사귄 지 2년이 되었다. 처음 서로 알게 된 것은 정말 우연이었다. 우리는 같은 아파트에서 살았는데, 2년 전에 엘리베이터가 고장 나서 둘이 안에 갇힌 적이 있었다. 이 일이 우리 둘을 애인 사이로 만들어줄 줄은 몰랐다. 아쉐는 언니 아신과 둘이서 3층에 산다. 집은 돌아가신 부모님의 유산이다. 나는 5층에 사는데, 쪽방* 신세다. 비록 현대 사회에서는 서로 격이 맞는 집안끼리 결혼한다는 개념이 많이 없어졌다지만, 아신은 항상 내게 트집을 잡지 못해 안달이었다. 특히 내 직업을 무시했다. 나는 전자상가에서 판매원으로 일하기 때문에 수입이 안정적이지 않다. 아신은 그런 나를 볼 때마다 빈정거리며 욕했다. 서른 살이 되도록 쪽방에 산

❋ '劏房', 크기가 아주 작은 셋방을 말한다. 홍콩은 집값이 비싸서 일부 집주인이 이윤을 최대화하려고 가벽 등을 설치해 집 하나를 작은 공간 여러 개로 분리해 따로 세를 준다. 이런 쪽방의 크기는 1평이 채 되지 않는 경우도 있다.

다고 조롱하기도 했다. 사실 아신은 나를 업신여길 자격이 없다. 그녀야말로 무직자에다 아쉐가 여행사에서 사무직원으로 일해서 받는 월급에 기생해 살아간다. 아쉐의 이야기에 따르면, 그녀의 부모님은 큰딸이 제대로 직업을 가지고 돈을 벌면서 살 거라는 기대를 버리고 유산인 집을 아쉐에게 물려주었다. 부모님은 두 분이 먼저 세상을 떠나면 아신이 집을 팔아버리고 그 돈을 흥청망청 쓰다가 자매 둘이 거리로 나앉게 될까봐 걱정했다.

그러고 보면 어르신 두 분이 미래를 내다보는 안목이 있으셨다고 해야 할 것이다.

아신은 뭐든지 제가 원하는 대로 해야 직성이 풀리는 사람이다. 그녀는 아쉐의 모든 것에 참견하고 잔소리를 해대면서 자기는 돈을 헤프게 쓰고 게으름을 부리며 세월을 보냈다. 그러다 기분이 내키면 해외여행을 갔다. 두 자매는 자주 다퉜고, 나는 언젠가 수습할 수 없는 일이 벌어질 것 같아서 조마조마했다.

단지 나는 그 수습할 수 없는 일이라는 게 이만큼이나 심각할 줄은 몰랐다. 친자매 사이에 죽고 죽이는 일이 벌어질 거라는 데 생각이 미칠 사람이 누가 있겠는가?

어쩌면 내가 너무 순진했는지도 모르겠다.

겨우 아쉐를 달랜 뒤, 아신의 시체를 살펴볼 수 있었다. 나는 이 엉망진창인 문제를 해결할 방법을 생각해내야 한다.

경찰에 신고하는 것은 당연히 고려할 선택지가 아니다. 아쉐가 감옥살이를 하게 둘 수는 없다. 그렇다면 최대한 머리를 짜내서 시체를 유기하고, 아신은 실종 상태가 되도록 처리해야 한다.

그러나 홍콩처럼 인구밀도가 엄청나게 높고 감시카메라가 하늘에 보이는 별보다 많은 도시에서 한 사람의 존재와 그녀의 시체를 동시에 사라지게 한다는 것은 정말 어려운 일이다.

나는 시체를 뚫어져라 바라보면서 한 시간쯤 고민을 거듭하다 겨우 한 가지 방법을 생각해냈다. 죽은 말을 살아 있는 말처럼 치료한다고 했다. 말하자면 가망이 없지만 끝까지 최선을 다한다는 것이다. 어쨌든 시도해보는 수밖에 없다.

나는 계획을 아쉐에게 설명해주었다. 그녀는 다시 한 번 놀라는 표정을 지었지만 동의하지 않을 수 없었다.

이 사건이 폭로되면 아쉐는 법정에 서기도 전에 언론에 의해 친언니를 죽인 잔인한 살인자로 확정되어 물어뜯길 테고, 그녀의 인생은 끝장날 것이다. 아쉐도 그걸 잘 알고 있었다.

다음 날 정오, 나는 일본제 흰색 화물차를 빌려 노스 포인트 North Point의 야랭점夜冷店*으로 가서 얼핏 보아서는 완전히 새 물건 같은 녹색 냉장고를 샀다. 사장님이 아주 좋은 분이었다. 냉장고 상자를 잘 봉해서 묶어주었는데, 덕분에 훨씬 더 새것 같았다. 나는 돈을 내고 화물차의 뒷문을 열어 냉장고를 실었다. 널빤지를 바닥과 화물차 사이에 비스듬히 걸쳐놓고 낑낑대며

---

* 중고품을 취급하는 가게.

냉장고를 화물차에 밀어 올리는데, 생각보다 힘들었다. 30분 후에 나는 홍콩섬 서쪽의 케네디 타운Kennedy Town에 있는 나와 아쉐가 사는 아파트 근처에 도착했다. 미리 준비한 작업복을 입고 가발, 가짜 수염, 모자, 안경을 썼다. 경비원이 나를 알아보지 못하길 바랄 뿐이다.

"3층 D구역 마馬씨 댁에 배달이요."

경비원에게 낮고 굵은 목소리를 꾸며내며 말했다. 그는 돋보기를 끼고 경마 잡지를 읽느라 내 쪽으로는 눈길만 슬쩍 던졌다가 올라가라는 손짓을 했다.

휴.

우리 아파트의 주간 경비원은 약간 흐리멍덩한 노인네다. 쓸데없이 이 말 저 말 늘어놓는데 그다지 믿음직스럽지 않다. 나는 아파트 관리 회사에서 그를 좀 더 빠릿빠릿한 직원으로 교체해야 한다고 늘 생각했는데, 지금은 이 경비원 할아버지가 있어서 정말 고마웠다. 만약 더 젊고 일을 잘하는 경비원이었다면 나는 신분증을 보여주고 방문자 명단에 이름을 쓴 뒤 서명해야 했을 것이다. 요즘 빈집털이 사건이 적잖게 벌어지고 있으니 관리 회사에서 그렇게 하라고 지시가 내려왔다고 들었다. 만약 신분증을 보여주어야 했다면 나는 지갑을 차에 두고 왔다, 차는 아파트에서 먼 곳에 세워져 있다 등등의 변명을 하면서 아파트 안으로 들어가게 해달라고 사정하며 시간을 잡아먹었을 것이다. 다행히 그런 핑곗거리를 억지로 만들지 않아도 되었다.

엘리베이터에서는 계속 고개를 숙이고 있었다. 감시카메라에 내 얼굴이 찍히지 않게 하려는 거였다. 3층의 아쉐 집에 도착해 초인종을 눌렀고, 곧 문이 열렸다.

문을 연 사람은 아신의 옷을 입은 아쉐다.

아쉐와 아신은 서로 많이 닮았다. 다만 아신은 평소에 동그란 안경을 쓰고 머리카락을 돌돌 말아서 동그랗게 올린 머리를 한다. 아쉐는 긴 머리카락을 어깨에 늘어뜨리는 걸 좋아한다. 안경을 쓰고 머리카락을 말아 올린 아쉐는 정말 죽은 아신처럼 보였다.

나는 새 냉장고를 거실까지 운반했다. 그런 다음 아쉐 집에 원래 있던 흰색 냉장고를 손수레에 실었다. 냉장고 두 대는 크기가 비슷했지만 흰색 냉장고가 훨씬 무거웠다. 안에 아신의 시체가 들어 있으니 그럴 수밖에.

어제 나는 아신의 옷을 전부 벗기고 욕조에서 피를 뺐다. 그리고 시체를 검은색 쓰레기봉투 세 개로 꼼꼼히 싸서 냉장고에 집어넣었다. 다행히 아쉐 집의 냉장고는 충분히 컸다.

나는 아쉐에게 계획의 후반부를 다시 분명하게 일러준 뒤, 혼자서 흰색 냉장고를 밀며 집을 나섰다. 관리실을 지나갈 때, 흐리멍덩한 노인네는 나더러 "저쪽 모퉁이에 중고 상점이 있는데 거기서 받아줄 거요"라고 말하기까지 했다.

나는 냉장고를 화물차에 실었다. 화물차의 컨테이너 문을 닫은 후, 조심스럽게 냉장고에서 아신의 시체를 꺼냈다. 만약 쓰레기봉투가 찢어져 피라도 흘러나왔다가는 큰일이다. 다행히 세

겹으로 싼 쓰레기봉투는 충분히 두꺼웠다.

나는 시체를 화물차 한쪽에 눠두었다. 마치 검은색 비닐로 포장한 일반적인 잡동사니처럼 보였다. 다시 차를 몰고 가서 센트럴 게이지Gage 거리에 있는 쓰레기장에 냉장고를 버렸다. 어쩌면 청소부가 깨끗한 냉장고를 중고 상점에 팔아 몇백 홍콩달러라도 벌지 모른다. 아니면 아예 쓰레기장 직원 휴게실에 놓고 쓸지도 모르겠다. 어쨌든 모르는 사람이 냉장고를 가져가면 증거물 하나가 사라지는 셈이다.

냉장고를 처리했으니 이제 시체를 처리해야 한다. 나는 센트럴의 주빌리Jubilee 거리로 차를 몰고 가서 상점가에서 15분 정도 기다렸다. 곧 익숙한 사람의 실루엣이 보였다.

명품 핸드백을 어깨에 메고 아신처럼 꾸민 아쉐가 빠른 걸음으로 차를 향해 걸어왔다.

내가 차문을 열자 아쉐가 빠르게 차에 탔다. 나도 곧바로 차를 출발시켰다.

"괜찮아?"

내가 묻자, 아쉐가 고개를 끄덕였다.

"경비원 할아버지가 날 보고 언니인 줄 알더라. 오늘도 여행 가느냐고 물어서 고개만 끄덕였어. 말은 안 했고."

좋아, 그러면 딱 좋다.

차가 크로스하버 터널Cross-Harbour Tunnel을 지날 때쯤, 아쉐는 입고 있던 옷을 벗고 가방에 넣어둔 자기 옷으로 갈아입었다. 나는 그녀를 주룽반도 남쪽의 야우마테이油麻地에 내려주고 집에 가서 나를 기다리라고 당부했다.

"엘리베이터는 타면 안 돼."

나는 몇 번이나 그녀에게 단단히 일렀다. 엘리베이터의 감시 카메라에 아쉐가 외출하는 모습이 찍히지 않았는데 집에 들어 오는 모습이 찍힌다면 변명하기 어려운 증거가 된다.

아쉐가 내린 후, 나는 주룽반도 동쪽의 사이쿵西貢으로 향했 다. 남은 것은 시체를 바다에 버리는 일뿐이다.

나는 차를 세워두고 깊은 밤이 될 때까지 기다렸다. 기다리 는 동안 해야 할 준비 작업이 있었다. 화물차 컨테이너 안에 방 수천을 두 겹 깔고 쓰레기봉투를 조심스럽게 벗겼다. 냉장고에 서 한나절을 차갑게 보관된 상태다 보니 시체 썩는 냄새는 별 로 없었다. 하지만 피나 체액이 차에 흐르지 않도록 최대한 조 심했다. 아까 아쉐가 벗어두고 간 옷을 아신에게 입히는 것은 꽤 힘들었다. 아신의 팔다리가 이미 웅크린 자세로 굳어버렸기 때문이다. 하지만 어쨌든 옷을 입히는 데 성공했다.

나는 두꺼운 캔버스 천으로 시체의 복사뼈까지 감싼 뒤 거기 에 다시 쇠사슬을 걸었다. 그런 다음 시체를 다시 검은 쓰레기 봉투로 싸면 이 계획에도 끝이 보인다.

새벽 1시, 주변에 사람이 없는 것을 확인한 다음 시체를 차에 서 내려서 손수레에 싣고 해변으로 향했다. 흐릿한 가로등 아 래, 벽돌을 넣은 캔버스 천 포대를 시체를 묶은 쇠사슬과 연결 했다. 작은 칼로 쓰레기봉투를 찔러 곳곳에 구멍을 냈다. 그런 다음 시체를 시커먼 바다에 던졌다. 벽돌의 무게로 시체는 바다

밑바닥에 가라앉을 것이다. 쓰레기봉투에 낸 구멍으로는 바닷물과 미생물이 들어가 시체를 부패시키겠지. 미생물이 만들어낸 가스도 잘 배출될 테니 그것 때문에 시체가 떠오를 일도 없다. 어느 잠수부가 우연히 쓰레기봉투를 주의 깊게 보지 않는다면, 시체가 발견될 때쯤엔 사인을 밝히기 힘든 백골이 되어 있을 것이다.

나는 사이쿵을 떠나 그대로 홍콩섬으로 돌아왔다. 차를 몰고 돌아오는 내내 앞으로의 일이 걱정스러웠다.

우리는 아신이 여행을 갔다가 실종된 걸로 위장할 셈이다. 그러니 어느 정도 시간이 흐른 뒤 경찰에 신고할 일을 생각해두어야 한다. 언니가 사라졌으니 여동생이 아무것도 하지 않을 수는 없다. 일주일 후에 아쉐는 경찰에 신고해야 한다. 아쉐의 행동이 수사관의 의심을 사지 않을까 하는 게 가장 큰 걱정이다. 이런 사건은 증거보다 범인의 표정 때문에 허점이 발견되기 십상이니 말이다.

나는 남은 일주일 동안 아쉐를 최대한 훈련시키기로 마음먹었다.

이건 정말 엉망진창인 계획이다. 나는 원래 이런 불확실한 요소를 전부 배제한 계획을 세웠다.

사실 나는 칼을 아신의 가슴에 찔러 넣던 순간에 지금보다 훨씬 간결하고 허점이 적은 방법을 생각하고 있었다.

나와 아쉐는 결혼할 계획이었다. 우리가 이 사실을 아신에게 말했을 때, 그녀는 예상하던 대로 몹시 불쾌해했다.

그런데 나중에 알게 되었지만, 나는 아신이 나를 싫어하는 이유를 줄곧 오해하고 있었다.

어느 날 나는 아쉐의 집에서 청소를 도와주다가 아신의 침대 옆에서 수첩을 찾았다. 그 안에는 무서운 계획이 잔뜩 적혀 있었다.

아쉐를 죽이는 계획이었다.

독약의 이름이며 아쉐의 글씨체를 흉내 내서 쓴 유서, 아쉐의 보험증권 번호나 관련 정보 등이 다 적혀 있었다.

나는 처음에 아신이 마음속 울분을 표출하려고 그냥 한번 써본 거라고 생각했다. 그런데 마지막 장을 보고서 아신이 정말로 동생을 죽일 생각임을 알게 되었다.

수첩에 부동산업자의 전단지가 끼어 있었다. 게다가 이 아파트의 다른 집이 거래된 내용이 기록된 종이도 있었다.

아쉐의 11평짜리 집은 웨스트 아일랜드West Island 지하철 노선이 이곳을 지나가게 되면서 집값이 600만 홍콩달러로 치솟았다. 아쉐가 죽으면 유일한 가족인 언니가 이 집을 물려받는다. 그러나 내가 아쉐와 결혼하면 아쉐는 내 이름을 집 명의자에 추가할 것이다. 아쉐가 그렇게 하지 않는다고 해도 우리 사이에 아이가 생기면 아신은 이 집의 상속권을 완전히 잃는다.

나는 수첩을 가져갔다가 아쉐가 회사에서 야근을 하는 날 아신과 직접 담판을 지었다.

아신은 수첩을 보더니 얼굴이 파랗게 질렸다. 하지만 나중에는 부끄러움이 분노로 바뀌었다. 그녀는 황당한 이유를 들이대면서 나 같은 외부인이 자신에게 속한 재산을 빼앗아가는 꼴을 두고 볼 수 없다며 난리를 쳤다. 내가 아쉐에게 수첩을 보여주겠다고 하자, 아신은 서랍에서 20센티미터쯤 되는 칼을 꺼내더니 나를 찌르려고 했다. 하지만 나는 재빠르게 칼을 빼앗아 그녀를 제압했다.

"흥! 이걸로 네가 이긴 것 같아? 웃기지 마! 아쉐는 내 동생이야. 나를 아무리 싫어해도 결국 내 말을 듣게 돼 있어! 왜냐하면 나한테 반항할 수가 없거든! 평생 내 그림자에서 살아야 한다고……."

아신의 말대로다. 나는 그녀를 응시했다. 이 문제를 진정으로 해결할 방법은 단 하나였다.

그녀를 없애지 않으면 나중에 아쉐와 나, 심지어 우리 아이까지 그녀에게 해를 입을 것이다.

나는 베개로 아신의 얼굴을 누르고 칼을 그녀의 가슴에 박았다. 아신은 베개 아래에서 낮고 무거운 비명을 질렀지만 몇 초 지나지 않아 조용해졌다. 최근 이 근처에는 좀도둑이 창문으로 침입하는 절도 사건이 빈번했다. 그걸 이용해서 위장할 생각이었다. 나는 범인이 빈집인 줄 알고 들어왔다가 사람이 있는 것을 발견하고 당황해서 살해한 후 도망친 것처럼 현장을 꾸몄다.

이렇게 인구밀도가 극도로 높고 감시카메라가 하늘의 별보다 더 많은 도시에서 한 사람을 사라지게 하는 일은 정말 어렵다. 존재하지 않는 범인에게 범행을 뒤집어씌우는 게 훨씬 간편하다.

나는 평소 아쉐의 방에 놓아둔 깨끗한 옷으로 갈아입고 계단을 통해 내가 사는 5층으로 올라왔다. 다행히 조금 전에도 계단으로 아쉐의 집에 갔으니 엘리베이터의 감시카메라에는 아무 기록도 남지 않았다.

내 원래 계획은 아쉐와 내가 함께 시체를 발견하고 경찰에 신고하는 거였다. 아쉐가 언니를 무척 싫어한다고는 해도, 그녀가 살해된다면 슬퍼할 게 분명하다. 그러니 경찰은 그녀가 범인이라는 의심을 하지 않을 테고, 나는 허점을 드러내지 않을 자신이 있었다.

혹은 이렇게 말해야 할지 모르겠다. 어느 똑똑한 경찰이 사건의 전말을 알아내더라도 나는 아쉐에게 아무런 피해가 없게 할 자신이 있었다. 아쉐만 안전하면 된다.

그런데 뜻밖에도 아쉐가 일찍 집에 돌아왔다.

나는 집에 돌아오자마자 아쉐의 전화를 받았다. 아쉐의 상사가 좀 일찍 퇴근하라고 했단다. 그러면 아쉐는 여행사에서 근무 중이었다는 알리바이를 잃어버리게 된다. 게다가 아쉐는 바보처럼 시체가 쓰러진 곳까지 걸어 들어가 흉기를 집어 들었고, 자기 몸에 피를 잔뜩 묻혔다.

흐리멍덩한 경비원 할아버지조차 두 자매 사이가 나쁜 걸 안다. 이대로라면 아쉐는 가장 유력한 용의자가 될 것이다. 젠장!

그래서 어쩔 수 없이 이런 위험을 무릅쓴 방법으로 시체를 버려야 했다.

내일이 되면 아쉐는 분명히 후회하면서 경찰에 신고하자고 할 것이다. 하지만 이제 와서 돌이킬 수는 없다. 호랑이 등에 탔으면 도중에 내릴 수는 없는 것이다.

"……그 애는 평생 내 그림자에서 살아야 해……."

아신의 말이 떠올랐다.

젠장!

악마당 괴인 살해 사건

John Ireland

Piano Concerto in E-flat major, III. Allegretto giocoso

"대왕님! 대왕님! 큰일 났습니다! 대왕님!"

계속된 외침에 옥좌에 앉아 술잔을 흔들며 눈을 감고 백일몽에 빠져 있던 바다^{Bada} 대왕이 깨어났다. 그는 칙칙한 초록색 피부에 머리에는 바나나 모양의 구부러진 뿔 두 개가 달렸고, 폭탄 맞은 듯한 황금색 머리카락을 지녔다. 최근 세계의 평화를 끊임없이 위협하면서 지구를 정복하겠다고 떠들어대는 악마당惡魔黨의 우두머리가 이렇게 해학적으로 생겼다는 걸 누가 믿을까?

오늘 오전 그가 전략실의 왕좌에 앉아 다음 공격 계획을 세우고 있는데, 항상 그를 가로막는 괴상한 가면을 쓴 몇 사람이 떠올라 금세 속이 불편해졌다. 가면을 쓰고 바보 같은 동작을 하면서 멋있는 척이나 하는 그들의 이름은 '가면전사'다. 바다 대왕은 상상의 세계로 빠져들었다. 그는 가면전사 1호를 붙잡아 태평양에 있는 마리아나해구에 처박고, 2호는 에베레스트산 꼭대기에 매달고, 3호는 로켓에 태워 달로 쏘아 보내는 상상을 했다. 그러니 불편했던 속이 쑥 내려가는 기분이다. 바다 대왕은 자신의 계획에 늘 '안 됩니다!'를 외치는 참모 코작Kozak을 어떻게 설득해야 '마리아나, 에베레스트, 달' 계획을 실현할 수 있을지 고민했다. 계획이 성공한 다음 하등한 인류를 어떻게 부려먹을지도 생각했다. 그때 부하가 소리를 지르며 전략실로 들어왔다. 아름다운 꿈에서 비참한 현실로 끌려 나온 바다 대왕은 짜증을 부렸다.

"젠장! 양파 괴인怪人! 내가 지금⋯⋯. 아니지, '짐'이 지금 세계를 정복할 원대한 계획을 세우고 있는 게 안 보이냐!"

부활한 지 3년이 되었지만, 여전히 인류의 언어에 대해서는 이해하기 어려운 부분이 많았다. 그는 왜 '나'가 아니라 '짐'이라고 칭해야 하는지 모른다.

"대, 대왕님!"

요상한 갈색 갑옷 차림에 정상적인 인류와 크게 차이가 없지만, 머리만큼은 거대한 양파인 양파 괴인이 더듬더듬 보고했다.

"감, 감자 형님이 죽었습니다, 대왕님!"

"뭐! 감자가⋯⋯."

바다 대왕은 놀라서 옥좌에서 벌떡 일어섰다. 그 바람에 싸구려 포도주가 바닥으로 흘러내렸다. 감자 괴인은 양파 괴인과 더 불어 악마당의 중요한 간부이자 전투 괴인이다. 요즘 경기가 좋지 않아 악마당의 수입도 크게 줄었다. 괴인들은 가면전사와 싸우다 소나기에 꽃잎 떨어지듯 잔혹한 방식으로 죽어가고 있다. 남은 것은 조직의 주요 전력뿐이다. 지금 양파 괴인이 감자 괴인도 화를 당했다고 하니 바다 대왕은 어찌할 바를 몰라 허둥거리고 말았다.

"감자 형님의 방에서 당했어요! 저하고 같이 가시죠!"

양파 괴인이 두 눈에 눈물을 글썽이며 서둘렀다. 양파 괴인은 최루가스를 뿜어서 적을 공격한다. 하지만 그 가스는 양파 괴인 자신도 공격하기 때문에 죽은 물고기처럼 생긴 그의 눈에는 항상 눈물이 어룽거린다. 지금 그가 흘리는 눈물이 슬픔 때문인지, 아니면 자신의 최루가스에 눈이 매워 그런 것인지는 바다 대왕도 정확히 알기 어렵다.

악마당 본부는 도시 근교에 3층 높이로 지어진 강철 가공 공장 지하에 있다. 강철을 가공하는 척 주변의 눈을 속이고 있지만 사실 그 안에서는 인류를 정복하려는 음모가 펼쳐지고 있다. 건물은 지하 10층까지 있으며, 사용 면적이 넓지는 않아도 무기 창고, 연구실, 정보실, 통신실, 고문실, 감옥, 작전지휘실, 의무실, 식당, 휴게실, 체력 단련실, 영화관, 술집, 볼링장, 도서관 등 필요한 설비를 빠짐없이 갖추고 있다. 가장 아래층은 우두머리인 바다 대왕과 간부들의 전용층이다. 전략실과 괴인 배양 캡슐, 대왕의 침실, 간부들의 방도 이곳에 있다.

"세상에! 이렇게 잔인하게!"

바다 대왕이 양파 괴인을 따라 감자 괴인의 방으로 들어갔다가 참혹한 광경에 비명처럼 소리를 질렀다. 황토색 쫄쫄이를 입은 감자 괴인의 몸뚱이가 바닥에 엎어져 있다. 그의 머리 부분은 사라졌다. 대신 몸뚱이 옆에 거대하고 김이 모락모락 나는 황금색 으깬 감자가 진흙처럼 퍼져 있다. 감자 괴인은 양파 괴인과 마찬가지로 신체는 첨단 과학기술로 배양한 생체 근육이고, 머리는 바다 대왕과 코작 참모가 다른 생물을 원료로 합성한 것이다. 처음에 바다 대왕은 사나운 호랑이 괴인, 독사 괴인 등을 만들 작정이었지만 코작 참모가 "우리한테 호랑이나 독사를 살 돈이 어디 있습니까?"라고 한마디 하자마자 계획을 접어야 했다. 결국 양파와 감자 같은 식당에서 쉽게 손에 넣을 수 있는 재료로 악마 군단을 만들었다.

"대왕님! 이건 살해입니다! 분명히 사마귀 그놈이 한 짓이에요!"

양파 괴인이 목메어 소리쳤다. 사마귀 괴인은 악마당의 원로 중 한 명이다. 나나니벌 괴인과 동시에 탄생했다.

"그럴 리가 있나. 사마귀는 문을 열 때도 누가 도와주어야 하는데 이런 일을 어떻게……."

바다 대왕이 말했다.

사마귀 괴인은 손이 없다. 대신 낫처럼 생긴 길쭉한 앞다리를 가졌다. 그의 낫은 예리해서 강철도 종잇장처럼 자른다. 그러나 강력한 앞다리는 일상생활에 몹시 불편하다. 그는 까딱 잘못하면 문을 열다 반으로 갈라버리고 참모에게 야단을 맞는다. 그의 형제인 나나니벌 괴인은 더 불행하다. 바다 대왕은 하늘을 날 수 있는 괴인을 만들겠다며 거대한 날개를 인공 신체에 붙였다. 그러나 키가 2미터에 몸무게가 100킬로그램인 괴인이 날개를 이용해 하늘을 날려면 어떻게 해야 하는지 제대로 계산하지 않은 탓에, 나나니벌 괴인은 거추장스러운 커다란 날개 때문에 오히려 움직임이 둔했다. 그 결과 첫 전투에서 가면전사 1호의 '가면 전자검'에 당해 참혹한 죽음을 맞았다.

바다 대왕은 모든 괴인 간부를 사건 현장에 불러 모았다. 현재 악마당은 연이은 패배로 괴인 중 절반 이상이 사망한 상태다. 남은 괴인은 양파 괴인, 감자 괴인, 해삼 괴인, 성게 괴인, 사마귀 괴인뿐이다. 그런데 그제 보석 탈취 작전에서 성게 괴인이 용감하게도 순직했으니 '모든' 간부를 부른다고 해도 해삼과 사마귀 외에 더 모일 괴인이 없다. 악마당도 성립 초기에는 자못 규모가 있었으나, 최근에는 불경기가 지속되면서 정체를 감추려고 시작한 철강 사업의 이윤이 곤두박질치고 있었다. 가면전사도 그들의 범죄 활동에 계속 타격을 입히는 중이다. 자금 사정이 어려워지자 회계사를 겸한 코작 참모가 매일 잔소리를 하는 통에 바다 대왕 귀에 딱지가 앉을 지경이었다.

바다 대왕은 돈이 궁해지자 3개월 전에 악마당 전원에게 지출을 줄이고 사용하는 자원을 반으로 줄이라고 명령했다. 그 결과 전기세를 아끼기 위해 네 대의 엘리베이터 중 두 대는 사용하지 않기로 했다. 식당의 메뉴도 반으로 줄였다. 출전할 때의 무기도 평소의 절반으로 줄였다. 연구원과 의료 담당자 등 후방

지원을 담당하는 직원 100명도 해고했는데, 그들이 기지의 비밀을 누설하는 것을 막기 위해 해고 전에 세뇌도 해야 했다. 괴인 간부들은 보통 인류인 직원을 전부 죽여서 입을 막으면 깔끔하다고 제안했지만 코작 참모의 질책만 들었다.

"젠장! 너희들은 대체 생각이란 걸 하고 사냐? 재능을 가진 보통 인류 중 우리 조직에 가입하려는 녀석을 찾기가 얼마나 어려운 줄 알아? 우리는 배양 캡슐이 달랑 두 개뿐이라 석 달에 한 번, 딱 두 명씩 너희 같은 전투 괴인을 만든다고! 그런데 너희들은 출동했다 하면 중상 아니면 사망이잖아! 누가 너희들 뒤처리를 할 거야? 해고한 직원을 다 죽이면 남은 녀석들이 너희들을 위해 열심히 일할 것 같아? 그나마 월급이 많지 않았으면 벌써 가면전사에게 우리를 전부 팔아넘겼을 거라고! 멍청한 놈들! 그저 '죽이자', '죽이자' 소리밖에 못하지. 어째 너희들이 가면전사를 죽이는 건 본 적이 없을까?"

사마귀 괴인과 해삼 괴인이 급히 현장에 도착했다. 그들 역시 참혹한 시체를 보고 경악했다. 사마귀 괴인은 초록색 가죽옷을 입고 이마까지 닿는 길고 큰 눈을 두리번거렸다. 몹시 긴장한 듯했다. 해삼 괴인은 검은색 고무로 된 갑옷을 입고 있는데, 얼굴 중앙에 큼직한 입이 달려 있다. 그 입을 벌렸다 닫았다 하는 모양이 뭔가 말하고 싶지만 차마 말하지 못하는 것처럼 보였다.

"더러운 사마귀야! 왜 감자 형님을 죽였어!"

양파 괴인이 사마귀 괴인 앞으로 달려가서 분노의 고함을 질렀지만 가까이는 다가가지 못했다. 사마귀 괴인의 낫이 달린 앞다리는 언제든지 그를 채 썬 양파로 만들 수 있으니 말이다.

"내가? 증거도 없이 모함하지 마라!"

"흥! 발뺌하지 마! 이 전용충에는 우리들 간부만 자유롭게 출입할 수 있어. 감자 형님의 머리를 잘라내고 잘게 다져서 진흙덩이처럼 만들 수 있는 놈은 너뿐이야! 그제 감자 형님이 큰 공을 세운 게 배 아파서 이런 짓을 한 거지!"

사마귀 괴인은 깜짝 놀라서 곁눈으로 바다 대왕이 의심스러운 표정을 짓는 것을 흘낏 바라보았다. 속으로는 이번에는 입이 열 개라도 할 말이 없다는 생각을 했다. 사마귀 괴인은 감자 괴인과 양파 괴인 형제를 눈엣가시로 여겼다. 자신은 악마당에서 3년이나 간부로 일했다. 그런데 자신보다 늦게 탄생한 두 후배 괴인이 매번 격렬한 전투에서 목숨을 부지하거나 운 좋게 자잘한 임무를 완수하는 것으로 바다 대왕의 환심을 사는 꼴이 영 마음에 들지 않았다.

그제 보석 탈취 작전에서, 다섯 명의 괴인은 도시 중심가의 유명한 보석 전시회를 습격했다. 대량의 보석을 탈취해 악마당의 경제적 위기를 해결하기 위해서였다. 그러나 결국 다이아몬드 몇 알을 훔치는 데 그쳤고, 그 와중에 성게 괴인이 가면전사 2호가 쓰는 무기인 '가면 레이저총'에 적중되어 죽음을 맞았다.

이번 보석 전시회는 정부에서 주관하는 것으로, 미국, 영국, 독일, 프랑스, 이탈리아, 스위스, 캐나다, 호주의 보석상이 대여해준 귀한 보석을 시민들에게 공개하는 전시였다. 정부는 또 무슨 술수를 부렸는지 전시에 참가한 국가에서 다이아몬드 가공 전문가를 한 사람씩 초청해 각자 1캐럿의 다이아몬드를 가공하도록 하고, 그것을 한데 모아 '다이아몬드 모음곡'이라는 이름을 붙였다. 이것이 이번 전시의 주제였다. 1캐럿짜리 다이아몬드는 다른 전시품에 비해 가치가 현저히 떨어진다. 그런데 감자 괴인과 양파 괴인은 이 다이아몬드 모음곡만 훔치고 30캐럿짜리 거대한 다이아몬드나 1천 년의 역사를 가진 루비 등은 손도 대지 않았다. 코작 참모가 결과를 알고 나서 화를 참지 못해 그대로 뒤로 넘어갔을 정도였다. 그렇다고는 해도 이번 작전에서 감자 괴인과 양파 괴인 형제는 적어도 빈손으로 돌아오지는 않았다. 형제를 잃은 해삼 괴인과 오랜 부하 사마귀 괴인은 더욱 얼굴을 들지 못했다.

"대, 대왕님!" 사마귀 괴인이 더듬더듬 설명했다. "저는 무슨 일이 있었는지 전혀 모릅니다! 어젯밤 술집에서 감자와 양파를 만났고, 그 후에는 바로 방에 왔어요. 저는 절대로 감자를 죽이지 않았습니다⋯⋯. 그렇지, 혐의가 짙은 놈을 찾자면 해삼이 가장 의심스럽습니다!"

"뭐, 뭐라고!" 해삼 괴인이 소리를 질렀다. "사, 사마귀 너, 너, 나한테 죄를 뒤집어씌우려고?"

"어젯밤 술집에서 감자가 죽은 성게에 대해 못된 말을 했습니다. 제가 분명히 들었습니다!" 사마귀 괴인은 기관총처럼 빠르게 말을 쏟아냈다. "감자가 이렇게 말했죠. '성게는 무시무시하게 생겼지, 머리가 온통 가시니까. 그런데 머리로 사람을 들이받는 것밖에 하지 못하잖아. 그런 쓰레기 괴인은 일찍 죽는 게 나아.

차라리 성게 회가 되는 게 쓸모 있지.' 그때 해삼도 그 자리에 있었습니다. 분노에 차서 술집을 나갔죠. 그 뒤에 무기창고에서 긴 칼과 화염방사기를 꺼내 감자를 죽였을지 어떻게 알겠습니까?"

"나, 나, 나는 안, 안, 안 죽였습니다!"

해삼 괴인은 긴장하면 말을 더듬는 고질병이 있다.

바다 대왕은 아무런 단서도 찾지 못했다. 다만 감자 괴인이 머리를 잘린 후, 그 머리가 불에 구워지고 잘게 썰려 으깬 감자 요리가 되었다는 것만 알 수 있었다. 혹은 범인이 감자 괴인의 머리를 불에 구운 다음에 잘라서……. 바다 대왕은 평소 머리가 좋은 편이 아니라, 이번에도 뾰족한 해결책을 내놓지 못했다.

"양파, 가서 참모를 불러와!"

바다 대왕이 명령했다.

코작 참모는 악마당에서 중요한 인물이다. 바다 대왕 바로 아래 직위인 군사참모로, 사실상 악마당은 코작 참모 혼자 힘으로 만들었다고 해도 과언이 아니다. 그는 사탄군단, 지옥결사, 악룡조 등에서 요직을 맡았다고 한다. 이런 사악한 조직들이 가면전사에게 하나하나 소멸된 뒤 그는 새로운 주인을 찾으려 노력했고, 바다 대왕을 새로운 암흑의 마왕으로 만들겠다는 포부를 가졌다.

바다 대왕은 원래 외계 행성의 범죄자였다. 지구로 유배되어 얼음 속에서 3만 년을 보냈다. 코작 참모가 그를 얼음에서 파냈고, 예전에 몸담았던 조직에서 얻은 돈과 기술력으로 악마당을 건설했다. 바다 대왕은 보통 인류인 코작 참모가 왜 자신을 전

심전력으로 돕는지 잘 이해되지 않았다. 이에 대하여 코작 참모
는 이렇게 대답했다.

"인류는 모두 멍청한 놈들입니다. 저는 지구를 정복해서 세계
를 올바른 방향으로 돌려놓을 겁니다."

그때 코작 참모가 수첩을 들고 내키지 않는 얼굴로 들어왔
다. 그는 감자 괴인의 시체를 보더니 바다 대왕과 마찬가지로
소리를 질렀다.

"무슨 일이야? 식당에 도둑이 들었다는 보고가 들어와서 바
쁘단 말이다……. 으악! 이게 다 뭐야?"

"코작, 감자를 죽인 놈이 있어."

바다 대왕이 말했다.

"빌어먹을, 요즘 안 그래도 일이 많은데 감자까지?"

코작 참모가 바닥에 무릎을 꿇고 앉아서 아직 김이 올라오는
으깬 감자 더미를 자세히 조사했다. 그는 피부색이 창백하고 얼
굴이 마르고 뾰족한 남자다. 눈빛이 냉정하고, 항상 검은색 양
복을 입고 검은색 가죽장갑을 끼고 다녔다. 말하자면 흡혈귀를
닮았다. 그러나 그는 스스로 바다 대왕의 부하임을 인정하면서
도 대왕을 대하는 말투가 몹시 불손했다. 어떨 때는 대놓고 잘
못을 지적하거나 짜증을 부리기도 했다. 그러나 바다 대왕은 코
작 참모가 없다면 악마당은 일주일도 안 지나서 와해될 것을
잘 알고 있기 때문에 그의 제안이나 충고에는 절대로 화를 내지
않았다.

"참모님, 사마귀가 한 짓이죠?"

양파가 물었다.

"썩은 양파 같으니, 함부로 입을 놀리지 마라!"

사마귀가 욕설을 뱉었다.

"다들 입 다물어. 지금 조사 중이잖아!"

코작 참모가 고개를 들고 차갑게 한마디 던졌다. 사마귀 괴인은 코작 참모를 볼 때마다 이 보통 인류는 참 이해할 수 없는 존재라고 생각했다. 전략회의 중에 의견 차이로 얼굴이 시뻘개지도록 말다툼을 하다가 코작 참모를 싹둑 잘라버릴 뻔한 적도 있었다. 코작 참모가 죽음이 무섭지 않은 것처럼 그의 앞에 버티고 서 있어서 사마귀 괴인은 감히 그를 공격하지 못했다.

'저 인간의 기세는 정말 무섭다니까.'

괴인들은 모두 그렇게 생각했다. 비록 전투할 때마다 후방에 숨은 채 한 번도 전선에 나온 적이 없지만, 사마귀 괴인은 그가 죽음이 두려워서 가면전사와 전투하지 않는다는 생각은 해본 적이 없었다.

"범인은 우선 칼로 감자의 머리를 자른 뒤 불로 머리를 굽고, 그런 다음 잘게 썬 것 같군."

한참 조사를 한 후, 코작 참모가 몸을 일으키며 말했다.

"먼저 불에 구운 뒤에 머리를 잘랐을 수도 있잖아?"

바다 대왕이 물었다.

"목에 불에 탄 흔적이 없습니다. 게다가 잘린 부분이 깔끔한 것을 보니 감자를 기절시킨 다음에 목을 자른 것 같군요."

"사마귀라면 감자 형님이 제정신일 때라도 얼마든지 목을 자를 수 있을 걸요."

양파가 끼어들었다.

"너……."

사마귀 괴인은 어떻게 대답해야 할지 알 수 없었다. 자신에게
그런 능력이 있다고 인정하면 범인이 될 것 같고, 능력이 없다고
하자니 자신이 무능하다고 말하는 꼴이라 바다 대왕의 자신에
대한 평가가 더욱 떨어질 것 같았다.

"아!"

해삼 괴인이 갑자기 큰 소리로 외쳤다.

"무슨 일이야?"

바다 대왕이 물었다.

"사, 사, 사, 사마귀 말고, 또, 또, 또, 또 있어요, 그렇게, 할, 할,
수 있는 놈!"

해삼 괴인이 힘겹게 문장을 완성했다.

"누구?"

"가, 가, 가면전사 1호요."

다들 눈을 휘둥그렇게 떴다. 바다 대왕은 아래턱이 땅바닥에
닿을 지경이었다. 가면전사 1호! 그래, 가면전사 1호가 쓰는 무
기 '가면 전자검'은 사마귀 괴인의 앞다리보다 대단하다. 게다가
그의 필살 공격기술인 '가면고열참假面高熱斬'은 엄청난 고열을 내
뿜으니까 감자 괴인의 머리를 익혀서 으깬 감자더미로 만드는
것쯤 손쉽겠지.

"가, 가면전사가 우리 기지에 들어왔어?"

양파 괴인은 겁을 먹고 얼굴이 새파래졌다. 원래 갈색인 양파 껍질이 대파 줄기보다 더 하얗게 변했다.

"경보! 적색경보!"

바다 대왕이 소리를 질러댔다.

"좀 침착하세요." 코작 참모가 천천히 말을 꺼냈다. "만약 1호 가 정말로 우리 기지에 들어왔다면 지금 이렇게 소리 질러봐야 소용없습니다. 감자 괴인은 죽은 지 일고여덟 시간이 지났는데, 1호가 우리를 죽이려고 했거나 기지를 공격할 셈이었으면 우리 는 잠들어 있을 때 이미 다 죽었겠죠. 난 내가 설계한 기지에 자 신이 있습니다. 가면전사라 해도 아무 흔적도 없이 기지에, 특히 경비가 삼엄한 지하 10층에 들어왔다 나갈 수는 없습니다."

바다 대왕은 약간 안심이 되었다. 이 기지에 경비 시스템이 대 거 설치된 것을 떠올리니 코작 참모의 말처럼 누구든 쉽게 숨어 들어올 수는 없다는 생각이 들었다.

"어젯밤 있었던 일을 자세히 설명해봐."

코작 참모가 말했다.

사마귀 괴인은 어젯밤 술집에서 술을 마시다가 12시에 방으 로 돌아갔다고 말했다. 침대에 누워 유료 영화 채널에서 영화 두 편을 보고 나서 잠들었다고 했다. 그는 영화를 끝까지 다 봤 다는 것을 증명해야 한다면 영화 내용을 자세히 설명할 수 있다 고 했다. 양파 괴인은 감자 괴인과 10시쯤 술집에서 나와 각자 방으로 돌아갔다고 했다. 밤 11시쯤 감자 괴인이 양파 괴인의 방에 와서 이야기를 나누다가 새벽 1시에 돌아갔다. 그는 오늘 아침 10시에 일어나 형과 같이 아침을 먹으러 갈 생각으로 방에 갔다가 참혹한 현장을 발견했다. 해삼 괴인은 어젯밤 술집에서 감자 괴인이 한 말을 듣고 화가 머리끝까지 나서 혼자 체력 단련실에 가 러닝머신에서 뛰었다. 정신없이 운동하는 바람에 탈수가 와서 죽을 뻔했는데, 경비원이 발견해서 의무실로 실려 갔다. 그는 어젯밤에 자기 방에 돌아가지 않고 의무실에서 쉬었다. 의무실 당직이 증인이다.

"그럼 용의자인 사마귀와 해삼 둘 다 알리바이가 있군."

바다 대왕이 말했다.

"그럼, 대왕님은 어젯밤에 뭘 하셨습니까?"

코작 참모가 물었다.

"뭐?" 바다 대왕이 당황하여 물었다. "나도 의심하는 거야?"

"아뇨, 확실히 하려는 겁니다."

코작 참모가 그렇게 말하면서 수첩에다 중요한 점을 기록하기 시작했다.

"나는 어젯밤에…… 9시쯤 방에 돌아갔어. 금고를 열고 그제 작전에서 얻은 전리품을…… 물론 가격은 얼마 안 하지만, 일곱 개의 다이아몬드가 당장의 어려움은 해결해줄 수 있잖아! 암시장에서 팔면 하나당 약 1만 8천은 받겠지. 합치면…… 음…… 10…… 10…… 어어, 10만 얼마겠지."

코작 참모는 메모하던 동작을 멈추고 바다 대왕을 빤히 쳐다보았다.

"아이 참, 코작 참모도 알잖아. 나 산수 못 하는 거. 너무 이상하게 생각하지 마. 오늘 그 다이아몬드를 자네한테 줘야 하는 것도 알고 있어. 암시장에 내다 팔아야 하니까 말이야. 그래서 어젯밤에 꺼내서 마지막으로 감상을……."

바다 대왕이 난처해하며 주절거렸다.

"아뇨, 그게 아니라요." 코작 참모가 수첩을 내려놓고 말했다. "아까 했던 말을 다시 해보세요."

"응? 나는 9시에 방에 돌아갔고, 금고를 열어서 감자 괴인이 빼앗아온 일곱 개의 다이아몬드를 감상했어……. 그걸 뭐라고 하더라? 아, '다이아몬드 모음곡'이라고 했지. 하나당 1만 8천은 받을 수 있을 테니까 합치면…… 음…… 10…… 아니지, 11만 6천이구나."

바다 대왕은 힘들게 암산을 했다. 하지만 그는 이번에도 곱셈을 틀린 것을 알지 못했다.

코작 참모가 갑자기 몸을 홱 돌리더니 무릎을 꿇고 다시 시체를 조사했다.

"왜 그래?"

바다 대왕이 물었다.

"다들 여기 꼼짝 말고 있어요. 금방 돌아올 테니까."

코작 참모가 무거운 표정으로 방을 나섰다.

세 사람의 괴인과 바다 대왕은 무슨 일인지 감도 잡지 못하고 원래 있던 자리에서 참모를 기다렸다. 10분 후, 코작 참모가 머리끝까지 화가 나서 쿵쿵거리며 사건 현장으로 돌아왔다.

"해결했습니다!"

코작 참모는 방에 들어오자마자 한마디로 사건이 해결되었음을 알렸다.

"어떻게 된 거야?"

바다 대왕이 급히 물었다.

"참, 참모님, 가, 가, 가면전사 1호를 찾은 겁니까?"

해삼 괴인이 조급하게 물었다.

"범인은 가면전사가 아냐! 그들은 여기에 들어오지 못한다니까!"

코작 참모가 해삼 괴인의 멍청한 질문에 몹시 짜증을 냈다.

"너희 앞의 이 녀석을 죽인 것은 괴인 간부들 중 하나라고!"

"난 범인이 아닙니다!"

사마귀 괴인이 당황하여 외쳤다.

"너라고 이야기한 적 없어."

"저, 저, 저도……."

해삼 괴인이 다급히 부인했다.

"말도 제대로 못하는 녀석이 잘도 범인이겠다."

"그럼?"

바다 대왕, 사마귀 괴인, 해삼 괴인이 나머지 괴인을 돌아보았다.

"참모님!" 양파 괴인이 경악해서 덜덜 떨리는 목소리로 말했다. "저는 감자 형님을 죽이지 않았어요! 친형제나 다름없는데요! 형님이 평소에 저를 얼마나 챙겨주셨다고요! 저는 절대로……."

"너도 아니야."

코작 참모가 한마디 툭 던졌다.

바다 대왕이 고개를 다시 참모 쪽으로 돌리며 물었다.

"뭐야? 사마귀도, 해삼도, 양파도 아니면 성게인가? 하지만 성게는 그제 죽었잖아……."

"대왕님, 왜 그렇게 이상한 생각을 합니까? 범인은 당연히 감자 괴인이죠."

다들 깜짝 놀라 소리를 질렀다. 자기가 잘못 들었나 의심하는 듯했다.

"감자 형님이…… 자살을?"

"그렇게 간단한 일이 아니야."

코작 참모는 잠깐 말을 멈췄다가 바다 대왕을 향해 설명을 시작했다.

"아까 대왕님이 어젯밤에 다이아몬드를 감상했다고 했지요?"

"그랬지. 우리의 어려움을 해결해줄 일곱 개의 다이아몬드……."

"다이아몬드는 감자 괴인이 가져온 겁니다, 맞죠?"

코작 참모가 물었다.

"맞아요. 그제 혼란한 틈을 타서 형님이 전시장의 유리 상자를 깨고 거기 들어 있던 모든 다이아몬드를……."

양파가 말했다.

"대왕님, 그 다이아몬드가 어떻게 만들어진 건지 기억합니까?"

코작 참모가 다시 물었다.

"전시에 참가한 국가에서 다이아몬드 가공 전문가를 한 명씩 초청해서 만든 거지. 합쳐서 '다이아몬드 모음곡'이라는 이름을 달고…….''

코작 참모가 한숨을 푹 쉬더니 다시 입을 열었다.

"그래도 모르겠습니까? 전시에 참가한 국가는 미국, 영국, 독일, 프랑스, 이탈리아, 스위스, 캐나다, 호주입니다! 전부 몇 개국이에요?"

바다 대왕은 천천히 다시 세어보더니 차이를 발견하고 깜짝 놀랐다.

"여덟…… 여덟 개…….''

"감자 괴인이 다이아몬드 하나를 몰래 꿀꺽한 겁니다."

코작 참모가 차갑게 말했다.

"감자 형님이…….''

양파는 말을 잇지 못했다.

"불경기가 계속되고 악마당은 지출을 줄여야 하니 감자 괴인은 기분이 안 좋았겠지. 값나가는 보물이 손에 들어왔으니 기회를 놓칠 수 없었던 거야."

코작 참모가 고개를 저으며 말했다.

"하지만 다이아몬드 하나를 몰래 숨겼다고 해도 그게 자살과 무슨 관계죠?"

사마귀 괴인이 물었다.

"자살이라니?"

"아까 범인이 감자 괴인이라면서요?"

사마귀 괴인이 이상하다는 듯 말했다.

"범인이 감자 괴인이고, 죽은 사람은 감자 괴인이 아니야. 이 게 왜 자살이야?"

코작 참모가 말했다. 코작 참모 외의 다른 사람들은 더 이상 놀랄 수도 없을 만큼 당황했다.

"감자 형님이 아니라고요?"

양파 괴인이 물었다.

"다들 따라와."

코작 참모가 손짓하며 감자 괴인의 방을 나섰다.

"이 방이 기억날지 모르겠군."

참모를 따라온 사람들은 괴인을 배양하는 캡슐이 있는 방에 도착했다. 이곳은 코작 참모와 바다 대왕만 드나들 수 있는 곳 이다. 지난 1년간 바다 대왕은 새로운 괴인을 만드는 데 흥미를 잃어서 모든 일을 코작 참모에게 일임했다.

"그럼요, 우리는 모두 여기서 배양되었잖아요."

양파 괴인이 대답했다.

"너희들 몸뚱이는 보통 석 달이 지나야 완성돼. 마지막에 머리 부분과 결합하는 데는 일주일이 걸리지. 그래서 아무리 빨리 만 들어도 새 괴인이 탄생하는 데는 석 달이 필요해. 게다가 우리가 가지고 있는 배양 캡슐이 두 개라 괴인은 한 번에 한 쌍씩만 태 어나지. 양파와 감자, 나나니벌과 사마귀, 해삼과 성게처럼."

코작 참모는 그렇게 말하면서 계기판의 버튼을 이리저리 눌 렀다.

"그건 저희도 다 알죠. 참모님이 설명하지 않으셔도 됩니다."

사마귀 괴인이 끼어들었다.

"그럼 오늘 죽은 녀석의 쌍둥이 형제를 보여주지."

코작 참모가 버튼을 하나 더 누르자 금속으로 된 벽이 열리면서 유리로 된 거대한 캡슐 두 개가 나타났다. 캡슐에는 액체가 가득 담겨 있었다. 왼쪽 캡슐에는 거의 완성된 머리 없는 인공 신체가 담겨 있었지만 오른쪽 캡슐은 텅 비어 있었다.

"이…… 이게……."

바다 대왕이 더듬거리며 말했다.

"죽은 녀석은…… 오른쪽 캡슐에 있던 인공 신체라고?"

"방금 식당에 갔을 때 요리사들이 오늘 새벽에 누가 와서 냉장고에 있던 감자를 한 바구니 훔쳐갔다더군요. 무기창고에서도 화염방사기 한 자루가 없어졌고요. 그럼 분명해지는 거 아닙니까? 감자 괴인은 다이아몬드를 훔친 뒤 배양 중인 신체에다 자기 옷을 입혀 목 부분을 잘라서 상처를 만들고, 그런 다음 훔친 감자를 불에 굽고 잘게 썰어서 바닥에 널어놓았습니다. 자기가 살해된 것처럼 꾸민 거죠. 아마 지금쯤 멀리 달아났을 겁니다."

"감자 형님이 왜 이런 짓을……."

양파 괴인이 당혹스럽게 중얼거렸다.

"성게 괴인이 비참하게 죽는 걸 보고 다음 차례는 자신이 될까 봐 두려웠나 보지."

코작 참모가 슬픈 표정을 지으며 말을 이었다.

"그래도 정말 어리석은 결정이야. 어차피 괴인인데 인간들 틈으로 도망가서 어쩌겠다는 건지……. 휴, 감자가 돌아온다면 과거의 잘못을 더 따지지 않을 생각이야."

"맞아, 우리는 가족이나 마찬가지라고."

바다 대왕도 고개를 끄덕였다.

세 사람의 괴인도 윗사람의 따뜻한 일면을 보자 앞다퉈 충성을 맹세하면서 감동했다.

"이건 전부 가면전사 때문이다! 그들이 사라진다면 우리의 지구 정복 계획이 이렇게 어려움을 겪을 리 없어!"

바다 대왕이 격앙된 목소리로 외쳤다.

"맞습니다! 더 열심히 그들과 싸워야 합니다! 그들이 죽으면 감자 형님도 마음을 고쳐먹고 돌아올 거예요!"

양파 괴인이 외쳤다.

"다음에는 꼭 그 사악한 전사 놈들을 없애자!"

"없애자!"

"코작, 내가 좋은 작전 계획을 세웠는데 말이야. '마리아나, 에베레스트, 달'이라고 해……."

✣

그렇게 한바탕 소동이 지나간 후, 악마당 기지는 다시 평온을 되찾았다. 사기士氣에 영향을 주지 않으려고 감자 괴인이 도망간 사건은 비밀에 부치고, 바다 대왕이 비밀 임무를 주어서 기지를 떠난 것으로 처리했다.

새벽 1시, 코작 참모가 방을 떠나 아무도 없는 통신실에 들어왔다. 그는 주변에 사람이 없는 것을 여러 차례 확인한 다음에야 통신기를 켜고 헤드셋을 썼다. 그런 다음 비밀 주파수를 잡아 통신을 시도했다.

"어이, 나야."

코작 참모가 마이크에 대고 말했다.

"별일 없어?"

헤드셋을 통해 친숙한 목소리가 들려왔다.

"괜찮아. 어제는 좀 위험했지만."

"내가 언젠가는 들킬 거라고 했지!"

"썩은 감자처럼 머리 나쁜 놈이 내가 너희와 통신하는 걸 발견할 줄은 정말 몰랐어. 내 정체를 알아내는 놈이 있다면 그건 사마귀일 거라 생각했거든."

"그래, 일은 해결했어?"

"당연히 해결했지. 그놈을 해치우는 거야 별 거 아닌데, 뒤처리가 좀 성가셨어."

"어떻게 했는데?"

"어차피 시체를 처리해야 한다면 아예 다른 놈들에게 다 보여주는 게 낫겠다고 생각했지. 바다와 다른 괴인들을 완전히 반대되는 결론으로 유도하려고 말이야. 그래서 감자 괴인의 머리를 자른 후 으깨서 남들이 알아보지 못하게 했지. 그런 다음 식당에서 감자 한 바구니를 훔쳤어. 감자 괴인이 훔친 감자로 자기가 죽은 것처럼 꾸몄다고 둘러대려고. 대신 앞으로 한동안 아침마다 방에서 몰래 삶은 감자를 먹게 생겼어."

"하하하! 그럼 그 몸뚱이는?"

"감자 녀석이 인공 배양 중인 신체를 꺼내왔다고 둘러댔지."

"그럼 너는 어떻게 그 인공 신체를 감출 거야? 감자는 먹어치운다고 쳐도, 인공 신체도 먹을 거냐?"

"인공 신체는 애초에 없었어. 그 캡슐은 비어 있었거든."

"비어 있었어?"

"악마당은 요즘 돈이 궁해서 바다의 명령으로 모든 부서가 지출을 줄이고 있거든. 괴인 배양 캡슐도 하나만 켰어. 그게 벌써 3개월 전 일이야. 바다에게 그렇게 하겠다고 말했는데 그 멍청한 놈은 당연하게도 싹 잊어버렸더군. 그럴 줄 알았지."

"악마당은 자금도 없고 바다 녀석도 무능한데 이 기회에 아예 없애버릴까……?"

"무능하니까 좋은 거야! 그놈은 내가 보좌한 악당들 중에서 가장 무능한 놈이야. 내가 무슨 말을 하든 다 들어준다고. 이놈보다 이용하기 좋은 악당 두목은 없어. 악마당을 만들기로 한 건 내 생각이 아니라 '사장님' 생각이었잖아. 이 세상에 악당이 없으면 인간들이 영웅을 동경하겠느냐고 하면서 말이야. 사장님도 싸울 대상이 없어지고……. 사회가 정상적으로 돌아가면 영웅도 악당도 벌어먹고 살기 힘들어져."

"그뿐이야? 악당이 사라지면 사장님은 우리에게 월급을 안 주실 거라고."

"흐흐흐, 맞는 말이지. 다행히 사장님이 위조 다이아몬드를 일곱 개 찾아내서 괴인들이 훔쳐갈 수 있게 했지. 덕분에 감자가 한 개를 빼돌렸다고 거짓말할 수 있었어. 실수라면 실수지만, 솔직히 하늘이 내린 행운이었어. 아까 바다가 나한테 가짜 다이아몬드를 주면서 내일 암시장에 가서 팔라고 하더군."

"그럼 내일 새로운 자금을 바다에게 주는 건가?"

"그래. 우리 쪽에서 100명을 해고했으니까 사장님은 취업 시장에 부담을 준 게 아닌지 걱정하시더라고. 어쨌든 100명의 실업자로 100개의 가정에 문제를 일으킨 거니까. 금액이 적어서 사장님도 가볍게 지출을 승인해주셨지. 금융계에 투자해서 버는 돈의 10만 분의 1도 안 되잖아. 원래는 강철 공장을 운영해서 자급자족이 되었어야 하는데……. 휴, 불경기라 어쩔 수 없지."

"고생이 많아."

"사는 게 다 그렇지 뭐. 웃긴 이야기 하나 해줄까? 아까 바다가 또 멍청한 작전 계획을 짰어. 나를 마리아나해구에 처박고, 너를 에베레스트산에 매달고, 셋째는 로켓에 태워서 달로 보내겠대……."

C

Var.XIII Allegro molto moderato

영혼을 보는 눈

Fauré

Pelléas et Mélisande, Op.80, III. Sicilienne

매일 일이 끝나고 바쁜 시간이 지나면, 나는 탁 트인 곳에서 느긋하게 담배 한 대 피우는 것을 좋아한다. 그러나 흡연자는 이 도시에서 점점 경멸받는 존재가 되어간다. 버스 정류장, 축구 경기장 등도 모두 금연 구역이 되었고, 공원이나 광장 같은 곳마저 금연구역에 포함되었다. 사람이 거의 없는 공원이라고 해도 마찬가지다. 흰 연기를 뭉게뭉게 뿜기도 전에, 담뱃갑을 꺼내는 순간부터 나무라는 듯한 시선이 따라붙는다. 그래서 나는 약간의 녹지에 벤치가 놓인 거리의 쉼터에서 흡연 욕구를 달랜다.

"후우."

오늘은 이스턴 구의 어느 육교 아래다. 나는 벤치에 앉아 '업무 후 한 개비'를 즐기고 있다. 이 지역은 익숙하지 않아서 눈앞의 네거리 왼쪽으로 멀지 않은 곳에 오래된 경찰서가 있다는 것만 안다. 오른쪽으로는 값이 싸지도 않은데 맥주가 오줌처럼 맛없는 술집이 있다. 내가 무심코 담배를 피우며 고개를 돌려 거리 풍경을 훑어보는데, 한 노인네가 천천히 걸어오고 있었다. 일흔 살이 넘어 보이는 노인은 낡고 허름한 차림새에 검은색 야구 모자로 더럽고 여기저기 엉킨 회색 머리카락을 덮고 있었다. 입술 위아래에는 길지도 짧지도 않은, 그러나 누구든 보자마자 싫어할 것 같은 지저분한 수염이 나 있다. 그는 북처럼 부풀어오른 갈색 비닐봉지를 여러 개 들고 있다. 행색을 보니 노숙자 아니면 쓰레기를 주워 먹고사는 가련한 인생인 듯하다.

젊을 때 열심히 일하지 않으면 늙어서 후회해도 소용없다는 말이 있는데, 그게 바로 이런 사람을 가리키는 말이겠지.

나는 흰 담배 연기를 길게 뿜었다. 노인 쪽은 무시했다. 하지만 몇 초 후 다시 고개를 돌렸을 때, 그 노인은 내가 앉은 벤치 한쪽 끝에 앉아 있었다. 노인은 괴상한 표정으로 나를 뚫어져라 바라보더니 차츰 내 손가락 사이에 끼워진 담배에서 시선을 떼지 못했다.

오늘따라 기분이 좋아서 그랬는지, 하루에 한 가지라도 좋은 일을 하자는 마음으로 주머니에서 두 개비 남은 담뱃갑을 꺼내 통째로 노인에게 주었다. 노인은 담배를 보더니 눈에 생기가 돌았다. 기쁨에 겨운 노인이 담뱃갑을 받아들며 연방 감사 인사를 했다. 그는 떨리는 손으로 담배 한 개비를 꺼내더니 마치 아이들이 사탕을 입에 넣듯 다급한 손길로 입에 물었다.

"후우. 다시 살아나는 것 같군……."

노인이 그의 라이터로 담배에 불을 붙이고 깊게 한 모금 빨았다. 그리고 천천히 연기를 내뿜었다. 담배 연기가 아까워서 되도록 뱉지 않고 조금이라도 더 길게 음미하고픈 듯했다.

"정부에서 담뱃세를 또 올렸죠, 나쁜 놈들."

내가 말했다. 노인의 태도나 말투는 아주 정상적이었다. 그래서 그와 몇 마디 대화하는 것 정도는 거리끼지 않았다.

"그렇지요, 육시럴……. 내가 젊을 적에 실수를 해서 사업이 망하지만 않았더라면 그놈들이 지금 담뱃세를 50퍼센트를 올리든 500퍼센트를 올리든 신경 안 쓸 텐데 말이오. 얼마든지 피우고 싶은 만큼 피울 텐데……."

노인이 허망한 얼굴로 쓸쓸하게 말을 받았다.

"예전에 사업을 하셨나 봐요?"

"아니……." 노인이 내 눈을 흘깃 보더니 잠시 말을 멈췄다가 잠시 후에 덧붙였다. "나는 영매였다오."

"아."

나는 긍정도 부정도 아닌 소리를 냈다.

"내가 이상한 소리를 한다고 생각하겠구먼." 노인이 씩 웃었다. 그의 치아는 가지런했지만 누렇게 물들어 있었다. "사실만 말하는 건데, 당시 나는 꽤나 이름값이 있었다오. 경찰도 나를 찾아와서 자문을 구했다니까. 저기 앞에 멀지 않은 데 경찰서가 있잖소, 거기에 자주 드나들었지요."

"그래요?"

나는 대강 말을 받아주며 대꾸했다. 술에 취해서 경찰서에 붙잡혀 갔던 거 아닐까?

"믿지 않는 게로군. 그럴 수도 있지. 어쨌든 나는 30년 전에 파산했고, 이제 이 도시에서 나를 믿는 사람은 아무도 없으니까." 노인이 어깨를 으쓱하며 말을 이었다. "내가 수백 건의 범죄를 해결해주고 수십 명의 살인범을 잡아줬건만⋯⋯."

"할아버지가 경찰에게 '물이 보인다'고 하거나 '범인은 숫자 3과 관련이 있다'고 하면 경찰들이 마구잡이로 아무 데나 가서 운이 따르나 안 따르나 시험해본다는 겁니까?"

내가 비아냥거렸다.

"그런 게 아니라오. 그런 말을 하는 놈들은 다 사기꾼이지." 노인은 내 말에 화를 내기는커녕 고개를 끄덕이면서 동의했다. "나는 예언자도 아니고 천리안도 아니요. 그냥 한 가지 재주만 있는데, 영혼을 볼 수 있는 거라오."

나는 노인을 똑바로 쳐다보았다. 그가 허황된 거짓말을 하고 있다고 생각했지만, 노인의 표정이 몹시 진지했다.

"탐정이니 형사니 하는 사람들보다 내가 백배 낫다오. 죽은 사람의 영혼이 용의자 옆에 서 있는 걸 보면 누가 범인인지 바로 알 수 있으니까. 혹은 영혼이 누가 자기를 죽였는지 손가락으로 가리켜준다오. 그러니 진실이 일목요연하지 않겠소? 40년 전에 있었던 '화물차 살인 사건'을 기억해요? 그 사건이 내가 이름을 알리게 된 계기였소. 범인은 피해자의 고용주였는데, 당시 언론이며 경찰에서는 범인이 피해자의 형이라고 단정했다오."

그 사건은 나도 들어본 적이 있다. 경찰이 사건을 해결할 때 자문위원의 도움을 받았다는 말을 들었는데, 자세한 사정은 잘 몰랐다.

경찰차 한 대가 사이렌을 울리며 우리 앞을 쏜살같이 지나갔다. 차는 동쪽의 유람선 부두 방향으로 달려갔다. 사이렌 소리가 우리의 대화를 잠시 끊었다. 우리는 약속이나 한 것처럼 입을 다물고 조용히 담배를 몇 모금 빨았다.

"그때 돈도 많이 버셨겠네요?"

경찰차가 지나간 후 내가 아무 화제나 던졌다.

"범죄를 해결하면 현상금이 적지 않지."

노인이 웃으며 말했다.

"할아버지가 진짜 영매라면 왜 이렇게까지 되신 겁니까?"

나는 그렇게 말하면서 노인을 머리끝부터 발끝까지 쭉 훑어보았다. 그러면 노인이 자신의 거짓말을 제대로 마무리하지 못해서 쩔쩔맬 것 같았다.

"그게 참. 30년 전에 있었던 '프로그래머 호화주택 살인 사건'을 알고 있소?"

나는 고개를 저었다.

"프로그래머였던 A씨와 아내 두 사람이 독채 호화주택에 살았다오."

노인이 주절주절 사건 이야기를 꺼냈다.

"어느 날, A씨의 아내가 파트타임으로 일하는 가정부에 의해 시체로 발견되었소. 몸을 열 번 넘게 칼로 찔려서 피가 바닥에 흥건했지. 없어진 재물도 있어서 경찰은 강도살인으로 결론을 내렸는데, 나는 조사에 합류한 후 그들이 틀렸다고 판단했다오. A씨 아내의 영혼이 남편 뒤에 계속 서 있었거든. 마치 억울해서 죽어도 눈을 감지 못하겠다는 듯이, 몸에 난 상처에서 계속 피를 흘리면서 말이오. 참 보기 고약한 광경이었소. 내가 영매술 도구를 꺼내 피해자에게 범인을 지목하라고 하자, 그녀가 흉악한 얼굴로 A씨를 지목하더군."

"경찰이 할아버지 말을 믿던가요?"

"당연히 아니오. 그때까지 내 성적이 아주 좋기는 했지만 그들이 내가 하는 말만 듣고 범인을 체포할 수는 없잖소?" 노인이 담배를 한 모금 빨아들인 뒤 말을 이었다. "내가 A씨 아내에게 흉기가 어디 있냐고 물었지. 아, 경찰이 그때까지 흉기인 칼을 찾지 못했다고 내가 말했던가? 어쨌든 그녀가 정원을 가리켰소. 나는 그녀가 가리키는 대로 정원 옆의 창고로 들어가 구석진 곳에서 피 묻은 식칼을 찾았다오. 손잡이에 A씨의 지문이 찍혀 있었지."

"그 사람은 왜 아내를 죽인 겁니까?"

"경찰이 조사 후에 알게 된 건데, A씨 아내는 질투가 매우 심한 사람이었소. 주변 사람들도 다 아는 사실이었지. A씨는 또 배우처럼 잘생겨서 접근하는 여자들이 많았다오. 밖에서 보기에 두 사람은 모범적인 부부였지만 실제로는 자주 다퉜고, 심할 때는 서로 때리거나 칼부림을 한 적도 있었다더군. A씨가 체포되었다는 소식이 공개되자 그의 여비서가 자신이 불륜 상대였다고 자수했다오. 아마 공범으로 몰릴까 봐 무서웠던 것 같소."

"오."

이런 낡아빠진 이야기는 이 도시에서 흔하디흔하다.

"그 뒤에 어떻게 되었나요?"

"A씨는 사형 판결을 받았다오. 그때는 지금보다 이런 절차를 처리하는 속도가 아주 빨랐지. 사건 발생 후 1년이 안 되어서 최종 판결이 나왔고, 사형은 그로부터 반년 후에 집행되었소. 참으로 깔끔하게 끝났지. 지금 생각하면 당시 사법부의 일처리가 조금만 덜 효율적이었다면 좋았겠다 싶다오……." 노인이 쓴웃음을 지었다. "집행 후 석 달 만에 사건 결과가 뒤집힐 줄 누가 알았겠소?"

"뒤집히다니요?"

"진범이 다시 범행을 저질렀고, 이번에는 잡혔던 거요."

"진범이요? 누군데요?"

"파트타임 가정부라오."

내가 의아하게 노인을 쳐다보았다.

"첫 번째 발견자가 아니라 범인이었소." 노인의 목소리에 쓸쓸한 감정이 담겨 있었다. "그 가정부는 도둑질이 습관화된 사람이었지. 일하는 집의 보석류를 눈여겨보았다가 장갑을 낀 손으로 몰래 집어 들고 나가면 아무도 모를 거라 생각했던 거요. 그런데 A씨 아내가 예정보다 일찍 집에 돌아오는 바람에 딱 마주쳤다오. 그녀는 그대로 A씨 아내를 살해했소. 나중에 진술한 내용을 보면 A씨 아내는 평소 태도가 사납고 가정부를 많이 괴롭혔다더군. 그래서 울분에 차 있던 터라 열 번 넘게 칼로 찔렀다고 했소. 그리고 당시 잃어버렸던 장식품이 범인의 집에서 나오면서 증거도 확보되었고 말이오."

"가정부가 재범을 했다고요? 또 사람을 죽였나요?"

"그 여자는 다른 집에서도 똑같은 수법으로 물건을 훔치다가 또 주인에게 들켰소. 이번에는 너무 서둘렀던 탓인지 집주인의 숨이 끊어지지 않았지. 멍청하게도 더 많은 범행을 자백하면 감형될 거라고 생각했는지, 경찰에게 A씨 사건의 진상도 전부 밝혔다오." 노인이 씁쓸하게 덧붙였다. "본인도 더 재수 없게 되었지만 나까지 끌고 들어간 셈이 되었소. 이렇게 길거리를 전전하며 생쥐처럼 살게 되었으니……. 내 사업은 전부 그 여자 때문에 망했다오. 빌어먹을……."

망한 것은 그때 당신을 자문위원으로 두고 있던 경찰서일 테지……. 나는 그렇게 생각했다. 그런 큰 실수를 해놓고 남을 원망하는 것도 우습다.

"그러면 할아버지가 영혼을 본다는 초능력도 사실은 환상이었던 건가요?"

"아니요, 아직 이해를 못 하는군……." 노인이 한숨을 쉬며 말을 이었다. "A씨 아내의 영혼은 A씨가 범인이라고 분명히 말했소. 다만 그게 사실이 아니었던 거요."

"뭐라고요?"

"A씨 아내의 입장에서는 자신을 죽인 범인이 법의 처벌을 받는 것보다 남편이 불륜 상대인 여자와 잘 먹고 잘사는 게 더 큰 문제였던 거였소. A씨의 사형이 집행되던 날 나도 그 자리에 있었는데, A씨 아내의 영혼이 환하게 웃는 것을 봤소. 그때는 원수를 갚아서 기뻐하는 줄 알았지만……."

나는 잠시 아무 말도 못하고 반신반의하는 얼굴로 노인을 쳐다보았다. 이 이야기의 결말은 너무 악독하지 않은가? 어쩌면 전부 미친 노인네의 헛소리가 아닐까?

노인이 벤치에서 일어섰다. 그는 끄트머리만 남기고 거의 다 탄 담배를 마지막으로 깊게 빨아들인 다음 아쉬운 눈길로 꽁초를 바닥에 던지고 밟아 껐다.

"담배 고마웠소, 젊은이. 대화도 즐거웠고."

"네."

나는 이런 망상증에 허언증이 겹친 듯한 사람과는 되도록 엮이지 않는 게 좋겠다고 생각했다.

"사람도 믿을 수 없고, 영혼도 믿을 수 없지요. 이 사실을 깨달은 후로 나는 더는 쓸데없이 말을 많이 하지 않게 되었소." 노인이 몇 걸음 걷다가 멈추고 고개를 돌리더니 회한이 서린 목소리로 말했다. "그래서 지금 젊은이 뒤에 영혼들이 잔뜩 서 있지만 당신과 그들의 관계를 내 멋대로 추측하지 않는 거요……. 다만 왼쪽 눈이 먼 뚱뚱한 사람은 당신을 갈기갈기 찢고 싶다는 눈빛이구료."

나는 소름이 끼쳤다. 급히 뒤를 돌아보았지만 내 뒤에는 앙상하고 키 작은 나무 몇 그루뿐이었다. 내가 다시 고개를 돌렸을 때, 노인은 이미 한참 멀어져 있었다. 그를 뒤따라가고 싶은 마음도 있었지만 아까 노인이 한 말 때문에 꼼짝도 할 수 없었다. 나는 그냥 그대로 벤치에 앉아 있었다.

내가 방금 끝낸 일은 부두에서 의뢰인을 대신해 어떤 은행원을 처리하는 거였다. 은행원은 살이 퉁퉁한 남자로, 지방 덩어리가 총알을 막아내지 않을까 의심스러울 정도였다. 물론 그건 농담에 지나지 않는다. 나는 총알 하나로 그의 목숨을 끊었다. 머리를 날려버렸으니까.

그 총알은 그 남자의 왼쪽 눈을 뚫고 들어갔다.

Étude. 3 : 습작 3

키워드 : 악마 / 부모 / 곧 사망한다 / 행운 / 반지

그놈들은 인간이 아니라 악마다.

지옥에서 온 악마.

그들은 지프와 장갑차를 열고 기관총을 난사했다. 놈들이 으스대면서 우리 마을에 들어왔을 때, 우리는 이곳에 미래가 없다는 것을 알았다.

그들은 정의라는 이름으로 우리를 노예처럼 부리고 고문했으며, 조금이라도 저항하는 기미를 보이면 총알이 우리의 가슴 아니면 머리를 관통했다. 죽음은 오히려 최고의 대접이었다. 우리는 얼마나 많은 인생이 죽음보다 못한 삶인지를 알고 있다. 지난주에 한 여성이 그 악마들에게 아들을 살려달라고 빌었다. 땅

바닥에 꿇어앉아 미친 사람처럼 머리를 바닥에 찧어가며 울었다. 물론 그녀의 비참한 구걸도 아무런 반응을 끌어내지 못했다. 왜냐하면 지옥에는 '연민'이라는 단어가 존재하지 않기 때문이다.

나는 부모 입장에서 피 웅덩이에 누워 숨이 끊어질 듯한, 곧 사망할 자식을 보는 것은 총알이 직접 가슴에 박히는 것보다 백 배는 고통스러울 거라고 생각한다. 이런 비극이 매일 벌어진다. 그에 비하면 한순간에 총알을 맞고 죽음에 이르는 게 살아서 지옥을 구르며 고통받는 것보다 행운이지 않을까?

하지만 나 자신이 내일까지 살아남지 못한다는 걸 안다면, 나 역시 웃으며 죽음을 맞이할 것이다. 왜냐하면 나는 그 악마들이 바라는 것을 영원히 얻지 못하리란 걸 알고 있기 때문이다.

나는 죽기 직전에 그들에게 그 장소를 말해주었다. 그들이 마주하고 싶지 않은 진실을 파내도록 말이다.

비록 그곳에 묻힌 시체는 이미 부패하여 누구인지 알아볼 수 없겠지만, 그 악마들은 어떤 방법을 써서라도 그녀들이 누구인지 알아낼 것이다. 예를 들어 찢어진 옷, 가보로 내려온 장식품과 반지 같은 것들로 말이다.

그들은 우리 군대가 포로로 붙잡아온 여자들을 구해내지 못한다.

내 기억이 맞다면, 나이 든 어머니 앞에서 처형된 그 남자애는 전부 여덟 명의 어린 여자들을 '처리'했다. 마치 가축을 도살하듯.

한 목숨으로 여덟을 처리하고 가는 길이라 그런지 그 애는 죽을 때도 웃으면서 떠났다. 그렇다면 한 목숨으로 백을 처리한 나는 죽어도 여한이 없다.

홋.

C

Var.XIV Finale : Allegro moderato ma rubato

숨어 있는 X

나는 토요일 아침 수업이 싫다.

이렇게 장대비가 쏟아져 아침에 우산을 가지고 나오지 않은 나 같은 사람은 집에 가지도 못하고 학교에 남아 기다려야 하는 토요일 아침 수업은 더욱 싫다.

C대학은 홍콩 중심가에서 멀리 떨어진 신제新界 지역의 투루吐露 부두 근처 산언덕 위에 위치해 있다. 교내의 큰 건물은 모두 경사진 산등성이에 지어져 문명과 자연이 조화를 잘 이룬 모습이다. 바로 그런 '문명과 자연의 결합' 때문에 나는 지금 대학 본관에서 도보로 20여 분 걸리는 외진 건물의 처마 아래 낭패한 꼴로 서 있다. 나는 하늘에 구멍이 뚫린 듯 쏟아붓는 빗줄기를 멍하니 바라보면서 빗물에 옷을 적시지 않고 집에 돌아갈

방법을 고민 중이다.

토요일 아침 일찍 학교에 나오는 일만 해도 귀찮은데, 수업 후에 여기서 멍하니 기다리고 있자니 더욱 짜증이 났다.

이 건물 이름은 궈펑러우國風樓다. 『시경詩經』에 나오는 〈국풍國風〉이라는 시에서 딴 이름인지는 모르겠다. 아니면 건물 공사 비를 기부한 사람의 이름이 예컨대 왕궈펑王國風 혹은 자오궈펑趙國風이었을지도. 궈펑러우는 3층 건물로 120명을 수용할 수 있는 강의실 여섯 개가 있어서 평소 강의동으로 사용한다. 토요일 수업은 학생들이 학점을 따기 위해 듣는 재미없는 교양 선택 과목이 대부분이다. 그래서 토요일에는 강의실 중 두 곳만 사용하고, 수강하는 학생도 몇 안 된다. 앞날을 잘 계획해둔 똑똑한 대학생이라면 학점 분배도 적절히 했을 테니, 이렇게 토요일 수업을 선택하는 멍청한 짓은 하지 않을 것이다…….

나는 '앞날을 잘 계획해둔 똑똑한 대학생'은 아니니까, 뭐.

처마 아래서 한참 기다렸지만 빗줄기는 잦아들 기미가 없었다. 나는 아무도 없는 강의실로 돌아갔다. 교과서와 강의 자료가 있지만 펼쳐볼 생각은 아무래도 들지 않았다. 학교에 갇혀 있는 것은 답답했다. 나는 강의실 문을 열어둔 채 턱을 괴고서 자동판매기에서 사온 캔 커피를 마시며 나뭇잎을 두드리는 빗방울을 지켜보았다. 그렇게 시간을 흘려보내고 있었다.

정말 싫다.

달칵.

그때 강의실 밖에서 문 닫는 소리가 들렸다. 그러고 보니 2

호 강의실에도 수업이 있다. 토요일 아침 궈펑러우에서는 세 과목을 수업한다. 그중 두 과목이 8시부터 10시까지고, 나머지 하나는 10시 30분에 시작해 12시에 끝난다. 시계를 보니 10시 25분이다. 그러면 옆 강의실에서 곧 수업이 시작되겠지.

할 일도 없는데 가서 청강이나 할까?

나는 1호 강의실에서 나와 바로 옆의 2호 강의실 유리문 안쪽을 살핀 후 조심스럽게 문을 열고 들어갔다. 교수는 아직 오지 않은 것 같다. 이 강의실은 꽤 큰 편인데, 예닐곱 명의 학생이 띄엄띄엄 앉아 있다. 각자 흩어져 앉아 있는 걸 보면 다들 잘 모르는 사이인 것 같다. 신학기 첫 수업인 데다 교양과목이니까 아는 사람이 없는 것도 당연하다.

나는 조용히 맨 뒷줄 왼쪽에 앉았다. 호기심이 일었다. 이 수업이 무슨 과목인지 모르는 상태지만 아무것도 모르는 게 더 재미있다는 생각이 들었다. 나는 영화를 볼 때도 미리 시놉시스를 읽지 않는다. 배경지식 없이 보다가 깜짝 놀라는 쪽이 좋다.

5분 후 수염이 텁수룩하고 약간 살집이 있으며 연한 파란색 셔츠를 입은 한 남자가 들어왔다. 그는 곧바로 강단으로 향했다. 들고 있던 서류가방과 강의 자료처럼 보이는 A4 출력물 더미를 내려놓더니 탁자 위의 파란색 마커펜을 집어 들고 화이트보드에 글자를 썼다.

추리소설의 감상, 창작 그리고 분석

겅쉬원耿旭文 교수

"이 교양과목을 듣는 학생 여러분, 반갑습니다."

'수염남'이 학생들을 보고 미소 지으며 인사했다. 그의 외모
는 가수 장페이張菲*를 닮았다. 그가 늘 쓰는 새까만 선글라스
만 빠진 모습이다.

"이 수업은 '추리소설의 감상, 창작 그리고 분석'입니다. 외양
간을 잘못 찾아온 송아지는 없겠죠?"

학생들 사이에서 조그맣게 웃음이 터졌다. 그러나 정말 우스
워서라기보다는 교수의 농담에 박자를 맞춰준다는 느낌이다.
왜들 그래, 강의명부터 아주 재미있어 보이는구만! '인터넷 플
랫폼의 이론과 실제'와 이 과목 중에 골라야 한다면, 인기 만화
『명탐정 코난』과 재미없는 컴퓨터 교재『x86 어셈블리 언어 명
령 매뉴얼』을 비교하는 것 아닌가?

"토요일 아침 수업이 인기 없는 것은 알고 있었지만 등록한
학생이 일곱 명일 줄은 몰랐군요."

수염남이 하하 웃으면서 학생들의 이름이 적힌 출석표를 흔
들었다.

"하지만 반대로 생각하면 이 과목을 선택한 학생은 추리소
설에 관심이 있다고 봐도 되겠지요. 혹시 추리소설을 읽어본
적도 없고 오로지 학점을 따려고 이 과목을 듣는 사람이 있습
니까?"

---

* 타이완의 중견 가수이자 예능 프로그램의 진행자로, 수염과 선글라스가 트레이드마
크다.

아무도 대답하는 사람이 없다. 나는 손을 들고 청강하러 왔을 뿐 수업에 정식 등록한 것은 아니라고 설명하려 했다. 그런데 생각해보니 나도 셜록 홈즈 정도는 읽었다. 추리 영화 혹은 추리를 소재로 한 일본 드라마와 만화를 본 적도 있다. 이 정도면 '관심이 있다'고 해도 되지 않을까?

"잘되었군요."

수염남이 '장페이'처럼 시원스럽게 미소 지으며 말을 이었다.

"이 수업은 추리소설의 구조 분석을 포함하여 간략하게 추리소설 발전사를 소개하고, 여러분이 다양한 유형의 추리소설을 이해하도록 하는 게 목표입니다. 그리고 추리소설에서 작가가 독자를 속이는 흔한 수법 등을 토론할 겁니다. 이 수업에는 교재가 없는 대신 읽어야 할 책 목록이 있습니다. 여섯 권의 장편소설과 열 편의 단편소설입니다. 여러분은 수업 전에 그날의 주제인 작품을 미리 읽고 와야 합니다. 어쩌면 목록에 있는 책 중 몇 권은 다들 읽었을지도 모르겠군요. 전부 추리소설의 고전이거나 대표 작품인데……."

"교수님!" 화려한 옷차림에 머리카락을 노란색으로 물들인 여학생이 손을 들고 말했다. "저희가 리포트를 제출해야 하나요? 쪽지시험이나 중간고사, 기말고사가 따로 있어요? 저는 전공과목 과제만 해도 엄청나게 많아서 그렇게 많은 소설을 읽을 시간이 없을 것 같아요……."

쇼핑을 하거나 노래방에서 노느라고 시간이 없는 건 아니고? 나는 여기 있는 학생들 전부 나와 비슷한 생각을 할 거라

여겼다.

"이 수업은 기말고사나 쪽지시험이 없습니다. 다만 수업 시간마다 작품을 읽고 간단한 보고서를 제출해야 합니다. 학기말에는 추리소설 평론이나 단편 추리소설을 써내야 하고요. 이걸로 점수를 매길 거예요."

'장페이'는 전혀 싫은 티를 내지 않고 설명했다. 역시 뛰어난 예능 프로그램의 진행자…… 아니, 뛰어난 교수다.

몇몇 학생이 불만스러운 소리를 흘린다. 그것도 이해가 된다. 교양과목에서 이 정도의 과제라면 많은 편이다. 컴퓨터공학과에서 개설한 '인터넷 플랫폼의 이론과 실제'는 과제가 없을뿐만 아니라 정기시험과 쪽지시험 모두 사지선다형으로, 확률적으로만 보면 운이 따를 경우 25퍼센트의 정답률을 얻을 수있다. 게다가 통과 기준은 마침 25점이다. 그야말로 학점을 따기 위한 교양과목의 본분에 충실한 수업이라 하겠다.

"교수님, 이 과목을 통과하려면 최저 몇 점을 받아야 합니까? 만일 제가 목록에 있는 책을 다 읽지 못할 경우, 보고서는 몇 번까지 빠질 수 있나요?"

뚱뚱한 남학생이 질문했다.

'장페이'는 그 질문에는 대답하지 않고 강단에서 내려와 학생들 쪽으로 걸어왔다. 그러더니 '장페이'라기보다는 여자 연예인을 놀려먹는 '우쭝셴吳宗憲*'처럼 능글맞게 말했다.

---

* 타이완의 가수. 텔레비전 방송 프로그램 진행자로도 활약하고 있다.

"보고서를 쓸 시간이 없는데 그것 때문에 이 과목을 통과하지 못할까 봐 걱정이군요?"

그걸 질문이라고? 학생들이 가장 중요하게 생각하는 건 당연히 학점이다. 다들 고개를 끄덕였다.

"좋습니다. 이번 학기에 새로 개설된 수업이니 신규 고객 우대 혜택을 주지요. 오늘은 수업 대신 추리 게임을 합시다. 이 게임에서 승리하면 그 학생에게는 무조건 A학점을 주겠습니다."

와, '장페이'가 언제부터 '100만 소학당百萬小學堂'[*]을 진행하는 샤오옌 언니小燕姐[**]가 된 거지? 철학과의 어느 유명한 강사가 "한 학기 강의 중 내 말에서 논리적인 오류를 찾아내는 학생이 있다면 바로 A를 주겠다"고 선언했다는 이야기를 들은 적이 있다. 하지만 내가 이런 신기한 장면을 직접 목격할 줄은 몰랐다.

"무슨 게임이에요? 게임에서 지면 이 강의는 통과하지 못하는 건가요?"

머리카락을 군인보다 짧게 자른 남학생이 물었다.

"아니요. 이 게임에는 상만 있고 벌은 없습니다."

'장페이'가 웃으며 말을 이었다.

"말했다시피 '혜택'이니까요. 하지만 승자는 딱 한 명뿐입니

---

[*] 타이완의 인기 텔레비전 예능 프로그램. 초등학생과 어른이 퀴즈 대결을 벌이는 콘셉트다.

[**] 타이완의 유명한 방송 프로그램 진행자이자 제작자. 본명은 장샤오옌(張小燕)인데 다들 '샤오옌 언니'라고 부른다.

다. 혹은 아무도 정답을 찾지 못해 승자가 없을 수도 있지요."

맨 뒷줄에 앉은 나는 다른 학생들의 표정을 볼 수 없었지만 강의실 내의 분위기가 순식간에 확 달라진 것을 느꼈다.

"이 게임은 '숨어 있는 X'라고 합니다. 정체를 숨기고 있는 X를 찾아내는 거죠. 제일 먼저 이 수수께끼를 푸는 사람이 승리합니다."

"X가 뭔데요?"

뚱뚱한 남학생이 물었다.

"범인을 가리키는 암호입니다." 교수가 은밀한 미소를 지으며 다시 설명했다. "지금 바깥에는 폭우가 쏟아지고 있지요. 이런 상황에 잘 어울리는군요. 이 강의실을 어느 산장이라고 가정합시다. 우리는 지금 산장에 고립되었습니다. 그런데 산장 주인이 살해되는 사건이 발생합니다. 범인은 고립된 산장에 있는 손님 가운데 한 사람이라는 뜻이죠. 추리소설의 전형적인 전개입니다. 앞으로 추리소설의 이런 특징을 상세히 설명하겠지만…… 우선은 게임을 해보죠. 범인은 보통 사람인 척 위장하고 등장인물 속에 숨어 있습니다. 탐정은 주어진 단서를 바탕으로 사건의 수수께끼를 풀어야 합니다."

와, 이거 정말 재미있겠다. 만약 이 수업이 늘 이런 방식이라면 앞으로도 계속 청강하면서 탐정이 되는 기분을 만끽해야겠군.

"역할놀이와 비슷한 건가요? 교수님, 그럼 누가 범인을 하죠? 범인을 하는 학생은 승리할 기회가 없는 것 아닌가요?"

금발머리 여학생이 물었다. 내 자리에서는 그녀의 옆얼굴만 보였는데, 연예인처럼 진하게 화장을 한 게 눈에 띄었다. 아마 게임에 이겨서 A를 받고 나면 남은 수업은 출석하지 않을 생각인 것 같다.

"맞습니다. 역할놀이죠." 교수가 손가락 하나를 치켜들었다. "그리고 X는 학생 중 한 사람이 아니라 조교가 맡습니다."

"조교? 이 수업에 조교가 있나요?"

뚱뚱한 남학생이 끼어들었다. 대부분의 교양과목은 조교가 없다. 교양과목은 전공 학과의 지도교수와 학생 관계에서 진행되는 수업이 아니라서 조교가 할 일이 별로 없기 때문이다.

"그러면 이 게임은 어떻게 진행되나요? 저희는 조교가 X라는 걸 이미 알고 있으니 게임을 할 필요도 없는 것 아닌가요?"

교수는 대답하지 않고 의미심장한 미소를 지으며 학생들을 한 바퀴 둘러보았다.

"아!"

빨간색 외투를 입은 여학생이 뭔가 깨달은 듯 소리쳤다. 시선이 모두 그녀에게 쏠렸다. 그 여학생은 조금 부끄러워하더니 두 손으로 책상을 꾹 누르며 더듬더듬 말을 이었다.

"이, 이건 추리소설에서 자주 나오는 그거죠? '범인은 우리 중 한 명이다'라는……. 조교가 학생인 척하고 강의실에 와 있는 것 아닌가요?"

점점 재미있어진다! 나는 강의실에 앉은 학생을 한 명씩 관찰했다. 다들 긴장한 표정으로 다른 학생들을 돌아보고 있다. 나는 대학교 1학년 오리엔테이션 캠프에 갔을 때 2학년 선배 중 한 사람이 신입생인 척하면서 우리 조에 끼어들었던 일이 생각났다. 캠프 사흘째가 되어서야 그 사실을 알게 되어 다들 깜짝 놀랐던 적이 있다. 단순히 장난을 치려는 게 아니라 선배와 후배가 잘 어우러지게 하려는 의도로 벌인 일이었다. 지금 이 강의실에서 그런 상황이 벌어지고 있다니……!

"대략적으로는 그렇습니다. '범인은 이 안에 있다…….' 유명한 추리 만화 『소년탐정 김전일』에 나오는 명언이죠. 만화 속 탐정은 '지옥에서 온 악마의 장아찌' 같은 길고 괴상하며 의미도 불분명한 별명을 가진 범인을 찾아내야 합니다. 하지만 우리의 범인은 깔끔하게 X라고 하죠." 강단으로 돌아간 교수가 웃으며 말을 이었다. "이 게임은 아주 간단합니다. 수업이 끝나기 전에, 즉 12시가 되기 전에 추리소설 속 탐정처럼 X가 누구인지 지목하고 그 이유와 증거를 제시하면 성공한 것으로 하겠습니다. 다만 X를 지목할 수 있는 기회는 한 사람당 한 번뿐입니다. 추론이 잘못되어 무고한 학생을 X로 지목하면 게임에 계속 참여할 자격을 잃는 겁니다."

"아무런 단서나 힌트도 없나요? 저희는 어떻게 X를 찾아야 하죠?"

캡 모자를 쓰고 검은색 반팔 티셔츠를 입은 남학생이 물었다. 그는 강의실 맨 앞줄에 앉았다.

"서로 질문을 하면 됩니다. 대화 속에서 허점과 모순을 찾아내야죠." 교수가 미소 지으며 대답했다. "하지만 모든 대화는 공개적이어야 합니다. 추리소설은 공정성을 중요하게 여기죠. 다른 사람을 배제하고 특정인과 둘만 대화해서 결정적인 증거를 얻는다면 X를 제대로 찾아냈더라도 승리할 수 없습니다. 여러분들은 다른 사람의 동작이나 표정을 세심하게 관찰하고, 그런 세부적인 정보에서 X가 남긴 허점을 찾아내야 합니다."

교수가 수염을 만지작거리더니 계속해서 설명을 덧붙였다.

"이 게임에서는 거짓말이 허용됩니다. 범인은 탐정에게 붙잡히지 않으려고 거짓말을 하니까요. 이 게임이 '경쟁'이라는 사실을 잊지 마세요. 다른 사람은 곧 여러분의 적수입니다. 자신이 얻은 정보나 아이디어를 멍청하게 다른 사람과 공유하지 않기를 바랍니다. 여러분은 다양한 방법으로 적수를 속일 수 있어요. 여러분은 X의 정체를 밝혀내는 것 말고도 다른 사람이 나보다 먼저 X를 찾아내지 못하게 방해해야 하는 겁니다."

탕!

내 뒤에서 갑자기 큰 소리가 났다. 다들 깜짝 놀랐다. 뒤를 돌아보니 온몸이 흠뻑 젖은 남학생이 서 있었다. 방금 조심성 없이 문을 세게 닫아서 난 소리였던 듯하다.

"죄, 죄송합니다! 지각을 했습니다!"

강의실 안의 사람들이 모두 자기를 쳐다보자 민망해서 얼굴이 새빨개진 남학생은 허둥지둥 내 앞줄에 앉았다.

교수는 잠시 당황했다가, 늦게 온 남학생을 슬쩍 보고는 고개를 끄덕였다. 그러더니 다시 원래 이야기로 돌아갔다.

"아까 어디까지 이야기했지요? ……그렇지, X. 여러분은 X가 거짓말로 자기 정체를 부정하는 걸 걱정하겠지만 그건 어쩔 수 없는 문제입니다. 그래서 내가 X의 정체를 증명하는 방법을 생각해두었죠…….”

교수는 강단에 놓인 탁자 서랍을 열더니 포장을 풀지 않은 A4 용지 한 묶음과 노란색 작은 상자를 꺼냈다. 나는 맨 뒷줄이라 노란 상자가 뭔지는 잘 보이지 않았다.

“저기…….” 내가 고개를 빼고 상자를 보려고 하는데, 내 앞줄에 앉은 ‘물에 빠진 생쥐’가 나를 돌아보며 소곤거렸다. “X가 뭐죠? 첫 수업부터 쪽지시험을 보나요?”

셔츠 소매에서 물이 똑똑 떨어지는 꼴을 보니 나도 모르게 안됐다는 생각이 들었다. 나는 쓴웃음을 지으며 교수가 제안한 추리 게임을 설명했다.

“폭풍으로 고립된 산장? 멋있네요!”

물에 빠진 생쥐는 흥분한 표정이었다. 온몸이 쫄딱 젖은 모습과는 어울리지 않았다.

“한 사람당 종이 한 장, 마커펜 한 자루입니다.”

교수가 캡 모자를 쓴 남학생에게 A4 용지 한 움큼을 집어서 마커펜 상자와 같이 건네며 다음 사람에게로 전달하라는 손짓을 했다. 아까 본 노란 상자는 검정색 유성 마커펜 열두 개들이 세트가 든 것이었다.

우리들은 띄엄띄엄 앉아 있었기 때문에 캡 모자를 쓴 남학생이 종이와 마커펜을 두 줄 뒤의 짧은 머리 남학생에게 주었고, 짧은 머리 남학생은 일어서서 자기 뒤쪽에 있는 뚱보와 거기서 약간 떨어진 자리의 키 작은 여학생에게 전달했다. 나는 맨 뒷줄이라 내 몫의 종이와 마커펜을 챙기고 남은 것은 옆에 놔두었다.

"여러분이 붙어 앉지 않았으니 더 잘되었군요." 교수가 흰 종이를 들어 보이며 말을 이었다. "다들 종이 한 장씩 받았죠? 이 종이가 여러분의 '신분증'입니다."

교수는 종이를 탁자에 놓고 마커펜으로 두 번 선을 그었다. 다시 종이를 들었을 때에는 한가운데 크지도 작지도 않은 X자가 쓰여 있었다.

"신분을 감춘 조교는 종이 위에 이 기호를 그립니다. 반대로 '무고한 학생'들은 종이 위에 X가 아닌 어떠한 기호나 글자를 써도 좋습니다. 아무것도 쓰지 않아도 되고요. 어떤 사람을 X로 지목하고 논리적인 추리의 근거가 제시되면, 그 사람은 자신의 신분증을 공개해야 합니다. 탐정의 추리가 정확한지 아닌지 보여주는 거죠. 하지만 기억하세요, 여러분은 서로 경쟁하는 적수입니다. 다른 사람이 당신의 신분증을 몰래 훔쳐본다면 그 사람에게는 유리하고 당신에게는 불리한 일이 될 겁니다. '소거법'도 추리의 근거로 인정되니까 말입니다."

교수는 가볍게 웃더니 종이를 두 번 접어 셔츠 앞가슴에 있는 주머니에 넣었다. 마치 우리에게 어떻게 하는지 시범을 보이는 것 같았다. 강의실의 다른 사람들도 각자 마커펜 뚜껑을 열고 종이 위에 무언가를 썼다. 나는 주먹 크기만 한 동그라미를 그린 뒤 종이를 접어서 책상 위에 둔 커피 캔으로 눌러놓았다.

그런 다음 고개를 들고 오른쪽을 쳐다보았다. 각자 종이를 접어서 주머니 같은 곳에 집어넣는데, 뚱보 녀석은 내 앞의 누군가를 훔쳐보고 있었다. 시선이 느껴졌는지 녀석은 나를 흘끔 보더니 얼른 고개를 돌리며 아무것도 하지 않은 척했다. 아마 느끼한 시선으로 어느 여학생이라도 쳐다본 거겠지?

"다 썼습니까? 좋습니다." 교수가 탁자 옆에 놓인 강사용 의자에 앉았다. "자, 게임을 시작합시다. 나는 여러분들의 활약을 관찰하겠습니다."

그는 팔짱을 끼고 다리를 꼬더니 미소 띤 얼굴로 우리를 바라보았다. 강의실이 이상할 정도로 조용해졌다. 다들 서로 얼굴만 바라볼 뿐, 먼저 입을 여는 사람이 없었다. 말을 꺼내면 뭔가 허점을 들킬 것 같아 걱정스러운 듯했다.

침묵의 1분이 지나자 나는 더 참을 수가 없었다.

"다들 이렇게 아무 말도 하지 않으면 너무 재미없지 않아? 돌아가면서 자기소개라도 할까?"

"그래, 서로 이름도 모르잖아. '추리'를 진행하기가 어려워."

짧은 머리 남학생이 동의했다.

"나는 반대야." 진하게 화장을 한 여학생이 나섰다. "우리가 각자 학과도 다르고 서로 모르는 사이이긴 해도, 사전에 수강생 명단을 살펴보고 온 사람이 있을지도 몰라. 그렇다면 우리 이름을 밝히는 건 그 사람에게 엄청난 이득을 줄 수 있어."

"맞는 말이야. 수강생 명단을 보지 않았더라도 우리 중 한 명 혹은 몇 명의 이름을 어디서라도 들었을지 몰라. 그러면 이름을 말하는 순간 학생인지 아닌지 알게 될 테니 용의자의 범위가 크게 줄어들겠지."

캡 모자를 쓴 남학생이 고개를 돌리고 다른 학생들을 바라보며 말했다. 그는 학내에서 꽤 이름이 알려진 학생인 것 같았다. 토론대회에 출전했다거나 어디서 상을 받은 운동선수라서 자기 이름을 밝히기 싫은 듯했다.

"이름도 모르는데 어떻게 토론을 해?" 내가 불만스럽게 대꾸했다. "번호를 붙여서 남자 1, 남자 2, 혹은 여자 A, 여자 B라고 불러야 하나? 아니면 그냥 '저기'라고 해?"

"추리소설의 서술 방식을 참고하자." 캡 모자는 내 말에 반박하지 않고 담담한 어조로 말했다. "등장인물이 많은 소설에서 독자들에게 인상을 강하게 남기려면 이름만으로는 부족해. 그래서 작가는 등장인물에게 외모나 직업 등의 특징을 부여하곤 하지. 예를 들어 천다원^{陳大文}은 요리사고, 리샤오밍^{李小明}은 자존심 센 경찰관이고, 장즈창^{張誌強}은 음침하고 잘 웃지 않는 화가……. 이렇게 서술하면 그냥 천다원, 리샤오밍, 장즈창이라고 이름만 나열하는 것보다 인물이 입체적으로 다가와. 바꿔 말하면 독자들에게 인상을 남기고 싶을 때는 이름보다 특징을 활용해야 해. 예를 들면 수염을 기른 요리사, 경찰관, 괴짜 화가 같은 '별명'이 인물들을 더 잘 구분 짓는 거야. 우리는 자기가 어떤 사람인지 밝히기 어려운 상황이고, 밝힌다 해도 거짓말일 가능성이 있으니까 눈에 딱 보이는 특징으로 별명을 정하는 게 좋겠어."

"그럼 너는 '캡 모자'라고 하면 되겠다."

내가 말했다.

"좋아, 캡 모자라고 불러줘."

그가 모자의 캡 부분을 살짝 쥐고서 사람들을 둘러보며 씩 웃었다. 오, 여자애들에게 잘 보이려고 멋진 척하는 거 같은데? 이봐, 이 강의실에 여자가 셋 있긴 하지만 그들은 지금 너와 A 학점을 두고 경쟁 중이라고. 그런 상쾌한 미소는 좀 넣어둬.

"그럼 나는 뭐라고 하지?"

둘째 줄 왼쪽에 앉은 빨간 외투의 여학생이 캡 모자에게 먼저 말을 붙였다. 쯧쯧, 벌써 미소에 걸려든 여학생이 있군.

"맨유라고 하자." 캡 모자가 자기 앞가슴 쪽을 가리켰다. "네 외투에 영국 축구팀 맨체스터 유나이티드의 휘장이 새겨져 있으니까."

여학생은 수줍어하면서 고개를 끄덕였다. 그녀의 신체 언어는 "와, 캡 모자 오빠는 관찰력이 좋네. 잘생긴 사람이 머리도 좋아"라고 말하는 듯했다. 참 나, 네 가슴을 빤히 봤으니까 휘장인지 뭔지를 알아본 거라고! 저런 남자들은 내가 또 잘 알지.

맨유 뒷줄 오른쪽에 앉은 짙은 화장을 한 금발머리 여자도 입을 열었다.

"나는 코다 쿠미倖田來未*로 할게."

***

* 일본의 인기 아이돌 가수. 본명은 코다 쿠미코(神田來未子)다.

그러자 강의실 저쪽에서 '풋' 하고 웃음 터지는 소리가 났다. 나도 그만 웃어버릴 뻔했다. 자기 별명을 짓는 데 일본의 아이돌 가수 이름을 쓰다니 낯이 참 두껍다. 미녀 아이돌인 코다 쿠미가 아니라 코미디 프로그램에 나와서 백치미를 선보이는 동생 코다 미소노神田美苑라고 해도 어울리지 않을 것 같은데! 나는 교수 쪽을 슬쩍 바라보았다. 그의 표정은 별로 달라지지 않았다. 하지만 입술 양 끝이 살짝 위로 올라간 것을 보면 아마 웃음을 참고 있는 모양이다.

"어, 그럼 나는 '스님'이라고 불러줘. 어제 머리를 자르러 갔는데 너무 짧게 잘라버렸어. 기숙사 룸메이트가 나한테 스님이라도 될 거냐면서 웃더라고."

머리카락이 짧은 남학생이 웃으면서 말했다. '스님'이면 괜찮지. 나는 속으로 그를 '대머리'나 '잇큐一休'*라고 부르고 있었으니까.

다들 약속이나 한 것처럼 앞에서 시작해 그 뒤에 앉은 사람이 차례로 자기소개를 했기 때문에, 다음에는 시선이 넷째 줄 왼쪽에 앉은 키 작은 여학생에게 집중되었다.

"상관없어."

여학생이 차가운 태도로 말했다.

"그러면 안 되지. 아무거나 별명을 생각해봐."

---

* 일본 무로마치 시대(1338~1573년)의 유명한 승려. 잇큐를 주인공으로 하는 만화도 있다.

스님이 말했다.

"아무거나 괜찮아."

여학생은 여전히 정떨어지는 말투였다.

"그러면…… '판다 눈'이라고 해도 돼?"

스님이 우스꽝스러운 표정을 지으며 말했다. 나는 맨 뒤인 일곱째 줄인 데다 그 여학생이 뒤를 돌아보지 않아서 실제로 판다처럼 다크서클이 심한지는 알 수 없었다.

"그렇게 해."

스님은 여학생이 그런 '치욕적인' 별명을 받아들일 줄은 몰랐던지 조금 민망한 표정이 되었다. 저런 성격이라면 친구들 사이에서 분위기 메이커일 것이다. 아마 1학년이겠지……. 아니지, 저런 태도인 척 일부러 연기하는 걸지도 모른다. 저 녀석이 X일 가능성을 염두에 두어야 한다.

이제 뚱보 남학생의 차례다. 그는 아예 일어나서 말했다.

"다들 나를 '호랑이'라고 불러줘. 그건 류더화劉德華 주연의 옛날 영화인……."

"너는 '살찐 호랑이'라고 해야지!"

스님이 끼어들었다. 이번에는 다들 참지 않고 크게 웃음을 터뜨렸다. 살찐 호랑이는 얼굴이 붉으락푸르락했지만 뭐라고 하지도 못하고 그대로 자리에 앉았다. 판다 눈보다 치욕적인 별명을 받아들인 셈이 되었다.

이제 물에 빠진 생쥐와 나만 남았다. 물에 빠진 생쥐도 일어서더니 더듬더듬 말했다.

"나, 나는…… 나는……."

"말더듬이로 할래?"

스님이 말을 가로챘다. 좀 전의 대화 이후로 다른 사람에게 면박을 주는 태도가 꽃을 피운 모양이다. 처음 보는 사람인데도 거리낌 없이 약점을 공격한다. 일부러 저렇게 연기하는 게 아니라면 저도 모르는 사이에 여러 사람에게 불쾌감을 주었을 법한 성격이다.

"아니! 나, 나는……."

여러 사람 앞에서 말하는 데 영 숫기가 없는지 긴장하면 바로 말부터 더듬는 것 같다.

"온몸이 젖었으니까 '물에 빠진 생쥐'라고 하자."

내가 끼어들었다.

물에 빠진 생쥐는 나를 돌아보더니 반대하지 않았다. '물에 빠진 생쥐'가 '말더듬이'보다 낫다고 생각했을까?

마지막으로 내 차례가 되었다. 나는 책상에 내려놓은 커피 캔을 집어 들며 말했다.

"응, 나는 '냉커피'라고 불러줘. 다른 친구들은 음료를 가지고 들어오지 않은 것 같으니까."

"이봐, 강의실에서 음료수를 마시면 안 돼."

스님이 말했다.

나는 어깨를 으쓱하면서 캔을 거꾸로 들어서 보여주었다.

"이미 다 마셨어. 빈 깡통이지."

별명도 정해졌겠다, 토론을 위한 가장 기초적인 상황이 만들어진 셈이다. 강의실의 좌석은 좌우 두 구역으로 나뉘는데 가운데와 왼쪽 벽, 오른쪽 벽에 통로가 있다. 뒤로 갈수록 단이 높아지는 형태로, 좌석은 부채꼴 모양으로 펼쳐져 있다. 나는 일곱째 줄 맨 왼쪽에 앉았고, 그 앞줄에 물에 빠진 생쥐, 한 줄을 건너뛰고 중앙 통로 가까이에 판다 눈, 그녀의 앞줄에 코다 쿠미와 맨유가 앉았다. 강의실 오른쪽 구역에는 남학생 셋이 앉았는데, 첫째 줄에 캡 모자, 셋째 줄에 스님, 다섯째 줄에 살찐 호랑이가 앉았다. 스님은 오른쪽으로 치우친 자리였지만 다른 두 사람은 중앙에 가깝게 앉았다.

"좋아, 이제부터 X의 특징을 이야기해보자……."

캡 모자가 뒤쪽을 향해 몸을 돌리더니 책상 위에 엉덩이를 대고 앉으며 말을 꺼냈다. 그는 지금까지 은연중에 리더의 역할을 했다. 옛날 영화 〈열두 명의 성난 사람들[12 Angry Men]〉 속 토론을 주도하던 배심원을 떠올리게 한다.

"그럴 필요 없어." 살찐 호랑이가 돌연 자리에서 일어났다. "나는 누가 X인지 알거든."

다들 놀란 눈빛으로 살찐 호랑이를 바라보았다. 그는 차가운 미소를 날리며 승리자처럼 의기양양한 태도를 보였다.

"교수님, 제가 다른 사람이 눈여겨보지 않은 사실을 알아챘다면 그걸 공정하지 않다고 말할 수는 없겠죠? 제 추리로 인정받을 수 있나요?"

"그럼요. 물론 혼자 눈치챈 사실이 무엇인지는 밝혀야 합니다."

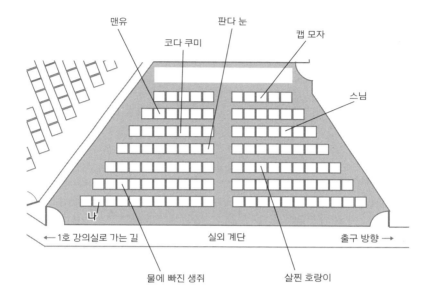

맨유

코다 쿠미

판다 눈

캡 모자

스님

나

← 1호 강의실로 가는 길

실외 계단

출구 방향 →

물에 빠진 생쥐

살찐 호랑이

궈펑러우 2호 강의실 평면도

살찐 호랑이는 〈도라에몽〉에서 늘 주인공을 괴롭히는 덩치 큰 친구 고다 다케시剛田武* 같은 미소를 지었다. 나는 이보다 더 정확한 표현을 찾을 수 없다.

"사실 나는 아까부터 한 사람을 X로 의심하고 있었어. 범행을 저지르고 나서 범인이 어떤 행동을 할지는 쉽게 상상할 수 있잖아? 눈에 띄는 행동을 하지 않으려 할 테고, 사람들 틈에 숨어서 조용히 지켜보려고 하겠지. 그 사람은 남의 주목을 받기 싫어할 거야. 나서서 자기주장을 펼치는 일 같은 건 절대 하지 않겠지. 말을 많이 할수록 허점이 드러날 가능성이 높아지니까. 그래서 교수님이 추리 게임을 하자고 한 후부터 나는 여기 있는 사람들의 행동을 유심히 살폈어."

우리는 아무도 끼어들지 않고 살찐 호랑이의 설명을 들었다.

"방금 종이에 부호를 그릴 때, 나는 특별히 조용하던 한 사람을 지켜봤어. 아니나 다를까, 그 사람은 신중하지 못했지. 몸으로 종이를 가렸지만 손목이 움직이는 방향을 보니 분명히 종이 위에 X를 그리더라고. 범인이 부주의하게 남긴 증거를 명탐정인 내가 확 잡아챈 거지."

"잠깐, 그렇다면 어쩌다 운 좋게 범인이 X를 그리는 걸 본 것뿐이잖아!"

스님이 비아냥대는 성격을 유감없이 발휘하며 덧붙였다.

---

* 한국에서 방영된 〈도라에몽〉에서는 '만퉁퉁'이라는 이름이다.

"네 몸매는 명탐정 에르퀼 푸아로^{Hercule Poirot}*와 아주 비슷한데, 그것 말고 너와 그 명탐정의 공통점이라고는 디저트를 좋아한다는 것뿐이야!"

"네가 뭔데 그래!" 살찐 호랑이는 성난 표정으로 말을 이었다. "어쨌든 나는 범인이 X를 그리는 순간을 포착했어. 행운도 탐정의 실력이야! 교수님도 방금 내 추리를 인정하겠다고 하셨고!"

교수가 말했다.

"관찰력과 행운도 사건을 해결하는 요소지요. 좀 실망스러운 결말일 수는 있지만, '살찐 호랑이' 학생의 추리가 정확하다면 인정하죠."

살찐 호랑이는 스님을 향해 '흥' 하고 코웃음을 치더니 이렇게 말했다.

"지금부터 범인 X를 지목하겠습니다. 그 사람은 줄곧 조용했습니다. 몇 번이나 질문을 해도 우리 사이에 끼지 않으려 하면서 아무렇게나 정한 별명을 받아들였고요. 마치 추리 게임이 자신과 아무 관계없는 것처럼 굴었던 판다 눈이 X입니다!"

판다 눈이 고개를 돌려 살찐 호랑이를 힐끗 쳐다보았다. 옆얼굴을 봤지만 아무런 표정도 떠올라 있지 않았다. 여전히 딱딱한 나무인형 같다. 그리고 확실히 판다처럼 다크서클이 짙

---

* 애거서 크리스티(Agatha Christie, 1890~1976)가 창조한 벨기에인 명탐정. 통통한 몸매에 탐스러운 콧수염을 기른 외모로 묘사된다.

었다.

"교수님이 이 수업에 조교가 있다고 했을 때 다들 조교를 남자라고 생각했겠지? 그게 바로 맹점이야! 판다 눈 씨, 이제 신분증을 꺼내서 보여주시고 재미없는 게임을 끝냅시다."

살찐 호랑이가 기세 좋게 떠들었다. 그는 말을 마치자마자 왼손을 얼굴에 대며 멋진 척했다. 일본의 추리 드라마 〈갈릴레오〉에 나오는 명탐정인 천재 물리학자 유카와 마나부湯川學의 동작을 흉내 내는 거였다.

판다 눈이 천천히 일어섰다. 그녀는 책상 위에 놓아둔 종이를 펼쳐서 사람들에게 보여주었다. 살찐 호랑이의 표정이 싹 굳었다. 〈갈릴레오〉에서 주인공 유카와 마나부 역을 맡은 배우 후쿠야마 마사하루福山雅治의 멋진 명탐정 포즈가 순식간에 슬랩스틱 코미디로, 그것도 실패한 코미디로 바뀌었다. 종이는 텅 비어 있었다. X는커녕 점 하나 찍혀 있지 않았다.

"어떻게 된 거지? 분명히 봤는데……."

살찐 호랑이가 우물거렸다.

"이렇게 손쉬울 줄은 몰랐어." 판다 눈이 입을 열었다. "아까부터 누군가 나를 지켜본다는 생각이 들었지. 그래서 일부러 종이에다 X를 쓰는 척한 거야. 설마 진짜로 걸려들 줄이야. 난 펜 뚜껑을 열지 않고 썼거든."

판다 눈이 자기 마커펜을 들고 살찐 호랑이 쪽으로 흔들었다.

"너…… 너, 함정을 팠구나!"

살찐 호랑이가 억울해하며 교수를 향해 따졌다.

"교수님, 이런 비열한 수단을 그냥 두실 겁니까? 게임에 참가할 자격을 빼앗아야 한다고 생각합니다!"

"안타깝지만, '살찐 호랑이' 학생." 교수가 손을 흔들었다. "말했다시피 이건 경쟁입니다. 모든 사람이 적수예요. 그러니 패배를 인정하세요."

살찐 호랑이는 힘없이 자리에 앉아서 기운이 쭉 빠진 듯 왼손으로 이마를 짚었다. 명탐정 포즈보다 그에게 더 어울리는 동작이다. 판다 눈이 도로 자리에 앉았다. 그녀는 조용히 다른 사람들을 쳐다보았다.

소동이 지나가고, 캡 모자가 다시 발언권을 장악했다.

"이렇게 빨리 탈락자가 나올 줄은 몰랐어. 이런 것도 좋지. 용의자든 경쟁 상대든 줄어드는 거니까. 남아 있는 우리들에게는 좋은 일이야. 용의자의 범위를 더 줄이려면 X의 특징을 분석하는 게 좋겠어."

"X에게 무슨 특징이 있는지 어떻게 알아? 우리는 X가 이 과목의 조교라는 것만 알고 남자인지 여자인지도 모르는데. 나는 조교가 남자일 거라고 가정하는 바보짓은 안 해."

고개를 늘어뜨린 살찐 호랑이는 스님이 자기를 조롱하는 말을 해도 반응이 없었다.

"아는 건 적지만 그래도 제한적인 분석은 할 수 있어." 캡 모자가 다시 입을 뗐다. "내가 먼저 시작할게. 우선 나는 X가 스물두 살 이상이고 문학부의 문화 및 종교학과에서 석사나 박사과정을 밟는 대학원생이라고 생각해."

"그건 어떻게 아는 거야?"

맨유가 감탄하는 말투로 물었다.

"교양과목은 우리 대학 교양학부에서 총괄해. 하지만 강의 내용이 여러 학과에 걸쳐 있어서 해당 학과와 협력해서 운영하지. '추리소설의 감상, 창작 그리고 분석'은 문화 및 종교학과에서 주관하는 과목이야. 수강신청 요강에 '문화 및 종교학과 학생은 수강할 수 없다'고 되어 있었지. 이건 모든 교양과목에 해당하는 규정이야. 이 과목은 이번에 처음 개설됐고 경쉬원 교수는 객원교수야. 강의 소개에 'H대학 중문과 교수인 경쉬원 박사가 강의를 맡는다'고 적혀 있었던 게 기억나. 일반적으로 다른 대학에서 초빙한 객원교수에게 따로 조교를 데려오라는 요구는 하지 않지. 만약 이 과목에서 경쉬원 박사와 협력할 학과 내부 사람이 박사 학위를 가졌다면 강의 소개에 명시했을 거야. 그러니 조교는 문화 및 종교학과의 대학원생이라고 볼 수 있어. 최근 어린 나이에 대학이나 대학원에 입학한 천재에 관한 기사가 나온 적이 없었으니까 학부를 졸업하는 평균 나이를 따져보면 스물두 살 이상으로 봐도 무리가 없다고 생각해."

캡 모자가 순식간에 설명을 마쳤다. 그는 무대에서 공연을 훌륭히 마친 예술가처럼 관중의 박수갈채를 기다리는 듯했다. 나는 그를 칭찬할 생각이 없지만, 확실히 설득력 있는 이야기였다.

"아주 합리적인 분석이야." 살찐 호랑이는 어느새 기력을 회복해 토론에 끼어들었다. "하지만 왜 이런 중요한 발견을 공개해? 네가 가진 우위가 사라지잖아. 방금 한 이야기는 그냥 허세를 부린 것뿐이지?"

캡 모자는 또다시 상쾌한 미소를 지었다.

"내쉬 균형$^{Nash\ equilibrium}$이라고 들어봤어? 모든 사람이 최대의 이익을 얻으려고 하면 결국 누구도 최대 이익은 얻을 수 없어. 반대로 경쟁 상대와 약간의 이익을 공유하면 전체적으로 볼 때 더 효과적으로 최대 이익을 얻을 수 있지. 게다가 나는 동일한 조건에서 누구보다 빨리 해답을 찾아낼 자신이 있으니까."

이렇게 호언장담하는 것을 보니 이 녀석 머릿속에는 벌써 그림이 그려진 것 같다. 자기 추리의 일부를 설명해 다른 사람들을 안심시키고 정보를 내놓게 만들어 단서를 찾으려는 듯하다.

"네 추리가 맞다면……." 코다 쿠미가 캡 모자를 향해 말했다. "그게 우리에게 무슨 도움이 되지? 이 게임에서는 거짓말을 해도 돼. 우리가 나이를 말해준다고 해도 그게 사실인지 알아낼 방법이 없잖아."

"가짜 나이는 가능해도 학과는 아무렇게나 말할 수 없잖아?" 캡 모자가 태연하게 말을 받았다. "각자 전공 학과를 말한 다음 전문적인 지식이나 학과의 특징을 설명하면 그 사람이 거짓말을 하는지 판단할 수 있지."

"그렇지 않아."

지금껏 침묵하던 판다 눈이 작은 목소리로 끼어들었다. 강의실에 사람이 적다 보니 작은 소리도 모두에게 들렸다.

"무슨 말이야? 뭐가 그렇지 않다는 건데?"

캡 모자가 눈썹을 살짝 찌푸리며 말했다. 반대 의견이 있을 거라는 생각은 해보지 않은 듯했다.

"네가 말한 방법이 틀렸다는 말이야."

"왜 틀렸다는 거야?" 캡 모자는 초조한지 말이 빨라졌다. "나는 정보공학과 2학년이야. 수치 해석과 시뮬레이션 기능을 가진 소프트웨어 매트랩MATLAB의 사용법을 설명할 수 있어. 자바Java 언어에서 객체지향 프로그래밍의 특징과 문법도. 그러면 내가 거짓말하는 게 아닌 걸 알겠지?"

"고마워, 네 덕분에 용의자 리스트에서 한 명이 줄었어."

판다 눈이 담백하게 말했다.

캡 모자는 당황하더니 아래턱을 만지작거렸다. 그는 도로 자리에 앉아 생각에 잠겼다. 나는 5초쯤 지나서야 판다 눈이 한 말을 이해했다. 그녀의 말이 맞다. 이 방법은 각자 어느 학과인지 증명할 수 있다. 문제는 우리에게 설명할 의무가 없다는 것이다. 똑똑한 사람이라면 자신이 어느 학과라고 거짓말하고 고의로 허점을 드러낼 것이다. 그렇게 해서 자신을 X라고 확신하게 만든다. 아까 판다 눈과 살찐 호랑이 사이에서 벌어진 일처럼 경쟁 상대를 한 명 없앨 수 있는 것이다.

이 게임에서는 X를 찾아내는 한편 경쟁 상대가 X를 찾지 못하게 방해해야 한다. 폭풍에 고립된 산장에서 탐정 노릇을 하는 것보다 어려운 상황이다.

캡 모자가 '좌초'한 뒤, 우리는 10분 넘게 침묵했다. 서로 눈치만 보면서 누구도 먼저 새로운 화제를 꺼내려 하지 않았다.

나는 책상 옆에 남은 종이와 마커펜을 보고, 그다음에는 커피 캔으로 눌러놓은 내 신분증을 보았다. 그러다 갑자기 한 가지 사실을 깨달았다.

내가 왜 이 게임에 이렇게 진지하게 참여하고 있을까?

나는 A학점을 받아야 하는 사람도 아니고, 이기든 지든 아무런 이득이 없다. 그냥 재미 삼아 참여했을 뿐이다.

여기까지 생각한 나는 결심했다. 판다 눈의 말에도 일리는 있지만 그런 실리주의가 마음에 들지 않았다. 나도 내쉬 균형의 추종자인가 보다.

나는 접어놓았던 신분증을 들고 일어섰다.

"자! 내 신분증을 공개할게. 다들 내가 X가 아닌 걸 알아줬으면 좋겠어."

"엇? 자폭하는 거야? 네가 X는 아니겠지?"

스님이 말했다.

"당연히 아니지. 나는 이렇게 교착된 상태가 싫어. 다들 침묵하기만 하면 어떻게 범인을 잡겠어? 그래서 먼저 나서는 거야. 내가 손해를 보더라도 상관없으니 상황이 진전되었으면 해. 내 신분증을 공개하면 다들 의심해야 할 대상이 줄어드니까 모두에게 공정한 일이지! 다른 사람도 나처럼 신분증을 공개하겠다고 한다면 나 역시 이득을 보는 거고. 이 게임은 제로섬 게임이 아니잖아. 패자 입장에서는 누군가 승자가 되는 것과 아무도 승리하지 못하는 것에 차이가 없어. 그렇다면 다른 사람을 돕는 미덕을 발휘해도 좋지 않을까?"

"그런데 우리가 마음대로 신분증을 공개해도 되나?"

물에 빠진 생쥐가 물었다.

"교수님은 지목된 사람이 신분증을 공개한다고 하셨지 추리 과정에서 신분증을 공개하지 말라는 말씀은 없으셨잖아."

내가 대답했다. 아무 말 없이 미소만 짓는 걸 보면 교수도 부정하지 않는 것 같다.

나는 신분증을 펼쳐서 동그라미가 잘 보이게 사람들 쪽으로 내밀었다.

"봐, 나는 X가 아니야. 바꿔 말하면, 지금 나와 판다 눈은 범인이 아닌 게 밝혀진 거지."

내 행동은 평온하던 호수에 돌을 던진 것 같은 효과를 냈다. 파문은 점점 바깥으로 확산된다. 그리고 그 속도는 내가 예상한 것보다 빨랐다.

"나도 공개할게!" 물에 빠진 생쥐는 이제 긴장감을 극복한 것 같았다. 일어서서 종이를 펼치자 거기에는 동전 크기의 동그라미가 그려져 있었다. "나도 X가 아니야!"

"어, 진짜 신기하다." 스님도 두 번 접은 종이를 꺼내 펼쳤다. 종이에는 역시 동그라미가 그려져 있다. 대신 좀 편평하게 그려서 타원형이다. "나도 동그라미를 그렸거든. 설마 내 걸 베낀 건 아니지?"

삽시간에 용의자가 네 명으로 줄었다. 이렇게 효과가 좋을 줄은 몰랐다. 하지만 생각해보면 먼저 신분증을 공개하는 것은 영리한 방법이다. 늦게 공개할수록 이득과 손해를 계산하기 복잡하다. 등장인물 대부분이 시체가 된 다음에 단 둘만 남으면 무고한 사람 쪽에서 범죄자가 누군지 확실히 알게 되는 상황과 비슷하다.

그러니 지금은 딱 한 사람 더 자기 신분증을 공개할 수 있다. 이 방법은 용의자가 세 명이 남는 순간 멈추게 된다. 나는 다들 이 사실을 잘 알고 있다고 생각했다.

그런데 뭔가 이상하다는 생각이 들었다……. 캡 모자는 왜 마지막 남은 한 자리를 차지하려 하지 않을까?

"나도 원을 그렸어!"

맨유가 종이를 높이 들어 보였다. 그녀는 동그라미 아래에 선 하나를 그은 게 달랐다. 이런, 맨유까지 끼어들 줄이야.

"교수님, X를 지목할게요!" 코다 쿠미가 갑자기 나섰다. "살찐 호랑이가 X예요!"

역시 최악의 결과가 나왔다. 저 여자가 이런 황금 같은 기회를 놓칠 리 없지.

코다 쿠미는 우리가 끼어들 틈을 주지 않고 바로 자신의 추리를 설명했다.

"교수님은 소거법을 써서 X를 찾아도 된다고 했죠. 다른 친구들이 범인이 아님을 증명했으니 세 명 남았습니다. 상황이 간단해졌어요. 우선 저는 X가 아닙니다." 그녀가 자신의 손에 든 종이를 펼쳤다. 위에는 아무것도 쓰여 있지 않았다. "바꿔 말해 X는 캡 모자, 살찐 호랑이 두 사람 중 하나예요. 그런데 아까 캡 모자는 자기가 정보공학과 학생이라고 말했고, 이는 조교가 문화 및 종교학과 대학원생이라는 캡 모자의 분석과 다릅니다. 그러면 남은 가능성은 한 사람뿐이죠. 게임을 시작하자마자 자격을 상실해서 혐의가 제일 약해진 살찐 호랑이에요."

"잠깐." 맨유가 끼어들었다. "캡 모자가 사실을 말했다고 확신하는 거야? 거짓말을 했을지도 몰라."

"그렇지 않아. 아까 캡 모자의 말을 자른 사람은 판다 눈이었어. 당시 유일하게 X가 아닌 것으로 확인된 사람이지. 이 수업은 캡 모자가 말한 것처럼 문화 및 종교학과에서 주관하는 거니까 조교가 그 학과 대학원생이라는 점은 분명해. 그런데 그는 다급해지자 자기가 정보공학과 학생이라고 밝히고 매트랩인가 뭔가 하는 걸 설명해서 자기 말이 사실이라고 증명하려 했어. 캡 모자가 X라면 사전에 대강 정보공학과 학생으로 보일 만한 내용을 준비했겠지만, 판다 눈이 캡 모자의 말을 중간에 자르지 않았다면? 계속 매트랩을 설명해야 했다면 허점이 드러날 수 있어. 만약 우리 중에 매트랩이 뭔지 잘 아는 사람이 있다면 캡 모자의 거짓말은 금방 들통났겠지. X가 거짓말을 할 수는 있지만 이렇게 쉽게 들킬 일은 하지 않을 거야."

그저 유행을 따르는 여학생이라고 내가 코다 쿠미를 너무 쉽게 생각했나 보다. 마지막에 남은 사람이 코다 쿠미, 캡 모자, 살찐 호랑이 세 사람이면 코다 쿠미가 가장 유리하다. 캡 모자는 그녀가 말한 것과 같은 이유로 X가 아닌 게 분명하고,

살찐 호랑이는 이미 게임에서 탈락했으니까. X는 코다 쿠미 아니면 살찐 호랑이다. 코다 쿠미가 살찐 호랑이를 지목하지 않았다면 그녀가 X일 혐의가 짙어진다. 물론 그녀가 똑똑한 사람인지 아닌지를 고려해야 한다. 코다 쿠미가 X가 아니면서 멍청할 경우, 캡 모자와 살찐 호랑이 둘 중 누가 X인지 분간하지 못했겠지.

이 게임이 이렇게 결론이 날 줄이야. 그런데 살찐 호랑이가 머뭇거리며 구겨진 종이를 꺼내서 열심히 펼치는데…….

그 위에 주먹 크기의 동그라미가 그려져 있다.

이런!

나는 깜짝 놀라 코다 쿠미를 쳐다보았다. 그녀는 눈을 동그랗게 뜨고서 믿을 수 없다는 표정을 짓고 있다.

"X를 지목합니다! 캡 모자가 X입니다!"

스님이 갑자기 외쳤다. 내가 당황하는 사이, 스님이 X를 지목할 우선권을 가져갔다. 살찐 호랑이와 코다 쿠미 둘 다 X가 아니라면 남은 사람이 범인일 수밖에.

"전부 바보로군."

판다 눈이 차갑게 내뱉었다.

얼굴을 우스꽝스럽게 일그러뜨린 스님이 뒤를 돌아보며 약을 올렸다.

"흥, 패배를 인정하시지! 아직도 쿨한 척이야? 기회를 제대로 잡지 못한 자신을 탓해야지 남 탓하면 못써."

"간단하게 소거법으로 범인을 지목하는 게 정말 가능하다고 생각하는 거야?"

판다 눈이 스님을 비웃으며 말했다.

"지금까지 확실하게 범인이 아니라고 밝혀진 사람은 나하고 저기 뚱보뿐이야."

"무슨 말이야? 아까 다들 신분증을……."

"아!"

캡 모자가 갑자기 소리를 지르는 바람에 스님의 말이 끊겼다.

"냉커피, 네 옆에 종이가 남아 있지?"

"그래."

나는 남은 A4 용지를 들어서 모두에게 보여주었다.

"몇 장이야? 물에 빠진 생쥐, 네가 옆에서 세는 걸 확인해봐."

내가 먼저 센 다음, 물에 빠진 생쥐가 다시 셌다. 우리는 같은 숫자를 얻었다.

"23장이야."

내 말에 물에 빠진 생쥐가 고개를 끄덕이며 오케이라는 제스처를 했다.

"교수님, A4 묶음에 남은 종이를 봐도 될까요?"

캡 모자의 표정이 진지했다.

"마음대로."

교수가 손을 흔들며 캡 모자에게 가져가라는 손짓을 했다.

캡 모자는 남은 A4 용지 묶음을 가져와서 빠르게 세었다. 그는 두 번 연거푸 세었고 신중하게 입을 열었다.

"여기에는 67장이 있어."

"그게 왜? 어서 네가 X라고 인정해. 나는 첫 수업에서 A를 받은 학생이라는 전설의 주인공이 될 테니까."

스님이 의기양양하게 말했다.

"넌 정말 바보구나!" 캡 모자가 한심하다는 듯 면박을 주었다. "A4 용지는 한 묶음이 100장이야. 아까 교수님이 우리 눈앞에서 뜯었지. 교수님이 한 장을 가져가서 시범을 보였고, 우리들 여덟 명이 한 장씩 가져갔어. 그리고 냉커피 옆에 23장이 남아 있다면 여기에는 몇 장이 있어야겠어?"

"내가 초등학생인 줄 알아? 100에서 1을 빼고 다시 8을 빼고 또 23을 빼면 68장이……. 어?"

스님의 얼굴이 굳었다. 이 녀석도 상황을 알아챈 것이다.

"여기에 67장만 있는 게 무슨 뜻일까?"

캡 모자가 물었다.

"저 묶음이 불량품이라서 99장만 들어 있었던 거 아닐까?"

스님이 어색한 표정을 지으며 우겼다.

"한 장이 사라졌어."

살찐 호랑이가 말했다.

"사라진 게 아니라 누군가 한 장을 더 가져간 거지." 내가 대꾸했다. 캡 모자가 남은 종이를 세는 것을 보고 판다 눈이 한 말을 이해할 수 있었다. "만약 X가 종이를 한 장 더 가져갔다면 방금 각자 신분증을 보여줄 때 '가짜 신분증'을 꺼냈을 수도 있어. 우리가 서로 범인이 아니라고 밝힌 건 아무런 의미가 없었던 거야."

"잠깐! 이것도 게임 규칙에서 허용되는 거야?"

맨유가 의아해하며 물었다.

"교수님은 지목된 사람은 신분증을 공개해야 한다고 했어. 하지만 방금 우리는 지목을 받고 공개한 게 아니었잖아. 게임의 규칙에 거짓말이 허용된다고 했던 것을 잊지 마."

캡 모자가 대답했다.

"남은 종이의 숫자가 맞아떨어졌어도 범인이 따로 준비한 종이로 거짓말을 할 수 있다고 봐."

판다 눈이 드물게 침묵을 깨고 한마디 던졌다.

캡 모자는 자기 신분증을 꺼내서 보여주었다. 삼각형이 그려져 있었다.

"스님, 탈락이다."

"기다려 봐, 이건 불공평해! 냉커피가 이상한 제안을 하는 바람에 내가 피해를 입었다고……!"

"미안하지만, '스님' 학생은 탈락입니다."

교수가 상황을 정리했다. 스님도 얌전히 결과를 받아들일 수밖에 없었다.

"남을 도와주는 미덕이니, 제로섬 게임이 아니라느니 하더니 결국 아무런 진전도 없잖아! 나만 게임에서 탈락하고……. 아케치 고고로明智小五郎*처럼 굴더니 사실은 모리 고고로毛利小五郎**였

---

* 일본 추리소설의 아버지로 불리는 작가 에도가와 란포(江戸川乱歩, 1894~1965)의 작품에 등장하는 명탐정.

** 일본 만화 『명탐정 코난』에 나오는 허술하고 실수를 거듭하는 탐정. 어린아이의 모습

잖아……."

스님은 계속 투덜거렸다. 아마 자신이 탈락한 게 억울한 모양이다.

물론 저런 태도도 전부 연기고, 그가 X일 가능성을 배제할 수는 없다.

"나는 냉커피가 의심스러워."

코다 쿠미가 갑자기 말했다.

"코다 쿠미 아가씨, 게임에서 탈락했으니 일본에 가서 콘서트나 여시죠?"

스님이 비아냥거렸다.

"탈락했어도 토론에 참여할 수는 있잖아?" 코다 쿠미가 스님을 한 번 노려보고 나서 말을 이었다. "신분증을 공개하자고 제안한 건 냉커피야. 그리고 맨 뒷줄에 앉았으니 각자 나눠 가지고 남은 종이 뭉치는 냉커피 옆에 있었어. 종이를 한 장 더 사용했을지 누가 알겠어? 가장 의심스러운 사람 아니야?"

다들 나를 돌아보았다.

"난 아니야!" 나는 다급히 변명했다. "난 거짓말을 하지 않았어. 게다가 나는 이 게임에서 꼭 이겨야 하는 것도 아니라고."

"A학점을 받을 수 있는데도? 그렇게 말하면 네가 X라는 것밖에 더 돼?"

인 코난은 직접 사건을 해결하지 못하기 때문에 모리 고고로를 마취 침으로 잠들게 한 후, 그의 목소리를 흉내 내어 범인을 지목한다.

스님이 슬쩍 끼어들었다.

"나는 청강하러 온 거야. 이 수업에서 성적을 받을 일이 없어."

"거짓말이지?"

살찐 호랑이도 거들었다.

다들 나를 공격해대자 왠지 화가 났다. 나는 가방에서 '인터넷 플랫폼의 이론과 실제' 강의 자료를 꺼냈다.

"이걸 봐, 오늘 아침 1호 강의실에서 있었던 수업 강의 자료야. 밖에 비가 오는데 우산이 없어서 그치기를 기다리다가 시간이나 보낼 겸 청강하러 온 거라고."

"네가 정말 범인이 아니라면, 아까 캡 모자가 했던 것처럼 어느 학과인지 밝히고 그 학과의 전문 지식을 설명해봐. 그렇게 하면 믿어줄게."

맨유가 말했다.

그게 나를 자극하려는 수법임을 알면서도 오기가 나서 참을 수가 없었다. 정말로 좋은 뜻에서 방법을 제시한 거였는데, 교활한 짓이라는 오해를 사다니 이대로 넘어갈 수 없었다.

"나는 공학부 컴퓨터공학과야. 소프트웨어든 하드웨어든 컴퓨터 관련 지식은 뭐든지 물어봐. C언어 문법, 소프트웨어 공학 발전사, 작업 플랫폼의 허점, 컴퓨터 바이러스 발달 과정, 유선 게임 서버기와 이용자 단말기의 구조, 3D 그래픽의 연산법 등등. 내가 하나씩 설명할까?"

"좋아, 캡 모자도 정보공학을 전공하니까 네가 거짓말을 하는지 아닌지 쉽게 확인할 수 있겠지……."

맨유가 그렇게 말하면서 캡 모자 쪽을 쳐다보았다. 하지만 캡 모자는 신경 쓰지 않고 나를 빤히 쳐다보았다.

"……냉커피, 청강하러 온 거라고?"

캡 모자가 정색을 하며 질문했다.

"하늘에 맹세코, 한 점의 거짓도 없어."

나는 진지하게 대답했다.

"거짓말일걸."

스님이 한마디 보탰다.

"네가 정말로 청강생이라면 우리는 교수님의 함정에 빠진 것 같아." 그렇게 말한 캡 모자가 교수 쪽을 돌아보며 입을 열었다. "좀 무모하지만 제 결론을 말씀드리겠습니다. 이 강의실에 X 혹은 조교는 애초에 존재하지 않았다고 생각합니다. 이게 이 시험의 최종 답안입니다."

다들 캡 모자의 결론에 깜짝 놀랐다. 아니, 판다 눈만 빼고. 캡 모자는 이 게임의 목적이 X가 아니라 X가 없다는 증거를 찾는 것이라고 생각하는 걸까?

"그 가설을 어떻게 증명할 건가요? X를 지목하는 것과 동일합니다. 자신의 가설을 증명하지 못하면 게임에서 탈락하게 됩니다."

교수는 표정도 바뀌지 않고 태연하게 의자에 앉은 그대로 대답했다.

"저는 지목받지 않은 사람들이 전부 신분증을 공개하기를 바랍니다." 캡 모자가 정중하게 말했다. "모든 사람이 다 X를 쓰지 않았다면 제 답변이 정확하다는 거겠죠."

"잠깐, 네 답변이 틀렸다면? 그러면 다른 사람이 승리할 기회도 빼앗는 거잖아?"

코다 쿠미가 말했다. 그 말을 들은 캡 모자가 고개를 돌려 우리들 쪽을 보면서 설명을 시작했다.

"그럼 먼저 내 추리를 설명할게. 교수님은 이 수업이 추리소설의 구조를 분석하고 추리소설 발전사를 소개하는 과목이라고 하셨어. 그리고 추리소설에서 독자를 속이기 위해 자주 나오는 수법을 토론하겠다고 하셨지. 마지막 내용이 중요해. 우리는 처음부터 속았던 거야. 잘못된 방향으로 유도된 거지. 다들 추리소설이나 추리 영화를 본 적 있을 거라고 생각해. 그래서 교수님은 '폭풍으로 고립된 산장', '범인은 우리 중 한 명이다'라고 말씀하신 거야. 우리는 범인이 정체를 숨기고 있는 전형적인 이야기를 연상하게 됐지. 문제는 최근 추리소설은 이런 형식을 벗어나고 있다는 거야. 독자가 추리해야 하는 내용은 작가가 제시하는 규격 내로 국한되지 않아. 점점 규격 바깥으로 나가고 있지."

"규격 안은 뭐고, 규격 바깥은 또 뭐야?"

맨유가 물었다.

"간단히 말해서, 이야기 속에서 어떤 범죄 사건을 제시해. 독자의 주의력은 '누가 범인인가'에 쏠리지만 가장 큰 수수께끼는 그게 아니야. 예를 들어 작가가 서술 트릭을 썼다면 시점을 혼용해서 인물의 정체와 수를 모호하게 만들거나 중의적 단어를 활용해 범인보다 중요한 비밀을 드러나게 할 수 있어."

"그게 우리가 하는 게임과 무슨 관계야? 나도 서술 트릭을 쓴 작품은 몇 권 읽어봤어. 일본 추리소설가인 아야츠지 유키토綾辻行人[*]나 오츠이치乙一[**]의 작품 말이야."

코다 쿠미가 말했다.

"'숨어 있는 X를 찾는 일'은 '누가 범인인가'와 같아. 하지만 진짜 미스터리는 교수님이 한 말 속에서 살짝 노출되었지. X는 우리가 진실을 찾지 못하게 가려둔 엄폐물이야." 캡 모자는 책상 끄트머리에 걸터앉아서 이야기를 계속했다. "교수님이 한 말에 충분히 암시되어 있지. '이 게임은 숨어 있는 X를 찾는 것이고, 맨 먼저 수수께끼를 푸는 사람이 승리한다'고 하셨어. 'X를 찾으면 승리한다'가 아니라 '수수께끼를 풀면 승리한다'야. 게임의 목적과 승패의 결정에는 확실하고 직접적인 관계가 없지. 그런 보드게임도 있잖아. 목적은 종착지에 도착하는 것인데 승패는 누가 가장 많은 점수를 얻었느냐로 결정되는 게임."

"그…… 그건 규칙 위반이잖아!"

살찐 호랑이가 항의했다.

"교수님이 한 말만 분석하는 걸로는 이유가 빈약한 것 같은데."

코다 쿠미도 반대 의견을 냈다. 하지만 그녀의 말투는 전처

---

[*] 1960년생. 1987년에 『십각관의 살인(十角館の殺人)』으로 등단했다.
[**] 1978년생. 열일곱 살 때 『여름과 불꽃과 나의 사체(夏と花火と私の死體)』로 제6회 점프 소설 대상을 받으며 등단했다.

럼 강경하지 않고 의심스러워하는 느낌이 담겨 있었다.

"내가 이 사실을 알아차린 건 다른 단서 때문이야." 캡 모자가 내 쪽으로 고개를 돌렸다. "X가 우리들 중에 없을 거라고는 의심한 적이 없었지. 왜냐하면 우리는 한 명이 많았거든. 그런데 아까 냉커피가 청강생이라고 하는 말을 듣고 문제를 발견했어. 우리들 중에 처음부터 정체를 숨긴 조교가 있을 수 없다는 거야."

"한 명이 많았다고?"

맨유가 물었다.

"교수님이 그러셨잖아. '일곱 명만 등록할 줄은 몰랐다'고 말이야. 그때 교수님은 손에 들고 있는 출석표를 흔들기까지 했어. 우리에게 단서를 줬던 거지. 수강생 수를 정확히 알려주셨으니까. 그런데 오늘 특별히 청강생이 한 명 있다는 건 모르셨고, 그래서 이 정보에 흠이 생겼어." 캡 모자가 내게서 물에 빠진 생쥐 쪽으로 시선을 움직였다. "물에 빠진 생쥐가 지각하는 바람에 교수님의 계획이 흐트러진 거야. 교수님은 학생 일곱 명이 있는 걸 보고 다들 출석했다고 생각했어. 그래서 수강생의 정확한 수를 알려줬어. 냉커피가 청강하러 오지 않았다면, 지각한 물에 빠진 생쥐까지 합쳐서 우리는 일곱 명이었을 테니 누군가 교수님이 제공한 정보에 귀를 기울이고 대조했다면 금방 이 사실을 알았을 거야. 우리들 중에는 애초에 숨겨진 인물이 없다는 걸. 교양과목은 조교가 없는 경우가 많아. 그런 상식적인 생각도 내 추리를 굳히는 데 하나의 근거가 되었지."

"잠깐만! 교수님이 게임을 하자고 말을 꺼내기도 전에 이미 단서를 줬단 말이야? 앞뒤가 바뀐 게 아닐까?"

"이 게임은 갑자기 결정된 게 아냐."캡 모자가 쓴웃음을 지으며 말을 이었다. "교수님이 다 준비한 거라니까! 과제가 많다고 항의한 사람이 없었어도 교수님은 게임 이야기를 꺼냈을 거야. 이 마커펜을 봐. A4 용지야 강의실에 있을 법하지만, 마커펜이 준비된 강의실이 있겠어? 이건 교수님이 미리 준비해뒀다는 뜻이지!"

"귀평러우에 있는 강의실은 다 화이트보드를 쓰니까 마커펜 한 상자가 있어도 이상할 건 없어."

스님이 말했다. 그러자 캡 모자가 손에 든 마커펜을 보여주면서 설명했다.

"화이트보드에 쓰는 마커펜은 수성이지만, 이건 유성펜이야."

아! 정말 그렇다! 만약 미리 준비한 게 아니라면 교수가 뜯지도 않은 유성 마커펜 한 다스를 가지고 있을 리 없다.

"짝, 짝, 짝!"교수가 세 번 손뼉을 치고 입을 열었다. "아주 조리 있는 추론이었습니다. 여러 가지 세부 사항을 잘 관찰했군요."

"그럼 제가 이 게임에서 승리한 겁니까?"

캡 모자가 의기양양하게 말했다. 몹시 기분이 좋아 보였다.

"아니요. 한 가지 문제를 더 풀어야죠."교수가 의미심장한 미소를 지으며 말했다. "추리를 어떻게 증명할 겁니까? 코다 쿠미 씨가 말한 것처럼 캡 모자 학생의 추리가 틀렸다면 다른 사람이 승리할 기회를 잃어버립니다. 다른 사람의 이익을 해치지 않는 선에서 모든 사람의 정체를 공개하고 그중에 X가 없다는 것을 증명할 수 있나요?"

캡 모자는 입을 다물고 자리에 앉아 생각에 잠겼다. 그는 지금 무대의 주인공이고, 우리는 관객이다. 그의 멋진 다음 공연을 기다리고 있다.

"쟤는 그냥 내버려둬. 증명할 수 없는 추리라는 건 연예면의 가십 기사 같은 거야. 들으면 재미있지만 나하고는 눈곱만큼도 관련이 없지."

스님이 경박한 말투로 주절거렸다. 관객 중에는 예술가의 낭패한 모습을 기대하는 사람도 있는 모양이다.

"교수님." 1분 정도 생각하던 캡 모자가 입을 열었다. "직접 답을 확인해주실 수는 없나요? 제가 맞다면 바로 말씀해주시고, 제가 틀렸더라도 X가 존재한다는 사실을 확인해주시는 것이 게임의 공정성에 문제가 된다고는 생각하지 않습니다."

"만약 이 상황이 한 권의 소설이라고 한다면, 등장인물이 작가에게 정보를 달라고 요구하는 게 가능할까요? 그러니 미안하지만, 그 요구는 들어줄 수 없습니다."

교수가 웃으면서 대답했다.

"그렇다면 이미 탈락한 친구가 대신 확인하면 안 됩니까? 탈락자가 모든 사람의 신분증을 검사한 후에 X가 있는지 없는지만 답해주는 겁니다."

"그것도 안 됩니다. 탈락자도 토론에는 계속 참여할 수 있어요. 만약 X가 존재한다면 누군가가 문제의 해답을 알고 토론에 참가하는 셈이 되니까 게임의 본의에 어긋납니다. 마찬가지로, 캡 모자 학생 역시 다른 사람의 신분증을 검사할 수 없습니다."

"상자에 모든 사람의 신분증을 넣은 다음에 그중 X가 있나 없나 확인하면요?"

"그렇게 했다가 X가 존재하면, 학생이 탈락한 후 남은 사람들은 X가 누구인지 어떻게 확인하죠?"

"그러면 참가자 전부가 신분증을 한 장 더 쓰는 건 가능합니까?"

캡 모자는 지치지 않고 질문했다.

"그건 가능합니다. 하지만 게임 규칙은 거짓말을 할 수 있다고 되어 있죠. 두 번째 신분증을 사실대로 쓴다고는 보장할 수 없어요."

그렇게 하면 소용없잖아. 가짜 신분증을 만들면 검사하는 의미가 없는데.

네 번이나 거절당하자 캡 모자가 머리를 감싸 쥐고 고민에 빠졌다. 교수의 요구 조건은 '성냥을 켜지 않는다는 전제하에 성냥갑 속의 성냥이 전부 켜진다는 것을 증명하라'와 비슷하다. 너무 어려운 문제가 아닐까?

"교수님, 제 추리를 증명하는 것은 게임 규칙에 정해진 X의 지목과 동일합니다. 바꿔 말하면 다들 진짜 신분증을 내놓아야 한다는 거죠. 맞습니까?"

다시 1분이 흐르고, 캡 모자가 입을 열었다.

"맞아요."

"제가 증명해야 하는 건 '존재할지도 모르는 X'의 정체를 드러내지 않고 X가 존재하지 않는다는 사실을 밝히는 것입니다. 맞습니까?"

"바로 그거죠."

"네, 그럼 이렇게 하겠습니다." 캡 모자가 미소를 지으며 말을 이었다. "정체가 확실해진 판다 눈, 살찐 호랑이 그리고 저를 제외하고 다른 학생은 전부 '신분증'의 한 귀퉁이를 찢습니다. 크기는 상관없습니다."

"그렇게 해서 찢어낸 귀퉁이를 모아서 X 기호가 있는지 확인하겠다는 거야? 찢어낸 귀퉁이에 기호가 있을지 없을지 어떻게 알고?"

맨유가 물었다.

"아니야, 나는 귀퉁이를 찢고 남은 부분을 모을 거야. 찢어낸 귀퉁이는 각자 보관해야 해."

"뭐?"

"찢어낸 귀퉁이가 새로운 신분증이 되는 거야." 캡 모자가 자신이 삼각형을 그린 종이를 꺼내더니 한쪽 귀퉁이를 2센티미터 정도 찢었다. "무기명 방식으로 귀퉁이를 찢은 신분증을 거둬서 X가 있나 없나 확인할 거야. 내가 틀렸다면, 나중에 다른 사람이 X를 지목했을 때 지목된 사람이 가지고 있는 귀퉁이와 X의 신분증을 맞춰보면 돼. 사람마다 찢는 크기, 모양, 각도가 전부 다르니까. 이렇게 하면 각자 신분증을 비밀로 유지하면서도 X 가 존재하는지 아닌지 확인할 수 있어."

"그렇게 해도 되나요?"

살찐 호랑이가 교수를 향해 물었다.

"음, 반대할 이유를 찾지 못하겠군요."

교수가 수염을 만지작거리며 대답했다.

"이건 정식으로 X를 찾는 과정이니까 거짓말을 하면 안 돼. 반드시 진짜 신분증을 제출해. 아까 교수님이 그렇다고 확인해 주셨으니까."

캡 모자가 다시 강조했다.

이런 방법을 쓸 줄은 몰랐다. 이 강의실에 딱 두 사람만 있다 면 찢어낸 귀퉁이의 모양이 비슷할 가능성이라도 있다. 하지만 지금은 다섯 명이니 찢어낸 모양과 크기가 똑같을 확률은 거의 없다. 게다가 X 외에 다른 사람은 거짓말을 할 이유가 없고, X 가 다른 사람이 찢어낸 모양을 흉내 내는 것도 불가능하다. 애 초에 다른 사람이 어떤 모양으로 찢을지 알 수 없기 때문이다.

나는 신분증의 오른쪽 위를 찢었다. 명함 절반만 한 크기였다.

캡 모자는 자리에서 일어나서 화이트보드 앞에 놓인 수납장 으로 향했다. 수납장에는 A4 용지 묶음이 들어 있는 상자가 있었다. 그는 안에 있던 A4 묶음을 전부 꺼냈다.

"귀퉁이를 찢은 다음 여기에 신분증을 넣어줘."

캡 모자가 뚜껑이 덮인 채로 종이상자를 가져와서 중간에 있 는 통로에 내려놓았다.

"잠깐."

판다 눈이 갑자기 나섰다.

"네가 신분증을 모으고 검사하는 건 안 돼. 네가 무슨 짓을 하지는 않더라도 사람들이 종이를 집어넣을 때 찢은 모양을 기억할 수도 있으니까."

캡 모자는 약간 당황하면서 물었다.

"그럼 어떻게 하는 게 좋을까?"

"이해관계의 충돌이 가장 적으면서 신분이 가장 확실한 사람이 해야지."

판다 눈이 살찐 호랑이를 가리켰다. 살찐 호랑이는 X가 아님을 확인받고 동시에 게임에서 탈락한 유일한 사람이다. 다들 반대하지 않자 캡 모자가 종이상자를 살찐 호랑이에게 넘겨주었다. 살찐 호랑이는 상자를 건네받기 싫은 눈치였지만, 어쩔 수 없이 신분증을 수거하는 역할을 맡았다. 그는 통로를 따라 천천히 이동하면서 다섯 사람의 신분증을 수거했다. 왼손으로 상자를 받치고 오른손으로 상자 뚜껑을 쥐고서 약간의 틈만 벌려 신분증을 집어넣게 했다.

신분증을 전부 수거한 다음, 살찐 호랑이는 왼쪽 첫째 줄의 빈자리로 이동했다.

"지금부터 신분증을 검사할게. 종이를 꺼낼 때마다 모두에게 보여줄 거야. 이렇게 하면 문제없지?"

살찐 호랑이가 판다 눈을 흘겨보면서 말했다. 그는 자신이 계략에 넘어갔던 게 여전히 분한 모양이었다.

살찐 호랑이가 상자를 몇 번 흔들더니 뚜껑을 열어 첫 번째 종이를 꺼냈다. 작은 동그라미가 그려져 있고, 왼쪽 위가 찢겼다. 두 번째 종이는 위아래가 눌린 동그라미가 그려져 있고 왼쪽을 길게 찢었다. 세 번째 종이는 주먹 크기의 동그라미로 오른쪽 위를 찢었다. 그게 내 신분증일 것이다. 네 번째 종이는 한쪽 귀퉁이가 없는 백지였다.

네 장의 신분증이 공개되었다. 나는 캡 모자의 눈이 형형하게 빛나는 것을 보았다. 그는 살찐 호랑이의 손에 들린 다섯 번째 신분증을 뚫어져라 보았다. 살찐 호랑이는 종이를 펼쳐서 흘낏 보더니 표정 변화 없이 높이 들어서 보여주었다. 우리 눈앞에 보인 것은 선 위에 그려진 동그라미였다.

"예스!" 캡 모자가 의자에서 튕기듯 일어나서 소리를 지르며 팔을 휘둘렀다. "내 추리가 맞다는 게 증명됐지! X는 존재하지 않았어! 이젠 아무 말도 못 할 거야!"

"교수님, X를 지목하겠습니다. 살찐 호랑이가 X입니다."

순간 나는 이 상황이 이해되지 않았다. 말을 꺼낸 사람은 판다 눈이다. 그녀는 캡 모자의 환호나 맨유의 흠모하는 듯한 눈빛, 교수의 미소, 다른 사람들의 깨달음 등등을 무시하고 일어서 자기 할 말만 툭 던졌다.

"살찐 호랑이가 X입니다."

판다 눈이 다시 말했다.

"무슨 소리를 하는 거야?" 맨유가 화를 냈다. "캡 모자가 X는 없다고 증명했잖아. 패배를 인정할 수 없는 거야?"

"캡 모자의 추리에 허점이 있어."

판다 눈이 담담하게 대답했다.

"허점이라고? 모든 사람의 신분증을 확인했고 범인이 없다는 게 증명되었어. 게다가 아까 규칙에서 정한 대로 거짓말을 할 수 없고. 반대로 네가 지목한 살찐 호랑이는 벌써 범인이 아니라고 밝혀진 사람이잖아. 뭘 잘못 생각하는 거 아니야?"

"그래, 내가 살찐 호랑이를 지목했는데 범인이 아니었잖아?"

코다 쿠미도 끼어들었다.

"그때 살찐 호랑이는 X가 아니었지만, 지금은 X로 변했어."

판다 눈이 대답했다.

"X로 변했다고? 이건 또 무슨 새로운 추리소설이야? 모든 사람이 X로 변하는 이야기?"

스님이 나서서 익살을 부렸다.

판다 눈은 자기에게 쏟아진 질문에 답하는 대신 새로운 문제를 제시했다.

"캡 모자, 한 가지 물어볼게. 냉커피를 제외하고 이 자리에 있는 모든 사람이 이 과목의 수강생이라고 증명할 수 있어?"

"교수님이 알려주셨잖아. 이 과목은 수강생이 일곱 명이라고 말이야! 그것도 거짓말이라는 뜻이야?"

"내 질문은 여기 있는 일곱 명이 실제로 명단에 있는 일곱 명인지 어떻게 아느냐는 거야."

"어……."

캡 모자는 말문이 막혔다.

"큰비가 내리는 토요일 오전 수업인데 아무도 수업을 빼먹지 않았다고 확신해? 교양과목은 출석률을 따지지 않아. 이 수업에서도 출석을 부르지 않았어. 수강 신청한 학생 중 누군가 오늘 수업에 나오지 않았고, 그 자리를 X가 채웠을지도 몰라."

"맞아, 그 부분을 생각 못 했어. 하지만 방금 우리 중에 X가 없다는 게 증명되었잖아. 아니야?"

"제일 중요한 부분을 빠뜨렸어." 판다 눈이 아무런 감정도 없이, 마치 기계처럼 설명을 이어갔다. "넌 공범의 존재를 고려했어야 해."

"공범?"

캡 모자 외에 모든 사람, 맨유와 스님까지도 약속이나 한 듯 그 두 글자를 반복했다.

"우리 중에 X 외에 또 다른 조교가 있을 것도 고려해야지."

"그렇지만 교수님이⋯⋯."

"교수님은 조교가 우리 중에 섞여서 X 역할을 한다고 말씀하셨을 뿐, 또 다른 조교가 학생인 척 섞여 있지 않다고 하신 게 아니잖아. X에게 공범이 없다고 확신할 수 없다는 이야기야."

"공범이 있든 말든 그게 무슨 상관이야?" 캡 모자는 약간 격앙된 어조로 말했다. "공범이 있어도 X를 포함해서 우리들 모두는 게임의 규칙에 따라 신분증을 제시해야 해. 아까의 검사와 공범의 존재 여부는 관련이 없어!"

"교수님은 'X는 조교가 맡는다'고 하셨지 'X는 한 명의 조교가 맡는다'고 하신 게 아니야."

"그게 무슨 차이가 있지?"

"살찐 호랑이가 신분증을 수거했지. 우리는 모두 진짜 신분증을 제출해야 해. 하지만 규칙에는 검사하는 사람이 수작을 부리면 안 된다는 말이 없었어. 신분증을 검사한 사람이 공범이라면, 방금의 신분증 확인은 냉커피가 제시했던 신분증 공개 때와 달라진 게 없는 거지."

"내가 어떻게 수작을 부릴 수 있는데?"

살찐 호랑이가 물었다. 그의 태도는 훨씬 침착해져 있었다.

"X가 그려진 종이를 바꿔치기해서 가져가면 돼."

"그렇게 하는 게 X에게 무슨 도움이 되지? 자신의 존재를 부정하고 캡 모자의 승리를 확정하는 것 말고?"

코다 쿠미가 물었다.

"추리소설에서 탐정은 자신이 사건을 해결하는 대목을 결말이라고 생각해. 하지만 진짜 결말은 작가가 독자에게 말해주는 거야. 캡 모자가 승리를 외친 후에 교수님은 이 추리에 이의가 있는 사람이 없냐고 물어보셨을 거야. 만약 우리 모두가 이 추리에 동의했다면 교수님은 바로 X의 승리를 선언하셨겠지."

"맞습니다."

교수가 갑자기 입을 열었다. 그는 얼굴에 교활한 미소를 띠었다. 캡 모자는 교수의 말을 듣더니 바람 빠진 풍선처럼 믿을 수 없다는 표정으로 우리들 한 사람 한 사람의 얼굴을 쳐다보았다.

"살찐 호랑이가 전에는 X가 아니었는데 지금은 X가 되었다고 한 건 무슨 뜻이지?"

코다 쿠미가 물었다. 자신이 살찐 호랑이를 지목했다가 게임에서 탈락했으니 이 상황에 오기가 생기는 것도 이해되었다.

"살찐 호랑이는 원래 공범이었어. 그와 X는 일찌감치 누군가 모든 사람의 신분증을 확인하자고 할 것에 대비했어. X는 자신의 신분증 귀퉁이를 찢지 않았고, 살찐 호랑이는 자신의 범인이 아닌 신분증에서 귀퉁이를 찢어서 왼손에 감추고 있었지. 살찐 호랑이는 신분증을 수거할 때 자기가 찢어낸 귀퉁이를 몰래 X에게 주고, 동시에 X의 신분증을 상자에 넣을 때는 상자 뚜껑을 쥐고 있던 오른손으로 받아서 손과 뚜껑 사이에 감춰뒀어. 살찐 호랑이는 다른 사람들이 보지 않을 때 자기 신분증을 상자에 넣고 X가 그려진 신분증은 주머니에 넣은 거야. 그러니까 이제 살찐 호랑이는 X가 된 거지."

"그럼 누가 원래의 X였는데?"

스님이 물었다. 우리는 전부 판다 눈의 추리에 놀라서 넋이 나갔다. 이런 수법은 전혀 예상하지 못할 만큼 대단했다. 게다가 들어보니 판다 눈의 이야기는 매우 합리적이다.

"냉커피."

나?

"왜 나야?"

나는 깜짝 놀라서 벌떡 일어섰다.

"이 모든 음모를 진행할 수 있는 사람은 너뿐이야."

무슨 음모? 좀 듣기 좋은 말로 표현하면 안 되나?

"왜 냉커피가 유일한데?"

물에 빠진 생쥐가 물었다.

"아까 신분증을 공개하자는 제안을 냉커피가 했지. X는 아마도 가짜 신분증을 제시했겠지만 거기에 다들 농락당했어. 각자 공개한 신분증에 그려진 그림을 기억해? 나는 확실히 기억하고 있어. 냉커피는 크지도 작지도 않은 원, 물에 빠진 생쥐는 작은 원, 스님은 옆으로 길쭉한 타원, 맨유는 아래에 선이 있는 원, 코다 쿠미는 아무것도 쓰지 않았어. 지금 말한 신분증이 전부 진실은 아니라 해도 아까 살찐 호랑이가 한 검사 결과와 비교하면 전부 일치해."

"그게 냉커피가 트릭을 쓰지 않았다는 것, X는 존재하지 않았다는 것을 증명하는 거 아니야?"

캡 모자가 긴장한 목소리로 물었다.

"아니, 이건 트릭을 쓸 수 있는 사람은 냉커피뿐이라는 걸 증명해." 판다 눈이 처음으로 미소를 지으며 대답했다. "코다 쿠미가 살찐 호랑이를 지목했을 때 살찐 호랑이의 신분증도 공개되었는데, 거기에도 원이 그려져 있었어. 크지도 작지도 않은 원이지. 냉커피가 그린 것과 똑같아. 사람들을 다 속이려면 X가 처음에 공개한 가짜 신분증의 기호는 공범과 같아야 해. 만약 그들이 그린 기호가 크기가 달랐거나 모양이 달랐다면, 예를 들어 네모였다면 아까의 검사에서 들통이 났을 거야. 이게 바로 두 사람이 공범이고, 사전에 모의했다는 증거지."

"잠깐! 그건 우연의 일치야!"

내가 항의했다.

"그것 말고도 의심스러운 부분이 많아." 판다 눈이 냉정한 말투로 나를 향해 말했다. "우선 너는 신분증을 공개하자고 제안했어. 다른 사람을 함정에 빠뜨린 거야. 네 자리는 우리들 중에서 가장 좋은 자리지. 강의실 내의 상황을 높은 곳에서 관찰할 수 있으니까. 그리고 공범인 살찐 호랑이와 암호를 주고받아도 들킬 위험이 적어. 마지막으로 네가 말한 내용 중에 심각한 모순이 있었어. 그게 네 거짓말을 알려줬지."

"내가 무슨 거짓말을 했다고?"

억울하게 공격을 당하자 짜증이 치밀었다. 어린 여학생이 나를 이렇게 압박하다니, 예상하지 못한 일이었다.

"너는 아까 옆 강의실에서 '인터넷 플랫폼의 이론과 실제'라는 교양과목을 들었다고 했어. 비 때문에 발이 묶였다면서. 그러면서 자신이 컴퓨터공학과 학생이라고 말했거든. 다들 알다시피 자기 학과에서 개설한 교양과목은 들을 수 없어. 컴퓨터공학과인 네가 어떻게 컴퓨터공학과의 '인터넷 플랫폼의 이론과 실제' 수업을 듣는 거지? 넌 실수한 게 아니라 일부러 허점을 드러낸 거야. 우리가 공평하게 분석하고 추리할 수 있도록. 네가 바로 이 과목 조교이자 원래의 X야."

판다 눈은 명탐정처럼 반박할 틈도 주지 않고 자신의 추리와 해석을 쏟아냈다. 그러고 보니 내 말에는 분명히 모순이 있었다. 나는 그저 패배를 인정하는 수밖에 없는 듯했다. 내가 범인이라고 다 밝혀야 할 것처럼.

하지만 나는 정말로 X가 아니다! 조교니 뭐니, 추리소설 감상이니, 수염을 기른 경 박사니 전부 다 이 강의실에 들어와서 처음 알았단 말이다!

"저기, 내 설명 좀 들어봐……."

내 말이 뚝 멎었다. 강의실을 둘러보니 다들 내가 왜 입을 벌리고는 아무 말도 하지 않나 빤히 보고들 있다. 그들의 시선이 나를 주시하지만 나는 신경 쓰지 않았다. 왜냐하면 방금 이 게임의 해답을 찾았기 때문이다. 기억 속의 모든 조각들, 모든 대화가 들어맞는다. 하나의 완벽한 원을 이룬다. 추리소설을 읽다가 수수께끼가 완전히 풀리는 순간 소름이 돋는다고들 한다. 나도 방금 그랬다. 현실 속에서 이런 경험을 할 수도 있구나. 그 감각은 말로 표현할 수 없을 만큼 강렬했다.

어둠 속에서 돌연 한 줄기 빛이 비추는 느낌이 이럴까? 그 빛이 천천히 퍼져 온 세상을 밝힌다.

"…… 우선 각자 전공 학과를 물어보고 싶어."

내가 말했다.

"아직도 아케치 고고로 흉내를 내는 거냐, 모리 고고로! 넌 지금 야가미 라이토夜神月*처럼 최후의 발악을 하면서 자신이 X

---

* 일본 만화 『데스노트』의 주인공으로, 어떤 사람의 이름을 쓰면 얼마 후 그 사람이 사망하게 되는 신기한 공책을 손에 넣는다.

라는 사실을 부인하고 있어!"

스님이 나를 놀리듯 말했다.

"내가 이 과목 조교가 맞다면, 앞으로 학생들 점수를 관리할 텐데 나한테 잘 보여야 하지 않아?"

내가 일부러 을러대듯 말했다. 스님은 깜짝 놀라서 혀를 빼 물더니 더는 주절거리지 않았다.

"다들 어느 학과인지 말해줘. 증명할 필요도 없고, 거짓말을 해도 괜찮아."

나도 참 바보다. 이제야 게임의 핵심을 파악하다니. 우리는 범인이 아닌 학생끼리 경쟁 상대를 제거하려고 다른 사람들에게 거짓말을 하고 잘못된 방향으로 유도할 거라는 의심을 할 필요가 없었다. 이 게임에서 이기려면 진실을 말하고 싶은 사람들에게 말을 시켜야 한다.

"나는 음악과야."

물에 빠진 생쥐가 말했다.

"의학과."

판다 눈이 말했다.

"중문과야."

코다 쿠미가 말했다.

"난 경영학과."

스님이 말했다. 이번에는 이런저런 말을 덧붙이지 않고 깔끔하게 대답했다. 아마 나에게 밉보이고 싶지 않은 모양이다.

"신문방송학과. 기자가 되고 싶거든."

맨유가 말했다.

"정보공학. 전에도 말했지만."

캡 모자가 말했다.

"화학과."

살찐 호랑이가 말했다.

"좋아, 이제 확실하군." 내가 다른 사람들을 둘러보면서 설명했다. "나는 X가 아니야. 하지만 미스터리는 전부 풀었어. 캡 모자와 판다 눈의 추리에 잘못된 부분이 있지만 맞는 말도 했지. 두 사람이 아니었다면 나도 해답을 찾지 못했을 거야."

"무슨 말이야?"

판다 눈과 캡 모자가 동시에 물었다.

"이 게임에는 확실히 공범이 있어. 그건 바로 코다 쿠미야."

내가 화려한 화장에 금발머리를 한 여자를 가리켰다.

"뭐? 코다 쿠미가 공범이라고? 아까 신분증을 수거할 때 종이상자에는 다가가지도 않았는데 어떻게 살찐 호랑이와 조작을 하지?"

스님이 물었다.

"살찐 호랑이는 X가 아니야."

내가 대답했다.

"그럼 누가 또 다른 조교인데?"

"또 다른 조교라니?

"아까 코다 쿠미가 조교 중 한 명이라고 했잖아. X의 공범."

"조교는 한 사람이야. 공범이 꼭 조교일 필요가 있나?"

"그럼 교수님이 처음부터 우리 중 한 명과 짰다는 거야? 코다 쿠미가 중문과 학생이니까 어쩌면 H대학에서 경 교수의 수업을 들은 적이 있어서 서로 아는 사이였다거나?"

물에 빠진 생쥐가 물었다.

"아니, 그런 뜻이 아니야." 내가 웃으면서 코다 쿠미를 향해 말했다. "자, 코다 쿠미 씨. 아니, 경쉬원 교수님이라고 해야겠죠. 학생 흉내는 그만두고 상황을 정리해주시기 바랍니다."

다들 의아함을 가득 담은 소리를 냈다. 내가 특히 즐거웠던 대목은 판다 눈조차 경악하는 표정을 지었다는 거였다. 나는 방금까지 판다 눈이 피도 눈물도 없는 로봇이 아닐까 의심할 지경이었다. 그녀는 나중에 아주 냉정한 의사 선생님이 되겠지.

"코다 쿠미가…… 경 박사라고?"

살찐 호랑이가 충격에 빠진 얼굴로 수염이 텁수룩한 교수를 가리켰다.

"그럼 저분은……?"

"우리가 찾던 미스터 X야." 내가 웃으면서 덧붙였다. "이 과목을 수강하는 학생이 아니라서 A학점은 받지 못하지만, 게임에 참여한 사람으로서 진지하게 말해야 할 것 같군요. 저는 강단에 선 교수를 X로 지목합니다."

코다 쿠미와 털보 교수는 이가 보일 정도로 환하게 웃었다. 털보 교수가 입을 열었다.

"우선 어떻게 추리한 건지 설명해주기 바랍니다."

나는 사람들을 둘러보며 설명했다.

"캡 모자 말이 맞았어. 이 게임은 갑자기 시작된 게 아니라 미리 준비된 거야. 마커펜이라는 증거 외에도 만약 갑자기 게임을 하게 되었다면 X 역할을 맡은 조교가 당황하지 않겠어? 어떻게 학생들을 속여야 할지 몰랐겠지. 승리하면 A학점을 줘야 하니까 교수라면 당연히 철저하게 게임을 준비할 거야. A학점을 준다는 것부터가 이 게임에서 이기란 쉽지 않다는 걸 알려주지. 과제나 리포트보다 어려운 문제여야 하니까. 그러니 게임의 설계자는 완벽한 계획을 가지고 실행에 옮겼겠지."

"그 부분은 의문점이 없어. 캡 모자도 이미 제시한 부분이고."

코다 쿠미가 말했다.

"캡 모자는 사람 수에 대해 자신만의 이유를 제시했지만, 판다 눈의 반박도 합리적이야. 사람 수에 대한 부분은 통제하기 어렵지. 그래서 '교수'가 '학생 일곱 명'이라고 한 건 꼭 단서였다고 볼 수는 없어. 하지만 캡 모자의 생각도 맞아. '교수'는 강의실에 들어올 때부터 계속 단서를 주고 있었어. 그런데 무엇을 말했느냐보다 무엇을 말하지 않았느냐가 더 중요해. 우선 '교수'는 강의실에 들어와서 한 번도 자기소개를 한 적이 없거든. 화이트보드에 강의명과 교수의 이름을 썼을 뿐이야. 그러면 우리는 강단에 선 사람이 경쉬원 교수라고 가정하게 돼. 그 밖에도 혹시 기억할지 모르겠는데, 누가 제일 먼저 저 사람을 '교수'라고 불렀지?"

"코다 쿠미!"

캡 모자가 소리쳤다.

"과제량이 많다고 줄여달라고 한 것도 코다 쿠미였지. 만약 누군가 저 사람을 '경 교수님', '경 박사님'이라고 불렀다면 추리소설에 나오는 공정성을 해치는 일이 돼. 이 게임에서도 여러 차례 공정성을 강조했어. 만약 저 사람이 마지막 순간에 X였다고 밝히면 우리는 항의했을 거야. 왜 '경 박사'라고 불렀을 때 부정하지 않았느냐고. '박사'라는 호칭은 기준이 매우 명확한 호칭이야. 학위가 있어야 부를 수 있지. 하지만 교수라는 호칭은 좀 더 느슨해. 게다가 저 사람은 한 번도 자신이 교수라고 말한 적 없어. 우리가 마음대로 저 사람을 교수라 불렀을 뿐⋯⋯. 맨 처음 누군가가 교수라고 부른 것을 습관적으로 따라 한 거야."

"규칙 위반이야!"

살찐 호랑이가 두 번째로 위반을 주장했다.

"하지만 우리가 묻지 않아서 말하지 않은 것뿐이지. 지금 물어볼까? 교수님, 성함이 어떻게 되십니까? 어느 과인지, 어떤 학위를 가지고 계신지 여쭤도 될까요?"

털보 교수가 웃으면서 대답했다.

"나는 장張씨입니다. 문학부의 문화 및 종교학과 소속이고, 5년 전에 호주의 M대학에서 석사 학위를 받았어요. 지금은 C대학에서 박사과정을 밟고 있습니다. C대학 학생이 아니라 일반인을 대상으로 하는 수업에서 두 과목을 강의하고 있으니까 '교수'라는 직함은 틀리지 않다고 해야겠군요."

정말로 장씨일 줄이야. 설마 장페이와 무슨 인척 관계가 있는 건 아니겠지?

"X가 학생들 중에 있는 게 아니었다고?"

맨유가 물었다.

"애초에 그렇게 말한 적이 없었어. 그 말은 맨유 네가 한 말이
잖아. 그는 '대략 그렇다', '범인은 이 안에 있다'라고 말했을 뿐
이야. 한 번도 '범인은 학생 사이에 있다'라고 하지 않았어."

"그것만 가지고 어떻게 그가 X인 걸 알아?"

판다 눈이 물었다.

"이 게임에 쓸데없는 절차가 있었다는 것을 알아채지 못했
어?" 내가 찢어낸 종이 귀퉁이를 꺼내서 흔들며 말했다. "범인
이 왜 X라는 기호를 종이에 써야 할까? 단순히 누가 조교인지
알아맞히는 게임이라면 우리는 대화를 통해서 추리하고 교수
에게 확인을 받으면 끝인데. 캡 모자 말이 맞아. 교수는 처음
부터 우리에게 여러 가지 단서를 주었지. 예를 들면 이 신분증.
게임을 진행하는 사람인 교수는 애초에 범인이 하는 것처럼
종이에 X를 쓸 필요가 없어. 우리들이 신분을 증명할 수단을
갖고 있어야 한대도 종이를 나눠 주고 '범인은 X를 쓸 겁니다,
여러분은 다른 기호를 쓰세요'라고 말하면 돼. 설마하니 X가
어떻게 생긴 글자인지 모를까 봐 시범을 보여주었을까? 그런
데 교수는 우리 앞에서 X를 크게 쓴 다음 '신분을 숨긴 조교
는 종이에 이 기호를 쓸 것'이라고 말하기까지 했지. 이게 가장
큰 단서야. 그런 다음 말한 소거법 어쩌고저쩌고는 전부 우리
의 시선을 딴 데로 돌리려는 수법이야. 진짜 해답은 처음부터

우리 모두의 눈앞에 공개되어 있었지. 우리가 관심을 갖지 않았을 뿐."

"그럼 어떻게 코다 쿠미가 진짜 경 교수라는 걸 알았어?" 캡 모자가 물었다. "아까의 추리에서는 강단 위의 교수가 조교인 X라고 추론할 수 있을 뿐, 경 박사가 우리 중에 있다는 건 알 수 없는데?"

"이런 게임을 설계해서 학생들이 자발적으로 사고하고 추리하도록 만드는 교수라면 강의를 전부 조교에게 맡기고 놀기만 하는 게으른 선생님이 아닐 거야. 내가 경 교수였더라도 현장에서 학생들의 반응을 하나하나 살펴보고 싶을 거라고. 조교 X에게 자기 역할을 맡겨서 강단에 세워놓고, 학생들 틈에서 살펴보는 한편 조교에게 게임을 진행하라는 신호도 보냈겠지. 만약 학생들 중 여러 사람이 서로 잘 아는 사이라면 이 게임을 진행할 수 없으니까. 게다가 우리들 틈에 섞여 있으면 진실이 밝혀졌을 때 훨씬 강렬하고 폭발적이지 않겠어? 그게 바로 추리소설의 진짜 묘미지."

"이건 그냥 객관적인 조건일 뿐이야. 추리를 뒷받침하는 근거는 없어."

판다 눈이 주장했다. 참 침착하고 논리적인 학생이라니까.

"내가 방금 말한 것처럼 코다 쿠미가 '교수'라는 호칭을 제일 먼저 불렀으니 이게 첫 번째 혐의야. 그리고 장 조교님이 학생들의 별명을 세 번 불렀는데, 살찐 호랑이, 스님 그리고 코다 쿠미였어. 그런데 코다 쿠미에게만 '학생'이라는 말을 붙이지 않았거든. 다른 두 사람에게는 '살찐 호랑이 학생', '스님 학생'이라고 했고. 나는 이것도 그가 우리에게 준 단서 중 하나라고 생각해."

"그건 우연인지도 몰라."

판다 눈이 또 반박했다.

"맞아. 그래서 방금 각자의 소속 학과를 물어본 거야. 코다 쿠미는 중문과라고 했지. 경 박사와 같은 학과야. 거기에 아까 말한 것 같은 혐의를 더해서 코다 쿠미가 경 박사라는 결론을 내렸어."

"코다 쿠미가 거짓말을 하면?"

"그게 바로 내가 마지막으로 발견한 맹점이야." 나는 말을 멈추고 쓰게 웃었다. "나도 조금 전까지는 그렇게 생각했어. 이 게임은 거짓말을 할 수 있게 허용했으니까 경쟁하는 사이에서 서로 다른 사람의 정보를 물어도 소용없다고 말이야. 하지만 그것도 교수가 친 연막이었어. '거짓말을 해도 된다'고 강조한 것은 우리의 추리 방향을 혼란스럽게 하려는 의도야. 그 말의 진짜 의미는 '누군가 진실을 말하더라도 그게 사실인지 확신할 수 없다'는 거지."

나는 코다 쿠미를 바라보면서 말을 이었다.

"이 게임과 추리소설 사이의 가장 크고 또 근본적인 차이는 '사건'이 없다는 거야. 우리는 단순히 누군가 X라고 불리는 사람이 우리 사이에 끼어 있다는 것만 알고 있어. 그 사람이 무슨 짓을 했나? 아니! 추리소설에서는 사건의 특징이 곧 풀어야 할 수수께끼가 돼. 왕관에 박힌 보석을 도둑맞거나 시체 옆에 피로 쓴 글자가 있거나 심지어 누군가 이유도 없이 비싼 임금을 받고 브리태니커 백과사전을 필사하는 작업을 하게 되지. 우리가 세심하게 사고해보았다면 이 게임은 애초에 제대로 진행될 수 없다는 사실을 알아차렸을 거야. 범인은 거짓말을 할 수 있고, 다른 인물들은 서로 짐작만 해야 해. 그렇게 해서는 한 시간 반이 아니라 한 달 반을 주어도 이 사건을 해결할 수 없어. 맨 처음 설정했던 '이 게임은 공평해야 한다'는 조건과도 배치돼. 그러니 각도를 살짝 바꿔보면, 범인과 공범은 공평하게 진실만 말해야 하는 거야. 다만 다른 학생들이 그 말을 거짓인지 아닌지 확신할 수 없게 만들어야지. 그래야만 이 게임을 진행할 수 있어. 게임의 설계자가 공정하게 승리하려면 거짓말을 하지 않고, 혹은 최소한의 거짓말만 하고서 정체를 들키지 않아야 해. 그래서 나는 범인이 소속 학과를 거짓으로 알려주지 않을 거라고 믿었어. 설계자들은 거짓말을 하지 않고도 우리들을 잘못된 방향으로 유도할 수 있거든. 자신들이 사실만 말하더라도 우리가 쉽게 문제를 풀지 못할 거라는 사실도 알고 있었지."

"정확합니다. 오류가 하나도 없군요."

코다 쿠미가, 아니, 경 박사가 박수를 쳤다. 그녀는 자리에서 일어나 강단에 올랐다.

"이럴 수가, 모리 고고로가 어떻게 진범을 잡는단 말이야……."

스님이 중얼중얼 불평했다.

"죄송하게도 저는 하필이면 극장판 〈명탐정 코난〉의 모리 고고로라서요."

내가 그의 말을 되받아쳤다.

털보 교수는 셔츠 앞주머니에 넣었던 종이를 꺼내서 X 자를 다들 볼 수 있게 들어올렸다.

"축하합니다. 사건을 해결했군요. 경 교수님과 저는 아무도 진실을 밝히지 못할 줄 알았습니다."

"사실 저는 매우 기분이 좋습니다." 경 교수는 강단에서 환하게 웃었다. "캡 모자 학생도 일부분을 제대로 추리했죠. 강의실 의자에 앉아 있는 사람들 중에는 X가 없었으니까요. 판다 눈 학생도 정확한 추리는 아니었지만 매우 합리적이었습니다. 이 게임의 몇 가지 맹점과 단서를 잘 지적했어요."

수염을 만지작거리며 웃던 장 교수가 말을 받았다.

"학과에서 저에게 경쉬원 교수의 조교를 맡겼는데, 처음에는 여성일 거라고 생각하지 못했죠. 경쉬원이라는 이름은 무척 남자 이름 같으니까요. 우리는 성별 관련 서술 트릭을 이야기하다가 이런 게임을 만들면 어떨까 하는 데 생각이 미쳤습니다. 학생들을 참여하게 해서 공부에 대한 흥미를 높여주자고 말입니다. 토요일 아침 수업은 빠지는 학생이 많다는 걸 잘 알고 있었거든요. 학생 여러분이 이 과목을 재미있게 느껴서 앞으로 빠짐없이 수업에 나오길 바라는 마음으로 준비한 겁니다."

"종이를 한 장 더 가져간 것은 나였습니다. 하지만 어떤 실질적인 효과가 있을 거라고 생각한 건 아니었어요." 경 교수가 주머니에서 두 번 접힌 흰 종이를 꺼냈다. "그 밖에도 우리는 여러 가지 단서를 흘렸어요. 나는 일부러 H대학의 휘장이 들어간 브로치를 달았고, 장 교수님은 서류가방에 직원증을 걸어놓았죠. 그런데 가까이 가서 확인하는 사람은 없더군요……."

"죄송합니다만……." 살찐 호랑이가 손을 들고 질문했다. "경 교수님은 저희와 나이가 비슷해 보이는데 어떻게 박사가 되셨어요?"

경 교수가 화사하게 웃었다. 역시 젊어 보인다고 하면 좋아할 수밖에 없나 보다.

"나는 얼마 전에 학위를 받은 파릇파릇한 박사예요. 나이는 여러분보다 여섯 살이나 일곱 살 정도 많을 겁니다. 여러분들이 눈치채지 못하게 하려고 일부러 화장을 진하게 하고 머리도 노란색으로 물들였죠. 학생들은 교수라고 하면 다 노인들만 있는 줄 아는데, 이십 대나 삼십 대의 여자도 교수가 될 수 있어요."

삐삐삐……!

알림음이 울렸다. 장 교수가 손목시계를 보며 말했다.

"어느새 12시가 되었네요. 오늘 수업은 여기까지 하겠습니다. 다음 시간의 강의 자료를 챙겨 가시기 바랍니다. 시간이 있으면 수업 준비를 위해 도서목록에 있는 작품을 읽어오세요. 우리는 세 번째 수업에서 에드거 앨런 포가 쓴 『모르그 가의 살인』을 가지고 토론할 겁니다……."

다들 일어나서 강단에 놓여 있는 강의 자료를 챙겼다. 학생들은 서로 게임에서 있었던 이야기를 즐겁게 수다 떨었다. 나는 자리에서 바로 일어나지 않고 고개를 돌려 강의실 문 위쪽 유리 너머를 살폈다. 정오의 햇빛이 비치는 게 보였다. 장대비가 언제 그쳤는지도 몰랐다. 그러나 이번 한 시간 반은 아주 충실하고 재미있었다. 다음 주에도 와서 청강을 할까? 나는 경 교수나 수염 조교가 반대하지 않을 것 같다고 생각했다.

"이봐요, 냉커피! 다음 주에도 청강할 생각 있어요?"

코다 쿠미가 강단 쪽에서 손짓으로 불렀다. 강의실에는 이제 경 교수, 캡 모자, 판다 눈 그리고 나만 남아 있었다. 그들은 강단 앞에서 즐겁게 이야기를 나누고 있었다.

"좋죠. 제가 방해하는 게 아니라면요."

나는 그렇게 말하면서 그들 쪽으로 다가갔다. 경 교수는 화장이 진하기는 해도 가까이서 보니 꽤 예쁜 얼굴이라는 생각이 들었다. 좋아, '코다 쿠미의 동생보다 못하다'는 평가는 취소해야겠군.

"궁금한 게 있어." 판다 눈이 나를 보며 말했다. "아까 왜 거짓말을 했지?"

"거짓말?"

내가 의아하게 되물었다.

"컴퓨터공학과라면서. 그런데 어떻게 '인터넷 플랫폼의 이론과 실제'라는 교양 수업을 듣는다는 거야? 모순이라고."

캡 모자가 거들었다.

"아, 그건……." 내가 씩 웃으면서 대답했다. "판다 눈이 그걸

지적하지 않았으면 나도 미스터리를 못 풀었을 거야. 그게 내가 진실을 알아차리게 된 키워드거든. 참, 제 소개를 해야겠군요. 저는 왕탸오즈王迢之라고 하고, 4년 전에 P대학 컴퓨터공학과에서 박사 학위를 받았어요. 올해 C대학 강사로 채용되었죠. 학과 내에서 '컴퓨터 그래픽 응용'과 '소프트웨어 공학'을 강의하는 것 외에도 교양과목 '인터넷 플랫폼의 이론과 실제'를 맡았습니다. 여기 제 명함인데요……."

작 가 후 기

어느새 내가 추리소설가로 등단한 지도 9년이 넘었다. 공모전 수상 작품집을 제외하면, 내가 정식 작가의 신분으로 소설을 출간한 것은 2009년이었다. 당시 친구인 가오푸高普와 공저로 명일공작실明日工作室에서 SF 소설 『어둠의 밀사闇黑密使』를 출간했다. 그 책을 출간하면서 우리는 여러 가지 풍파를 겪었는데(가오푸와 편집자가 고생을 많이 했다). 지금 돌이켜 보면 정말 울지도 웃지도 못하겠다. 어쨌든 그때 나는 얼렁뚱땅 첫 책(사실상 이때는 한 권이 아니라 '반半 권'이라고 해야 한다, 혼자서 독립적으로 쓴 작품은 2011년에 처음 세상에 나왔다)을 냈다. 두 권의 공저 작품을 포함해 몇 년간 10권의 중·장편소설을 출간했다. 그동안 여러 편의 단편소설을 썼는데, 언젠가 단편 작품을 정리하고 싶다는 생각을 해왔다. 창작에 투신한 후 첫 10년간 어떤 족적을 남겼는지를 단편집으로 내놓고 싶었다.

이 책에『디오게네스 변주곡』이란 제목을 붙인 건 여러 편의 단편을 한 권의 책에 밀어 넣는 허술한 방식이 아니라, 모음곡 형식으로 포장해 잘 갖춘 모습으로 세상에 내놓고 싶었기 때문이다. 그래서 더욱 그럴듯하게 보이도록 매 단편마다 클래식 음악처럼 순서를 정리하고 표제를 붙였다(나중에 각 단편별로 설명하겠다). 실제로 책 속의 몇몇 이야기는 서로 관련이 없으면서도 유사한 주제를 각기 다르게 '변주'하고 있다. 그렇다면 왜 '디오게네스^{Diogenes}'라는 이름을 선택했는가? 그건 순전히 내 개인적인 기호에 따랐다. 디오게네스는 고대 그리스의 철학자로, 키니코스학파의 창시자인 안티스테네스의 제자이며 요즘 말로 미니멀리즘 생활을 주장했다(어디서는 안티스테네스의 사상을 추종했을 뿐, 두 사람은 전혀 만난 적이 없다고도 한다). 전하는 말에 따르면 디오게네스는 세속에 구애받지 않고 신념대로 행동하는 사람이었는데, 커다란 나무통에서 마치 노숙자처럼 살았다. 어느 날 알렉산드로스대왕이 갑자기 그를 방문해 어떤 소원이든 이뤄주겠다고 했다. 한창 햇빛을 쬐던 디오게네스는 대왕에게 단 한 가지를 요구했다.

"당신이 햇빛을 가리고 있는데, 좀 비켜주십시오."

나중에 코난 도일이 쓴 셜록 홈즈 시리즈에도 '디오게네스 클럽'이라는 가상의 신사 클럽이 나온다. 디오게네스 클럽에서는 어떤 사람과도 대화가 금지되어 있으며, 회원들은 런던의 시끌벅적한 생활 속에서 조용히 사색할 수 있는 장소를 얻는다.

이 책의 단편 작품은 모두 내가 디오게네스 상태에서 쓴 것으로, 상상 속에 깊이 침잠했을 때 창작한 것들이다. 비록 그중에 공모전에 제출했던 작품도 있고 잡지사의 의뢰를 받고 쓴 작품도 있지만, 이 이야기들은 많은 것을 고려하기보다 단순하게 '이렇게 쓰면 좋겠다'는 느낌으로, 손이 가는 대로 쓴 작품들이다.

한 사람의 작가에게는 유명해지고 큰돈을 버는 것보다 나무통 안에 숨어서 자신이 좋아하는 이야기를 쓰는 게 더 즐거운 일이라고 생각한다.

아래에 각 단편의 창작 배경과 뒷이야기를 정리했다. 작품 내용에 관한 스포일러도 포함되어 있으니 읽기 전에 다시 한 번 생각해보시기 바란다. 덧붙이자면, 나는 매 작품에 클래식 음악 형식의 부제를 추가하는 것 외에도 거의 모든 작품에 내가 생각할 때 작품과 분위기가 가장 잘 어울리는 클래식 곡을 선정했다. 관심 있는 독자들은 아래 링크(유튜브 영상 목록)에 들어가서 배경음악이라고 생각하고 본문 작품과 함께 해당하는 곡을 감상해도 좋겠다. (https://www.youtube.com/playlist?list=PL_D8PTgjl8oaaanrowq7zxH2g8w8P528y)

Var. I Prélude : Largo 〈파랑을 엿보는 파랑〉

- 탈고한 시기 : 2008년 12월

- 발표한 매체 : 『신의 미소神的微笑』(제7회 타이완추리작가협회 공모전 작품집)

제7회 타이완추리작가협회 공모전에서 결선에 올랐던 작품이다. 이 공모전은 참가자가 여러 작품을 투고할 수 있게 허용한다. 그해에 나는 세 작품을 투고했다. 〈파랑을 엿보는 파랑〉은 내가 마지막으로 투고한 작품이다. 두 작품을 투고했을 때가 마감 날짜까지 8일이 남은 상황이었다. 마음속으로 세 번째 작품은 포기하자고 생각했다. 그런데 며칠이 지나면서 아무리 생각해도 좀 더 노력해보자는 마음이 들었다. 그런데 놀랍게도 사흘 걸려서 쓴 〈파랑을 엿보는 파랑〉이 전에 투고한 두 작품보다 좋았다(앞서 투고한 두 작품은 각기 한 달이 걸렸다).

이 작품의 시간적 배경이 지금은 '옛날'이 되었다. 작품에 등장하는 인터넷 관련 요소도 많이 달라졌다. 하지만 숨겨진 지하 웹사이트를 다크웹으로, 블로그를 인스타그램이나 페이스북으로 바꾸면 이야기 자체는 오늘날 일어나는 사건이라고 해도 손색없는 내용이다. 현대인은 사생활을 침범하지 말라고 주장하면서 한편으로는 자신의 생활을 사소한 것까지 '공유'하는 데 열심이다. 더 많은 사람의 관심과 인정을 받을 수 있다면 과학기술의 위험성에 대한 경계심을 잊어버린다.

'Prélude : Largo'란 '전주곡 : 가장 느리게'라고 옮길 수 있다. 이 작품을 위해 고른 배경음악은 쇼팽의 작품번호 28, 〈24개의 전주곡〉 중 4번 E단조24 Preludes, Op.28, No.4 in E minor, Largo다. 모음곡의 첫 곡으로는 당연히 귀에 익은 선율이 좋을 것이다. 그도 그렇지만 이 곡의 별칭은 '질식'이므로 소설과도 잘 어울린다.

Var. II Allegro e lusinghiero 〈산타클로스 살인 사건〉

- 탈고한 시기 : 2012년 12월
- 발표한 매체 : 청핀誠品 서점 홈페이지 http : //stn.eslite.com/

타이완추리작가협회에서 타이완의 대형서점 체인인 청핀 서점과 진행한 프로젝트였다. 협회 회원들이 돌아가면서 칼럼을 써서 독자들에게 노출도를 높이자는 기획이다. 우리는 서평을 쓰기도 하고, 2천에서 3천 자 정도의 단편소설을 올리기도 했다. 이 작품은 크리스마스를 앞두고 갑자기 흥이 나서 쓰게 됐다. 미국 스타일에 약간의 판타지를 가미한 이야기를 쓰고 싶었다. 이 이야기를 구상할 때, 소설의 배경을 미국 뉴욕으로 설정했기 때문에 복선조차 영어로 준비했다. 그러나 중국어로 작품을 완성하고 나니 내가 준비한 복선 중 하나가 자취를 감추고 말았다. "시체안치소에 처넣어진 뒤에는 모조리 '신원을 알 수 없는 시체'로 처리되는 거야"라는 대사가 영어로는 "all become John Doe in the morgue"였으니까. 덧붙이자면 내가 제일 좋아하는 크리스마스 이야기는 찰스 디킨스의『크리스마스 캐롤』이다.

'Allegro e lusinghiero'는 '빠르고 유혹하듯이'라고 옮길 수 있다. 이 작품의 배경음악으로는 생상스의 작품번호 83, 〈하바네라〉제1악장 E장조^{Havanaise in E major, Op.83, I. Allegro e lusinghiero}를 골랐다.

Var. III Inquieto 〈정수리〉

- 탈고한 시기 : 2018년 5월
- 발표한 매체 : 잡지『무형無形』Vol.2

홍콩의 문학잡지『무형』에서 요청을 받고 쓴 작품이다. 주제는 '귀신'이었다. 문학잡지의 요청이라 이 작품의 주제는 좀 더 진지한 경향을 띤다. 이야기 속에도 논리나 추리 요소가 별로 없고, 황당무계한 현실이 주는 스릴에 더 집중했다. 카프카의 작품을 많이 읽어본 것은 아니지만, 이 소설을 쓸 때는 그의『변신』을 떠올리기도 했다. 이 작품의 주인공이 정말로 괴상한 물체들을 본 것인지, 아니면 단순한 정신병 환자인지는 묻지 말아주시길. 나도 답을 모른다. 하지만 현실 속 정신병자들이 '정상인'보다 머리가 맑은 경우도 종종 있지 않던가?

'Inquieto'는 '불안'이라는 뜻이다. 배경음악은 프로코피예프의 작품번호 22, 피아노곡 모음집 〈찰나의 환영〉 중 15번^{Visions Fugitives, Op.22, 15. Inquieto}을 골랐다.

Var. IV Tempo di valse 〈시간이 곧 금〉

- 탈고한 시기 : 2010년 8월
- 발표한 매체 :『황관잡지皇冠雜誌』685호

제10회 니쾅倪匡 SF상*에서 3위를 했던 작품이다. 처음에는 니쾅 SF상 홈페이지에 게재되었는데 지금은 웹사이트가 없어졌다. 그래서 거의 비슷한 시기에 실린 『황관잡지』를 발표 매체로 적어둔다. 이 이야기의 관점은 단순하다. 나는 돈이나 즐거움 같은 것들은 시간과 마찬가지로 많다 혹은 적다는 개념이 상대적이라고 말하고 싶었다. 후기에서 이렇게 작품의 관점을 천명할 생각은 아니었으나, 세간에서 이 작품에 관해 "결국 돈이 제일 중요하다. 몇백 홍콩달러면 미인의 마음을 사로잡을 수 있다"라는 몹시 미묘한 해석이 돌아다닌다고 해서 한마디 덧붙여보았다. (웃음)

이 작품은 후속 이야기가 없다. 하지만 만약 '후일담'을 쓰게 된다면 이렇게 쓰게 될 것 같다. 리윈은 대략 여든 살에 세상을 떠나게 되지만 그의 삶에서 마지막 10년은 이전의 70년보다 훨씬 충실하고 아름다웠다고. 나는 일흔이 되어 깨달아도 너무 늦었다고 생각하지 않는다. 시간은 상대적이다.

여기서 특별히 니쾅 SF상을 주관했던 이론물리학 박사이자 SF소설가인 예리화葉李華 교수님과 국립교통대학도서관에 감사하다는 말씀을 전한다. 대가 없이 이 작품의 저작권을 돌려주셨다. 니쾅 SF상이 지금은 사라졌지만, 독자들이 중국어 SF 소설의 발전에 지속적으로 관심을 갖고 더 많은 작가가 SF 소설 창작에 투신하

---

* 니쾅(1935~)은 홍콩의 유명한 소설가로, 특히 SF 소설의 귀재로 불린다.

기를 희망한다.

'Tempo di valse'는 '왈츠의 속도로'라는 뜻이다. 인생은 한 곡의 왈츠와 같다. 시작이 있고 끝나는 순간도 있다. 배경음악은 드보르자크의 작품번호 22, 〈현악을 위한 세레나데〉 제2악장 E장조Serenade for Strings in E Major, Op.22, II. Tempo di valse다.

Étude. 1 〈습작 1〉

- 탈고한 시기 : 2011년 3월
- 발표한 매체 : 미발표

나는 '영감'이 부족해서 작품을 쓰는 데 애를 먹은 적은 없다. 오히려 '손맛'이 없어서 고생한 적이 많다. 간단히 말하자면 꽤 괜찮은 아이디어가 있는데 어떻게 써도 재미있거나 만족스럽지 않을 때가 있다. 그럴 때는 기분 전환을 할 겸, 임의로 키워드를 제공하는 웹사이트에 가서 다섯 개의 단어를 얻는다. 그런 다음 키워드를 연결해서 엽편소설葉篇小說을 쓴다. 이때 다섯 개의 단어는 반드시 순서대로 글 속에 등장해야 한다. 이렇게 재미삼아 쓴 글이지만 이번 기회에 그나마 봐줄 만하게 나온 세 편을 골라 공개한다.

이 작품에는 특별한 감상이랄 게 없다. 오로지 재미있다고 생각하면 된다. 이야기의 배경은 아마도 서구 사회 어딘가가 아닐까? 'Étude'는 '연습곡'이라는 뜻이다. 연습이니까 배경음악은 고르지 않았다.

Var. V Lento lugubre 〈추리소설가의 등단 살인〉

- 탈고한 시기 : 2009년 5월

- 발표한 매체 : 『타이완추리작가협회지台灣推理作家協會會訊 2011』

초기의 실험적인 작품이다. 본격 추리의 메타 소설*을 쓰고 싶었다. 그래서 일부러 작품 속에서 인명이나 지명 같은 현실적인 특징을 지워버렸다. 이 이야기는 타이완, 홍콩, 아니면 한국이든 일본이든 어느 나라에서도 가능하다(물론 유럽이나 미국에서는 그다지 합리적이지 않다. 서양에서는 작가가 등단하려면 출판사가 아니라 작가 에이전시부터 두드릴 테니까). 작품 속의 작가 이름과 작품명도 전부 내가 지어낸 것이다. 그래서 이번에 원고를 정리하면서 다시 읽는데, 당시 내가 "S씨 소설은 영화로 제작되고 12개국에 번역 판권이 팔렸다"고 쓴 것에 깜짝 놀랐다.

과학기술의 발전에 힘입어 이번에는 강당의 평면도, 살해 수법의 시뮬레이션 이미지 등을 추가했다. 요즘은 추리소설에 물리적 기계장치를 등장시킬 때 그림을 넣을 수 있으니 10년 전에 비해 정말 편하고 좋은 것 같다.

타이완추리작가협회는 2010년에 내부적으로 회원 교류 프로젝트를 열어 '피가 없는 살인'을 주제로 회원들의 작품을 받았다. 나는 이 작품으로 프로젝트에 참가했다. 나는 '살인'이란 글자 그대로 한 사람의 생명을 빼앗는 것만을 의미하지는 않는다고

---

* 소설 속에 소설 창작 과정 자체를 노출시키는 작품을 가리킨다.

생각한다. 돌이킬 수 없는 실수를 저지르도록 종용하고, 철저히
그 인생을 짓밟는다면 그것 역시 살인이다. 게다가 그 사람을 그
냥 죽여버리는 것보다 훨씬 잔인하다.

'Lento lugubre'는 '슬프고 느리게'다. 배경음악은 차이콥스키의
작품번호 58, 〈만프레드 교향곡〉 제1악장Manfred Symphony, Op.58, I.
Lento lugubre을 골랐다.

Var. VI Allegro patetico 〈필요한 침묵〉

- 탈고한 시기 : 2014년 4월

- 발표한 매체 : 페이스북

홍콩 독자라면 2014년 홍콩 고등학교 학력검정고시에 나온 작
문 문제가 논쟁의 중심이 되었던 일을 기억할 것이다. 수험생에게
1인칭으로 '침묵을 선택하는 것이 옳다'는 내용으로 작문하라는
문제였다. 이런 시험문제가 고등학생들에게 '사회의 안정을 지켜
야 한다'는 사상을 심어주려는 의도가 아니냐는 의혹을 제기하
는 사람이 있었다. 누가 먼저 시작했는지는 잊었지만, 당시 홍콩
인터넷에서는 갑작스러운 작문 열풍이 불었다. 다들 자신만의 답
안을 인터넷에 게시했고, 전 홍콩의 창의력이 폭발하듯 타올랐다.
나도 분위기에 맞춰 지금은 황폐해진 페이스북에 이 작품을 올렸
다. 시험문제는 저작권이 있으니 전체를 다 적시할 수 없다. 하지
만 '필요한 침묵'이라는 표현은 흔히 사용하는 말이니 큰 문제가
없을 거라 보고 책에 싣기로 했다. 시험문제는 본래 첫 문단을 제

시한 다음 수험생에게 이어 쓰도록 요구했지만, 책에서는 그 문단을 삭제했다. 사실 문제에 제시된 글이 좀 촌스러워서 삭제하는 게 더 낫다고 생각한다(시험문제를 출제한 선생님에게는 죄송하지만).

'Allegro patetico'는 '슬프고도 빠르게'다. 배경음악은 리스트의 〈열두 개의 대연습곡〉 중에서 4번 D단조12 Grandes Études, S.137, No.4 in D Minor, Allegro patetico를 골랐다.

Var. VII Andante cantabile 〈올해 제야는 참 춥다〉

- 탈고한 시기 : 2011년 12월

- 발표한 매체 : 페이스북

2011년에 나는 명일공작실에서 여러 권의 중편소설집을 출간했다. 당시 출판사에서 작가들에게 연말 특집으로 페이스북이나 블로그에 연작소설을 써달라고 요구했다. 그때 쓴 글이 이 작품이다. 사실 내가 '손맛'을 되찾으려고 쓰는 엽편소설과 스타일이 비슷하지만, 키워드의 제한이 없는 점은 다르다.

'Andante cantabile'는 '노래하듯 걷는 속도로'라는 뜻이다. 사랑 이야기이기 때문에(뭐라고?) 인구에 회자되는 라흐마니노프의 〈파가니니의 주제에 의한 광시곡〉 제 18변주Rhapsody on a Theme of Paganini, Var.18. Andante cantabile를 골랐다. 주인공이 여자를 껴안고 공원 벤치에서 새해를 맞이한다는 이야기에 이 곡을 더한다면 참으로 로맨틱하지 않은가? 다만 앞으로 독자 여러분이 이 감동적인 곡에 대해 잘못된 감상을 갖게 되지는 않기를 바란다……

Var. VIII Scherzo 〈가라 행성 제9호 사건〉

- **탈고한 시기 : 2012년 1월**

- **발표한 매체 : 『타이완추리작가협회지 2012』**

『13·67』의 작가 후기에서 언급한 적이 있는데, 그 책에 실린 1장은 원래 타이완추리작가협회의 회원 교류 프로젝트에 참가하기 위해 쓴 것이었다. 결과적으로 글자 수를 초과하는 바람에 나중에 장편으로 발전시키기로 하고 프로젝트 참가 작품은 새로 썼다. 〈가라 행성 제9호 사건〉이 바로 그 작품이다. 당시의 주제는 '안락의자 탐정'이었다. 그러나 이 작품에서 쓰고 싶었던 내용은 주제와 꽤 동떨어져 있다. 결국 안락의자 탐정이 나오기는 하지만 묘하게 이상한 작품이 되었다. (웃음)

이 작품은 몇 가지 측면에서 해석할 수 있는데, 표면적으로는 사회와 정치를 은유한 SF 우화로 읽을 수 있지만 실질적으로 내가 쓰고 싶었던 것은 본격 추리에서 '후기 퀸 문제'*에 관한 내용

---

* 추리소설 속 탐정은 자신이 알고 있는 정보가 전부인지, 자신의 최종 결론이 유일무이한 진실인지 여부를 본인이 작품 속에서 증명할 수 없다는 문제를 말한다. 이는 일본 추리소설가이자 엘러리 퀸(Ellery Queen)의 팬인 노리즈키 린타로(法月綸太郎)가 자신의 1995년 논문에서 본격 추리소설의 문제점으로 제시한 것이다. '후기 퀸 문제'라는 명칭은 추리소설을 작가와 독자가 벌이는 지적 대결로 보고, 공정하게 단서를 제공해야 한다는 본격 추리소설 사조를 이끌었던 엘러리 퀸이 후기 작품에서 작가와 독자 사이의 '공정함'이 작품 속 탐정에게는 해당되지 않는다는 점을 고민했기 때문에 붙여졌다.

이었다. '후기 퀸 문제'를 상세하게 설명하자면 몇만 자를 더 써야 할지 모르므로 여기서는 생략하겠다. 간단히 설명하자면 탐정이 사건 속의 인물이고 이야기 바깥에 존재하지 못한다면 독자들은 탐정이 객관적이고 공평한 단서를 가진다고 보장할 수 없다. 다시 말해 본격 추리소설이 말하는 '공정성'은 처음부터 완벽하지 않다. 객관적이고 논리적인 추리는 가상에 불과하다. 나는 이 작품에서 탐정에게 작가의 대변인으로서의 역할을 맡겼다. 그는 추리할 필요가 없으며 주어진 단서를 연결하여 얻을 수 있는 답안을 출력하기만 한다. 그러나 '탐정 본인의 존재가 단서'가 되는 조건이 나타난 이후에 이른바 '진실'이 역전되는 것이다. 나는 이 작품을 통해 '후기 퀸 문제'에 대한 해답을 제시하려는 게 아니다. 단지 어떤 조건을 설정하고, '후기 퀸 문제'를 기초로 하여 본격 추리의 불완전성을 드러내는 본격 추리소설을 쓰고 싶었다.

좀 더 설명하자면, 이 작품에는 이야기 외에 신본격 스타일의 트릭이 또 있다. 이야기의 흐름도 이 트릭의 일부를 구성하지만, 더 중요한 것은 내가 일부러 이 작품에서 '인人, 사람' 자를 쓰지 않았다는 사실이다. 범인, 타인, 군인, 인정人情, 인원人員, 인공지능人工知能 같은 단어는 모조리 배제했다. 사실 이렇게 하는 것은 나 자신을 괴롭히는 일일 뿐이다. 하지만 시작부터 '사람이 없는' 이야기를 쓰자고 마음먹었기 때문에 이 조건을 관철시켜야 했다.

마지막으로 덧붙이자면, 작품의 제목에 '제9호'를 넣은 것은 1959년작 미국 SF 영화 〈외계로부터의 9호 계획Plan 9 from Outer

Space〉을 좋아하기 때문이다. 소박하게나마 경의를 표한 것이라고 하겠다.

'Scherzo'는 '농담'이라는 뜻이다. 배경음악은 쇼스타코비치의 〈현악 8중주를 위한 두 개의 소품〉 중 두 번째 곡Two pieces for String Octets, Op.11, II. Scherzo을 골랐다. 이 작품은 국가 체제에 굴종하는 것과 의식의 틀에 용감하게 도전하는 것 사이에서 흔들리는 이야기다. 한창 격동의 시절을 겪은 구소련 작곡가의 작품을 덧붙이는 것이 더욱 깊은 의미를 갖는다고 생각한다.

Var. IX Allegretto poco moderato 〈내 사랑, 엘리〉

- 탈고한 시기 : 2012년 9월

- 발표한 매체 : 청핀 서점 홈페이지 http : //stn.eslite.com/

어렸을 때부터 미국 드라마를 보고 자라서 그런지 부부간의 원한 관계가 살인으로 이어지는 스토리는 서구 사회를 배경으로 하는 게 더 어울린다는 생각이 든다. 그래서 이 작품도 그런 방향으로 썼다(어느 지역인지 소설 속에 명시되지 않지만 그게 뭐 어떤가). 내가 서던 올스타즈Southern All Stars*의 팬인 것은 사실이지만, 이 작품의 제목은 그냥 붙인 것이다. 서던 올스타즈의 동명 명곡과는 내용상 무관하다…… 하지만 인명을 일본 이름으로 바꾸고 배경 역시

---

* 1978년에 데뷔한 일본의 인기 밴드로, 히트곡 가운데 이 단편의 영어 제목과 같은 〈Ellie, My Love〉가 있다.

일본의 쇼난^{湘南} 해변으로 바꿔도 괜찮지 않을까?

'Allegretto poco moderato'는⋯⋯ '조금 빠르게, 그리고 약간 보통 박자로(이 말을 옮기기가 쉽지 않았다)'라고 할 수 있다. 배경음악은 쇼스타코비치의 〈버라이어티 오케스트라를 위한 모음곡〉 2번 제7악장^{Suite for Variety Orchestra, Op.Posth., VII. Waltz No.2}이다. 이 곡을 고른 이유는 할리우드 스타 부부가 출연한 영화 주제곡이기 때문이 아니다. 그런 분위기에 잘 어울린다고는 생각하지만 말이다. 덧붙이자면 이 모음곡은 오랫동안 '재즈 오케스트라를 위한 모음곡'으로 잘못 알려졌는데, 지금까지도 많은 음반이 잘못 쓰인 채 팔리고 있다.

Étude. 2 〈습작 2〉

- 탈고한 시기 : 2018년 1월
- 발표한 매체 : 미발표

약간 SF 느낌을 주는 습작이다. 특별한 것은 없다.

Var. X Presto misterioso 〈커피와 담배〉

- 탈고한 시기 : 2009년 8월
- 발표한 매체 : 미발표

이 작품은 제9회 니콩 SF상에 투고했던 것으로, 두 번째 예선까지 통과했지만 결선에는 오르지 못했다. 〈정수리〉와 이 작품은 어느 정도는 동일한 소재(이상한 상황에 빠지는 것)를 변주한 거라고 볼 수 있다. 그러나 작법이나 이야기의 결론을 볼 때는 완전히 다른 작품이기도 하다. 이 후기를 쓰는 동안 캐나다에서 대마초를 합법화했다. 이 사실이 많은 사람에게 의아하게 여겨질지 모른다. 우리는 대부분의 국가에서 대마초를 금지하고, 암 유발 등으로 더 큰 해악을 끼치는 담배는 금지하지 않는 이유가 무엇인지 생각해볼 필요가 있다. '국민의 건강을 위해'라는 황당한 이유가 사실일까? 아니면 자본주의 사회에서 더 큰 이익을 얻기 위해 어쩔 수 없이 타협한 것일까?

'Presto misterioso'는 '매우 빠르고 신비롭게'라는 뜻이다. 배경 음악은 아르헨티나의 작곡가 히나스테라Ginastera의 피아노 소나타 1번 제2악장Piano Sonata No.1, Op.22, II. Presto misterioso이다.

Var. XI Allegretto malincolico 〈자매〉

- 탈고한 시기 : 2015년 2월

- 발표한 매체 : 홍콩 『에스콰이어Esquire』

『에스콰이어』의 원고 요청을 받고 쓴 작품이지만, 실제로 잡지에 실렸는지, 몇 호에 실렸는지 알지 못한다. 홍콩 독자를 대상으로 쓴 작품이라 홍콩의 여러 가지 요소를 추가했다. 예를 들면 쪽방이나 집세, 지하철 등이다. 지역성이 강한 작품이라 타이완에서 출간할 때는 몇 가지 주석을 넣지 않을 수 없었다. 이 작품과 〈내 사랑, 엘리〉의 주제는 자매 및 가족 관계의 변주라고 할 수 있다. 그리고 이 두 작품은 또 〈파랑을 엿보는 파랑〉과 비슷한 이야기

구조의 변주로 묶을 수 있다.

'Allegretto malincolico'는 '우울하게 약간 빠른 속도로'라는 의미다. 배경음악은 풀랑크의 플루트와 피아노를 위한 소나타 제1악장Flute Sonata, FP 164, I. Allegretto malincolico이다.

Var. XII Allegretto giocoso 〈악마당 괴인 살해 사건〉

- 탈고한 시기 : 2009년 1월
- 발표한 매체 : 타이완 추리소설 꿈 공장台灣推理夢工廠 http://mysteryfactory. pixnet.net/blog

코믹한 추리소설을 시도해보았다. 원래는 일본 '특촬물'*의 전사들을 희화화하려는 것이었는데, 결과적으로는 일종의 사회적 문제가 들어가면서 독특한 SF 풍자소설이 되었다. 나중에 일본 만화가 이시쿠로 마사카즈石黑正數의 추리 만화 『외천루外天樓』를 읽고서 나 자신이 너무 유치했다는 생각이 들었다. 『외천루』 같은 작품이야말로 추리소설, 반反추리소설, 풍자소설, 메타 소설, SF 소설, 부조리극, 희극, 비극 등이 다 들어간 걸작이다.

'Allegretto giocoso'는 '유머스럽고 약간 빠르게'라는 뜻이다. 배경음악은 존 아일랜드의 피아노 협주곡 E장조 제3악장Piano Concerto in E-flat major, III. Allegretto giocoso이다.

---

* '특수 촬영물'의 줄임말로, 슈퍼히어로가 등장해서 괴수나 악당과 싸우는 일본 특유의 장르 영화나 드라마를 말한다.

Var. XIII Allegro molto moderato 〈영혼을 보는 눈〉

- 탈고한 시기 : 2018년 6월

- 발표한 매체 : 『황관잡지』 774호

『황관잡지』의 요청을 받고 쓴 작품이다. 주제는 '귀신'으로, 『무형』에서 요청했던 〈정수리〉와 같다. 『황관잡지』는 작품 유형이 광범위하기 때문에 이 작품은 좀 더 장르문학에 가깝게 썼다. 이 작품과 〈습작 1〉, 〈필요한 침묵〉은 비슷한 주제의 변주라고 볼 수 있다(알고 보니 주인공이 바로 ○○다). 동시에 〈산타클로스 살인 사건〉, 〈정수리〉와는 비슷한 작법의 변주라 생각해도 좋다(판타지 소설 같지만 확실하지 않은 작품이라는 점에서).

'Allegro molto moderato'는 '적절한 빠르기로'라고 옮길 수 있다. 배경음악은 포레의 〈펠레아스와 멜리장드〉 제3악장 '시칠리아 무곡'Pelléas et Mélisande, Op.80, III. Sicilienne이다.

Étude. 3 〈습작 3〉

- 탈고한 시기 : 2018년 8월

- 발표한 매체 : 미발표

끝맛이 아주 나쁜, 그리고 독자들의 기대를 배신하는 작품일 것이다. 사실 내가 말하고 싶었던 것은 완전하지 않은 정보로 자신의 입장을 정하는 게 매우 위험하다는 사실이었다. 하지만 오늘날 우리는 점점 더 단편적인 인상으로 어떤 사안을 지지한다, 혹은 반대한다고 결정하는 경우가 많다.

Var. XIV Finale : Allegro moderato ma rubato 〈숨어 있는 X〉

- 탈고한 시기 : 2010년 9월
- 발표한 매체 : 『구곡당九曲堂』 창간호

추리 동인지인 『구곡당』에 쓴 작품이라서 이야기에 여러 가지 대중문화 요소와 친구들 사이의 가벼운 비아냥 등을 넣어 활달하고 경쾌한 분위기로 썼다. 사실 여러 번 말했지만 나는 클리셰를 벗어날 수 없고(범인이 정해진 용의자 중에 있다 등), 독자가 직감으로 범인을 지목할 수 있는 등의 이유로 '후더닛Whodunit(누가 범행했는지 찾아내는 내용)' 작품을 싫어한다. 하지만 클리셰를 뛰어넘기만 하면(범인이 용의자 중에 없을 경우) 독자들이 작가가 공정하지 않았다고 의심하기 쉽다. 이 작품의 목적은 어떻게 하면 '후더닛'을 변주할 수 있을까 생각해보는 것이다. 책의 맨 마지막에 배치한 것도 '본격 추리소설을 토론하는 본격 추리소설'이라는 점에서 단편집의 마지막을 장식하기에 어울린다고 생각했기 때문이다. 비틀즈의 앨범 〈서전트 페퍼스 론리 하트 클럽 밴드Sgt. Pepper's Lonely Hearts Club Band〉를 'A Day in the Life'가 끝맺는 것처럼 말이다.

'Finale : Allegro moderato ma rubato'는 '끝 곡 : 자유롭게 중간 빠르기로'라고 옮겼다. 마지막 배경음악은 브람스의 피아노 소나타 3번 제5악장Piano sonata No.3, Op.5, V. Finale : Allegro moderato ma rubato이다.

여기까지 읽어준 독자들에게 감사한다. 이 책의 후기는 특별히 길었다. 나로서는 더 이상 줄일 수가 없었다. 한 편 한 편 빠짐없이 기록을 남겨야 했기 때문이다. 다음에 새로운 작품으로 여러분과 다시 만나기를 기대한다.

2018년 10월 25일

찬호께이

역 자 후 기

찬호께이가 추리소설가로 등단한 지 어느새 10년이 되었다. 『디오게네스 변주곡』은 그의 등단 10주년을 기념하는 소설집으로, 지난 10년간 여러 경로로 발표한 단편소설을 묶은 것이다. 수록된 작품 중에는 미발표 작품들도 있다.

개인적으로는 이 책이 '종합 선물 세트'처럼 다가왔다. 우선 책에 실린 열네 편의 단편소설은 창작한 시기, 집필 의도, 장르, 소재, 작품의 길이 등이 제각각이다. 정통 추리소설이 있는가 하면 SF 소설도 있고, 심령소설이나 환상소설, 풍자소설로 분류할 만한 작품도 있다. 일반적인 단편소설 길이의 작품 외에 두세 쪽으로 끝날 만큼 짧은 작품도 실렸다. 창작 시기도 10년 전에 쓴 초기작부터 비교적 최근에 쓴 글까지 다양하다. 심지어 작가 스스로 '단편소설'의 범주에 넣지 않는 습작 작품도 포함되었다(습작까지 계산에 넣으면 총 열일곱 편이 된다).

또한 이 책은 '변주곡'이라는 제목에 걸맞게 수록된 작품마다 배경음악을 지정하는 독특한 형식으로 구성되었다. 친절하게도 작가가 직접 유튜브에 『디오게네스 변주곡』을 위한 재생목록까지 만들어놓았다. 그가 의도한 대로 책을 읽는 동안 순서대로 음악을 함께 들어보기를 권한다. 작품과 배경음악이 잘 어울리는지 아닌지는 독자들이 각자 판단할 몫이다. 그러나 음악을 통해 창작자인 찬호께이에게 각 단편소설이 어떤 느낌인지 그 심상心象을 엿보는 일은 이 책을 읽는 또 하나의 즐거움일 것이다.

다시 말해 이 책은 온갖 '찬호께이'를 모아다 적절하게 배치하고 보기 좋게 포장해서 독자에게 선물한다. 예를 들어, 이 책을 통해 2008년 막 추리소설을 쓰기 시작할 때의 그가 어땠는지 살펴볼 수 있다. 〈파랑을 엿보는 파랑〉을 보면 찬호께이는 처음부터 찬호께이였던 듯하다. 물론 지난 10년 동안 찬호께이가 어떻게 달라졌는지, 작가로서 얼마나 성장했는지 역시 느낄 수 있다. 글이 잘 써지지 않을 때 찬호께이가 '손 풀기 게임'처럼 무작위로 선정한 키워드를 넣어 짧은 글을 쓴다는 사실도 알게 된다.

10년 동안 쓴 작품을 정리한 책이니만큼 수록작 사이의 편차가 큰 편이지만, 그렇기에 다른 책에서 접하기 힘든 아기자기한 재미가 숨어 있다. 찬호께이를 좋아하는 독자라면 『디오게네스 변주곡』을 100퍼센트 속속들이 즐길 수 있을 것이다. 이 책도 즐겁게 읽으시기를 바란다.

2019년 겨울

강초아

디오게네스 변주곡

1판 1쇄 인쇄 | 2020년 2월 7일
1판 1쇄 발행 | 2020년 2월 19일

지은이 찬호께이
옮긴이 강초아
펴낸이 김기옥

문학팀 제갈은영 | **마케팅** 김주현
경영지원 고광현, 김형식, 임민진

디자인 소요 이경란, 고은주
인쇄·제본 (주)민언프린텍

펴낸곳 한스미디어(한즈미디어(주))
주소 (04037) 서울시 마포구 양화로 11길 13(서교동, 강원빌딩 5층)
전화 02-707-0337 | **팩스** 02-707-0198 | **홈페이지** www.hansmedia.com
출판신고번호 제313-2003-227호 | **신고일자** 2003년 6월 25일

ISBN 979-11-6007-465-9 03820

한스미디어 소설 카페 http://cafe.naver.com/ragno | 트위터 @hans_media
페이스북 www.facebook.com/hansmediabooks | 인스타그램 @hansmystery